CONTEMPORÁNEA

António Lobo Antunes nació en Lisboa en 1942. Estudió medicina y ejerció como psiquiatra antes de dedicarse de lleno a la literatura y manifestarse como un gran estilista de la lengua portuguesa, lo que le ha convertido en un firme candidato al premio Nobel de Literatura. Entre sus obras destacan la Trilogía sobre la muerte, integrada por *Tratado de las pasiones del alma*, *El orden natural de las cosas* y *La muerte de Carlos Gardel*, *Manual de inquisidores* (premio francés al mejor libro extranjero), *Esplendor de Portugal*, *Exhortación a los cocodrilos* (Grande Prémio de Romance e Novela 1999), *Fado alejandrino*, *Conocimiento del infierno*, *No entres tan deprisa en esta noche oscura*, *Buenas tardes a las cosas de aquí abajo* (premio de la Unión Latina de Escritores), *Segundo libro de crónicas*, *Memoria de elefante* y *Yo he de amar a una piedra*. António Lobo Antunes también ha recibido el premio Rosalía de Castro del PEN Club gallego, el premio de Literatura Europea del Estado austríaco, el premio Jerusalén en 2004 y el premio Camões, el mayor galardón en lengua portuguesa, en 2007.

Biblioteca

ANTÓNIO LOBO ANTUNES

Ayer no te vi en Babilonia

Traducción de
Mario Merlino

⌊⌋ DeBOLS!LLO

Título original: *Ontem não te vi em Babilónia*
Diseño de la portada: Departamento de diseño de Random
    House Mondadori / Yolanda Artola
Ilustración de la portada: Detalle de un mosaico del palacio de
    Fronteira, Lisboa, Portugal, c. 1670. © The Art Archive

Primera edición en DeBOLS!LLO: junio, 2008

© 2006, António Lobo Antunes
© 2007, de la edición en castellano para todo el mundo:
    Random House Mondadori, S. A.
    Travessera de Gràcia, 47-49. 08021 Barcelona
© 2007, Mario Merlino, por la traducción

Printed in Spain – Impreso en España

ISBN: 978-84-8346-689-6 (vol. 373/12)
Depósito legal: B-22.180-2008

Fotocomposición: Fotocomp/4, S. A.

Impreso en Liberdúplex, S. L. U.
Sant Llorenç d'Hortons (Barcelona)

P 866896

ayer no te vi en Babilonia
(en escritura cuneiforme, en un fragmento de arcilla,
3.000 años a.C.)

MEDIANOCHE

Llegaba siempre antes de que sonase la campanilla cuando iba a buscar a mi hija y salvo la madrina de la alumna ciega susurrando cumplidos en tono de disculpa sin que yo la entendiese

(de tan exagerada en su infelicidad daban ganas de gritar

—Apártese de mí, no me moleste)

no había nadie en el portón, así que el patio de recreo estaba vacío a no ser por un árbol cuyo nombre nunca supe con las hojas demasiado pequeñas para el tronco y tal vez compuesto de varios árboles diferentes

(las manos de mi padre minúsculas al final de unos brazos enormes, tal vez compuesto de varios hombres diferentes)

el tobogán al que le faltaban tablas con el letrero No Usar y la puerta y las ventanas atrancadas, debido a la impresión de que no había nadie ahí dentro comprendí a la madrina de la alumna ciega, le dije sin palabras

—Usted no exagera, perdone

y como dejé de tener una hija cesé de respirar, no solo la puerta y las ventanas atrancadas, salas desiertas, polvo, el edificio del colegio al final abandonado y viejo, la madrina de la alumna ciega se acercó acarreando olores antiguos y en eso qué alivio la campanilla

(—Sensiblería mía, sí que exagera)

sacudiendo las hojas del árbol

(o los brazos de mi padre)

los dedos dejaron de atormentar la cremallera del bolso y el corazón se encogió en las costillas, los pulmones gracias a Dios respiran, estoy aquí, cuántas veces al despertarme me sorprendía de que los muebles fuesen los mismos de la víspera y los recibía con desconfianza, no creía en ellos, por haber dormido era otra y no obstante los muebles me imponían los recuerdos de un cuerpo al que no quería volver, qué desilusión esta mesa camilla, esta silla, yo, susurrarle a la madrina de la alumna ciega lo que me susurraba a mí, pedir disculpas sin que me hagan caso y la puerta y las ventanas abiertas, la profesora en las escaleras, los primeros niños, padres

(no mi padre)

en el portón conmigo, no mi padre a quien no le sobraba tiempo

—No te muevas que me pones de los nervios

conversando con el secretario o hablando por teléfono en el escritorio del periódico lleno de cartas, fotos, ganaría mucho dinero, padre

(no lo creo)

no finja que no entiende lo que le digo

—Me pones nervioso tú

murió hace la tira de años, ya es más de medianoche

(—Tardísimo, hija)

y no finja que no entiende lo que le digo, medianoche en esta casita del Pragal, dentro de poco sonidos húmedos de foca en el primer piso y la señora

—Me pones nerviosa tú

era a mi padre a quien yo ponía nervioso a pesar de estar callada

(—Aún estás ahí, qué manía)

la señora mi nombre

—Ana Emília

golpeando el colchón y los brotes del grosellero a lo largo del muro, la campanilla del colegio aceleraba el tiempo, las hojas del árbol salpicando sílabas muy deprisa

—Ana Emília

en la puerta la alumna ciega, mi hija, las mellizas y la pelirroja gorda a la que había que empujar en gimnasia, la mujer de la limpieza desatrancaba las ventanas y ni salas desiertas ni polvo, ningún difunto bien estirado con corbata blanca observándome, solamente mapas, pupitres, restos de números con tiza, la frente de mi padre, la sábana de una cama sin hacer

—Vienes a pedirme dinero para tu madre, ¿no?

hurgaba en el bolsillo y se oían las llaves, desistía, el periódico dos o tres cuartuchos oscuros

(una botella en un rincón y entonces sí, creo que difuntos con corbata blanca)

esto en una travesía cerca de un convento, mujeres con el pelo teñido vestidas de domingo en sus islas de perfume español, mi hija encajaba la cabeza en mi barriga, la hacía girar una o dos veces sujetándole los hombros con miedo a que se soltase de mí y se lastimase en una arista, medianoche en el Pragal

(mi madre antes de fallecer

—No te necesito

incapaz de cerrar la boca, las rodillas trémulas)

en Australia y en Japón por la mañana y todas las madres vivas, los trastos adonde la lámpara no llegaba invisibles o sea manchas más densas, adivinaba el armario en el que durante la lluvia tintineaba la vajilla, si la alumna ciega estuviese conmigo habría de alarmarse midiendo el aire con las orejas

—¿Qué ha sido?

y pasado un instante la señora

—Ana Emília

preguntando la hora, cómo se inquietan los enfermos con la hora, cómo los intriga, qué extraño

—¿Qué hora es?

esto segundo tras segundo, dudan, insisten

—¿Seguro?

qué rayos significa la hora para ellos, seguirá existiendo el colegio, el árbol cuyo nombre nunca supe y la madrina vigilando la campanilla con sus susurros de disculpa

—Sigo a su lado, fíjese

subiendo del Pragal a Almada comenzaba a entreverse el Tajo en los espacios entre los edificios, estos comercios de pobres, estas personas, si encontrase a mi madre en la calle seguro que se me cruzaría por delante

—¿Tu padre te ha dado al menos el dinero?

nunca he visto a una persona cortar con tal furia de dientes lo que restaba de coser un botón y ahí estaba Ana Emília pensando en esto al entregarle el comprimido a la señora que se deslizaba hacia el interior del sueño insistiendo

—Gardénia

(¿una prima, ella misma?)

el comprimido le imponía una zona más profunda en la que un caballero de edad señalaba el globo terráqueo con la uña sucia

—El mundo es grande, niña

y regresaba al ataúd para extenderse en él, el grosellero iluminaba el muro y se anulaba enseguida, al iluminar el muro un ladrillo asomaba del revoque y se adivinaba el postigo del almacén en el que había una olla eléctrica averiada y cebollas germinadas, mi hija de vuelta a casa conmigo, dos pasos míos, tres pasos de ella, un perro husmeando recuerdos y mi hija tirándome de la falda

—El animal nos va a morder, madre

hasta que los recuerdos

(de una escudilla con carne, de su ama silbándole, del cesto donde acurrucarse)

condujesen al perro en dirección al parque donde tal vez la escudilla o el ama

(—Me pones nerviosa tú)

lo animasen mientras que en mi caso, cuando llego del Pragal a Lisboa con el muro del grosellero diluyéndose en mí, ninguna uña sucia señalándome nada, el globo terráqueo desviado de su eje y el mundo, pensándolo bien, no gran cosa, exiguo, paredes y paredes, el biombo que me ocultaba la habitación, el mundo una esfera encogida desvaneciendo los colores de la cortina, de la pantalla, de los cojines del sofá y la muñeca de mi hija en la mesilla, encajé mi cabeza en su barriga e intenté una vuelta con miedo a que se soltase de mí y se lastimase, los difuntos muy estirados con corbata blanca

—Cuidado

y es posible que lloviese porque un tintinear de vajilla que el armario cerrado atenuaba, mi marido impidiéndome girar agarrada a la muñeca

—¿Te imaginas lo que van a pensar de nosotros?

las flores del grosellero en mi pelo y en el cuello ocultándome a la alumna ciega, las mellizas y la pelirroja gorda que no atinaba con los escalones, yo apartando a mi marido

—Me pones nerviosa tú

con el manzano del patio en la cabeza, manzanitas insignificantes, verdes, y el banco caído, me acuerdo de los escarabajos junto al pozo a pesar de haberlo tapado con una chapa, al recordar los escarabajos sonidos húmedos de foca y la señora

–Ana Emília

la rebequita con los botones cambiados, una especie de sonrisa justificándose

–No le diría que no a una infusión

de hierbaluisa, de tila, de las hierbas que rodeaban el manzano y no cortábamos nunca, le apetece una infusión de las hierbas junto a las cuales se ahorcó mi hija a los quince años, señora, le apetece asustarse con la muñeca en el suelo, la cara contra ninguna barriga que no dejaba de girar, un momento no a medianoche como hoy

(no sé cómo no me da vergüenza decir esto)

más temprano, encontré a mi marido probándose una falda mía y mis pendientes, igualito a las mujeres vestidas de domingo en la travesía, mi padre desde el escritorio

–Aún estás ahí, qué manía

conversando con el secretario o tapando el micrófono, un periódico de anuncios de bodas que los clientes mandaban por correo y mi padre leyéndole las cartas al secretario

–Qué tontos

mi madre en la parada del autobús cien metros más abajo que parecía tan acabada al acudir hacia mí mezclando sílabas por el cansancio

–¿Te ha dado al menos el dinero?

mientras yo pensaba

Ninguno de los dos comprende quién soy, me desconocen

si el automóvil del hombre que prometió visitarme rodease la plazoleta hasta le agradecería las mentiras, mi marido me vio en el espejo y se quitó uno de los pendientes convencido de que se había quitado todo, la falda, el blusón, el collar, los frutos del manzano ya no verdes, grandes, un primo nuestro desató la cuerda que mi hija había robado del tendedero y su indignación gritaba, ayudé a la señora con la taza y en el segundo intento de tragar un suspiro

–No puedo más

con el mismo susurro de disculpas que la madrina de la alumna ciega devolviéndome el portón del colegio y las ventanas atrancadas, yo aún creyendo frente al patio de recreo vacío y seguro que no hay colegio hoy día, una oficina, despachos, el árbol y el tobogán un basurero donde se dejan desperdicios y la mitad de una persiana golpeando, golpeando, a final de mes en la sala, si es que aquello puede llamarse sala

(un Buda en una réplica de altar)

la sobrina de la señora hacía las cuentas en el acto, mi madre aunque fallecida me robaba el sobre y comprobando su espesor

—¿Te ha dado al menos el dinero?

lo guardaba bajo llave y la llave desaparecía en el delantal maldiciendo a mi padre mientras interrogaba sombras

—Explíquenme cómo pude confiar en ese imbécil

la familia la seguía desde los marcos y su imagen de joven ya amarga, ya seria, nunca la visito en el cementerio así como nunca visito a mi hija, un lugar hirviente de huesos que buscan expresarse, la campanilla de la capilla más grave que la del colegio, nombres que apenas se descifran y no pertenecen a nadie, la ilusión de que un día de estos haya una niña en el portón y nosotras brincando contentas, mi marido me extendió el pendiente en la palma, además de la muñeca el acuario sin peces ni agua con un alicate en el interior ya no en la entrada ni en la habitación, en la despensa, lo siento brillar en medio de las conservas y tal vez la sorpresa de un pez, el ojo fijo que me estudia, la cola que sacude y que es de él, en la época de mi hija plantas artificiales y un frasquito de comida que sabía a tiza, mi hija

—Sabe a tiza

la cantidad de episodios que me gustaría exponer

—Aguantadme este rollo un ratito, tomad

intimidades que hasta hoy he ocultado, pedirle al hombre que prometió visitarme y no me visita

—Escucha

sentarme frente a él demasiado llena de palabras, comenzar barajándolo todo, cambiando frases, equivocándome y él casi conmovido, feliz, inventar que mi padre conmigo en brazos, el periódico importante en una calle importante, no una travesía de tendejones y mujeres vestidas de domingo en sus islas de perfume español, mi padre con un traje como es debido en vez de la chaqueta cortísima, secretarios que lo respetaban, no uno, varios, una uña sucia

(no suya)

señalando el globo terráqueo

—El mundo es grande, niña

con la convicción de que yo podría imaginar regiones infinitas en un pedazo de lata abollada en el Pacífico y la poblaría a mi gusto, negros con flechas, naufragios, conseguir un marido, una hija y un patio con un manzano, qué tonta, como si una rama de manzano aguantase sin romperse a una chica de quince años, un grosellero a lo largo del muro en el Pragal y una señora inválida en el primer piso, la cantidad de episodios que a pesar de todo me enternecían y me gustaría que alguien, prestándome atención, conociese, la noche y los pavores que trae consigo el silencio menos difícil para mí, de pequeña viví cerca del cementerio y vi las fosforescencias que se alzaban de las lápidas, supongo que los difuntos entreverados con guijarros y raíces deseosos de resucitar, los que no llegué a conocer inspeccionando la casa y preguntándome acerca de la utilidad de los objetos, la cantidad de episodios que me gustaría contarle a alguien, que me tuviesen un poquito de consideración, de simpatía y en el fondo de mí una campanilla de colegio que no para, no para, sin que persona alguna la toque salvo el viento, me acerco y el badajo solo, mi abuela enterrando las crías de la gata que chillaban entre gemidos amontonándose, arrastrándose, protestando, comenzaba por coger a la gata en la despensa

(y el bicho furioso contra la puerta)

después juntaba a las crías en una cesta

(todo esto callada)

suspendiéndolas del pescuezo, del rabo, de una pata, cavaba el hoyo y vaciaba la cesta mientras la desesperación de la gata derribaba frascos, mi madre

(—¿Te ha dado el dinero al menos?)

se embozaba tras el delantal con sus cejas de muchacha angustiada

—No me habitúo a esto

en una agitación de lágrimas sin lágrimas, mi abuelo a mi madre buscando cualquier cosa en los bolsillos sin encontrar nada o descubriendo una moneda, observándola un instante y arrojándola por la ventana él que no tiraba ni un clavo torcido

—No se puede contradecir a tu madre, disculpa

mi madre

—Padre

y mi abuelo apartándose de nosotras con la nuez de Adán para abajo y para arriba mientras mi abuela cubría a las crías, alisaba la tierra con las botas y cesaban los gemidos, la gata por fin resignada en la despensa, esperando, horas según el reloj de la consola, cuatro o cinco, con el mecanismo que las obligaba a precipitarse que bien se advertía el esfuerzo de los muelles guiándolas hasta el bordecito y dejándolas caer, al caer la última mi abuela frotaba las suelas en el felpudo mirándonos desafiante o algo así

(y acaso buscando monedas en los bolsillos por detrás del desafío)

mientras que la gata husmeaba la tierra alisada, desaparecía entre las alubias y regresaba dos días después aflojándosele de disgusto las piernas, si hubiese heredado el reloj que vendieron con los trastos al vender la casa confirmaría que era medianoche, un reloj con un medallón de porcelana que representaba un coche, dos caballos

(uno castaño y otro pardusco, o sea uno castaño y uno blanco que la vida oscureció)

y un individuo con fusta teniendo las riendas, en el interior pesas y volantes que fabricaban las horas, redondeándolas, llevando hacia arriba esas gotas de sonido, quién habrá comprado la granja, quién sufrirá como antes yo los gemidos de la crías amontonándose, arrastrándose, protestando, quién se interroga inclinando la oreja

—¿Qué es esto?

la gata se quedó inspeccionando el hoyo agachada entre las dalias, hablar también de la gata antes de que el invierno comience y con él chopos negros, los racimos del grosellero en el suelo, sonidos húmedos de foca en el primer piso y la señora que perdió mi nombre

—Usted

tanteando ruinas del pasado, un grupo de parientes interrumpiendo la partida de cartas

—Gardénia

y un barquito a remos que se detenía entre junquillos y barro, intentó sujetarlo y se le escapó, lo llamó y no obedeció, se dio cuenta de que el barquito no estaba vacío, una niña de vestido lila sonriéndole

—No nos veremos nunca más

y era ella misma diciéndose adiós, compases de música y un cura trinchando un pollo en la cabecera de la mesa, la señora dirigiéndose a la niña que había dejado de sonreírle, ocupada en ponerse flores en el sombrero

—Usted

mientras la hija me extendía el sueldo

—Ya ni los nombres distingue

así como no distingue el tintinear de la vajilla en el armario y las mil crepitaciones de los barrotes, los insectos que a pesar del espliego

(siento su aroma a la distancia, bolsitas de espliego con lazos)

le roen las fundas y los manteles del arcón, las pilas de revistas

(*La Femme Idéale, Maravilhas de Renda,** *O Bom Cozinheiro*)

la rinconera con relieves labrados y el hombre que prometió visitarme en Évora con la mujer que sabía de boca de él confidencias que me pertenecen, son mías, secretos que me conmueven y hasta hoy he callado, misterios probablemente idénticos a los de todo el mundo, naderías de pacotilla, falsedades, mi hija a los quince años

(creo haber dicho quince años)

cogiendo la muñeca a la que no le hacía caso desde hacía siglos puesto que las pasiones se asoman y se pasan

—Llámeme cuando esté lista la cena que voy un momento al patio

de modo que ni siquiera la miré pensando en el mar de Póvoa de Varzim que tantas veces me vuelve a la memoria, el mar, la playa y el olor de las olas, la niebla de la mañana que casi me

---

* *Maravillas de Encaje.* (*N. del T.*)

impide ver a mi abuela enterrando a las crías y la creciente que les ahoga el terror, siempre que un tema me preocupa ahí están el viento y la espuma salvándome, el viento en las rendijas de las ventanas y a pesar de que mi madre se irritaba por la arena en el suelo gracias, viento, no te imaginas lo que te debo, nuestra casa no en Póvoa de Varzim, sino en el interior adonde no llegaban los gritos de las traineras a no ser en abril siempre que todo estuviera en silencio, la bomba del pozo, los luganos en el pomar, mi abuelo desplegaba redes para los pájaros y, aunque estrangulados, yo insistía en liberarlos, batía palmas frente a las alas muertas

—Desapareced

impacientándome

—Fuera de mi vista ya

y buscando cualquier cosa en los bolsillos sin buscar nada, no observando la moneda ni arrojándola porque no tenía ni un clavo torcido de muestra, si acaso había un caramelo se lo daba a los luganos

—Si me prometéis que os vais os lo regalo

había momentos de mar muy sereno en agosto con una paz de nubes encima, basta el mar en agosto y el recuerdo del Casino y me emociono enseguida, las lágrimas que lloraría si estuviese allí, amigos, ganas de besar las piedras al reencontrarlas, sentirlas en la palma, acercármelas a la mejilla, llamé a mi hija en Lisboa mientras las olas iban y venían en Póvoa, probablemente una única ola repetida sin cesar, mi marido en el espejo con el pendiente suspendido, la papada floja del ganado con el hocico inerte pero los miembros rígidos, después de clavarles un rejón en la nuca helos ahí desplomándose de lado, la señora rozó al cura que trinchaba el pollo en la cabecera de la mesa pronunciando mi nombre

—Ana Emília

mariposas en el verano fuese en Póvoa de Varzim fuese en el Entroncamento donde también viví

(si tengo oportunidad escribiré acerca de los trenes, ocho años de mi vida bajo el signo de los trenes, soy de la época de las locomotoras a carbón, voces de almas del Purgatorio sufriendo en la caldera que imploraban socorro)

fuese en Póvoa de Varzim fuese en el Entroncamente fuese
aquí en Lisboa mariposas, una azul y dos blancas cuando llamé a
mi hija para cenar

(¿seguirán existiendo redes y luganos?)

o dos azules y una blanca o tres azules o tres blancas qué más
da, lo importante es que eran mariposas, por ventura más de tres,
media docena, una docena, cuarenta, sesenta, centenares de mariposas en torno del manzano, listo, si alguien

(aquel a quien me gustaría decirle unas cuantas cosas, intimidades que escondí por pudor)

si el hombre que prometió visitarme con la mujer en Évora
prestándole una atención que debía ser mía, es mía, me pertenece, quisiera sonsacarme algunas que lo haga

(puede ser que en provincias redes y luganos y un viejo disimu-
lándolas entre los juncos)

por consiguiente la mariposa azul y las dos blancas, los arriates que me olvidé de limpiar, mi hija

ya estamos de nuevo con mi hija, antes de mi hija y por última vez repito que el mar de Póvoa de Varzim tan sereno en
agosto con una paz de nubes encima y por hablar de mi hija una
paz de nubes encima también, alargadas o redondas

(una redonda en el horizonte)

basta el mar en agosto y el recuerdo del Casino para enterne-
cerme, las lágrimas que lloraría ya no de tristeza, de contento, si
estuviese allí, amigos, pensé en mi hija entretenida por ejemplo
con las crías de la gata bajo la tierra amontonándose, arrastrándose, protestando y ella tapándose los oídos así como tengo ganas de tapármelos yo al recordar la campanilla o el murmullo del
árbol compuesto de varios árboles diferentes, con hojas demasiado pequeñas para el tronco

(las manos de mi padre en el extremo de los brazos enormes,
gestitos impulsados por la brisa de las seis

—Me pones nervioso tú)

mi hija mientras las olas iban y venían, seguro que una sola
ola repetida sin cesar, densa, grande, la arena casi brillante

(brillante, la arena brillante)

y sin huellas de pies al retirarse, una franja de alquitrán a la
vez, sonidos húmedos de foca en el primer piso

—Ana Emília

una rebequita de punto con los botones cambiados

—No le diría que no a una tisana

y una especie de sonrisa disculpándose, tisana de hierbaluisa, de tila, de las hierbas que rodeaban el manzano y no cortábamos nunca, quiere una tisana de las hierbas junto a las cuales mi hija se mató a los quince años, señora, al bajar los escalones la muñeca en el suelo, el banco, al principio no vi la cuerda ni me pasó por la cabeza que una cuerda, para qué una cuerda, vi la mariposa, la muñeca en el suelo y el banco, la muñeca además no acostada, sentada, con los brazos abiertos y el pelo sujeto con la cinta y vestida con el vestidito que le hice, la muñeca a quien yo

—Desaparece

capaz de regalarle un caramelo para que desapareciera en el acto antes de que mi abuelo cogiese la cacerola y la manteca, victorioso en el umbral

—Un guisado de pajaritos fritos como es debido

vi las mariposas, centenares de mariposas y no solamente blancas y azules, de varios colores, centenares de alas contra el manzano, no olas, alas, no piedras que me apetecería besar al reencontrarlas, sentirlas en la palma, acercármelas a la mejilla, alas, mientras avanzaba alas, mientras llamaba a mi hija alas, no una cuerda gruesa, aparte que no teníamos cuerdas, teníamos guitas y cintas de paquetes en el cajón de la tintura de yodo, de las tenazas y de las llaves de muebles que ya no teníamos en una cajita de aluminio porque nunca se sabe, la cajita proclamaba Betún Parisiense con un botín reluciente en la tapa, podía seguir horas sin fin describiendo la cajita con el propósito de tardar en decir lo que es inevitable que diga y mi boca se niega, mi cabeza se niega, toda yo me niego, un resto de pasta negra se adhería a la lata

—Me pones nerviosa tú

jirones de raciocinios, basura de días, una quejumbre desilusionada

—Gardénia

zonas sumergidas con domingos, un caballero de edad señalando el globo terráqueo

(medianoche)

con la uña sucia

—El mundo es grande, niña

(he dicho medianoche)

el grosellero iluminado en el muro y apagándose enseguida, en el grosellero no una cuerda, la cuerda del tendedero que no se entiende cómo no se cortó con el impulso porque mi hija apartó el banco con los pies, uno de los pies por lo menos, debe de haber comenzado colocando la muñeca en el suelo

—Quiero mostrarte una cosa, fíjate

amarrando la cuerda en la rama, voy a volver a Póvoa de Varzim, a las mariposas, a la alumna ciega que estudiaba el aire sin entender y sacudía a mi madrina

—¿Qué ha sido?

y lo que ha sido, querida, es que la puerta y las ventanas están cerradas, salas desiertas, polvo, el edificio del colegio al final abandonado y viejo, lo que fue, querida, es una mariposa blanca y dos azules o una mariposa azul y dos blancas qué más da, qué me importaban las mariposas entonces, qué me importaban ahora, si al menos fuese el mar de Póvoa, el Casino, ha sido que la muñeca parecía divertida, yo mientras comprendía con miedo a la red de los luganos

—Me ponéis nerviosa vosotros

y a los arriates que me olvidé de arreglar, yo buscando cualquier cosa en los bolsillos sin buscar nada, la nuez de Adán para abajo y para arriba en el momento en que una uña sucia

—El mundo es grande, niña

señalaba a mi hija que giraba abrazada a mi cintura y una vuelta, dos vueltas con miedo a que se soltase, no tuviese fuerzas para seguir danzando y la lastimase una arista, centenares de alas entre el manzano y yo, no olas, alas, miedo a que una de las piernas diese en la muñeca, en el banco, el pendiente reduciéndose en la mano de mi marido, la imagen del espejo alejándose, si el hombre que prometió venir y no vino me ayudase

—Ayúdame

me pudiese ayudar, me diese la ilusión de poder ayudarme, responderle

—No necesito nada

sin poder cerrar la boca y con las rodillas trémulas mientras iban pasando ante mí el tintinear de la vajilla con la lluvia y el almacén donde las cebollas habían germinado, yo indiferente a la tisana

—No necesito nada

y ahí está Ana Emília, sola porque no necesita nada, además de no necesitar nada no espera nada, no desea nada, ni siquiera una última ola, con la última ola un friso de alquitrán en la playa que se quedará allí para siempre, observaba a la hija, observaba la muñeca, observaba a la hija de nuevo extrañándole el silencio, ojos no desorbitados, distraídos

(¿imaginando qué?)

los frutos del manzano puntitos verdes, en los últimos años ni llegaron a manzanas, se pudrían minúsculos, la muñeca que no tenía qué decirme, como la señora, como Ana Emília a la que prometió venir y no vino

—No necesito nada

porque era obvio que no necesitaba nada, se satisfacía girando no tan rápido como en el portón del colegio, despacito, sin peso, me acerqué a mi hija ahuyentando a las mariposas

(docenas de mariposas)

que surgían de la hierba para subir, hasta el vértice de las copas, en dirección a esa única ola sin cesar repetida que me acompaña desde mi nacimiento, me acerqué no a mi hija, sino a la muñeca y la campanilla del colegio se acalló en la memoria, ahí estaba el patio, el tobogán

(intactos, nítidos)

la madrina de la alumna ciega murmurando cumplidos en tono de disculpa, ganas de gritarle igual que me gritó la muñeca

—Apártese de mí, no me moleste

y quitando a la madrina de la alumna ciega nadie, no estaba el manzano, no estaba mi hija, así que yo frente a una rama sin nada, mi hija en casa a la mesa del comedor empezando a comer no por falta de educación

(—Espero un ratito a mi madre, cinco minutos, vale)

por hambre, empujando hacia el borde con la delicadeza del tenedor

(en lo tocante a delicadeza, no es porque fuera mi hija pero siempre tuvo modales distinguidos)

las verduras que no le gustaban

—Como tardaba en venir empecé a comer

en consecuencia una muñeca y eso es todo, no un ser vivo y mucho menos alguien a quien yo conozca y conozco mucha gente, mucho menos mi hija, mi hija empezando a comer, no merece la pena apocarme, esconderme en el delantal con las cejas de una muchacha angustiada en una agitación de lágrimas sin lágrimas, no merece la pena rebelarme, arrastrarme, protestar, intentar huir del hoyo porque no hay hoyo, nadie me entierra, nadie me quiere matar, espero un ratito

(cinco minutos, vale)

que me llamen a la puerta y si no me llaman a la puerta reparo el pestillo de seguridad trabado en el resalte de abajo, con el de arriba no hay problema, pero en el de abajo se atasca, lo arreglo con el martillo, guardo las copas en el aparador

(antes seis y hoy día cinco, todo en la vida tiene su duración, hasta las copas)

y me acuesto sin pensar que hay un automóvil en la calle, pasos en la escalera, un índice cauteloso, casi tan delicado como el de mi hija, rascando la madera

—Soy yo

y que juro no oír, no oigo, si por casualidad lo oigo lo atribuyo al sueño donde suenan ecos, señales de conversación, amenazas, la rama del manzano susurrando misterios de baúl en el interior del alma porque es en las tinieblas y en el momento menos esperado cuando los baúles se lamentan, por tanto y hasta mañana únicamente el mar de Póvoa de Varzim tan sereno en agosto, una paz de nubes encima y yo acuclillada, mirándolo, reparo en las mariposas

(no importa el color ni el número, elijan el color y el número que quieran, diviértanse)

las hierbas que un día de estos, la semana que viene por ejemplo, ayudada por la tijera o la hoz o el rastrillo, he de limpiar, lo prometo, con un poco de atención repararé en la señora también

—Ana Emília

o sea primero espasmos húmedos de foca y después

—Ana Emília

no en el Pragal, en mi sueño o en Póvoa de Varzim en agosto, en cuanto al horizonte se hacía difícil distinguir el cielo del mar, no una línea como de costumbre, la línea ausente de tal forma que era imposible saber el sitio en que el cielo se desdoblaba y comenzaba la ola, con la espuma plegándose, se veía la muñeca, no a mi hija, en el extremo de la cuerda del tendedero como iba girando lentamente, no con los brazos abiertos, pegados al cuerpo en una actitud de entrega, una muñeca de la que las mariposas

(docenas de mariposas)

de la que docenas de mariposas me impedían distinguir las facciones, ver a mi hija en casa que empezaba a comer empujando hacia el borde del plato con la delicadeza del tenedor

(no es porque fuera mi hija pero siempre tuvo modales distinguidos)

las verduras que no le gustaban, mi hija empezando a comer, creo que he sido clara y pido que no me contradigan en este punto, mi hija que empezaba a comer y se disculpaba

—Como tardaba en venir empecé a comer

mi hija empezando a comer, mi hija viva y de una vez por todas si no se lo toman a mal

(espero que no se lo tomen a mal)

no se vuelve a hablar de eso.

2

Debe de ser medianoche porque han cesado los ruidos, los del jardín, los de la casa y los de mi mujer que ahuyentó a los perros con el latiguillo de una rama

—Fuera

amarró a la perra en celo en el garaje y seguro que se acostó porque no había luz alguna en el pasillo ni en la habitación donde no entro desde hace siglos, me quedo aquí lejísimos de ella con todo este silencio y esta oscuridad entre nosotros, ni el roce de las sábanas ni una tabla de la cama al cambiar de posición, las farolas de Évora al otro lado de la casa, en esta ventana pitas, hasta mi reflejo se ha esfumado de los cristales

(¿qué me está pasando?)

y nadie vendrá a saludarme al mismo tiempo que yo, sentía el frenesí de los perros alrededor del garaje con la esperanza de una grieta en la pared y la perra acurrucada bajo el automóvil esperando, había hombres en esa postura cuando los deteníamos, tumbados en el suelo con los ojos abiertos al entrar en la celda, qué haría mi mujer si oyera mis pasos sin un automóvil donde esconderse y un muro de neumáticos viejos protegiéndola de mí, se defendería con el codo como los hombres que trataban de levantarse explicando no se entendía qué, dientes demasiado numerosos que les impedían hablar, debe de ser medianoche porque los perros desisten, inmóviles en las matas de los arriates y en las verduras muertas de tal modo que se confunden con piedras, son piedras, estoy despierto entre piedras, quizá yo una piedra también, una piedra mi mujer, una piedra la que me espera en Lisboa, me da la impresión de una claridad en los campos, la luna o algo así que amplía el bosque y las jaras que despiertan a los perros que resuellan bajo el alféizar pidiendo no entendía qué

(¿qué me está pasando?)

tal vez que les abriese la puerta del garaje o empujase la verja, después de la verja el surtidor de gasolina cuyo cobertizo aprovechaban los gitanos para los carros y las mulas, me acuerdo de mi padre rodeado de perros que volvía con las perdices no colgadas del cinturón, en una bolsa de tela, mi hermana y yo a la espera y él pasando a nuestro lado sin mirarnos, nos miró en una ocasión o dos cuando ya estaba enfermo, pregunté

—¿Qué se le ofrece?

hasta comprender que no me veía siquiera moviendo las encías así como los presos antes de que el médico les abriera los párpados, examinándolos con una linternita

—Es mejor no insistir por hoy

y las encías que seguían moviéndose, una nube ocultó la luna, desapareció la claridad y dejé de existir, existía el viento en las pitas y el cementerio en el que se quedó mi padre, no se me pasa por la cabeza visitar su tumba, mi hermana venía a Évora y cambiaba las flores del búcaro, hay un grifo para el agua siempre goteando en la sección de los soldados que murieron en Francia y cuyas cruces oxidadas de musgo se van rompiendo una a una, colgado del grifo un cubo y sobre el cubo avispas, cuando después de la policía regresé a Évora y me casé

(¿a esto se lo llama casamiento?)

me sentaba en el cementerio a oír el sosiego de los árboles y las coronas de crisantemos que se deshojaban en las lápidas, mi madre que apenas conocí en este cementerio igualmente con los huesos mezclados con otros huesos o ni siquiera huesos, unos hierbajos a lo sumo, unos terrones de grasa, nunca la llamé

—Madre

no me quedó una fotografía e ignoro el color de su piel y sus facciones, en ciertos momentos hay un intervalo de dulzura en mí, me alzan del suelo y siento un cuerpo que me abraza y dedos que me desarreglan la cara, esto en el lapso de un instante y yo solo de nuevo, me pregunto si habrá sido mi madre, busco un indicio, un olor, un sonido y ni indicio, ni olor, ni sonido, las sombras de los árboles cada vez más largas, me contaron, no mi padre que se limitaba a pasar a nuestro lado con las perdices o a instalarse en un escalón a pelar mandarinas, un vecino, una tía, que mi madre falleció en el hospital de un problema en la sangre y sin embargo quién me alzaba del suelo y me desarreglaba la cara, si ese episodio me venía a la mente cuando estaba con un preso fingía no escuchar al médico

—Es mejor no insistir por hoy

porque no era con el preso con quien estaba, qué me interesaba el preso, me enfurecía el haber permitido que me alzasen del suelo, ganas de ver a mi padre en una celda y yo a él

—Cuádrese

buscando una mandarina en su bolsillo, debajo de la camisa, en la mano

—¿Dónde ha escondido la mandarina, señor?

mi jefe extrañado

—¿Mandarina?

sujetándome el brazo

—¿No te encuentras bien tú?

mientras en mi cabeza solo la madre que no recuerdo con un problema en la sangre y cuyo lugar en el cementerio no son capaces de indicarme dónde queda, me siento por ahí observando las tumbas y nada, si al menos un hijo y ningún hijo, una mujer con la que no converso en la habitación y una perra en celo en el garaje, aunque cueste admitirlo he ahí la familia que me queda, eso y los desagües que me ensordecen en verano, la que me espera en Lisboa una hija, le di la muñeca en un paquete con un lazo y me alejé lo más deprisa posible antes de que me diese las gracias, nunca la besé ni di a entender que permitía besos, ni le pedí

—Ven acá

a pesar de que me apetecía pedirle, aunque fuese una sola vez

—Ven acá

escapando a esa memez que llaman ternura, qué me importa la ternura, para qué me serviría, me importa que cesen los ruidos, los del jardín, los de la casa y el de los perros atribulados de deseo ahí fuera, el del mundo en resumen, permítanme que envejezca en paz esperando que mezclen mis huesos con costillas y tibias ajenas en un hoyo cualquiera siempre que me libre del agobio de un hijo a quien debería llevar a pasear de la mano, consolar, asegurarle

—Estoy aquí

cuando creen que nos han perdido y no nos ganaron nunca, observamos a un niño crecer y volverse tan amargo como nosotros, qué extraño, no me arrepiento de no haber pedido

—Ven acá

mantente lejos y cállate así como yo me mantengo lejos y me callo, de tiempo en tiempo la que me espera en Lisboa me señalaba a su hija con el mentón al borde de una confidencia por el modo en que la respiración se alteraba, afortunadamente se detenía antes de las palabras, por decoro creo yo, aún hoy que ya no existe esa hija presiento que la revelación vuelve a asomar cuando alarga la nariz en dirección a la muñeca, deberían sepultar a las personas con todo lo que les toca impidiéndoles que sigan molestándonos en la superficie del mundo, de qué sirve morir si permanecen aquí con cantidad de lágrimas prontas a salir de cada cajón, cada arca, cada ángulo de la memoria solicitando

—Llórennos

deseosas de encontrar párpados a propósito, las nuestras

—Somos tuyas, ¿no lo ves?

escudriñándonos por dentro y descubriendo remordimientos donde creíamos que no había sitio para el malestar, si me fijo bien ahí están los objetos intentando convencerme con sus pequeños ardides

—Yo le gustaba a tu abuela

—Pertenecí a tu padrino

—Cuando eras pequeño no me soltabas nunca

por no mencionar los caprichos de la memoria proclive a la celebración de alegrías pasadas que agobian, hieren, si no hubiese acabado con los presos no habría prestado atención al médico

—Es mejor no insistir por hoy

y habría seguido castigándolos, al marido de la que me espera en Lisboa lo obligué a vestirse con la ropa de ella

—Rapidito

los pendientes, el blusón, la falda

(la claridad de nuevo, supongo que de la luna, en un pajar distante donde un tractor, unas cabras) y la que me espera callada, mi médico empujándome

—¿No estás exagerando tú?

a mí incapaz de mencionar a mi madre alzándome del suelo con frases que se me escapan, los tornillos de la tumba que unos individuos no acababan de apretar quitando el oxígeno que los difuntos necesitan, obligando a la madera o a mi madre a crujir y ahí tenemos el ejemplo de un capricho de la memoria que creía perdido, el oxígeno, los crujidos, un chiquillo de tres o cuatro años de edad pidiendo

—No le hagan daño

y no sé quién sujetándolo por el hombro, me creía desde hace tiempo libre del chiquillo y él volviendo del cementerio a casa con las manos vacilantes entre este chopo y aquel, estas flores y aquellas, estas marcas de zapatos y otras marcas más tenues hasta que el vigilante a mi padre sin soltarme la oreja

—No deja a su madre en paz

y después de irse el vigilante mi padre pelando una mandarina callado, si de algo le estoy agradecido es de que nunca cayó en la debilidad de las lágrimas, acababa la mandarina y se iba, en la época en que trabajé en la policía mi jefe cambiando papeles de lugar y acercando al tintero la fotografía de su esposa

—No te vendrían mal unas vacaciones

unas vacaciones por ejemplo en el lugar en que naciste, Évora, donde a partir de la medianoche cesan todos los ruidos, los del jardín, los de la casa, los de los campos de alrededor, mi mujer despierta entre las sábanas acechándome, mi jefe recogía una mota de polvo del cristal de su esposa y acercaba el meñique a las gafas estudiando la mota, si aún hoy regreso al cementerio no se trata de curiosidad por el sosiego de las tumbas, es con la esperanza de que mi madre me alce del suelo y ahí estoy yo conmoviéndome, qué rabia, no exactamente conmoviéndome, no permito que las lágrimas me hagan polvo, un malestar, unos nervios, si pudiese volver a extenderle a su marido la ropa de la que me espera, el blusón y la falda

—Ponte eso

en lugar de una muñeca cada vez con menos pintura, pasmada en la cómoda, la cogí no sé por qué

(no hay manera de aprender que debería dedicarme a envejecer en mi rincón esperando que mezclen mis huesos mientras en la superficie se agitan voces, personas)

y una pieza de metal o de plástico, el mecanismo del habla, bailoteó en la barriga, emitió un vagido y antes de mi nombre en el vagido la tiré al suelo obligando a la que me espera a enderezarle la pierna y con el resalte de la pierna una sílaba perdida, ojalá no de mi nombre, escondan la muñeca en la despensa porque me irrita la compañía de una lágrima viva dispuesta a pegárseme a los ojos, Dios mío, si es que existís, tened piedad de mí y haced que no sea una sílaba de mi nombre, yo un extraño, no hagáis caso a lo que se dice por ahí, creedme, yo un extraño, vivía en el Alentejo, estaba casado, trabajé en la policía para Vuestra gloria contra el comunismo ateo, llegaba de Évora uno o dos sábados por mes a lo sumo para una visita de horas, no dormía con ella, no me levantaba con ella, ni un pijama en su casa, yo un extraño como aquí a medianoche solo que en vez de campos arriates donde la hierba crecía sobre un banco caído, mariposas, dos azules y una blanca o una azul y dos blancas, una chica con trenzas y si me fijo mejor ninguna chica, una pieza suelta en mi barriga, de metal o de plástico, el mecanismo del habla que articulaba

—Niña

sin que yo la alzase del suelo, no le pidiese ni una sola vez por mucho que me apeteciera y no me apetecía

—Ven acá

me apetecía el gajo de mandarina que nunca me ofrecieron

—¿Te apetece, chaval?

o sea un brazo decepcionándome por delgado, inseguro, si por ventura

—No me moleste, padre

obedecía, una miseria de padre que no me duraba un minuto entre manos, apenas comenzase el médico de la policía a abrirle los párpados con la linternita

—Es mejor no insistir por hoy

un padre que me dejaría quedar mal

—Me ha decepcionado, señor

delante de mis compañeros cuyas miradas de soslayo percibía, mi hermana como si mi padre fuese una persona importante, el afinador de pianos o el jefe de los bomberos cuyo retrato con casco prestigiaba la lápida, cambiándole las flores de la tumba y sirviéndose del grifo en la sección de los soldados para el búcaro de cristal mientras yo pensaba en el afinador de pianos amenazando a las tórtolas que le manchaban el toldo con el alicate de los sonidos, por la noche el ajuste de una cuerda gritaba en la oscuridad, si pudiera expresarme cuando me sean vedadas las palabras y yo solo dientes y uñas espero comunicar con el mundo en clave de sol y asegurar que os detesto, tendré alguna estima por los perros del jardín que galopan en los arriates deshechos disputando un pájaro, por esta casa a la que no volveré y a pesar de tantos años juntos no se han aficionado a mí, el pozo en cuyo fondo mi cara temblequea para siempre aprisionada entre musguitos oscuros, no creo que haya alguien sobre todo desde que las rodillas de mi hermana no se doblan para cambiar las flores los sábados, creo en el moho del olvido, en los perros vagando entre las pitas bajo la lluvia de octubre, tal vez dentro de cinco años un solo zapato al levantar el ataúd así como al levantar el ataúd de mi padre en lugar de las pepitas de mandarina que esperaba la entretela de la corbata y un pedazo de cinturón, yo sin necesidad de preguntarle

–¿Qué se le ofrece?

aunque las encías se siguiesen moviendo bajo una luz imprevista que pese a acercar las cosas aumenta las distancias, los carros con que los gitanos cruzan la frontera camino del Polo y una lágrima difícil de ocultar astillándose por dentro, una gota que se balancea, intento impedir que caiga, se irrita

–¿Vas a llorarme o no?

y se equivoca la pobre, basta con que afirme que se equivoca y se equivoca, equivocar qué verbo extraordinario, la que me espera en Lisboa, la ingenua, pensando que la oscilación de una nada de líquido debido a la muñeca o a la hija cuando en realidad sin motivo alguno, episodios insignificantes que después de muchos lustros una emoción dilata, por ejemplo el jefe de los bomberos plantándose frente a mí en la curva del parque

–Haces que recuerde a mi nieto

mientras sacaba el pañuelo del bolsillo y resurgía del pañuelo con los ojos diferentes, demasiado pequeños para lo que se acu-

mulaba en ellos, no le iba a dar a la que me espera la alegría de
asistir a un sonar de disgustos pensando que la hija a quien yo
nunca

—Ven acá

me removía las entrañas, me limité a entregarle a la niña un
paquete con un lazo y a alejarme hacia el ángulo de la sala donde
la ventana en que las ramas del manzano, rodeadas de mariposas,
se iban irguiendo leves, el jefe de los bomberos intentó una sonrisa, guardó el pañuelo, desistió, cuando supe de la hija de la que
me espera y de la cuerda del tendedero deseé que fuese medianoche para que cesaran los ruidos, los del jardín, los de la casa,
los de una víscera mía no sé a ciencia cierta cuál, el páncreas, el
riñón izquierdo

(no el corazón, es obvio, ese músculo incierto)

dispuesta a ensordecerme porque hablaba, hablaba, sujetar-
la junto con la perra entre los neumáticos del garaje y negarme
a oírla, que en materia de sonidos me llega el viento en agosto y
la respiración que se acelera sin que descubra el motivo, encontramos al marido de la que me espera en la imprenta, no un
sótano de suburbio como había imaginado, un bajo en el centro y del lado del sol, imprimiendo folletos contra Dios y el
Gobierno, descubriéndole semejanzas conmigo, o sea algo
suelto dentro, bien el mecanismo del habla bien una lágrima a
la espera, deseosa de pertenecerle en esa conversación de las
lágrimas

—Soy tuya, ¿no lo ves?

descubriendo navajas suizas, cartas de emigrantes, dedales

—Le gustábamos a tu abuela

—Pertenecimos a tu padrino

—Cuando eras pequeño no nos soltabas nunca

lo obligué a ponerse el blusón y la falda y los pendientes, derribando un búcaro parecido al de la tumba de mi madre y sus flores
desvaídas, él

—No

en voz baja, un secreto, una petición de amigo

(y el manzano allá fuera)

una complicidad entre nosotros

—No

solo le faltaban la mandarina, las perdices y la sección de los soldados de Francia cuyas cruces se van rompiendo oxidadas de líquenes, el médico le abrió los párpados y no

—Es mejor no insistir por hoy

guardando la linterna en el bolsillo

—Seguro que el director se va a enfadar con usted

(¿por qué no tuve un hijo?)

a pesar de tantos años en la policía el médico seguía sin atinar con el cajón de los certificados de defunción, el de arriba, el de abajo, sacaba un impreso

(si yo tuviese un hijo)

—Esto no es

y recomenzaba a buscar con el sombrero puesto

(—No me veo sin sombrero)

si hubiese tenido un hijo algo se habría alterado en esta casa o en mí, mi mujer despierta, una claridad diferente en los campos acentuando las jaras, los perros que resollaban bajo los cristales pidiéndome que les permitiese trotar en el declive donde conejos y mochuelos, cerca del surtidor de gasolina cuyo cobertizo aprovechaban los gitanos antes de reanudar el viaje, adornados con cascabeles, en dirección al Polo, me pregunto si la compañía de un hijo me endulzaría la vejez pelando mandarinas y ofreciéndole gajos mientras una nube nos ocultaba la luna, la claridad se esfumaba y dejábamos de existir, existían las pitas, estas casas bajas hasta el final de la calle y, después del final de la calle, Líbano o Tailandia donde una camioneta, pasos y nadie en cuanto cesaban los pasos o la camioneta, ni un alma que se inquiete y me ayude, el médico encontró el certificado de defunción y el sombrero, con la boca sumida en la mesa iba pronunciando lo que escribía

—Seguro que el director se va a enfadar con usted

el director que nos llamaba a su despacho y no escuchaba lo que decíamos, exigía

—Más alto

aplanando los dedos en el tablero y a pesar de más alto alargaba el cuello con una expresión de extrañeza, contemplaba al Presidente en el marco y abría la oreja con la palma

—¿Cómo?

hasta cansarse de nosotros y echarnos con un movimiento de enfado, tal vez deseoso de traer su banco al cementerio y distraerse con los árboles, sentía a mi mujer

(¿por qué no tuve un hijo?)

entre el estanque y el gallinero donde un gato acolchado de pereza avanzaba sus patitas de fieltro en una mancha de luz

(¿y si en lugar de un hijo un gato?)

mientras la que me espera debe de haber apagado como mi mujer las luces del pasillo y de la habitación y renunciado a mí, atenta al manzano con sus frutitos verdes creciendo, creciendo, un árbol poco mayor que un arbusto súbitamente enorme, rodeado por las hierbas de los arriates que nadie cortaba así que yo solo desde que mis padres difuntos, mi hermana en Estremoz, mi mujer y la que me espera indiferentes a mí cuidando mis huesos ya dispersos en la tierra y ninguna manera de saber quién era yo a través de unos pocos carbones dispersos, ni la edad ni el tono del cabello ni lo que hice aquí, miedo a que me sobrase la víscera esa

(el páncreas, el riñón izquierdo, me dijeron que en los niños el timo)

o sea una pieza suelta en la barriga, de metal o de plástico, capaz de temblores llorosos, el mecanismo del habla que al sacudirse emitía una lágrima viva dispuesta a pegárseme a los ojos y una sílaba que espero que no pertenezca a mi nombre, haced, Dios mío, si es que existís, que no haya lágrima, ni sílaba, pero nunca sobre todo tornillos de ataúd que no acababan de ajustarse quitando el oxígeno que los difuntos necesitan y obligando a mi madre o al pino barnizado a crujir, sobre todo nunca un chiquillo de cuatro años pidiendo

—No le hagan daño

y un vecino o un pariente sujetándolo que aún hoy siento los dedos en la carne, seguro que las vértebras o las costillas que sobren los sentirán también, mira el silbido de los chopos a medianoche en Évora, mira el grifo del cementerio goteando plomo en el cubo

(¿por qué no tuve un hijo, un amigo, un compañero, una persona en que pudiese confiar y que confiase en mí?)

mira la claridad de vuelta y con ella las jaras, la impresión de una liebre allá

(el lomo, las orejas)

y al final un ladrillo, mi hermana inclinada sobre la tabla de lavar y me equivoqué, un boj

(no estoy siendo exacto, creo que tuve un amigo)

mi hermana adulta por lo que recuerdo, conoció a mi madre y hubo acaso entre ambas complicidades, secretos, se ayudaron la una a la otra con las gallinas y pasearon los domingos a lo largo de la muralla entre piedras antiguas, mis abuelos aún vivos alzándola del suelo, viejos queridos de los que recuerdo boberías, parálisis, tartamudeos, mandíbulas desmedidas aguardando la cuchara y allí está mi víscera, el páncreas, el riñón derecho, el timo que permaneció intacto como en los niños animándose solo, una lágrima en el interior de los ojos dispuesta a salir, a salir, lo que conservo en la memoria

(un hijo moreno como yo, un hijo)

es mi hermana sirviéndonos a mi padre y a mí sin preocuparse por nosotros, dejando la olla sobre el mantel y desapareciendo en la cocina, ocupaba el cuartucho del fondo antes de vivir en Estremoz y donde tantas veces la oí lamentarse, ella igualmente una pieza suelta en la barriga y un lloriqueo oculto, si al menos aunque fuese en silencio lograse decir que la quiero, que nosotros, que yo un día y no me animo, no puedo, si paso por Estremoz no la visito, una mujer bajita, fuerte, de pelo canoso, trabaja en la limpieza en el consultorio del astrólogo, debe de seguir padeciendo del riñón derecho, del páncreas, si yo me presentase ante ella una arruga y después de la arruga un paso hacia delante

(no me presento, claro, ni soñar presentarme ante ella)

los tobillos gruesos, pobres, los pequeños labios soltando

—Tú

escribí los pequeños labios soltando, ni soñar presentarme ante ella, mi madre un problema en la sangre de modo que no hubo tiempo, se quedó embarazada de mí y adiós, mi padre me miró una o dos veces cuando estaba enfermo, le pregunté

—¿Quiere algo?

hasta comprender que no oía siquiera, movía las encías y en eso las encías quietas y ahí tiene la eternidad, alégrese, o sea vaya repartiendo carbones, el astrágalo, el húmero, dentro de cinco años al levantar el féretro un zapato

(usted)

con los cordones desatados

(no estoy siendo exacto, creo que hubo un amigo, hablaré de él más adelante si me apetece hablar)

y volviendo al principio debe de ser medianoche porque han cesado los ruidos, la perra en el garaje olisqueando los neumáticos y habituándose a ellos y a elegir un pliegue de cemento donde recostar el cansancio, los perros resignados a un amanecer improbable o soy yo quien decide que no habrá mañana, con suerte una claridad

(¿la luna?)

sobre los campos y listo, los carros de los gitanos alcanzando el Polo, Évora al otro lado de la casa, en este tórtolas en una balsa listas para partir rumbo a Reguengos con los motorcitos encendidos, mi hermana bajita, fuerte, de pelo canoso, una cicatriz en la frente

—Tú

por un junco que se quebró al pisarlo, te tocó la lotería advirtió el enfermero, no te pilló la vista, después de la tintura una marquita en la piel cortando la ceja

(—¿Te daba impresión verte en el espejo, hermana?)

acelerar el coche y no parar en Estremoz donde una víscera igual a la mía que se desprendió de la barriga

(el mecanismo del habla)

tintineando sin fin, tú a la ventana igualmente y tu reflejo se esfumó de la vida, si te quedases de pie frente a los cristales nadie, nuestros padres frente a los cristales nadie, tal vez la mandíbula desmedida de mi abuela aguardando la cuchara, apenas la cuchara se acercaba un saltito de la garganta a su encuentro, voraz, tengo en el desván postales que le escribieron desde un cuartel en Santarém y firmadas Armando, pienso que Armando a pesar de la letra, mi abuelo José y sin embargo Armando está ahí, si pese a mis precauciones acerca de Estremoz encontrase a mi hermana la llamaría aparte

(y mi hermana

—¿Qué quiere este ahora después de tantos años?)

le preguntaría

—¿Armando?

mi hermana con el pelo no canoso, blanco, más bajita, más fuerte, luchando con sus tobillos

—¿Armando?

y en el interior de

—¿Armando?

una lágrima oculta no por Armando, por ella, no es difícil imaginar que se lamente en la oscuridad, espero que con las cortinas corridas, un poco de pudor al menos, no a la manera de antes, de bruces en la almohada entre sollozos pesados

(¿ocupará un cuartucho del fondo más pequeño que el nuestro, se asombrará de no estar en Évora, callejones diferentes, otras campanas, el triciclo del inválido en el pequeño edificio amarillo?)

una lágrima oculta no por Armando, por ella, en mi caso la muchacha de la mercería en Lisboa y promesas, mentiras, yo con la alianza en el bolsillo y su padre

—Muéstrame la alianza

registrándome el traje, su padre

—Bribón

la muchacha de la mercería docenas de páncreas, de riñones, el mecanismo del habla tan desesperado, tan tenue

—Jura que es mentira la alianza, creo que es mentira, es mentira, ¿no?

y debe de ser medianoche porque han cesado los ruidos, los del jardín, los de la casa, mi mujer ahuyentó a los perros con el latiguillo de una rama

—Fuera

amarró a la perra en celo en el garaje y seguro que se acostó porque no hay ninguna luz en el pasillo o en la habitación donde no entro desde hace siglos, me quedo aquí con el silencio

(—Es mentira, ¿no?)

y la oscuridad entre nosotros, ni una tabla de la cama al cambiar de posición

(—Jura que es mentira

y yo callado)

los perros alrededor del garaje con la esperanza de una grieta en la pared

—Es mentira

la muchacha de la mercería encogida en el sofá

—¿Es mentira?

y una claridad en los campos, la luna supongo, ampliando el bosque, las jaras, el surtidor de gasolina cuyo cobertizo aprovechaban los gitanos para los carros y las mulas, no estaba siendo exacto, tuve un amigo, un compañero, al que obligué a vestirse con la ropa de la que me espera, imprimiendo folletos contra Dios y el Gobierno en un bajo del centro y del lado del sol, el marido de la que me espera con algo suelto, el mecanismo del habla o una lágrima intentando mi nombre, no el nombre de su hija, mi nombre en esa conversación hilvanada entre lágrimas, mi jefe intrigado

—¿No te encuentras bien tú?

y me encuentro bien, me encuentro bien, claro que me encuentro bien a pesar de la rama del manzano para abajo y para arriba con una muñeca colgada en la cuerda del tendedero.

3

Francamente no sé lo que me pasa hoy, algo del tipo de la inquietud de la perra, es decir, el cuerpo en paz para quien lo viese desde fuera y no obstante una fiebre en la sangre, una prisa, yo al animal o a mí, a nosotras dos

—¿A ti qué te pasa?

mientras que los perros rascaban la puerta del garaje me veía preguntándoles

—¿Quién quiere ser mi perro?

yo que no necesito perros, cincuenta y seis años, casi cincuenta y siete, estoy vieja, no me husmean ni se agitan a mi alrededor, me dejan en paz acarreando el vientre muerto entre el jardín y la casa si es que puede llamarse jardín a estas malvas, yo en el garaje con la perra sintiendo que su barriga late con la cadencia de la mía e intentando entender qué hilos de olor conducen a los machos si unas gotas apenas en el cemento y el animal mudo, creo que yo era así de joven, con el vientre abierto y mi marido a mis espaldas engordando en el colchón, su cola quieta

—No te veo

desde el principio que no me veía, veía un patio, no nuestro pomar, me señalaba la acacia

—¿No es un manzano aquello?

veía a un hombre vestido de mujer repitiendo

—No

mi marido no sé a quién

—¿No insisto por hoy por qué?

de modo que me casé con un perro que no me entiende, sin deseo, sin nariz, no en jauría como los otros en las terrazas y en las plazoletas, sino husmeando presencias de su pasado por los rincones, si hablaba una voz de muñeca, uno de esos mecanismos de plástico o metal que emiten sonidos distorsionados y mi marido extrañado con la palma en la garganta, comprobando la palma como si en la palma hubiese un residuo de voz

—¿Qué es esto?

mientras yo me preguntaba por qué un perro, por qué tú, oyendo las plantas del jardín con mi vientre cerrado, los ruidos de la casa no, el silencio, desde hace no sé cuánto tiempo solo oigo el silencio de los muebles, el silencio de las tuberías, iba a decir el silencio de la sangre pero no tengo sangre de la misma forma que la perra no la tendrá un día, una gota, dos gotas y listo, los perros

—No te conocemos

iguales a mi marido

—No te conozco

con la muñeca conversando cerca de él, qué muñeca, qué manzano, qué patio y en qué sitio, francamente no sé lo que me pasa, a las diez apago la luz del pasillo, la luz de la habitación, todo lo demás comenzando por mi vientre cerrado lejísimos y hoy medianoche y yo despierta, los perros respiran bajo la ventana llamando

(¿mi vientre se habrá cerrado realmente o aún dentro de mí un hilo de olor, un ladrido?)

en la teja que falta no hay cielo, se acabó el cielo en Évora, hay un vacío donde los insectos roen sus propias alas royéndonos, por qué motivo no existe un perro que me roa, una prisa en mi lomo y patas que se me escurren de los ijares, recomienzan, me hieren, cuatro cinco seis perros persiguiéndome, desistiendo y persiguiéndome de nuevo, mi marido no me persigue, no desiste, no me persigue de nuevo, persigue al hombre vestido de mujer

—¿No insisto por qué?

y hoy

(cuál es tu perra puesto que ha de haber una perra me dice, una muñeca, una mujer, cómo haría mi madre que me crió sin hombre, no garaje, no neumáticos, usted acuclillada junto a las pitas

—Vete de aquí

hábleme de su cuerpo, madre)

medianoche y yo a la espera, qué me pasa, si le pidiese a la
perra

—Dime qué me pasa

si estos perros debajo del alféizar no insistiesen

—Tú, tú

queriendo lastimarme el cuello al tirar de mí, mira esas patas
en mis ijares, estos dientes, tengo el vientre cerrado, ocúpense
de los conejos y de los mochuelos, no se ocupen de mí, soy enfermera, trabajo en cirugía con las úlceras de las piernas y miren
mis piernas delgaduchas, ni a persona llego, déjenme, mi marido
atento a los carros de los gitanos que atraviesan el mundo rumbo
al Polo, auroras boreales, glaciares y gitanos de luto, los ojos de
perro de ellos, las cabezas de perro, las colas enroscadas llamándonos

—Tú, tú

no todos, el gordo al que le faltaba una oreja

(hay perros así)

—Tú

y yo pensando si me llamas otra vez me voy contigo

(ha de haber una balsa, una fosa)

cincuenta y seis años, casi cincuenta y siete, dice el médico
que grasa en el hígado, no es así como se desabrocha el vestido,
además no son botones ni es por delante, es por detrás, yo le qui-
to las grapas, las pinzas, el gitano no habló conmigo, se fue y el
ala del sombrero disimulaba la oreja, dentro de poco el carro, los
cascabeles y una mujer con él, no una perra, no yo, un ladrido,
una invitación, mi vientre al final abierto, qué extraño, mi vientre abierto, madre, no imaginaba mi vientre abierto, fíjese, por
favor tóquenme, siéntanme, yo en el cobertizo del surtidor de
gasolina con animales cuyo nombre desconozco, los que en sueños me agarran y yo, que detesto a los animales, no con miedo,
contenta, topos, serpientes, arañas, díganmelo ustedes que yo no
lo sé, yo en el surtidor de gasolina y el carro y los cascabeles tan
lejos, nunca me ordenó

—Tú

de modo que mis piernas de señora de edad bajo ningún perro,
ganas de regalarle unos zapatos de mi marido, tome estos zapa-

tos, señor, y él desconfiado rehuyéndome, uno de esos perros con miedo a nosotros que se escapan de un salto, nosotros

—No te vayas, no me dejes aquí

y ellos con miedo de una varita, un junco

—No me haga daño

acelerando el trote, un perro cualquiera o un campesino cualquiera, qué más da, alguien que me lastimase el cuello

—Cállate

y yo casi muerta sin dejar de verlo, francamente no sé qué me pasa, ayúdenme, cincuenta y seis años, casi cincuenta y siete, yo una señora, una enfermera, cuéntenme qué reclama mi cuerpo, no mi cuerpo, este cuerpo diferente del mío, qué reclama este cuerpo, oigo los campos, el viento, la encina junto a la casa de mi abuela cantando, mi abuela

—¿No ves la encina?

y yo

—¿La encina?

sin discernir cuál de las dos hablaba, un tronco tan antiguo, la piel de la corteza, los huesos, era mi abuela quien

—¿No ves la encina?

o era la encina, era yo, mi tío

(¿o mi abuelo?)

quemando el heno allá, me llamo Alice, Dios mío, no permitáis que las llamas del Infierno me rodeen y yo arda, no me elijáis entre los justos

—Alice

y mi alma sufriendo, los gitanos en los hielos del Polo y el cobertizo del surtidor de gasolina desierto, medianoche y yo a la espera, mi marido

(por qué no eres un perro, deberías ser un perro sorprendiéndose con el mecanismo de plástico o metal y retirando la palma de la garganta como si en la palma un residuo de voz

—¿Qué es esto?)

mi madre me crió sin hombre, ni un perro para muestra, patos, conejos, animales así, cómo logró criarme sin un hombre, madre, no se daba cuenta de los cascabeles y del trote de las mulas, de la encina que mi abuela

—¿No ves la encina?

y la encina allá, cuentan que la Virgen en una encina y no sé si soy virgen, el cura hablaba de la Virgen en la iglesia, qué es ser virgen, virgen es una mujer sin prisa en el lomo que sus propios dedos revuelven, no puedo siquiera conmigo, qué fuerza tengo si no me desprendo de la cama, de esta almohada que me traba la lengua, valedme, por Vuestro Santo Hijo que padeció en el Calvario

(gotas de sangre como yo)

valedme, un domingo no sé qué edad tenía, qué edad tenía yo, madre, ha de saber qué edad tenía yo, incluso ahora cuando la visito en la Misericórdia, y a pesar de no hablar, ha de saber qué edad tenía yo, si me inclinase hacia usted

—¿Qué edad tenía yo en aquel momento, madre?

respondería sin hablar, sujeta a una silla con la manta en el regazo, aunque sin verme porque no me ve, el médico dice que no ve

—Ya no ve, pobre

(¿se acuerda de la encina?)

me miraba y respondía, antes de callarse de nuevo respondía

—Siete años

respondía

—Ocho años

claro que respondía a pesar del médico

—Ya no habla, pobre

y no hablando respondía

—Tenías siete años

—Tenías ocho años

el médico a mi lado

—Responder qué, si no habla

y respondía, ¿no ve?, escriba en su ficha, doctor

—Tenías ocho años en ese momento, hija

por tanto escriba que ocho años, doctor, yo muriendo en la Misericórdia de Évora y mi hija ocho añitos, doctor, la piel tan clara, el pelo casi rubio, linda, fíjese en mi abuela, en la encina, en el heno que acababa de quemarse allá, detrás de las llamas las sombras de mi abuelo y de mi tío, me acuerdo de un rastrillo juntando cenizas en un cubo, no, me acuerdo de que en esa época solo mi madre y yo, mi abuelo no sé dónde, es decir, lo sé, mi abuelo fallecido y mi tío en Luxemburgo, no mandaba recados, no escribía, la postal de un compañero

—Un accidente con la máquina, doña Maria José se quedó aquí en el cementerio

y entonces sí una carta pero no de él, del patrón y con una marca de dedos con tinta que mi madre ofrecía a la devoción de los vecinos

—Lo respetaban

dinero que no llegó para los muebles de la sala, llegó para el armario con portezuelas de cristal que está allá abajo en el sótano, meses más tarde una maleta casi vacía, calcetines enmohecidos, una foto mía de bebé que si estuviese en el arca se la entregaría a los gitanos

—Alguna vez tuve menos de cincuenta y siete años, fíjense

y una boina, mi madre callada observando la boina, la colgó al lado del fogón y la miraba de vez en cuando comparándola con la cena, después no sé lo que le ocurrió, mentira, lo sé, la gorra de adorno del espantapájaros con los calcetines enmoheci-dos en la huerta, creo que los perros, los gitanos, la lluvia o todo junto se la llevaron un día así como se llevaron la carta que desa-pareció del cajón, me acuerdo de haber puesto mis dedos sobre la marca de los dedos con tinta, imaginar que me pertenecía y por consiguiente yo en Luxemburgo dirigiendo a los obreros, los portugueses, los negros, cómo logró criarme sin un hombre, señora, ha de acordarse de la helada porque lo que sembramos estaba quemado, lo que comíamos quemado, nada de agua en las tuberías, ni la encina se veía, fuimos tan pobres en el invierno, un domingo yo jugando con moldes de pasteles y en esto mi madre que traía un lebrillo o un pollo en la mano, no interesa, creo que un pollo, las piernas erizadas y el ojo enfadado, aun te-niendo dos ojos un solo ojo enfadado, por dónde iba, pies, pier-nas, delantal, pollo y mi madre encima de todo aquello

—Tu padre está ahí fuera preguntando por ti

yo que no tuve padre, me crió sin un hombre, sola, no me obliguen a recapitular los inviernos, la gorra de mi tío ahí fuera y un perro

(no fueron los gitanos ni la lluvia, sino un perro quien se la llevó) un automóvil con un señor y dos señoras en el exterior de la muralla desde donde no se divisa Évora, se divisa una especie de pantano, unas pocas cabañas y dos de ellas derruidas, todo más alejado que el sitio donde vivimos mi marido y yo, un señor de bigote, no un gitano, no un perro, dos señoras de azul, una de las señoras al lado del señor, la otra señora atrás, desde nuestra casa ahora se ve Évora, no desde toda la casa, desde el despacho y a las diez apago la luz del pasillo, la luz de la habitación y todo quieto excepto el mecanismo del habla de metal o de plástico que apenas entiendo, lejísimos, ni un perro bajo la ventana, nadie salvo mi padre en el automóvil, es decir, el señor y las dos señoras, mi madre junto a mí con el pollo

(—¿No ves la encina?)

y nosotras dos afligidas, es decir, mi madre y el pollo afligidos, es decir, el pollo porque mi madre allá arriba, su cara, sus hombros, el médico de la Misericórdia

—Ya no habla, pobre

y no hablaba, pobre, no le gustaba ser una de las señoras de azul, madre, estar con el señor de bigote, qué es eso de padre, cómo es un padre, enséñeme a decir padre, mover los labios y que salga

—Padre, padre

el brazo del señor de bigote fuera del automóvil

—Toma

arrojándome monedas, conté cuatro monedas mientras los dedos se abrían y las monedas en el suelo, cuatro monedas en el suelo, la señora al lado del señor sonreía y el señor no sonreía, no me magulló el cuello, no una prisa en mis ijares resbalando, recomenzando, hiriéndome, la segunda señora sonriendo igualmente cuando el señor de bigote

—Aquella es mi hija

y el motor del coche alejándose, no una carretera, hoy sí una carretera, en aquella época un camino de tierra y qué me pasa hoy, medianoche y yo despierta, un camino de tierra y arbustos y charcos, un tractor con una chimeneíta arrastrando un arado porque los surcos se alzaban y balanceándose, mi madre con una manta en el regazo acordándose, no le hagan caso al médico

—No se acuerda de nada

del tractor, de los arbustos

—Tenías ocho años

y ¿se ha dado cuenta de cómo habla, doctor?, me pregunta por la encina, se interesa, había túmulos antiguos en la ladera o dicen que túmulos, círculos de piedras enormes, si escarba con el sacho ha de encontrar a mi padre, la pajarita, el bigote, las señoras de azul, la última moneda arrojada desde el coche y el señor

—Aquella es mi hija

esas cosas de metal o de plástico que tenemos en la barriga, si nos agitamos enseguida

—Aquella es mi hija

y un halcón en el cielo hueco, un milano, insectos que al roer sus propias alas nos roen, mi madre prohibiéndome

—No cojas las monedas

y cuántos años tenía usted, madre, qué edad, ahí anda mi tío juntando el maíz, si el señor de bigote se acercase él con la gorra al pecho

—Patrón

aceptando callado, no callado

—Patrón

la escopeta de caza de mi abuelo en el armario y mi abuelo

—Patrón

me crió sin un hombre, sola, los calcetines y la gorra de mi tío en el espantapájaros, un accidente con la cementera, doña Maria José y mi madre persiguiendo las letras con el dedo como apoyando la lectura, diez minutos después estaba desplumando el pollo cuyo único ojo colgado del cuerpo a pesar de ser dos se había desinteresado de mí, un ojo como los de la perra cuando los cachorros, antes de los cachorros, un ojo como los de la perra cuando mi marido la amarró en el garaje y el animal una gota, otra gota, una perra sin raza así como nosotros también sin raza, nosotros pobres

—Patrón

no volví a ver a mi padre ni a las señoras de azul, el automóvil una mañana en Évora frente al notario y mi madre

—Camina más deprisa

docenas de perros en la plaza, en la sucursal del Banco, en las tiendas, salían del hostal cargando maletas, no la de mi tío, vacía, si mi tío estuviese con nosotros

—Patrón

(perros en el café siguiéndome)

francamente no sé qué me pasa

(—¿No ves a la encina cantando?)

medianoche y despierta, explíquenme qué me pasa

—Dime qué me pasa, perra

la semana pasada busqué las monedas en lo que queda del camino y ningún tractor con una chimeneíta, bosque, uno de los juncos del espantapájaros aún resistía, guitas de rafia, trapitos y yo sin darme cuenta

—Padre

cincuenta y seis, casi cincuenta y siete años, trátenme con respeto, trabajo en cirugía curando úlceras, varices y mi vientre se ha cerrado, los machos no resuellan bajo la ventana y yo

—Padre

medianoche y yo

—Padre

debería haberme cambiado de ropa para no salir con mi vestido sucio, por qué motivo no me ha peinado, madre, me ordenaba

—Ven acá

y un lazo en el pelo, horquillas, las señoras sin mirar a mi madre, riéndose

—¿Aquella, tu hija?

y quitando el milano que no se desplazaba, pegado a no sé qué, nada, no me acuerdo de gitanos en esa época, mi madre

—Cállate

a pesar de estar callada de manera que solo quedaban los insectos royendo sus propias alas al roernos, mi madre a los insectos

—Cállense

y por tanto nada en realidad, la misma cama para las dos y su enfado en la oscuridad, mi madre mirando el techo y el espantapájaros consolándola en el patio con la voz de mi tío, no me digan que mi tío no conversaba con las personas, la prueba es que al pasar junto a los cebollinos él enseguida

(estoy mintiendo)

—Aliciña

la única persona que a mí

(estoy mintiendo, ¿qué me pasa?)

—Aliciña

en la maleta de Luxemburgo mi foto que no sé dónde está, me acuerdo mejor de la bicicleta que de su cara, tío, llevaba el plato de la cena hasta las alubias y se agachaba ahí fuera, mi madre desde la cocina

—¿Quieres más?

apenas se lo distinguía a usted hasta que las cámaras de aire vacías y mi madre sin necesidad de mostrarles la olla a las alubias y a los animales que nos asustan desde las profundidades de la tierra y dejaban a mí tío en paz sin que yo entendiese la razón

—¿Quieres más?

mientras que a mí me agarraban, me llevaban hasta las retamas y me comían enseguida, cabeza, ombligo y todo, aunque quisiera no podía gritar porque me comían los gritos, la bicicleta oxidándose en el patio, uno de los pedales se cayó y mi madre

—No lo toques

le probaba el timbre y un chirriar de óxido donde antes una campanilla, la bicicleta haciendo cuerpo con la tierra y convirtiéndose en un arbusto, un boj y había plantas

(—¿Qué edad tenía yo en ese momento, madre?)

que nacían del talud asegurando qué, anunciando qué en ese lenguaje de ellas

(¿francés como en la carta de Luxemburgo, italiano?)

que ni la profesora traducía, me observaba como si yo me burlase de ella y no me burlaba, nunca me he burlado de nadie así como nunca me burlaría de la oreja del gitano si me buscase en el surtidor

—No me burlo, tranquilícese

no sé qué me pasa hoy, algo del tipo de la inquietud de la perra, un cuerpo viejo que se queja y será la muerte, Dios mío, los muertos también acostados, quietos, la cara igual a la mía, seguro, suelas nuevas incapaces de andar como nosotros, si andan un gemido de cuero que se estrena y ni una marca en el charol, la etiqueta del precio aún pegada al tacón, el cura se ponía las gafas para observar la etiqueta e indignarse por el gasto, lo que me pasa son estas ganas de encogerme en el garaje y quedarme allí como un desperdicio, una cosa, ningún perro antes de mi marido guiado por una vaharada de olor, supimos que mi tío estaba en Luxemburgo por un compañero de trabajo, quiso comprar la bicicleta y mi madre

—No la vendo

prometió que le llevaría hortalizas y huevos y no volvió a buscarlos, ningún perro antes de mi marido en círculos que nos tantean, nos miden, parten llamados por no sé qué a rebuscar entre los detritos o galopando en jauría tras una perdiz que se les escapa, el encargo para mi tío en el banquito de la entrada hasta la aparición de la maleta, en el reverso de la fotografía mi Aliciña a los once meses Joaquim, por qué razón nunca conversó conmigo ni me paseó en bicicleta, señor, me acuerdo de gestos rápidos y de barbillas de pez, se suspendía agitando aletas y en esto un movimiento de la cola y hasta siempre, llenen las cámaras de aire, arreglen el pedal, paséenme en bicicleta desde aquí hasta el Correo y tal vez lo que me pasa, algo del tipo de la inquietud de la perra

—¿A ti qué te pasa?

se atenúe, descubrí a mi marido en los árboles a la salida del hospital y al principio no reparé en él porque no era un perro, sino una sombra fumando, después reparé en él porque reparaba en mí, dejaba el servicio nocturno y la sombra avanzaba un paso entre sombras, pasear en bicicleta con mi tío y el timbre no emitiendo un chirriar de óxido, una música aguda, no distinguía la cara de mi marido, distinguía su traje y su sombrero, árboles antes plátanos, otros árboles hoy, construyeron pabellones en el hospital, cambiaron el almacén y la bicicleta cada vez más deprisa anunciándoles a los ingleses del hostal

—Somos nosotros

una especie de viento en el cuerpo y palabra de honor que yo sin miedo, chicos, una noche no encontré a mi marido entre los plátanos, lo encontré en la carretera donde estaba el automóvil del señor de bigote y de las señoras de vestido azul sonriendo

—Aquella es mi hija

y el motor alejándose, un tractor con una chimeneíta todo encorvado por el esfuerzo

(—Dentro de poco le dará una embolia)

se sentían sus músculos, pobre, y sus pulmones porfiando, prométanme que si digo que las cosas son iguales a nosotros, la fisonomía, el esqueleto, la manera de ser, no me considerarán ridícula

(no sé qué me pasa hoy, no hay una sola vena mía que no sufra, no estalle, esta en el corazón, por ejemplo, esta en mi barriga

vientre cerrado y sin sangre, fallecí)

mi marido cerca de la casa receloso de mí, un perro acostumbrado a las perras alejándose de mí

—Quería conversar con usted

y no un ladrido, el mecanismo del habla articulando la frase toda junta, unas letras encima de las otras que me llevó tiempo separar y colocar en orden

—Quería conversar con usted

mientras que los insectos roían sus propias alas royéndonos, debían de haberme roído en ese momento, róanme ahora, vamos, ningún perro antes de este y este vacilante, curvando el lomo, atreviéndose

—Quería conversar con usted

a mí que no me apetecía conversar con un perro, me apetecía conversar con mi tío, guardé varios años seguidos Mi Aliciña a los once meses en el moho de la maleta, cincuenta y siete años, tío, se da cuenta, cincuenta y siete años, en serio, Aliciña tan vieja despierta a medianoche sin entender el motivo, su hermana en la Misericórdia con una manta en el regazo y nadie que me proteja del mecanismo del habla y de las palabras automáticas sin que se moviesen las facciones

—Quería conversar con usted

no un hombre, un perro, cómo te llamas, perro, adivinaste que yo estaba aquí, me husmeaste y viniste rodeando el cobertizo del surtidor de gasolina completo en ese momento, con una farola por la noche, se veía al empleado leyendo el periódico en un cubo boca abajo, si mi tío estuviese conmigo en lugar de en Luxemburgo ahuyentaría al perro con una palmada mientras que mi vientre

mentira, aún no, yo no una perra, una enfermera, trabajaba en cirugía con las varices y las úlceras, ayudaba a los médicos, el perro insistiendo

—Quería conversar con usted

un peñasco allí abajo con unos tallitos rojos y yo dándome cuenta de una inquietud, una prisa

—¿Qué me pasa hoy?

parecida a las señoras de azul en el automóvil en las que al pasmo seguía un baileteo de pendientes

—¿Tu hija?

de modo que si no les importa ayúdenme a comprender lo que me pasa y lo que reclama mi cuerpo o un cuerpo por así decir de perra sin semejanzas con el mío, oigo los campos, el bosque, la encina cantando, si mi abuela estuviese aquí y mi abuela no está aquí, difunta, yo tan nerviosa sin usted, desesperada por las cosas, por favor no me susurre

—¿No ves la encina?

si oía la radio por la noche no oía la radio, oía las raíces

—Alice

un declive de conejos y de mochuelos

—Alice

encendí la lámpara y a pesar de la lámpara no atinaba con los muebles, ahí estaba la bicicleta apoyada en la tapia, pulsaba el timbre y no un chirriar de óxido, un silbidito tenue

—¿No ves la encina?

sin que yo respondiese

(¿al timbre, a mi abuela?)

—Tal vez

porque una gota de sangre, otra gota y la barriga creciendo, ¿podrá llamarse jardín a este pomar deshecho, estas malvas?, el empleado del surtidor de gasolina apagó la farola y de repente nadie, el volumen de la casa con el canalón torcido y los tiestos del porche, aunque ninguna luna que aún brillase, el mecanismo del habla en lugar de

—Quería conversar con usted

un sollozo y la palma comprobando la garganta

—¿Qué es esto?

me llamo Alice, Dios mío, no permitáis que las llamas del Infierno, no consintáis que yo arda, yo en la verja a la espera, medianoche y a la espera, el hombre con la voz de muñeca suelta en la barriga o un perro, debía de ser un perro, ojalá sea un perro que se extravió de la jauría convocado por un instinto cualquiera buscándome, se acabó el cielo en Évora, hay un espacio con postes eléctricos, ramas y por tanto no hay cielo y Dios no existe, qué suerte, si existiese se enfadaría conmigo y los enfados de Dios estatuas de sal, saltamontes, hay este olor a hojas, ladrillos destinados al almacén y que con la partida de mi tío no sirvieron de nada, insignificancias en los arriates prometiendo nacer

(¿un hijo?)

lo que el hombre consideraba brazos y yo afirmo que patas, un perro

—Quería conversar con usted

y el miedo de una palmada ahuyentándolo, de una puerta cerrándose y él ahí fuera sin mí, no un cigarrillo, no un hombre, un perro, la esperanza de que le ordene

—Ven con tu ama, perro

no lo desprecie, lo acepte, la pieza suelta no

—Quería conversar con usted

la pieza suelta

—Acépteme, señora

y lo acepto porque Dios no existe, el cura mintió y la prueba de que no existe es el cielo deshabitado, yo debajo del automóvil en el garaje y mi vientre ahora sí una gota, dos gotas, no suponía en mi barriga un mecanismo del habla repitiendo

—Me llamo Alice y voy a consumirme en el Infierno

mi madre en la Misericórdia al contrario de lo que afirmaba el médico

—Ocho añitos

y por consiguiente usted curada, madre, usted joven empezando a cenar, nunca necesitamos un hombre, nos ocupamos de la casa solas, no reparamos la chimenea porque nos hacía falta una escalera pero sacudíamos el mantel y el humo desaparecía, era usted quien lo sacudía

—No sabes hacer nada

y tenía razón, señora, no sabía hacer nada excepto dejar que me sujetasen los muslos y me lastimasen la nuca, mi palma comprobando la garganta

—¿Qué es esto?

y un sonido rasgándome, rasgando la encina

—¿No ves la encina?

la piel de la corteza, las ramas, era la encina la que cantaba, no yo, de modo que expliqué

—Es la encina la que canta

y mi abuela calmada porque es la encina la que canta, dije al principio que no sé qué me pasa, una inquietud, una fiebre y me equivoqué, lo sé, a los cincuenta y seis, casi cincuenta y siete años a la espera de un perro y de una voz de muñeca

—Quería conversar con usted

quiero la puerta del garaje abierta de par en par y mi tío

—Aliciña

dispuesto a llevarme en bicicleta rumbo a la mañana.

4

Desde hace más de sesenta años y conociendo al dedillo la naturaleza de las personas no le pido a una mujer sino que tenga la casa en orden y me deje en paz. Poca charla, un terroncito de azúcar en caso de que se porte con juicio y ahí las tenemos como es debido evitando que nos pongan el pie encima, que es el sueño de ellas, convencidas de que el mundo les pertenece, pero ochenta y cinco ya son años, soy una rata vieja, si levantan la nariz finjo no darme cuenta y cuando menos se lo esperan no hacen falta palabras, basta con un apretón bien dado y lágrima más lágrima menos se ponen a raya otra vez, ¿quieres un cojín para la espalda?, ¿quieres que cierre la ventana?, ni una protesta si llamamos a otra al despacho que es lo mejor que tienen que hacer para vivir en calma y por la noche el camisón levantado y el cuerpo a la espera, no exijo que me abracen, no les pido teatro, solo que aguanten la tarea en silencio, se acurruquen al borde del colchón donde no repare en ellas y nada en mi cabeza excepto los alcornoques nuevos y la idea de la muerte

(me acuerdo de lo que fue con mi padre sollozando de miedo, el cretino

—No me dejen solo, no me dejen solo)

y yo con ganas de pegarle avergonzado de él, la idea de la muerte revolviéndome las tripas y la certidumbre de que a Dios no solamente no le importó sino que no da ni un céntimo por mí, me ha olvidado y menos mal que me ha olvidado porque me quedo a gusto sin perderme en explicaciones del tipo de las que exigía mi padre, él antes de la enfermedad con la cresta alzada hasta que el gallo se cansó de estar allí tan manso, se convirtió en cáncer y acabó con su vejiga y con su próstata, mi padre perdiendo autoridad, adelgazando, señalándose los pantalones

—Tengo una molestia aquí

se quedaba en el sillón mirando la pared y preguntando con buenos modales

(por primera vez con buenos modales)

—¿Tú crees que es grave?

convencido de que era mi obligación pasar el tiempo con él como si no bastase con encargarme de la granja, corregir sus burradas y poner al personal a raya, mi padre desparramando en el escritorio los análisis del médico con la frente de quien observa el mapa de una batalla perdida

—¿Comprendes estos números al menos?

y un desmayo en la voz que me gustaba, bien hecho, una vacilación de pánico que me iba dando placer, la cocinera interrogándome con los párpados, más joven que yo, toda anillos, toda lujos, un piso en Vila Viçosa, una parcela en Reguengos, la avisé también con los párpados y la muy pizpireta entendiendo y desapareciendo de mi vista

—Ya te aplico tu dosis, tranquilo

mi padre entendiendo igualmente pero conteniéndose quizá porque el Infierno asusta, en eso estamos de acuerdo, la carne de los hombros en los huesos y demasiado cuello para el pescuezo que tenía, un soplito infantil que imploraba mentiras

(—Sé buen chico y miénteme, qué te cuesta mentir

el cretino hasta que por fin debajo de mi ala

—¿Qué te cuesta mentir?)

—¿Tú crees que es grave?

y equivocándose de clueca porque no he nacido para gallina, yo sin necesidad de comprender los análisis para comprender la enfermedad, señalé uno de los papelitos al azar con una severidad de médico

—Esta no es gran cosa, qué pena

cogí una radiografía de modo que cayese al suelo y mi padre sin lograr agarrarla como si su vida dependiese de detener su caída, renunció porque la radiografía se deslizó por la alfombra y el cretino odiándome, solo faltó que me acusase de conspirar con la vejiga y la próstata, nosotros tres unidos con el propósito maligno de estropearle sus días, lo informé al marcharme para infundir un poco de energía en la pereza del administrador ocupado en rascarse el ombligo siguiendo con la mano a modo de visera la oscilación de los milanos

—Si estuviese en su lugar iría encargando el ataúd

y el cretino colgado de mí desorbitado de terror, se pasó tres meses rezando el rosario él que nunca rezaba, con las cuentas escondidas en el bolsillo para que yo no me enterase y llamó al cura para encargarle plegarias y misas que este presentó después del entierro en una factura aparte, por si las moscas le aclaré al cura en el pasillo acomodándole su bracito

—No creerá que le voy a pagar

y lo dejé masajeándose grasas y con el hueso machacado para que no se olvidase nunca mientras yo descubría agradecido que la enfermedad de mi padre, además de ayudarme a respirar, me volvía más firme, al administrador también le pareció cuando le retorcí el gaznate y acabé con los milanos, él que uno o dos años antes, por culpa del cretino sin noción de las jerarquías o despreciando al hijo, me trataba de tú

—Tú esto tú aquello

yo calladito soportándolo

—Ya verás

y gracias a la ayuda de la vejiga y de la próstata, a quienes retribuyo su amistad, vio más pronto de lo que esperaba, hasta experimentó el tú sacudiéndose como un pollo

—¿Qué es eso, muchacho?

ora rojo ora pálido y no venas, fibras de cuerda, sin lograr conmoverme hasta que entendió quién mandaba

—Sí, señor, sí, señor

detestándome por lo que veo, estudiándose la tráquea a ver si le faltaban piezas y acomodándose lo que quedó de la camisa, tal vez debería haberle arrancado algunas bisagras para que me detestase más, detéstenme cuanto quieran y provóquenme úlceras si les da la gana siempre que se dejen guiar, lo encontré al día siguiente conspirando con mi padre en el despacho, el administrador con una gorra de visera en la cabeza y el cretino con la palma en el ombligo masajeándose los cólicos y apenas me vieron ni pío, angelicales, inocentes, uno de ellos se levantó del sofá de un saltito pesado y el otro comenzó de inmediato a juntar los análisis, golpeándolos en un tablero para poner a la par los bordes, a pesar de ver en los cristales el olmo que planté de niño y me enternece el corazón me acerqué al administrador hasta que la gorra le desapareció de la cabeza y se la puso contra el pecho

(adivinaba a la cocinera en la despensa detestándome igualmente y cambiando algunas piezas de la vajilla de balda sin sospechar que minuto más minuto menos recibiría su dosis)

y mi padre dándose cuenta no solo de quién mandaba sino también de quién no movería un dedo para impedir su muerte, mi madre falleció cuando yo nací y cuántas veces por la noche

no voy a entrar en ese tema, mientras el olmo exista yo aguanto, me acuerdo de que era pequeño y le decía, conmovido y necio

—Ahora eres mi madre

cuando no necesito del olmo para nada, mañana para acabar con tanta sensiblería cojo el hacha y lo corto con dos golpes, mi madre al final una mujer ni mejor ni peor que la cocinera y la pandilla restante

(por algún motivo se casó con mi padre)

si yo hubiese vivido sacándome los ojos con ella

—No me moleste, cállese

y en cierto sentido la prefiero difunta antes que tenerla persiguiéndome con jeremiadas hasta la puerta de la calle sin fuerzas ni para mandar cantar a un ciego

—Ponte la bufanda que hace frío

—No has comido los huevitos

e imbecilidades de ese tipo, creo que me he librado de una buena, niñerías, exageraciones

—¿Por qué no me haces caso?

mientras que el olmo no se fija en lo que visto, en lo que como, no me pide que lo riegue

—¿Por qué no me haces caso a mí?

no se queja de parásitos o bichos, fui yo quien los encontró al reparar en las hojas oscuras y los brotes secándose, el cretino a mi espalda aleccionando al administrador

—Mira al pasmarote cómo se ocupa de su novia, Belmiro

y yo aguantando así como aguanté a la cocinera, la dueña de la peluquería y la rucia de la mercería que picoteaban mi herencia, una pulsera para la izquierda, un secador para la derecha, si compraba el periódico era el anillo de compromiso de mi madre que me entregaba la vuelta y ni bufanda ni huevitos, una mudez de burla, hay momentos de debilidad, no sé, en que me imagino a mi madre diferente de sus compañeras pero pronto comprendo que todas están hechas con el mismo molde y para qué perder el tiempo buscando matices entre ellas, sigo tirando qué remedio, de sigo tirando qué remedio nada, piso las semanas con energía evitando memeces, en cuanto al cretino se pasó meses confinado en el sillón, esquelético, amarillo, con un tubito en la boca y un tubito en sus partes, cobarde hasta el final

(—¿Está seguro de que usted era mi padre?)

—No me dejen solo

ordené a la cocinera que fuese al despacho para acompañarlo en sus achaques, ella con ganas de matarme que es como prefiero que sean, me complacen el temperamento y la raza antes de partirles el espinazo y, después de partirles el espinazo, una mansedumbre que da gusto, mi padre se consumía en los tubos y la cocinera con el espinazo por ahora intacto y sal de ahí con malos modos

—¿Qué pasa?

yo como si no la oyese arrastrando el trípode hasta el sillón

(y ahí fuera el olmo aprobándome, tal vez no me cansase de sus desvelos, madre, le permito ocupar un ángulo de mi memoria con la condición de que si digo un ángulo es un ángulo, no piense que me conmueve, no me conmueve ni pizca)

arrastrando el trípode hasta el sillón donde los ojos de mi padre flotaban no en el lugar de ellos, sino en las mejillas, regresando de un sitio de oscuridad, de desgracias

—¿Tú crees que es grave?

y la cocinera dándose cuenta de qué madera era yo, allá se iban sus andares, la sopera y aun así vacilante la obstinada, yo en voz baja que nunca fui de gritar además de que no vale la pena gastar los pulmones con los otros, se tira de las riendas para aquí y para allá y si las mulas obedecen por qué no han de obedecer las personas también, me limité a mostrarle el trípode con dos palmaditas en el tablero y los dedos de mi padre se cerraron y se abrieron, su cara menos imbécil de lo que yo pensaba

(lo felicito por ello, señor, enhorabuena)

anticipando el resto de la película, tal vez podríamos habernos entendido el uno con el otro, creo que no, probablemente, no lo sé, en todo caso se perdió la oportunidad, tarde para el cretino y tarde para mí, se acabó, por tanto anticipando el resto de la película y yo divertido con el montoncito de tibias en el sillón envueltas en el pijama, incapaz de impedirme

(si hubiésemos podido llegar a entendernos, ¿me sentiría feliz?)

comunicarle a la cocinera con una amabilidad de pariente

—Ahora te quedas ahí escoltando a tu novio

el despacho cuyos muebles me apresuré a cambiar así como cambié las habitaciones, la sala, me humillaron demasiado con aquel exceso de trastos que la misma mañana del entierro mandé quemar en el patio, como estaba aún fresco en el cementerio esperé a que mi padre se enfureciera con las llamas, él que no le compró ni un nicho a mi madre cuando levantaron sus restos, una simple placa en el muro donde encontrase su nombre, nunca fui hombre de nostalgias y sin embargo no me costaban nada unas flores, se me pasó por la cabeza hablar con el guardia y colocar la placa incluso sin restos dentro pero no me apetece que me venga la infancia a la memoria y con la infancia yo en la ventana contemplando la lluvia o con los dientes en la almohada mordiendo recuerdos que a ciertas alturas me asustan, por no hablar del viento que no me deja dormir en invierno y mi madre a la busca de sala en sala sin conseguir encontrarme, ayer pensé que ella en una pausa entre las tejas y un pájaro sin brújula que desviaron las nubes o las copas de los árboles

(no el olmo que no engaña a nadie)

un halcón peregrino al que despertó la luna y los dientes en la almohada mordiéndose a sí mismos, pero dejando esto de lado y volviendo a lo que interesa la cocinera solo un asomo de nalga en mitad del trípode maldiciéndome hasta la muerte que bien lo notaba yo en la firmeza de la espalda, yo comprobando

—Al menos de lomo eres una yegua decente

y preguntándome en qué antros del demonio las pescaba el cretino, los ojos de mi padre se clavaron un instante en mí y antes de triturarme

(yo acordándome de mi madre

—Ni una lápida vas a tener)

se perdieron, me preocupé con afecto

(quien reniega de la familia no merece tener alma)

—¿Se siente desvalido, señor?

y luego la espalda de la cocinera un sobresalto de furia, el cretino remó en mi dirección para vengarse de mí, levantarse del sillón, golpearme y siguió inmóvil con sus ollares grandes y después pequeños y las costillas desordenadas, cada una por su lado, si fuese capaz de hablar exigiría que me contase

—¿Cómo era mi madre?

porque ni una foto se libró, descubrí en un cesto un álbum de fotografías al que le faltaban imágenes y en el espacio de las imágenes que faltaban manchas blancas de cola, puede parecer idiota

(a mí me parece idiota)

y sin embargo detuve el pulgar en las rugosidades de la cola

—¿No me ve, madre?

supongo que mi madre de primera comunión, mi madre con mis abuelos, mi madre con mi padre en Portalegre

(ciudad toda torcida)

de vacaciones con un vestido estampado, aún hoy a los ochenta y cinco años mi madre en Portalegre con un vestido estampado y la sonrisa cohibida que provocan las máquinas, partes importantes desenfocadas, partes sin importancia

(una manga, una sandalia)

nítidas, una mancha en la cara torciéndole la boca, su boca no es así, quítese la mancha, madrecita, fotografías que envejecen a las personas, las engordan, las disfrazan, cada fragmento de cola

(algunos de ellos los rascó el cretino)

mi madre gorda o delgadita, creo que delgadita, pequeña

(yo que prefiero a las mujeres grandes)

de manera que para enseñarle a mi padre a no robarme lo que es mío dejándome unas costras en hojas de cartón le dije a la co-

cinera que se estiraba el delantal con la fantasía de esconderse las
piernas

—Ven arriba a mi habitación

(hasta en eso un cretino, un tramposo de cuidado, me descubro ante él sin rencor, no solo yegua por el lomo, yegua también por las piernas, si no estuviese condenado a morir y el médico

—Una semana a lo sumo

el médico que nunca acertó en nada ni siquiera en la esposa, que lo cambió por un guardia forestal y se esfumó en Francia con la cuenta del banco, ocuparía yo el trípode y no le daría descanso mientras no me enseñase los trucos)

unas costras en hojas de cartón y por consiguiente bien está que su lengua tenga que luchar con el tubo

—¿Qué insulto me ha lanzado, padre?

mientras que la cocinera trepaba las escaleras con los tobillos de yegua y un balanceo de muslos que garantizaba buena sangre, señalé la habitación de mi padre en lugar de mi habitación por temor a que la lluvia me gritase a los oídos, con la lluvia la infancia y con la infancia, desconsuelos, terrores, la santita en la cabecera

(mi madre la santita con las manos cruzadas, sufriendo)

y yo arrodillado pidiendo por nosotros, por mí, el pánico de que al levantarme en el cementerio perdiesen mis restos y al no haber restos yo no habría existido, nadie que me ofreciese narcisos y repitiese mi nombre

—¿Este quién era?

una pausa

—No tiene importancia

y yo olvidado para siempre, un halcón peregrino o un difunto sin placa en los ovillos de la nada, en la habitación de mi padre ni santitas ni oraciones, muebles inmensos, negros, la escopeta de caza en el armario y el cretino en el bajo castañeteándole las encías

(ni una lápida vas a tener)

susurrándome con un asomo de terror

—¿Tú crees que es grave?

no se preocupaba por mi madre, no se preocupaba por mí, veía el ataúd, el agua bendita y él sin poder defenderse, esposado al rosario

—¿Tú crees que es grave?

con la ilusión de cobrar aliento, curarse, tranquilícese por la cocinera, padre, que yo resuelvo esto en su lugar, ni siquiera cierro la puerta para que pueda enterarse, hundido en el sillón, de que cumplo con la tarea, en la ventana los gansos salvajes camino del este, el administrador viéndome y bajando la voz, le aconsejé que se afeitase antes de llamar a mi puerta, que no rozase la mano de las criadas y el pelota

—Patrón

no a mi padre, sino a mí, a este menda, le comuniqué con un codazo de camaradería entre machos

—Cuando tenga algo de tiempo le hago un niño a tu hija

no a su hija, se acabaron las ceremonias, un niño a tu hija, mi padre ha estirado la pata, eres mi empleado, y el pelota de acuerdo con que le entregase un nietecito sin papel ni iglesia para cambiarle los pañales, ir a Évora a la cola de las vacunas a perder toda una mañana y parte de la tarde y biberones y calor, el pelota sin vacilar

—Sí, patrón

desde la habitación del cretino los gansos camino del este, de vez en cuando, por pasar el tiempo, yo, un tirito o dos y observo precipitarse unas piedras de plumas o sea en lugar de alas unos farditos que caen y les dejó los cuerpos a los perros

(carne amarga, venenosa)

ellos que los despedacen, que luchen, que aprendan a ganarse la vida amenazando y sufriendo así como yo aprendí a afilarme los dientes, lamentablemente no estaba el olmo a este lado de la casa, el pozo sí, la huerta, el lavadero desierto y no sé por qué todo aquello, aunque al sol, entristeciéndome, ¿adónde habré ido a buscar esta melancolía?, qué agobio, la cocinera en las inmediaciones de la cómoda que mi madre trajo con el ajuar y aún su espejo, el perfume, cajitas de falsa plata donde las mujeres amontonan naderías que no valen un pimiento, cartas, cintas, miserias que les afectan

(nunca os entenderé)

mi madre mujer y por tanto naderías de mujer, un mechón en un sobre con el rótulo Pharmacia Gonçalves impreso, y yo con celos del mechón, de quién era, confiese, no desvíe sus ojitos, si mi madre estaba conmigo clavaba mis ojos en ella como los halcones al descubrir un polluelo

—No mienta

la cocinera, la yegua, con el tejido del suéter cediendo

—¿Qué pasó?

ella seguramente una cajita, no hay mujer sin cajita, un mechón atado con una cuerda y pelos que el tiempo descoloró deshaciéndose en polvo

—No mientas

además de la cómoda la percha con la chaqueta y sus bolsillos llenos de mondadientes que mi padre usaba en el verano

(el mismo que llevo ahora)

para instalarse en el pórtico murmurando solo, si por azar estaba con él se volvía hacia mí, daba la impresión de que iba a hablar pero cambiaba de palillo y estrangulaba los murmullos, cuando me rompí la pierna me rondaba a distancia

—¿No duele?

se notaba que la boca

—¿No duele?

formaba las palabras y ningún sonido el cretino, me señalaba al administrador

—Se rompió la pierna el miedica

y no obstante una inquietud, una alarma

(como si eso me importase a mí, no me importaba un pimiento)

lo oía empujando al médico hacia el despacho y cerrando la puerta con un hilo de voz

—Se pondrá bueno, ¿no?

mientras a mí con desprecio pasándome de largo

—¿Te rompiste la pierna, miedica?

la cocinera dieciocho años y un tufo de bosque, todo elástico, firme, voy a hacerte dar vueltas en el picadero y enseñarte a que comas de mi mano

—Toma ya

de quién era el mechón, confiésalo, no jures por tu vida, no mientas, y debo de haber hablado alto o si no mi padre habló alto por el tubito de su boca porque la cocinera sorprendida

—¿Te rompiste la pierna, miedica?

yo ensordecido por los cláxones de los gansos, mi madre en el cementerio alimentando la tierra, qué plantas es usted ahora, señora, qué arbustos, las hierbas que el jardinero iba segando con la máquina

(mi madre en un cubo)

y quemaba después abonando las margaritas con las cenizas, el suéter de la cocinera cedía y su nuca y su cuello no morenos, blancos, pequeñas arterias, tendones

(¿mi madre pequeñas arterias, tendones?)

usted es listo, padre, lo felicito, he ahí el olor de la fritura en la colcha

(no voy a abrir la cama a propósito para que una mujer se acueste)

el terrón de azúcar recibido de rodillas

—Toma ya

y de repente la habitación poblada de cómodas a las que le faltaban tiradores y adornos, en las cómodas fotografías arrancadas del álbum, que se notaba por las manchas de cola, fondos de jardín en que una sonrisa desenfocada y una sandalia nítida, mi madre una sonrisa y una sandalia, muebles inmensos, negros, en el interior de los muebles vestigios de carcoma y las perchas desiertas, la escopeta de caza en el armario con las iniciales de mi padre, eres un ganso de la laguna, fíjate en cómo precipitas en la huerta el pico abierto, las patas, yo prendiendo a la cocinera y descuartizándole las caderas

—Échale tu cuerpo a los perros

y no era esto lo que yo quería, lo juro por Dios, tengo miedo, soy un niño, muerdo la almohada con fuerza, observo caer la lluvia

(si supieses lo que duele la lluvia)

quería al cretino cerrando la puerta del despacho y el hilo de voz

—Mi hijo se pondrá bueno, ¿no?

mi padre que se interesa por mí, me quiere, se preocupa, cuando tenía exámenes en el colegio su expresión

—¿Y?

quería a mi padre con salud, sin tubos

—¿Tú crees que es grave?

mandó abatir al mulo que me quebró la pierna, entró en el establo y le ordenó al administrador

—No con la escopeta, con el sacho

el sacho en las rodillas y el animal derribado, la escopeta después, este es mi padre

—Ahora sí la escopeta

y las tórtolas del techo despavoridas, los ollares de mulo de la cocinera redondeados, pálidos no

—¿Qué pasó?

obediente, feliz, pensando que no me metería con su piso de Vila Viçosa y su parcela en Reguengos, bastó ponerle el pie encima y es evidente que feliz, en el rasgón del suéter la medallita en una cadena, busqué en el bolsillo uno de los más pequeños, lo separé de los restantes y le puse el billete en la mano

—Cómprate un suéter en buen estado y ponte en marcha

en el balcón el sobrino del administrador arreglando la verja y el ruido de los martillazos mucho después del gesto, haciéndome pensar que somos muñecos sin sentido braceando en vano, la cocinera se marchó

(yegua, yegua)

sin acomodarse el delantal ni alisarse el pelo, tal vez ella por la noche rezando también porque al entrar en la iglesia solo me encuentro con mujeres farfullando ante las imágenes, les extienden cirios que gotean en los manteles costras de cola de retrato y mi padre cuyas uñas crecían más que si estuviese bien de salud luchando con las costillas, el enfermero

—A ver si para con esa lengua

le echaba en el tubo con un embudito una especie de caldo y a pesar del embudo los ojos seguían a la cocinera sin detenerse en ella y se pegaban en mí

—Bribón

antes de debilitarse y partir, un ramillete de tibias se sacudió y se calmó, debía ayudarlo llamando al administrador

—No con la escopeta, con el sacho

y en cuanto el administrador acabase con el sacho

—Ahora sí la escopeta

quién me asegura que el cretino no usó el sacho con mi madre, la cocinera dentro con dos compañeras más y ni un ruido siquiera, una de ellas la hija del administrador

(—Cuando tenga algo de tiempo le hago un niño a tu hija)

la otra en esta casa desde que me acuerdo de acordarme, instalada en una mecedora avivando el fogón aun sin brasas dentro con un ventalle de mimbre, conoció a mis abuelos, creo yo, conoció a mi madre, estoy seguro, en una ocasión ella a mi padre

—Cállate

y el cretino sin atreverse a enfrentarse a ella, no lo trataba de patrón, lo trataba de tú, le decía

—Trae esto, trae aquello

y mi padre se lo traía, le decía

—Has adelgazado

y el cretino le ponía más sustancia al guiso y le compraba regalitos en las ferias, chales, golosinas, lo crió, pues mi padre al administrador

—Me crió

lo reprendía por sus amantes con un cacarear de lata

—¿No te da vergüenza?

una tarde me topé con mi padre arreglándole el cuello y acariciándole la mano

—No me faltes nunca

y al final mi padre, no yo, un miedica, debilidades con las criadas y lo detesté por eso

(no lo detesté, lo desprecié)

la mujer sin edad avivando el fogón aun sin brasas dentro, falleció de nada, no se despertó, fue así, y el cretino todo un mes sonándose, antes de que no despertase me referí a mi madre y el ventalle más deprisa

—Deja a los difuntos en paz

si ella crió a mi padre quién me crió a mí, al cretino le dieron atenciones y perdieron el tiempo con él, a mí unos olivos en la heredad y la idea de la muerte revolviéndome las tripas, el olmo que no me responde a las preguntas y toda la santa noche una teja lanzando gemidos, si pudiese explicarle esto a una persona cualquiera, por ejemplo a la cocinera, susurrarle

—Oye

y contarle, pero con las mujeres poca charla, un terrón de azúcar siempre que se porten con juicio y se acabó, ochenta y cinco ya son años, soy una rata vieja, ocupo el sillón de mi padre no en pijama, con traje

(yo no me muero)

sin tubitos en la boca ni en las partes, el administrador en el cementerio poco después del cretino, el establo desierto, la casa sin nadie, la escopeta de caza allá porque los gansos, resistentes como yo, bocinan por la mañana camino de la laguna, siento a los perros y no la saco del armario, despedácense unos a otros en el patio, la cocinera fuera de la muralla porque la visité un día con unas cursilonas de la ciudad, le eché unas monedas a una niña que ella ahuyentó hacia mí y la cursilona a mi lado

—¿Aquella es tu hija?

la cocinera se despidió sin una palabra, la llamé y no atendió, volví a llamarla y un pájaro de la noche rozando la ventana

(¿un halcón peregrino?)

me echaba una mano mi padre

—¿Qué hago, padrecito?

una opinión, un consejo, pero mi padre una caja en el muro que no visité nunca, por lo menos los huesos ahí dentro mientras mi madre sin huesos, una cajita que guardé en el sótano en medio de lámparas estropeadas y el pesebre de cuando yo era pequeño al que le faltaban pastores, observo la lluvia desde el balcón y lo que queda del almacén donde ya no hay ninguna tórtola, quedan las ranas del charco cada vez más exaltadas casi comiéndose a la gente, un día de estos, ya verán, una de ellas da dos saltos, llega a mi vera y me lleva, además de las ranas, plantas al azar, retamas, el olmo oscuro en el que unas pocas hojas

(no hojas, los nuditos de una rama)

ilusiones de las que nos servimos para continuar, el cretino por ejemplo

—¿Tú crees que es grave?

con la intención de que yo

—¿Grave qué?

y al final ningún tubo, la próstata en calma, grave qué, tantas madrugadas de caza aún por delante, perdices en Montemor, conejos en Redondo, el miedica de mi hijo sin iniciativa, un inerte, en cuanto el mulo lo sacudió en lugar de ponerlo en línea la piernecita rota para alterarme los nervios con el toc toc de la muleta, el administrador coincidiendo conmigo

—No recibió ni esto de usted

y que no recibió es un hecho, mala suerte la suya, miraba la lluvia, rezaba, cuando madre se quedó embarazada el médico me previno

—Cuidado

porque no sé qué en el pecho, madre miraba la lluvia también y si por casualidad me miraba daba la impresión de que yo era lluvia, no una persona, lluvia, una cosa que iba cayendo y no le afectaba, preguntaba cualquier cosa y nada, no con enfado, olvidada, auscultándose a sí misma, su propio vientre, el niño, entendiéndose con él así como los árboles se entienden con la tierra en un idioma que se nos escapa, sin relación con nosotros, no recuerdo haberle oído decir mi nombre, me acuerdo de una cajita en la cómoda con ese revoltijo de las mujeres, cartas cintas estampas, un individuo con charreteras

—Mi tío

y nunca creí en lo de tío porque el individuo no era un pariente para ella, un hombre, una noche en que me creía dormido la sorprendí besando la foto, un nombre

(no el mío)

y añoranzas, promesas, al acostarse intenté tocarla y me apartó

—Perdona

no repugnancia ni enfado, distraída

—Perdona

en el momento del parto, en diciembre, el cielo tan bajo que lo tocaba con el dedo, desordenaba las nubes y las ponía enseguida en los ganchos lo mejor que podía antes de que el médico se diese cuenta, nubes con una argollita para la cabeza de los clavos, estaba acomodando la última y comprobando si estaba derecha cuando el médico me sobresaltó en el despacho con las manos goteando dedos y membranas rosadas

—Si yo fuese usted, iría a la habitación

y no reparé en mi mujer ni en mi hijo, reparé en la cajita no en la cómoda, en las sábanas, el revoltijo que ellas reúnen a escondidas con misterios de tesoro, las cartas esas, las cintas esas, naderías que cualquier hombre desdeña, mi mujer de repente con la nariz larguísima y la lluvia de la ventana con una lentitud de plumas, no gotas, plumas que se amontonaban en la mesita de las medicinas, un codo empujándome con pena de mí

—Es la vida

y si las plumas no me engañaron me dio la impresión de que por primera vez mi nombre aunque mi nombre fuese

—Es la vida

aunque mi hijo el hijo del individuo con charreteras sin nada en la foto salvo una fecha que ella intentó borrar y se notaba, por la fuerza del lápiz, de ocho meses antes

(no, de siete)

una fecha de siete meses antes, mi mujer, que no salía de casa, siempre en este sillón mirando el cielo a la espera de que la lluvia y yo en Montemor con algunos perros hasta que con la primera luz las palomas, es decir, hembras en una balsa reuniendo a sus crías y el grito del macho, o sea del individuo con charreteras en el establo, entre las mulas y las vacas, mi mujer no

—Es la vida

entendiéndose con él así como los árboles se entienden con la tierra y no lograba oírlos porque las palomas, el arma, el alboroto de los perros, una bandada allá en el interior de las mimosas, yo el hazmerreír de Évora, la mujer que ayudaba al médico murmurando sobre mí, el administrador a mis espaldas al tractorista que le daba fe de las señales

—El patrón

de modo que se comprende que al cabo de cinco años al levantar sus huesos ordené

—A la fosa de los pobres

y ninguna placa en el muro, ninguna balda con flores, esterlicias rosas crisantemos, no insistas

—Es la vida

caven un hoyo en la fosa de los pobres y las cenizas de ella y la lluvia y el individuo con charreteras y el establo de las mulas y de las vacas ahí dentro, toda la lluvia del Alentejo ahí dentro y el cementerio y Évora y la casa, sepúltenme con la casa y ya ahora la cocinera, claro, para que aprenda a no aprovecharse de un viejo con un tubo en la boca y un tubo en las partes, cobarde hasta el final

—No me dejen solo

esto mientras mi hijo

(no mi hijo)

en uno de los barrios de mendigos que prolongan la ciudad en dirección a España parando el automóvil no en una carretera, en un camino bordeado de pitas y de esos pájaros de cola larga que nunca me gustaron, frente a la chabola donde la cocinera

(qué se ha hecho de los tobillos de yegua, del temperamento, de la raza

—¿Qué pasó?)

y con la cocinera un niño abrazando una forma

(dónde está la dueña de la mercería y la pelirroja de la peluquería, no me dejen solo)

la forma arrastrándose en el talud, mi hijo

(¿mi hijo?)

que sabe lo que ellas valen y les conoce las mañas una moneda, dos monedas y adiós, una de las cotillas sin creérselo

—¿Tu hija?

(¿hija de él?)

o si no un halcón peregrino despierto por la luna, mi respiración animándose, los ojos reteniéndolo un instante y perdiéndolo, qué es esto que sube desde mis pies, desde la ingle, a quién pertenece esta voz sin repugnancia, pensativa

—Es la vida

y creo que pertenece a quien me quita los tubos de la boca y de las partes y mi lengua libre de modo que puedo dirigirme a quien me apetezca, salir de este sillón e instalarme en el porche viendo encenderse las bombillas en el granero, ninguna pluma entre nosotros, el aire limpio, las tórtolas reunidas en el tejado y en el margen del charco la alegría de las ranas.

UNA DE LA MAÑANA

1

Cuando llevo muchas horas despierta sintiendo el tiempo que no sé hacia dónde va en el reloj electrónico, sé que pasa por mí con un zumbidito leve, comienzo a distinguir cosas en la oscuridad, primero los muebles que dejaron de ser muebles y perdieron su nombre y después el techo, las paredes, el cuadrado más claro de la ventana y el rectángulo más claro de la puerta, esos sí aún techo y paredes y ventana y puerta y yo sin embargo perdiéndolos también y olvidando lo que son, parece que el alma se me sale como un humito y tengo miedo de que no regrese más, que quedándome sin alma me quede sin toda mi vida y siga respirando como respiran las cortinas y los árboles que, por más que nos hablen, no podemos oírlos, no nos preocupamos en tal caso por ejemplo de que se asustan, de que sufren, no forman parte de nosotros, andan por ahí y se acabó, cuando llevo muchas horas despierta mi cara comienza a volverse de la misma materia que esas cosas de la oscuridad y deja de ser cara, los brazos dejan de ser brazos así como los muebles han dejado de ser muebles y han perdido el nombre

(¿cómo llamar a mi cara, a mis brazos?)

en cierto momento no veo el techo ni las paredes ni la ventana ni la puerta que además no da a ninguna parte a no ser a la noche, es decir, a otra oscuridad en que barcos difuntos navegan un momento, vislumbro mi pasado pero fuera de la cabeza, distante de mí, y en el pasado a la mujer del Pragal, a mi marido, a mi hija, no se trata de recuerdos melancólicos sino, por el contrario, normales, casi felices, mi hija acercándose y sonriendo, no en casa, en el parque en el que no hay noche nunca y no perdemos el alma, hay cedros, un vejete que se levanta de un banco trepando a pulso bastón arriba, sin articulaciones ni cremalleras y de repente en su expresión años antiguos, un papagayo de yeso en una jaula, bailes de máscaras, corridas de toros, mi marido en la playa construyendo con mi hija un muro contra las olas que la creciente deshace, creo que mi marido y no mi marido, el hombre que prometió visitarme y no me visita y sin embargo mi hija tan huraña con los desconocidos habituándose a él sin extrañarse, el cuadrado de la ventana encendido si un automóvil en la calle, no el automóvil del hombre porque le conozco el motor, un automóvil cualquiera devolviéndome un ángulo del marco con rositas de cobre y en cuanto se acaban los faros todo tan vasto, qué horror, por un segundo el manzano que gracias a Dios me abandona impidiendo que me aflija y la muñeca no llega a formarse en la hierba junto al tronco, mañana si mis brazos son míos bajo al patio a cortarlo, en el sótano un arca que empujan y nadie ahí abajo, en una ocasión mi padre tocó el timbre sin aviso

(–¿Cómo ha dado conmigo, señor?)

avanzó ocultando una mueca porque un chasquido en la rodilla y un nervio vibrando le contrajo la mejilla, acomodó en el sofá los fragmentos de la espalda que iba apilando uno a uno

(el tercero tardó en encajar, el hombro derecho dio la impresión de que iba a estallar y las cejas se trocaron)

–¿Es aquí donde vives?

o sea mi padre un juguete desintegrándose en una exageración de cuerda que iba perdiendo miembros, la mano posada en el sofá allí sola, sin él, si yo la cogiese me la llevaría, no se comprendía el tamaño de la voz que no se ajustaba a la boca

(alguien hablaba por detrás de él mientras sus labios se movían diferentes de los de antes, torcidos)

–¿Es aquí donde vives?

y no desdén ni furia

(–Me pones nervioso tú)

un lamento

–Cuánto he envejecido, ¿no?

cogió la mano y la acomodó en su regazo preocupado porque yo diese fe de su lamento, quien hablaba por detrás de él se marchó y en lugar de pronunciar las letras las alineaba despacito, esta aquí, esta pienso que allá, no estoy seguro, será mejor más adelante, mi padre examinando la frase, decidiendo que ya estaba acabada, vacilando

(¿estaría acabada, padre?)

volviéndola en mi dirección

(–Debe de haber sonidos equivocados pero la entiendes, ¿no?)

y la frase llena de espacios

–Dim , ¿cuá tos siglos ha   que fa   ció tu madre?

el signo de interrogación apenas esbozado y mi madre no como en el momento de su muerte, mucho antes, con una bata a rayas de la que apenas me acordaba, sonreír a la bata componiéndole un tirante y ella sacudiéndose

–Déjame

me prohibía acercarme, besarla, mi padre otra mujer, la enfermera del ambulatorio que olía tan bien, mi madre detestando el olor

–Peste de furcias

es decir, envidiando el olor y detestándolo por eso, retrocediendo ante mi padre

–Quién sabe por dónde habrá andado esa boca

le devolví la frase a mi padre sin perder ni un acento por si los necesitase, nunca se sabe, mi madre falleció hace once años, señor, y unos parientes de luto se cruzaron con nosotros cargando flores, uno de ellos bebía de una botella en la esquina de una tumba y con la muerte de mi madre me faltaba algo que creía que era ella y no lo era, era yo durante mi vida con ella, las salas aumentaron y me sobraba sala y cocina, pensé que en los bolsillos de la bata, colgada con los paños de los platos, el secreto del mundo y solo pinzas de la ropa

(una de ellas rota)

llaves, facturas, probé a cambiar un tiesto de lugar y nadie protestó, objetos conocidos de toda la vida que se volvían extranjeros, interrogué a los parientes de luto

–¿Ya se van?

el cura me bendijo de lejos en el portón del cementerio después de vaciar el recipiente de agua bendita en un arriate y alborotar a los gorriones, mi madre falleció hace once años, señor, le preguntaba

—¿Qué le pasa, madre?

y ella buscándome

—No veo

tirando de la sábana con los dedos que fallaban, esto no a la una de la mañana como ahora, si pasase del mediodía sería un minuto o dos porque en el reloj las siete y trece, mi madre

—Ven acá

y yo apoyada en la pared, con ganas de bajar a la calle, de desaparecer, mi padre equivocándose en las palabras que me quería decir y gastando las de otras conversaciones que le hacían falta

—Guárdelas que puede llegar a necesitarlas, señor

mi padre

—Las pasé moradas para descubrir dónde vives

y yo pensando a qué olía la enfermera del ambulatorio ahora, ignoro si la reconocería al verla ya que poco más recuerdo además del sello, una blusa roja, una arruga en el mentón, once años sin entrar en el periódico y pedirle dinero, padre, el piso en que vivimos desierto y casi no me acuerdo de que haya vivido con nosotros, de ropa de hombre en el tendedero y yo admirada ante las camisas y los pantalones, mi madre

—No la toques que la ensucias

no tengo idea de usted, tal vez de la cama chirriando de noche y una especie de urgencia

—Ahora

pero tal vez no

—Ahora

por la radio encendida, memorias que se confunden, ninguna ropa de hombre en el tendedero, tengo la impresión de que lloro, no tengo la impresión de estar triste, de probar una lágrima que no sabía a nada, de forzar una segunda lágrima para asegurarme, antes que la lágrima a mi alcance

(la sentía acercarse)

a mi madre

—Suénate

me acuerdo de nosotros en el periódico, ella frente al escritorio y yo reconociendo la ropa del tendedero con un gesto que negaba por encima

—¿Ni a tu hija la ayudas?

y la persona que

—¿Ni a tu hija la ayudas?

la misma que

—Ahora

y ni la urgencia ni la radio, mi madre dentro de un sollozo

—Ahora

que reencontré mucho tiempo después

—No veo

la misma ansiedad y la misma prisa tirando de la sábana con dedos que no atinaban, tirando de la casa entera y no solamente de mí

—Acércate

el papel de las paredes, la tabla de planchar, toda la manzana

—Acérquense

no lloré porque no valía la pena, estaba segura de que mis lágrimas no sabían a nada y ya que estamos con las manos en la masa a propósito de las lágrimas

(—Las pasé moradas para descubrir dónde vives)

un nervio de mi padre arrugó la mejilla y la mano por sí misma se animó y revoloteó en la sala, creí haberla perdido y reapareció en el regazo, una de las fracciones de la espalda se sacudió antes de ajustarse de nuevo, pensé que iba a sacar dinero del bolsillo y entregármelo y en eso me di cuenta de que no veía tal como mi madre desorbitando los ojos hacia mí

—No veo

veía a mi padre recoger camisas y pantalones y meterlos en la maleta, rozándome el pelo con la palma sin atinar con el pelo, atinaba con el hombro

—Hija

y se retraía enseguida, hoy un viejo sin descubrir las palabras que debía alinear letra a letra, de vez en cuando un proyecto de frase

—Te he añorado

y rechazándolo por no tratarse de añoranza

—No es añoranza

de la misma forma que ni desdén ni furia

(—Me pones nervioso tú)

aguardaba que le respondiese y yo callada, no había nada que decir, decir qué, que camisas y pantalones en una cuerda de tendedero, que mi madre

—¿Te ha dado el dinero al menos?

en cierto momento cambió el

—¿Te ha dado dinero al menos?

por

—No veo

tirando de la sábana y del mundo con dedos que fallaban, no en esta casa, en la otra, ni para sonarme

(—Suénate)

necesito de usted, nunca he llorado de tristeza, he llorado para probar lágrimas que no sabían a nada, las recogía con la lengua y una gotita insulsa de modo que cuando fue lo de mi hija yo seca y si me tocaban el mentón se daban cuenta de que estaba seca, no heredé de usted un nervio que vibrase arrugando la mejilla, no solté una frase dirigida a nadie, me quedé en el patio pensando tengo que cortar la hierba, no pensaba en mi hija, pensaba tengo que cortar la hierba, traje la tijera y la corté mientras ellos en el velatorio, yo alrededor del árbol cortándola mientras un cortejo de automóviles no sé hacia dónde y si afirmo que no sé hacia dónde es que no sé hacia dónde, no me preocupaba hacia dónde, me preocupaba cortarla, meterla en un cubo y quemarla junto al muro, al llegar del cementerio la quemaba junto al muro, el único asunto que me importaba era quemarla junto al muro, sentía que me miraban sin levantar la cabeza porque tenía que asegurarme de que no quedaba ninguna hierba, yo igualita a mi padre pero tal vez mi padre no usted, coloque sus pedazos unos encima de otros, déjeme en paz, váyase, métase en la cabeza que no pienso en usted cuando estoy muchas horas despierta sintiendo en el reloj electrónico el tiempo que no sé adónde va, sé que pasa por mí con un zumbidito leve y comienzo a distinguir cosas en la oscuridad, primero los muebles que han dejado de ser, después el techo, las paredes, el cuadrado más claro de la ventana, el rectángulo más claro de la puerta, el alma que se disipó en un humito y tengo miedo de que no regrese más, que perdiendo el alma pierda toda mi vida y siga existiendo así como existen las cortinas y los árboles que por más que nos hablen no les prestamos atención ni forman parte de nosotros, la señora del Pragal

—Ana Emília

(espero que la única persona con nombre en este libro, la única auténtica)

el hombre que a pesar de las promesas que hace nunca llega de Évora, después del episodio de la cuerda evitaba a la muñeca y al evitar a la muñeca ella girando, girando, la hierba cenizas sin importancia que la primera lluvia disolverá mañana, usted, padre, disuelto, que pase bien el resto del día, desaparezca, mi marido vestido de mujer con la esperanza de que yo lo ayudase

—Ana Emília

(¿seré la única persona con nombre en este libro?)

y yo frente al guardarropa abierto viendo apenas al hombre que debería visitarme y no me visita, miraba a mi hija sin preguntarme, sacaba una percha de la barra

(no tendré sueño en toda la noche, me quedo así despierta)

y ordenaba a mi marido

—Ponte este

otro hombre que no había encontrado antes y golpeaba también extendiéndole un brillito en la palma

—¿Y los pendientes?

maquillando a mi marido con mi pintalabios, intentando adornarlo con mi anillo

—¿Quién más en la imprenta hace quedar mal al Gobierno?

mi marido, él sí, no mi padre, con un nervio que al vibrar le arrugaba la mejilla, mi marido que trabajaba en la policía haciendo quedar mal al Gobierno, imprentas, panfletos y yo frente al guardarropa como frente a la muñeca pensando

—Tengo que cortar esta hierba, tengo que cortar esta hierba

y ninguna hierba, la alfombra, la tarima, el hombre no en Évora, en Lisboa, mi marido presentándomelo

—Un compañero

(aunque dure milenios mis lágrimas no sabrán a nada)

esto dos o tres años antes de que naciera mi hija, llamaron a la puerta y era el hombre

—¿No está su marido?

sentado donde se sentaba mi padre

—Las pasé moradas para descubrir dónde vives

mi padre ocultando una mueca porque la rodilla chascó

(la rodilla de mi padre chascaba también, al principio no noté que un martillo

—¿Engañándonos?

yo frente al guardarropa casi sin verlos

—Mañana corto la hierba

o sea no viéndolos ensimismada por la hierba)

—¿Es aquí donde vives?

criticándome los cuadros y la mesa, si mi madre estuviese conmigo coincidiría con usted

—Tan feo

no, mi madre revirando los ojos hacia la pantalla

—No veo

y si pasaba del mediodía era un minuto o dos porque el reloj siete y trece, me acerqué al tendedero y las tipas

—Hola

no se asustan, no sufren, están allí y se acabó, el hombre a mi marido

—Vístete de mujer que a tu esposa le gusta

y no era a mi marido a quien pretendía humillar, era a mí

—¿Por qué te casaste con él?

tenía una hermana en Estremoz, anunciaba

—Un día de estos le haré una visita a mi hermana

es decir, un día de estos atravesaba Estremoz evitando a su hermana así como parecía que me evitaba a mí, se sentaba sin mirar, no

—Las pasé moradas para descubrir dónde vives

detestándome con un silencio enfadado, detestando a su hermana, si mencionaba a mi hija

—No me hables de muertos

se iba por la noche y lo sentía en la habitación recogiendo a oscuras la corbata, los zapatos, metía uno o dos billetes bajo el perfume de la cómoda, nadie me saca de la cabeza, a juzgar por su torpeza, que no estaba lleno de miedo, yo que no aterrorizo a nadie y dentro de poco existiendo el pasillo, la puerta de la calle existiendo igualmente, cinco o seis pasos en los escalones y se acabó, nunca

—¿Necesitas algo?

un ladrón, ponía la cabeza en su almohada porque si mi cabeza en su almohada tal vez supiese lo que siente, lo que quiere, tuve que esconder las fotos de mi hija puesto que él

—Las fotos

cortando la hierba alrededor del manzano también, quemarla junto al muro y de nuevo un cortejo de automóviles de luto yéndose sabe Dios adónde, le regaló la muñeca y la muñeca lo asustaba con una cosa suelta ahí dentro, de metal o de plástico, conversando sobre asuntos que mi hija y yo no mencionábamos nunca, no había secretos entre nosotros y en caso de que los hubiese la cogía por los hombros y la hacía girar en el portón del colegio antes de que la madrina de la alumna ciega

—¿Qué pasó?

y no ha pasado nada, tranquilícese, estamos bien, nunca entendí el motivo de que las muñecas no sonrieran

(muéstrenme una muñeca que sonría, no una sonrisa pintada, una sonrisa de dentro, feliz)

expresiones que fingen no comprender y comprenden, están al tanto de todo lo nuestro, mi hija se cuidaba de no venir a molestarme y si alguien en vez de ella, la muñeca por ejemplo

—¿El padre?

mi hija disimulaba sacudiéndola

—No agobies a mi madre, cállate

en caso de girar el picaporte la encontraba encogida en la cama mirando el patio, no exactamente el manzano, sino los árboles de la China más pequeños, más frágiles, con florecitas rosadas

(uno de ellos se secó)

o la hierba alrededor de los arriates, esto con doce, trece, catorce años, igual a las muñecas, o sea también quieta, pareciendo no entender

(entendía)

y también sin sonreír, las flores de los árboles de la China musitando confidencias y callándose antes de que mi hija o yo

—¿Qué pasa ahí fuera?

cuando el hombre llegaba de Évora se hacían las distraídas y no merece la pena que te pongas nerviosa que esto es una novela, me han inventado y no obstante mi hija, las flores, faros que muestran el respaldo de la silla y la cortina más cerca de lo que yo creía, acabándose los faros todo tan grande, qué horror, el lavabo en el rincón opuesto del mundo, el pasillo infinito

(–¿Cuándo se acaba el pasillo, madre?

–No se acaba)

si me visitasen hoy ningún cuadrado más claro de ventana, ningún rectángulo más claro de puerta, mi padre

–¿Es aquí donde vives?

y yo dispuesta a evitar que cualquier porción de él se desencajase de la pila, por qué motivo las personas me fastidian, insisten, la enfermera del ambulatorio

–¿Cómo te llamas, chiquilla?

sin sonreír, el barniz sonreía por ella, la boca auténtica quieta

(la muñeca un dientecito, dos dientecitos, ella ningún diente

–¿Tiene algún diente usted?)

amenazando en silencio

(y no obstante creo que los pacientes del ambulatorio la oyeron y la prueba de que la oyeron es que estaban inmóviles, atentos)

–Me pones nerviosa tú

la tarde en que mi padre se marchó ella a la espera en la avenida, la sombra primero horizontal y después vertical al encontrar una fachada, la sombra de mi padre con la maleta mitad horizontal y mitad vertical, mi madre bajó la persiana en cuanto las sombras quedaron superpuestas, cuatro brazos, dos cabezas, un cuerpo, al partir las sombras seguían en la calle, fueron los empleados del Ayuntamiento que lavaban la noche con mangueras con una furia de ecos

(doliente cada mínimo sonido)

quienes las ahuyentaron junto con recuerdos de perro camino de la plazoleta, observé al despertar y nadie, el cielo púrpura, camionetas de fruta por ahora espaciadas, al alma no me salía del cuerpo en esa época, protestaba encerrada y necesitaba espacio para ordenar lo que no sabía qué era y no obstante crecía, mi madre a la mesa

–¿Qué tienes tú?

y un peso de viudez sin difunto aumentando con la cena, en una ocasión o dos la sospecha de que mi padre estaba en la acera y huyó, le pregunté al sofá

—¿Era usted, señor?

y la mano sin brazo ahora confusa, regresando al regazo toda deditos culpables

—Me pones nervioso tú

el hombre de Évora sin mirar a la muñeca

(los árboles de la China repicando, debe de haber una campanilla en el patio)

y el tiempo que debe de haber pasado vacilando en la tienda, antes de vacilar en la tienda vacilando en la vitrina sin atreverse a entrar, rezó para que su hermana no en Estremoz, sino acompañándolo y resolviendo el asunto sola

—Quédate ahí fuera

una mujer fuerte que no volvería a ver, de Estremoz se acordaba de una feria cuando pequeño, un gitano de bruces por un tiro en las costillas y el chaleco que se hinchaba y se deshinchaba a medida que la sangre, mi marido al espejo mostrándome uno de los pendientes

—Me obligaron a ponerme esto, mira

y los codos del gitano en el suelo, tierra en el pecho, en la cara, caballos asustados que tropezaban en la verja y la música creciendo, el gitano mirando al hombre, con tanta gente alrededor, sin que comprendiese el motivo

—¿Por qué yo?

mientras mi marido iba cayendo en el espejo no por fracciones como mi padre, entero, fuera del espejo desconozco lo que pasaba, el segundo hombre

—Sujétalo

el médico de la policía me invitó a firmar un papel abriendo la estilográfica

(una estilográfica cara)

—Aquí está

explicándomelo no a mí, a alguien que no había a mi lado

—Un problema en el corazón que su esposo debería haber tratado, señora y todo el tiempo que estuvo conmigo se dirigió a alguien que no había a mi lado, en el caso de yo a mi lado se desviaba más

—Si hubiese tenido juicio habría vivido algún tiempo

las fotos de quien mandaba, un guardia escuchándonos desde la puerta

—En su lugar para tranquilidad de todos no mandaría destapar el ataúd

una de la mañana y yo despierta, mi madre en cierto momento

—¿Falta mucho para que se haga de día?

y aunque quisiese no la encontraba en la cama, lo que quedaba más sábanas que carne, arrugas de funda, colchón, mi padre componiéndose en sus vértebras

—Dime, ¿cuánto tiempo hace que falleció tu madre?

el tiempo para él sin relación con el tiempo y tardé en comprender que buscaba a mi madre, no a mí

(—¿Me pones nervioso tú?)

yo una niña a la espera en el despacho del periódico, subía al primer piso sola, me quedaba a la entrada repitiendo instrucciones

—No te olvides de pedir el dinero

un teléfono sonando y yo acercándome al teléfono no en esta sala, la de la izquierda, y la de la izquierda vacía, me equivoqué, el timbre una pared más adelante, en la habitación siguiente, en esta

(juraría que en esta)

y nunca pensé que dos estancias fuesen tantas, ventanas para un lugar que no parecía Lisboa, edificios diferentes de aquellos que había visto en la calle y el cielo sin color que no servía de nada, si mis lágrimas supiesen a algo las aprovecharía enseguida y lloraría, el teléfono se interrumpió y volvió a sonar y en cada estridencia de timbre mi nombre

—Ana Emília

(por lo menos tengo un nombre)

la certidumbre de que mi madre estaba enfadada por la espera y por tanto pedir disculpas, contarle, un armario de pronto y me desvié a tiempo, por una uña negra no logró tragarme, con un garrafón dentro tragado hace siglos, yo con pena del garrafón

—Pobre

y el teléfono indicándome caminos errados contento de que yo me perdiese

—Ana Emília

las aguas estancadas de los edificios antiguos, camas que desarmaron y en medio de ellas la de mi madre en un susurro urgente

—Ahora

ya que hablé del

—Ahora

tengo la impresión, es decir, no estoy segura

(yo con dos o tres años, no más)

de que la vi desnuda una tarde, un cuerpo monstruoso diferentísimo del mío, adelanto esto indecisa, no lo sé, yo mirando a mi madre y mi madre mirándome, después cogió una toalla y el cuerpo desapareció

(¿mi cuerpo monstruoso hoy día?)

ganas de preguntarle a mi padre con la esperanza de que me asegurase que no, una jugarreta de la memoria, una manía mía

—¿Usted se acuerda del cuerpo de ella?

es posible que por estar despierta desde hace muchas horas suponga cosas que no existen, no lo tome a mal, señor, volviendo a lo que estaba contando las aguas estancadas de los edificios antiguos, mi madre

—Deprisa

esperándome ahí fuera, en casa hacía encaje y eso sí, es verdad, y una paz de silencio, yo tranquila, las facciones de ella en su lugar, por orden, y si levantase el mentón se desordenaría todo, yo con miedo a que me preguntase, igual que doña Irene, las tablas y los ríos de modo que respondí enseguida

—No lo sé

y doña Irene o ella decepcionada conmigo, mi madre a la espera y habitaciones y habitaciones, gracias a Dios ningún gitano con los codos en el suelo, ningún caballo asustado tropezando con la verja

(una y diez de la mañana)

ningún árbol de la China haciendo repicar campanillas, si por casualidad una muñeca en la cuerda del tendedero corto la hierba y se acabó, en medio del pasillo el teléfono en silencio o demasiado remoto para poder oírlo, un medallón con ninfas de cuerpos monstruosos, sin toalla

(¿yo así hoy día?)

y en esto al insistir

—¿Dónde quedará la salida?

(cuando me quedé embarazada de mi hija me sentía normal)

un individuo separando fotografías, cartas

—¿Se ha fijado en quién está allí, señor?

en la ventana la calle que yo conocía y un ciego en un portal murmurando ausencias, mi madre quiso dejarle una moneda en la palma y el ciego

—No soy pobre, señora

con qué soñarán los ciegos, qué ven si duermen, la nariz hacia arriba escuchando porque oyen con la nariz, si soñaran conmigo cómo seré en sus sueños, cómo piensan en nosotros

(una y veinte de la mañana)

al pensar en nosotros, el olor de la enfermera del ambulatorio surgió y se desvaneció y nadie sellando en un mostrador, mi marido

—¿Tu padre un periódico?

un domingo en el café el meñique de él en mi meñique

(—El meñique ya está, ¿y ahora?)

un individuo separando fotografías, cartas

(si yo fuese ciega me ahorraría la muñeca girando, mi hija no en una cuerda, viva, con la muñeca daba igual que las muñecas no mueren y por consiguiente la hierba del arriate creciendo en calma

—Crece lo que te venga en gana, ¿a mí qué me importa?

un individuo separando fotografías, cartas

—¿Se ha fijado en quién está allí, señor?

(¿el ciego a la espera de qué?)

mi marido avanzó del meñique hacia el brazo, dos dedos, tres dedos, pueden no creerlo, pero el reloj de él me ensordecía de tal forma que no comprendía las palabras, supongo que

—¿Se ha fijado en quién está allí, señor?

y mi marido

—Me pones nervioso tú

no hagan caso, lo he cambiado todo, mi padre en el escritorio sin una mirada siquiera

—Me pones nervioso tú

lo ponía nervioso desde que nací, reconózcalo, y en el caso de que me haya querido por qué dejó de quererme

—¿Es aquí donde vives?

una y treinta y dos de la mañana y cuando estoy muchas horas despierta comienzo a distinguir cosas en la oscuridad, primero los muebles que han dejado de ser, después el techo, las paredes, el cuadrado más claro de la ventana y el rectángulo más claro de la puerta aún techo y paredes y ventana y puerta y yo sin embargo perdiendo la noción de lo que son, parece que el alma se me ha salido en un humito y tengo miedo de que no regrese más, que perdiendo el alma pierda mi vida y siga respirando como respiran las cortinas y los árboles que por más que nos hablen no los podemos oír, están ahí y se acabó, mi padre

—Las he pasado moradas para descubrir dónde vives

y qué curioso, ¿no le parece?, yo a la espera de

—Me pones nervioso tú

y de repente un caballero de edad ocultando una mueca porque la rodilla chascó

(no nos besamos, qué idea, nunca besé a mi padre)

y un nervio que al vibrar arrugaba la mejilla, usted que si estoy muchas horas despierta me ayuda con la hierba

(—¿Quieres que te ayude con la hierba?)

no alineando las palabras unas después de las otras, esta aquí, esta pienso que allí

—Debe de haber sílabas equivocadas pero comprendes, ¿no?

mi padre y yo decidiéndonos

—Tenemos que cortar la hierba

agachados en el patio metiéndola en un cubo sin mirar el manzano o la cuerda, a lo sumo

—Las he pasado moradas para descubrir dónde vives

y para qué más charla, el individuo separando fotografías, papeles

—¿Se ha fijado en quién está allí, señor?

y estaba una mujer asustada por el azúcar de la sangre

(—Vamos a repetir el análisis)

no una niña a la espera del dinero

—¿Te ha dado dinero al menos?

ni una muchacha a quien la ensordecía el reloj de pulsera, una mujer que no se acordaba de usted, no lo echaba en falta

(—Eres igualita a tu padre)

y a pesar de todo lo acompañaba hasta las escaleras, volvía a casa, apoyaba la mano sin brazo en el regazo y me quedaba siglos con la esperanza de que minuto más minuto menos

(imagina la escena, ¿no?)

llamase a la puerta, padre.

2

Los perros deben de haber desistido de rondar el garaje porque dejé de oírlos, no responden desde las pitas, proyectándose hacia arriba, a ladridos proyectados hacia arriba en las haciendas vecinas porque los sonidos por la noche tienen una nitidez y un alcance que me hacen voltear la cara de asombro, un misterio más añadiéndose a tantos, el de la Santísima Trinidad, el de las siete diferencias entre los dibujos iguales de la revista o la claridad de los planetas extinguidos, nunca olvidé al profesor que me contó de esas piedras a la deriva y ahí están ellas en el patio palideciendo la tierra donde sepultamos a los animales, planetas muertos que iluminan a gatos muertos con su halo antiguo, si cayese en la tontería de entrar en mi habitación tú un gato muerto en la cama

(¿por qué me casé contigo?)

y en lo tocante al alcance de los sonidos si prestase atención me llegaría la tos de mi hermana en Estremoz y la vería en la ventana como yo pero en lugar de malvas una travesía, una esquina, me contaron que soltera, que grasa en el corazón, una foto mía en el cajón dentro de un sobre para que no se ajase y a pesar de la foto y de haber autobuses a Évora no me busca, no escribe, supe que hace años, al inicio de mi época en la policía, antes de que los comunistas pusiesen al mundo al revés, un necio le rondaba la casa, un viudo que vivía dos calles más arriba y charlitas, sonrisas, una horquilla para el pelo con unas flores a la española y mi hermana que no entendía nada de adornos ridícula con horquilla, le mandamos una citación al hombre, lo llamamos a la sensatez suspendiéndole la jubilación

(si alguien magulló al viejo por error no fui yo)

y él confesó su pecado y la dejó, mi hermana desde la puerta con pestillo esperando un carraspeo, pasos y nadie, el viudo se arregló los dientes con un mecánico dental amigo que se los atornilló a las encías y mi hermana acabó encerrándose de nuevo, desilusionada, incluso a no sé cuántos kilómetros podía oír sus silencios porque no se enfadaba contra la maldad de la existencia, en mi opinión la hicieron de la materia prometida a la recompensa eterna de los santos y no obstante

(ahí tenemos un misterio más, decididamente no me comprendo)

la evito y me quedo requemándome de soledad frente a los campos, la claridad de los planetas extinguidos me blanquea los gestos, si el profesor no lo hubiese explicado me asustaría

—¿He muerto?

yo que llevo demasiados años en la superficie del mundo y sea como fuere no molesto mucho, ocupo pocos metros, casi no me muevo siquiera, Lisboa una vez por mes al anochecer para que no me reconozcan los enemigos de la Iglesia y del Estado que el médico me impidió recriminar

—Es mejor no insistir por hoy

y se venguen de mí, Lisboa no debido a una mujer sino a lo que queda de la hija de la mujer y se reduce a un manzano, una muñeca y una especie de orfandad en las cosas, no sé decir esto de otra forma pero espero que incluso los no emotivos a cuyo grupo pertenezco comprendan, por tanto el manzano, la muñeca y esa orfandad en las cosas cuya compañía prefiero a la de los vivientes mentirosos y voraces, excluyo a mi hermana que se ocupaba de mí, me daba de comer, me vestía, una tarde una especie de beso no en la cara, afortunadamente, hizo ademán de acercar su boca a mi cabeza y me empujó de inmediato

—Desaparece

recuerdo mejor sus manos apartándome que la sensiblería del beso y le agradecí más tarde al liberarla del viudo, un campesino de esos que duermen con el ganado, sería capaz de apostar que del tipo de mi padre, muriéndose de la laringe

(la hija de la que me espera en Lisboa es de su marido, no mía)

exigiendo agua o lo que el de la cama vecina interpretaba como agua

—Dele agua

y se equivocaba porque el agua se le escurría por el mentón y el cuello, si lo hubiese detenido no habría durado ni una hora en Peniche

(no tengo hijos y detestaría tener hijos)

el jefe censurándome con respeto, daba la impresión de que me tenía miedo

—No hay forma de que usted aprenda

y qué descabellado escribir esto con la paz de los campos fuera, es obvio que no tengo hijos, no merece la pena mencionar la cuestión, la que duerme allí dentro, al contrario, se enternecía

(y no pongo el verbo en presente porque hace siglos que se resignó)

con la idea de embarazos, niños, llegó a traer una cuna y a colocarla en la habitación mirándome con esperanza, una parte de mí se echó a reír sin que yo me percatase o mejor me percaté cuando el cuerpo se le empequeñeció y docenas de codos protegiendo la nariz

—No me pegues

paso de informar que a la mañana siguiente la cuna bajo la claridad cada vez más indecisa de los planetas extinguidos

(no la llamaría claridad, un pabilo que crece y se apaga, cómo podemos existir sin una luz amiga que se ocupe de nosotros en la oscuridad final)

la cuna desmoronándose arabesco a arabesco, sin esmalte, sin colchón, balanceaba un poquito en invierno con la lluvia o ni en invierno con la lluvia, era la que duerme ahí dentro

(o hace que duerme, me es indiferente)

sacudiéndola a escondidas, me molestaba verla a los cincuenta y seis años, casi cincuenta y siete, caminando a través de las malvas rumbo a hierros retorcidos y restos de tul, encontrarme junto a facciones que aún me esperan, aún me desean, suponen que un día de estos un engorro creciéndoles en el vientre, primero miembros y vagidos y luego ideas fijas, proyectos, los conocía a centenares en la policía donde entraban en medio de dos

(era lo que me faltaba, un hijo)

agentes con sus ideas fijas y sus proyectos

(¿la luna igualmente un planeta extinguido?)

que comenzaban a perder, a gatas en el suelo

(¿las lámparas del techo planetas extinguidos?)

antes de que el médico

—Es mejor no insistir por hoy

la que duerme ahí dentro creyendo que no la veía en el jardín mientras los perros a su encuentro como si un cuerpo abierto los agitase, una vez por mes

(ni siquiera una vez por mes, que la soledad de los árboles de la China me desanima)

llego a Lisboa, aguanto un rato allí evitando a la muñeca y me vuelvo antes de que los planetas del barrio se acaben y no obstante el manzano me persigue, no exactamente el manzano, el recuerdo de la mujer cortando la hierba a su alrededor, todo el tiempo que pasé en el cementerio cortó la hierba a su alrededor, los parientes se despidieron desde el felpudo y nosotros en el tendedero a la espera de que la hija entrase en casa

—Buenas noches

o no

—Buenas noches

viéndome y corriendo hacia la habitación, si fuese capaz de contarle a mi hermana en Estremoz

—Ocurrió esto

me rozaría la cabeza con la boca y me empujaría

—Desaparece

bajita, canosa, fuerte, conoció a mi madre y no hablaba de ella, si presentía una pregunta me daba enseguida la espalda

—No te respondo a nada

(¿qué hora será en este momento?)

ocupada en limpiar lo que ya estaba limpio, ahora que somos viejos no me importaría en lugar de este despacho un cuartucho en Estremoz siempre que el timbre de los ruidos me asegure

—Estás vivo

yo que tanto miedo tengo a que me cojan y me entierren hablando de la Resurrección a las lombrices, ser un animal muerto entre los animales muertos que sepulté en el patio, por ahí iba yo con el sacho arrastrándolos por la cola

(¿me arrastrarán por la cola?)

gatos, perros, periquitos, primero pesados, después duros y leves, después pesados de nuevo, la tortuga a la que hasta hoy no comprendo, debido a su vocación mineral, si de hecho está difunta, quién me asegura que no intenta regresar con sus uñas negras, se desplazaba por la casa con cautelas de anticuario y tal vez prosiga su marcha obstinada en medio de cimientos, almas atormentadas y sumideros mientras la muñeca me reprende desde la cómoda en Lisboa no se entiende por qué, tal vez por un hombre con blusa y falda que pide y se calla, un compañero nuestro trabajando contra nosotros

(¿alguien tiene bien la hora, por favor, que mi reloj se ha parado?, me lo llevo a la oreja y el leve latido estancado)

—No

o respecto del cual convencí al que me acompañó de que se dedicaba

(tan pretencioso ese verbo, que se dedicaba, fíjese)

a trabajar contra nosotros, aproveché una imprenta que conservamos para entrenar a los agentes, unos mapas y una lista de nombres

(se paró el reloj, si me ayudasen, no importa quién, cualquier persona sirve, a parar igualmente)

y entonces comenzó él con la lengua pegada al cristal resbalando en el espejo y dejando un rastro de grasa de dedos y de niebla de vaho y la hija suspendida en el umbral con los libros del colegio donde se relataba el misterio de los planetas extinguidos

(¿tendré que insistir toda la vida que ni un hijo para muestra?)

el que me acompañó interrumpiéndose

—La pequeña

mientras que la grasa de los dedos seguía bajando, el compañero se amontonó en el suelo y los libros de la hija resbalaron también, además de la hija la chimenea de la fábrica de curtidos y un cimborrio de iglesia

(cimborrio es una exageración)

yo en la acera de la juguetería sin atreverme a entrar, si mi hermana estuviese conmigo resolvería el asunto en un santiamén

—Esa muñeca de ahí, no la trigueña, la rubia

y la dependienta cambiando la trigueña por la rubia, acomodándole el vestido y cerrando la caja como cerraron la caja de mi madre haciendo girar los tornillos y magullándole la cara, tuve que pedir

—No la magullen

antes de que la baquelita comenzase a crujir y la hija encontrase unas matas de pelo y cuentas de rosario dispersas, la dependienta interrumpiendo el nudo del lazo

—¿Se siente mal, señor?

y cómo podría no sentirme mal al entregarme a mi madre en una caja de cartón

—Tome

atada con una cinta lila, mi padre atinando con el pañuelo y mirándolo asombrado, mi hermana

—Es su pañuelo, límpiese la nariz, suénese

y él sin entender las palabras revirando los ojos ante nosotros, me acuerdo de montones de bicicletas apoyadas en un muro, de mi hermana barriendo la lápida los sábados y del sonido del agua en los búcaros alterándose a medida que los llenaba, mi padre camino de casa tropezando con los pretiles, a menudo el pañuelo asomaba del bolsillo y él mostrándome el pañuelo

—¿Qué es esto?

nunca se refirió a mi madre, se dirigía a mi hermana con un nombre diferente, se alelaba ante mí

—¿Ustedes viven aquí?

salía por perdices y no se oía un tiro, se acuclillaba en una piedra e íbamos a buscarlo por la noche mientras chicharreaban los insectos en los bojes, mi hermana

—Padre

y él despacioso, dócil, el muro del cementerio sin bicicleta alguna, la claridad amistosa de los planetas extinguidos ofreciéndonos acacias

(—Quédense con esto)

y los gansos salvajes

(¿gansos salvajes en la oscuridad?)

de regreso a la laguna, no gansos salvajes, lechuzas que se ocultaban en la sinagoga vieja, las descubríamos de día y un ojo creciendo en una grieta, rodeado de pelos sobre la curva del pico, la cantidad de animales que se me han cruzado en la vida, señores, un perro gruñendo con el lomo erizado porque descubrió una serpiente y la perra atribulada por los tormentos del celo, la que duerme ahí dentro también esos tormentos tan despierta como yo ahora que el mundo

(un planeta extinguido)

parece inclinarse rumbo a la mañana, veo el surtidor de gasolina, el cobertizo y los carros de los gitanos camino del Polo, casi juraría que ella espiándome desde la cama, no como se espía a una persona, como se espía a un mastín, o sea como la perra en el garaje midiendo presencias, vienen a por mí, no vienen a por mí y el cuerpo del animal viejo aguardando, debía de existir un segundo garaje donde encerrar a mi mujer prohibiéndole los perros, qué te dirán en el hospital, cómo te mirarán, tal vez si magullaron a mi madre con la tapa del ataúd

(no quería ir tan lejos pero he ido, madre, si no soy justo discúlpeme)

se lo haya merecido

(una hija peor que un hijo, suerte la mía por no tenerla, ¿cómo puede un padre bregar sin un látigo con los apetitos del celo?)

así como se lo merece mi mujer acercándose a mí, llegué a sospechar que la muñeca me perseguía también con su vestidito de lunares de modo que se la extendí a la hija de la que me espera en Lisboa y retrocedí hacia el vano de la ventana que el manzano casi alcanzaba con sus ramas y al contrario de lo que esperaba soltó el envoltorio en la mesa y volvió a la habitación, al dejar el envoltorio el mecanismo del habla un balido indeciso, tal vez el

—No

de mi compañero al empañar el espejo, un

—No

que acaso no entendí bien u otra palabra, no lo sé, el vaciarse de la garganta antes de la inmovilidad final

(¿circularemos como la tortuga en el interior de la tierra, con nuestras uñas negras, en busca de una ilusión del cielo?)

dispuestos para el cura, el latín y las bicicletas apoyadas en el muro de los que permanecen arriba, al salir del despacho el director a quien el

—No

lo intrigaba advirtió acerca de los ficheros

—No te quitaré ojo, chaval

yo un pobre con unas barras de cuna pudriéndose en el jardín en medio de las peonías y de los tallos de los jacintos que no brotaban nunca, se me antoja que las barras oscilan porque hay un niño dentro, me inclino asustado, advierto en la que duerme ahí dentro un asomo de esperanza, compruebo que está vacía

(la que duerme ahí dentro compruebo que está vacía)

y los campos gracias a Dios tranquilos, en el espacio entre dos nubes uno de los planetas extinguidos, es decir, un fulgor que se apagará en breve trayéndome a los gitanos y cuando los fulgores se apaguen nosotros invisibles en una costra de ceniza, un milano intentando alzar vuelo en el aire enrarecido y se acabó el manzano, se acabó la muñeca, se acabaron los recuerdos que me cuestan y puede ser que en ese momento visite a mi hermana en Estremoz, la boca en mi frente sin empujarme

—Desaparece

puede ser que me alcen del suelo y me digan lo que espero oír y al mismo tiempo me asusta o no lo que espero oír, me basta con un susurro al oído

—Tú

para que mi vaho se deslice por todos los espejos casi sonriendo, contento, mi hermana acomodándome la manta

—Tú

ella que daba la impresión de desconocer mi nombre, nadie pronunciaba mi nombre y tantos mecanismos del habla al mismo tiempo

—Tú

(creo que ya he dicho que se paró el reloj, una y pico de la mañana por el contorno de las copas)

así como me apetecía

(sigue apeteciéndome)

decirle a la hija de la mujer

—Tú

disculpándola por la cuerda del tendedero y la expresión que en lugar de afirmar como suelen los difuntos, tan autoritarios, tan seguros de sí, iba haciendo preguntas, las mismas que de unos años a esta parte no he parado de hacer, si lograse enmudecer en mis adentros y esta vocecita (de mi hermana, de mi madre, de la que duerme ahí dentro y no se calla nunca

–¿Por qué no te callas nunca?)

cesase, al dejar el envoltorio de la muñeca en la mesa un balido indeciso

(uno de los perros, el amarillo al que los grandes le impedían rondar el garaje, se asomó ante el alféizar dispuesto a lamerme la mano y yo casi agradecido, agradecido es una exageración, abandonándole la palma como se la abandonaría a la que duerme ahí dentro, hay momentos de debilidad en los que tiendo a perdonarme y consentimientos, memeces)

el envoltorio de la muñeca en la mesa un balido indeciso, la que me espera en Lisboa poco habituada a emociones

(yo poco habituado a emociones, ella una mujer y basta)

vacilando de asombro y otra vez en el espejo un vaho rosado, un

–No

y una falda ablandándose en la alfombra, la hija venida de la habitación examinando el envoltorio

–¿Mi padre?

ni siquiera bonita, delgaducha y no obstante

y no obstante un cuerno, ahí estoy yo dejándome ir, no es el ojo de lechuza del director, es el mío el que te va a controlar, chaval, estábamos en la hija examinando el envoltorio

–¿Mi padre?

como si el envoltorio

–No

él que solo un balido indeciso y la que me espera en Lisboa tocando la caja y apartando enseguida el brazo, yo con nostalgia de los gitanos, de los campos, del empleado del surtidor que me hacía señas de adiós, hasta

(imagínese)

de mi mujer al llegar del hospital, la llave en la cerradura, los pasos, si decidieses partir probablemente

(–No te quitaré ojo, chaval)

si decidieses partir no me importaría, maletas en el patio, el autobús y me quedo con el agobio de alimentar a los perros y ocuparme del celo de la perra, traigo a mi hermana de Estremoz

(tenemos una habitación al fondo)

preguntaba aquí y allá por una mujer bajita, fuerte, de pelo canoso, con grasa en el corazón y le pedía, yo que detesto pedir, que líe sus petates y se establezca conmigo junto a la tumba del padre, ella que se pirra por las lápidas y volviendo de esa forma al principio, una familia, yo pequeño, si por casualidad mi hermana acercándose a lo que queda de la cuna con sus hierros retorcidos

—No te quiero ahí fuera

porque es difícil que nos crucemos con una cuna sin la tentación de mecerla y además una cosa es mecer la cuna y otra cosa una hija

una cosa es mecer una cuna y otra cosa un hijo, quién se resiste, por ejemplo, a asestar un puntapié a una lata vacía, hubo latas que llevé a puntapiés una manzana completa siguiendo sus volteretas con satisfacción paternal y el miedo a perderlas en una zanja, en un agujero, yo tentado también de tocar el envoltorio de la muñeca, la hija abrió la caja y la memoria de un grito en mi interior mientras los tornillos iban apretando, apretando

—Madre

porque huesos aplastados y mi madre sufriendo, quién me alza del suelo, quién apaga mis miedos

(una y dieciséis de la mañana, creo yo, una y diecisiete, una y dieciocho, qué injusticia la del tiempo)

el surtidor de gasolina desierto y la linterna encendida entre bojes, farolas de aldeas en el ángulo opuesto del universo que aún hoy supongo cuadrado, redondo de qué, qué manía, lo que yo agradecía era una palabrita de confianza, no exijo que de ternura, de estímulo

—Creemos que lo consigues

y creer en qué si aquello de lo que soy capaz es permitir que un perro, el más estúpido de todos, me vaya lamiendo la palma, los otros me amenazan, me gruñen sin que mi hermana

—Cuidado

(aun en Estremoz qué le costaba prevenir

—Cuidado)

intentan morderme los malvados, por lo menos una hija, por lo menos un hijo podría ayudarme alertando

—Los perros, padrecito

y correr con ellos, interesarse

—¿Se encuentra bien?

guiándome hasta casa, una hija

un hijo que comprendiese la grasa de los dedos y el vaho en el espejo

—Era su trabajo, señor

sabiendo que no era mi trabajo, qué trabajo, era el compañero

—No

con un pendiente rasgándole la oreja

(—Es mejor no insistir por hoy)

mientras le oprimía el pecho con el zapato para obligarlo a callarse y la que me espera en Lisboa sujetaba los brazos de la hija

(no mi hija, Dios me libró de tener hijas, una cuarenta y uno de la mañana)

y la volteaba en el portón del colegio mientras yo al médico

—No insisto, quédese tranquilo

y no insisto hoy ni mañana ni pasado mañana, rellénele el certificado de defunción y recomiéndele a la esposa que no abra el ataúd mientras la claridad de los planetas extinguidos se desvanece por fin y tan oscuro, yo no en Lisboa, solo en Évora, no en esa época, ahora, y bicicletas apoyadas en el muro, personas vestidas de domingo aguardando a que el cura acabase con sus latines, mi hermana depositándome en la sepultura

—Te quedas ahí, no te muevas

bajita, fuerte, de pelo canoso, acomodándome mejor

—No te muevas

y no me muevo, hermana, prometo que no me muevo, tal vez camine como la tortuga de raíz en raíz con una esperanza de día y no habrá día, se acabaron los días, está la farola del surtidor de gasolina dilatando el silencio, insectos rompiendo los huevos, un crecer de tubérculos, están ustedes ahí arriba sin que yo logre oírlos y la grasa de mis dedos que va bajando, bajando, no ya por el cristal, por el suelo y por los cimientos de la casa, en cualquier filón de agua que el zahorí no encontró, hay unas tumbas a la deriva, unos chopos, yo en la mesa de la sala con un mecanismo suelto de metal o de plástico repiqueteando en mí, el sonido que al abrir la tapa de la caja mi hija la hija de la que me espera en Lisboa abrió la tapa de la caja y después del gorgoteo un suspiro, esos desahogos de las criaturas inertes sean plantas, lagunas o baúles censurando, amonestando

—No te quitaré ojo, chaval

levantó la muñeca, no mi madre, no el padre de ella, no yo que no soy padre de nadie y detestaría serlo, la muñeca con los mechones de punta que iba balando, balando, la hija corriendo hacia la habitación y brotecitos de frutas que no llegarían a madurar, a crecer

(una cuarenta y cuatro, a las dos la farola del surtidor de gasolina apagada y yo incapaz de explicar el sitio donde acampan los gitanos y la leprosería en la que se erizaban frente a nosotros jinetas, comadrejas)

la hija sin

—Gracias

siquiera, si fuese yo mi hermana

—¿Qué se dice, malcriado?

pero mi hermana lejos, no reprendiéndome y enseñándome a ser hombre, yo los perros

(no cuento a la perra encerrada en el garaje)

y la que duerme ahí dentro de compañía, yo en la silla del escritorio que arrimé a la ventana observando este horizonte, el mismo desde hace años, de pitas y tinieblas, yo a quien nadie visita pensando en mis padres e intentando adivinar las bicicletas en un muro, la que duerme ahí dentro un movimiento en la cama porque las tablas cambiaron de posición y se acomodaron de nuevo, me pareció oír mi nombre, agucé el oído y la habitación muda, si tuviese la certidumbre de que mi nombre atravesaba el pasillo teniendo cuidado de no tropezar con la columna del tiesto y me acostaba al lado de mi mujer con la pretensión de una lengua en la palma y el hocico no interesa de quién, da igual, no me importa, acercándose, oliéndome

(el calor de las personas y de los animales, su hedor, esa náusea)

un cuerpo dilatándose hacia mí, pecho codos articulaciones, el vientre de cincuenta y seis años

(cincuenta y seis o cincuenta y siete, he perdido la cuenta, me he olvidado) sin mencionar la grasa de los dedos y el aliento en mi cuello, si al menos se mostrase dispuesta a alzarme del suelo, qué pena la ausencia de mi hermana

—¿Qué se dice, malcriada?

pero mi hermana en Estremoz para siempre, los gitanos alcanzando el Polo y los perros sin oírme

(si me oyeran no obedecerían, obedecerían al vergajo y remisos, enfadados)

aquí y acullá en el jardín, el lomo de la que duerme ahí dentro en mi barriga y la cola erguida, a la espera de que le mordiese las orejas y la nuca, que mis patas se le deslizasen a lo largo de sus ijares, que mi ombligo intentando, fallando y un gemido o un suspiro del mecanismo del habla

—No

bajo el último halo, casi sin sustancia, de los planetas extinguidos.

No soy una persona interesante, no me han ocurrido cosas interesantes en la vida salvo la conversación de la encina, era yo pequeña

(mi abuela

—¿No ves la encina?

y murmullos, bisbiseos, lo que es tan poco)

una encina, una vieja y un tío en Luxemburgo, he ahí lo que soy capaz de ofrecer y se acabó, no sé hablar como hablan los demás en el libro, a la vez o todos al mismo tiempo ya que hay momentos en que me parece que todos al mismo tiempo aunque crean que a la vez, escribiendo sus desánimos, sus enojos y lo que siguen esperando

(porque siguen esperando aunque digan que no)

pero conozco mejor el ritmo de la noche que ellos, la forma en que los árboles anuncian el viento, los campos en secreto

—Una y veintiocho de la mañana tres y dieciséis cuatro y siete

esto sin luna ni la prisa de los animales y sin embargo una mudanza en el cuerpo, la vocecita íntima

—Tres y dieciséis cuatro y siete

no fuera de mí, por dentro como los perros a quienes un pálpito en lo que ocupa el lugar del alma y no tengo idea de lo que es les advierte

—Presta atención, mira

y a propósito de perros mi marido llegó unos minutos después casi al trote, callado, en el instante en que entre dos nubes percibí la habitación más profunda que durante el día, más vasta y mi marido inclinándose hacia delante con la cola horizontal y las encías a la vista

(se le veía el diente de oro)

pensé

—No hay razón para tener miedo porque va a tardar siglos en llegar hasta mí

(después de que yo muera, ¿se olvidarán mis compañeras, principalmente Elizabete y Lurdes, de quién fui o recordarán a la que trabajaba con las úlceras?)

y el diente de oro me trajo a la memoria el momento en que nos encontramos, si le daba la risa lo ocultaba con la palma, le aseguraba

—Me hace gracia ese diente

mi marido pensando que me burlaba de él y yo en serio, me hacía gracia el diente

(la compañera de las úlceras mayor que ustedes, se ofrecía para los turnos de los fines de semana con la esperanza de no ver un diente de oro mirando las pitas, se pagó la carrera sirviendo en un restaurante, su padre falleció antes de que ella naciese

nos dijo

nunca se refería a él)

mi marido se jubiló de su trabajo que yo no sabía qué era, retiró la silla del escritorio y la acercó al alféizar para observar los planetas extinguidos

(—Solo hay planetas extinguidos)

la boca se le fue cerrando y no volvió a cubrírsela con la palma, duerme en el diván con el abrigo encima, visitaba a un pariente en Lisboa, oigo

oigo su coche primero en el interior de mi sueño, después mitad en el interior de mi sueño y mitad en el jardín, solo comprendo que fuera de mi sueño cuando la puerta del garaje chirría, una de esas puertas metálicas que suben y bajan en medio de un vendaval de óxido, por las tablillas de la persiana que prometió reparar y no repara lo veo junto a los perros amenazándolos con el vergajo alrededor de las malvas, no enciende las luces, no se acuesta conmigo, se queda en el sofá con el diente de oro rodeado de docenas de dientes indiferente al ritmo de la noche y a la forma en que los árboles anuncian el viento, mi marido sobresaltado si una lechuza o el reloj averiado de un gallo y no por la lechuza o el reloj, por algo que no alcanzo a entender qué es,

Elizabete un señor que la auxilia, Lurdes el electricista del hospital los sábados, yo aquí, vendrá otra enfermera a ocuparse de las úlceras y se olvidarán de quién fui, aquella que traía el almuerzo, lo calentaba en la despensa, no comía con nosotras, vivía en una casa fuera de la ciudad donde antaño había bosque y los olivos del doctor de Coimbra que dejaban secar, al principio tuvimos abejas que se llevó la helada y si pongo atención sigo oyéndolas, dicen palabras que a falta de personas los guijarros y las plantas repiten conmigo y mis órganos también, hace media docena de años

(no media docena, ocho o nueve, como si no estuviese segura de que nueve, nueve años y diez meses)

los ovarios

–Acabamos

privándome de la idea de un hijo, llegué a comprar una cuna que aún se mueve ahí fuera sin necesidad de que la empujen, siento un rezongo de óxido o un espasmo de muelles

–Soy yo

escondí en el arca, debajo de la ropa antigua, un ajuar de niño y una medallita en un estuche, y alguna que otra vez, si mi marido está en Lisboa, aparto la ropa y la toco, en el reverso de la medalla un espacio para el nombre y la fecha

(Elizabete usa la suya)

mi madre asegura que mi tío me compró una en los joyeros de las ferias y no me acuerdo de la medalla, no me acuerdo de la infancia, me acuerdo de episodios dispersos tal vez inventados, de mi padre en un automóvil, de ver al diablo en la pared y mi madre

–¿Qué diablo?

del plato en que me daban de comer con una magnolia estampada, allí surgía ella por fin volviéndose más nítida cuchara a cuchara después de litros de sopa, apenas la magnolia entera, los pétalos, el tallo y una raja que en mi cabeza formaba parte de la flor

(sigue formando parte de la flor, no existen magnolias auténticas sin una fisura en el barro)

el plato se trasladaba al fregadero con platos sin magnolia, cacerolas, cubiertos y mi madre frotándome el mentón con fuerza

—Nunca he visto a nadie que se ensucie tanto

y soy yo quien se lo frota hoy día, no exactamente el mentón ya que lo perdió con el tiempo, esa parte de la cara abajo y a la izquierda de la nariz donde se mete el almuerzo y del cual nacen frases inconexas, me pregunto si mi padre, de estar vivo, diría frases inconexas también y con el mismo miedo a la muerte, qué significará la muerte para ellos

—¿Qué significa para ustedes la muerte?

y el ojito de mi madre alerta en todas las direcciones acechándola debería indignarme así como ella a propósito del diablo

—¿Qué muerte?

y la noche pausada ahora, dentro de un mes o dos, más temprano que de costumbre, brotes escarlatas en las pitas, una amenaza de lluvia por el lado de España que se inmovilizó, reflexionó un momento y renunció a caer, los perros que empezaban a agitarse pasando frente a mí junto al alféizar se aquietaron en la oscuridad, el más joven husmeando huevos de serpiente revolvía un arriate desdeñado por la jauría, mi marido, en opinión de él también desdeñado, evitaba los cafés de la ciudad y si nos llamaban a la puerta vigilaba la carretera, al empleado del gas, el correo

—Aún no es el momento de que me cite el tribunal

el diente de oro reaparecía un segundo, los restantes invisibles hasta el punto de parecer que no los tenía y el diente de oro enorme

(Lurdes una dentadura que al masticar castañeteaba y se le torcían las mejillas, se volvía de espaldas en un movimiento que deseaba natural y nos hacía fijarnos aún más, hacía despacio un intento con la mandíbula y viendo que la mandíbula en su sitio proseguía con las patatas)

sin la cola horizontal ni mostrando las encías, la impresión de querer contar algo que no contaba nunca, mencionó al principio a una hermana en Estremoz y arrepentido de su hermana la ahuyentó con un gesto sin darme tiempo a verla, me pareció bajita, fuerte y de pelo canoso, pero no puedo asegurarlo porque desapareció con un cubo y nadie salvo la hermana, nosotros solos en el Registro Civil con Elizabete y el señor que la ayudaba, un comerciante de Borba, de testigos, yo fascinada durante la ceremonia por el reloj de pulsera de él, afirmando las cinco con la ferocidad de un puñetazo, la convicción del reloj me intimidaba y retrocedía por dentro coincidiendo

—Las cinco

aunque yo

—Las cinco

la esfera desconfiada

—Repítelo

y entendí entonces que las agujas de los segundos

—Socorro

con un bracear de pánico, aun hoy, si me preguntan la hora, mi tendencia inmediata es decir las cinco, pero casi las dos de la mañana, que se nota en las hojas, en los pájaros, no en los pájaros de la oscuridad, en los pájaros de día sin cabeza, sin plumas, si uno de ellos cayese los mastines estarían de fiesta, quedan sus garritas y unas cuantas plumas mojadas, las dos de la mañana y no obstante yo

—Las cinco

Elizabete conmovida con los zapatos de domingo y con el vestido de Lurdes que le quedaba holgado a la altura de los riñones, lo disimulé con alfileres y ella una pausa en los traqueteos de figura de procesión para evitar pincharse, dentro de quince años me habrá olvidado

—La que trataba las úlceras, la vieja, ¿cómo se llamaba ella?

pero ha de acordarse de los alfileres, que el dolor y la incomodidad persisten en la memoria, si me detengo un minuto ahí está mi padre en el automóvil lanzándome monedas, las señoras de azul sin creerlo

—¿Tu hija?

no Elizabete y Lurdes, mejor vestidas, más ricas, con más zapatos que el par de la semana y el par de los domingos, siendo el par de la semana un par de los domingos con demasiados domingos o que se convirtió en el par de la semana porque el par de la semana con demasiadas semanas, la que trataba las úlceras, la vieja a quien los órganos uno a uno

—Acabamos

a la espera de que mi marido regrese a la habitación como los perros regresan erizados, tenaces, al portón del garaje bajo la claridad, afirmaba él, de los planetas extinguidos, la vieja atenta a la cuna descomponiéndose en el jardín con la ilusión de un tintín de sonajero, la única ocasión en que me quedé embarazada mi marido no se enfadó conmigo, dejó la servilleta sobre el mantel e instantes después lo sentí en el escritorio observando los campos donde nada ocurre, ni los clarines del Condestable ni tambores de batalla y yo a la mesa sola pasmada frente a la silla vacía, el brazo de mi padre haciendo señas desde al automóvil, las mujeres de azul

(una de ellas con un abanico)

me miraban desde la ventana hasta la curva del sauce

—¿Tu hija?

la argolla de la servilleta dirigiéndose a mí, pobre, con el idioma de las cosas que solo más tarde aprendí, yo

—No entiendo

y la argolla renunciando a mí, mi marido tosió y contuvo luego la tos

—Ni mi tos te doy

la casa un hospital por la noche lleno de ecos e insomnio en que los pacientes se espían con el egoísmo del miedo, mi padre no una seña, esos pañuelos de los barcos que no parten con ellos, se quedan agitándose para arriba y para abajo gritando más que las gaviotas que los devoran uno a uno así como devoran manchas de aceite, basura y entonces sí, nadie salvo pajitas y algas, yo una pajita, un alga, Lurdes se ajustó la dentadura con el dedo, cerró la sala de la enfermería y el resto afortunadamente simple, aquí en la cama, casi a las dos de la mañana, digo simplísimo, o sea una sensación de frío, un vértigo y compresas en una palangana, una manchita oscura, yo más débil, yo menos débil, Lurdes

—¿Eres capaz de andar?

y yo capaz de andar, los bancos que se acercaban y chirriaban ahora quietos, normales, me faltaba no sé qué

(¿aquella manchita oscura?)

Lurdes cubrió la mancha con una toalla y no faltaba nada, yo completa, qué habría de faltar, explíquenme, el vértigo de regreso pero atenuado, distante y no me pertenecía, pertenecía a las paredes con órdenes de servicio enmarcadas y a los edificios de fuera, no a mí, Lurdes sujetándome el codo

—Ibas tropezando en el barreño

como si fuese yo la que tropezaba en el barreño y no una pierna no mía

(mis piernas conmigo caminando como es debido)

que se escapaba hacia un lado, qué me importa la pierna que se esfumó cuando Lurdes

—Ibas tropezando en el barreño

sin darse cuenta de que yo bien, un poco débil tal vez, músculos que tardaban en responder o respondían con desgana una neblina en la vista, nada especial, cierto cambio en los colorés, el negro rojizo y el verde grisáceo, Lurdes volvió a sujetarme por el codo en las escaleras sin que la necesitase, estoy bien, Elizabete empujaba una camilla y las ruedas de la camilla calándome los huesos, el cielo de Évora amarillo, sin nubes, me asusté, me fijé mejor y el cielo de Évora azul con una nubecilla en un rincón, las amigas también azules de mi padre de repente a mi lado tan bonitas, tan ricas, yo frotándome la nariz con el brazo y el brazo en la blusa

—¿Tu hija?

y en cuanto acabaron de preguntar

—¿Tu hija?

ellas en el automóvil

(una de ellas con un abanico)

y adiós, Lurdes se quedó mirándome en el patio y ajustando la dentadura con el meñique, preguntó

—¿Estás segura de que

el

—¿Estás segura de que

con menos consonantes y signos de interrogación tardando en llegar debido al meñique en la boca mientras yo me preocupaba, consciente de mis pies

(extraños, enormes)

por no pisar los arriates retirándolos a tiempo, Lurdes subió las escaleras

(nunca tuvo un abanico)

y volvió a entrar en el hospital, quise pedirle

—No me dejes ahora

no sé por qué ganas de tener a mi madre conmigo, no a mi madre de hoy día, o sea un agujero bajo la nariz hacia donde iba la cuchara del almuerzo, la que se impacientaba cuando mi abuela

—¿No ves la encina?

y mi madre

(no le molestaban las ramas)

—Tan gagá

me sacudía el vestido, creo que besos no, besos la manera de sacudirme el vestido no con el cepillo, con las manos

—¿No sabes estar limpia?

tocaba el vestido, no me tocaba a mí

(¿habrá tocado a mi padre, ido en automóvil como la señora del abanico?)

ganas de tener a mi madre conmigo, poder hablarle y tal y en lugar de

—Madre

pellizcándole la manga

—¿Ha ido en automóvil como la señora del abanico?

en la próxima visita

(no te olvides)

pregúntale, me crió sola, limpiaba casas como asistenta, se demoraba en la entrada mirando las begonias con una cara

(tuve una cara diferente antes de esta edad, estas arrugas)

que yo no reconocía

—¿Qué le pasa?

y ella no enseguida, mucho tiempo después

—Nada

o sea la verdad, realmente no tenía nada, llegué al parque del hospital y me tapé los oídos para no sentir los pañuelos en las despedidas del muelle, uno de ellos con sangre en el pico y aquellas uñas que duelen, se alineaban en el alero del restaurante para comernos, me retorcían antes de comerme y al comer la garganta cuello adentro, informé a mi marido

—Me comí el embarazo, soy un pañuelo, puedes volver a la habitación

y los hombros de él inmóviles, no hay gaviotas en Évora, hay cernícalos, abubillas, saltamontes fijados al muro frotándose sus manos de tendero, el fallecimiento de mi abuela debe de haber entristecido a la encina, un año pagando el furgón y las flores, el

111

dueño de la agencia se encerró con mi madre y aceptó un descuento, dejó olor a cigarrillo y una botella abierta y mi madre sacudiéndome el vestido con más fuerza

—¿No sabes estar limpia?

me pregunto cuál de nosotras sacudía, ella o yo, así como me pregunto si en el interior del ataúd vemos las encinas, la nuestra además enferma encorvándose, con las raíces levantando el patio, en el extremo de una de ellas una ramita que crece, tal vez una extremidad de mi abuela creciendo igualmente, ya casi no andaba salvo para anunciar

—Va a llover

porque sus rodillas hinchadas, cuando joven del tamaño de mi madre, erguida, sin prestar atención a la lluvia, probablemente sacudiéndole el vestido, existe una foto de mi madre en esa época, si el nombre no estuviese escrito debajo juraría que hay otra persona en el marco y además qué haría yo en su época de niña, en qué lugar me hallaba, la cuna en el jardín un chirrido de herrumbre

(dos menos diez, conozco mejor que los demás el ritmo de la noche, ora este tentáculo, ora aquel apoyándose en los guijarros y tirando del cuerpo rumbo a la mañana, una de mis raíces en la superficie, floreciendo)

y con el chirrido de la herrumbre la esperanza de que mis ovarios, no digo todos los meses, digo alguna que otra vez, sigan funcionando y por tanto reparar la cuna y esperar a mi marido en el umbral en silencio, la cola horizontal, las encías a la vista y el hocico mordiéndome, Elizabete cruzó el pasillo con la camilla sujetando la bolsita con suero y no era yo la enferma, era un chico de ojos resecos en la almohada, año más año menos yo con los ojos resecos en la almohada que ya los noto en el espejo, los perros no me buscan como antes, fingen que no me ven, me evitan, solían saltar a mi alrededor sollozando de amistad al llegar con las escudillas menos la hembra siempre malhumorada apartándose

(¿con celos de mí?)

faltan gaviotas en Évora, están los gansos de la laguna graznando en el otoño bajo los primeros fríos, con un año pagando el entierro de mi abuela no hay nostalgia que resista, deberíamos haberla enterrado junto a la encina, de balde, para que se viesen la una a la otra y entonces sí lloraríamos, el dueño de la agencia una segunda visita y ningún descuento, un ángel de falso mármol para adornar el túmulo y realmente allí estaba él en el cementerio con las alas recogidas

(alas abiertas más caro)

consultando un libro en que

Descanse en Paz

en dorado como si alguien descansase en paz siendo deglutido por escarabajos, lombrices, una saña de bichos cuyos nombres no sabemos, sin ojos porque habitan la oscuridad y engordan a nuestra costa destrozando las tablas del ataúd, qué habrán hecho de las compresas y la manchita oscura, mi marido en el despacho bajo los planetas extinguidos que empurpuraban las malvas, hay ocasiones en que se me antoja que un grito y ninguna mano, señores, que me proteja y me calme, me acuerdo de una vieja que visitaba a su hermana en la enfermería y de sus dedos buscándose, apretándose, y las viejas mirándonos con la súplica de los carneros antes del rejón en la nuca, el sombrerito de la que visitaba con una pluma rota, una cinta en el cuello disimulando las arrugas, un brochecito

—Este es tuyo

y la hermana una sonrisa forzada, más dedos y todo esto sin lágrimas, los párpados rojos de los viejos, es lógico, pero ninguna lágrima, la del sombrerito se marchaba con el pulgar en el cierre del bolso evitando que se abriese, daban lecciones de piano

(también tocaban el clavecín pero no hay clavecines hoy día)

el padre de ellas coronel, un novio en algún rincón del pasado con pantalones blancos y raqueta de tenis, a menudo el piano unas notitas equivocadas, guardaban el periódico con la noticia del accidente ferroviario que llamó al novio

(¿de cuál de las dos?)

a la diestra

(qué más les daba ahora)

de Dios lleno de misericordia que infinitamente nos ama, la cubertería despojada de cubiertos cuya plata se ha gastado y con un metal por debajo que no valía nada, mencionar la sopera hindú

(mencionar siempre la sopera hindú)

el sombrerito de la interna con su pluma intacta en el perchero con volutas, aquí tenemos los dedos finitos ajados por el uso que se juntan, se enlazan y un olorcito a manzanilla, se veía la pluma rota oscilar por la acera, si mi madre estuviese conmigo me sacudiría de inmediato el vestido pese a que ya soy mayor

—¿No sabes estar limpia?

y el

—¿No sabes estar limpia?

sin energía alguna, debilidades de la edad que me hacían perder la paciencia

—Aguántese, señora

merecía que un pañuelo la cargase por el pico hasta el alero del restaurante y la devorase después junto con pajitas y aceite, a este paso cualquier día

(—¿No ves la encina?)

una sentimental, una débil

—Sujétese

o sea sujétese así como yo me sujeto, piensa que no me cuesta a veces y el hueco por debajo de la nariz abriéndose y cerrándose asombrado, no he de ser yo quien le coja los dedos, puede estar segura, el comprimido rapidito que no tengo toda la vida para esto, la luna casi redonda en el intervalo de la persiana

(—No me equivoqué, las dos menos diez por la forma en que los árboles anuncian el viento)

y uno de los perros, supongo que el grande, ladrando, el surtidor de gasolina con la farola apagada cuyos cristales reflejaban sombras, por la mañana temprano los cuervos se alzaban todos a la vez del heno relucientes de barniz graznando boberías, vi una cabra asentar la mitad delantera con movimientos de metro articulado, juntar lo que le faltaba y quedarse de perfil con su perilla de filatelista, Elizabete refiriéndose a mí

—Cómo se llamaba la mujercita, qué cosa

(las dos menos diez en el despertador, confirmado)

qué es de mi plato de la magnolia con la raja que corresponde a la flor, no me acuerdo de haberlo roto ni de haberlo regalado, probablemente la del sombrerito con la pluma rota desolada porque ningún dedo sujetase los suyos, el jugador de tenis la saludó con la raqueta, quiso saludar de nuevo y la enfermera

(no Elizabete ni Lurdes, la que un día me sustituirá)

—Un poquito de calma

la claridad de los planetas extinguidos se expandió en el jardín ampliando un horizonte de principio del mundo en el que se cernía el espíritu del Señor sobre las aguas, mi marido un paso, dos pasos en busca de compañía camino de esta habitación esperando que lo animase a continuar

(¿quién me anima a continuar a mí?)

—No te irá mal, te lo prometo

quiero que mi madre me sacuda el vestido impacientándose de ternura

(inventemos que ternura)

—¿No sabes estar limpia?

la maleta de mi tío en el sótano que mientras yo dure ha de durar conmigo, puedo perfectamente llamar tío a una maleta, mi marido no pasos, no en el pasillo por ahora

(ha de llegar al pasillo, es una cuestión de tiempo)

en el despacho porque el picaporte difícil de girar

(un saltito que se niega y accede de mala gana

—Ahí va)

el plato de la magnolia tal vez en la despensa entre tarros y mermeladas y mi marido de pie porque su respiración se ha alterado, el pisapapeles descolocado en el escritorio y por el pisapapeles comprendí que indeciso, con la esperanza de que un nuevo planeta extinguido iluminase el patio y dándose cuenta de que los planetas acaban como acabaron el cobertizo, el surtidor de gasolina, los campos, si el espíritu del Señor se erniese aquí abajo ni una planta de muestra, ganas de que mi madre esté conmigo, la encina sin musgo, mi abuela señalando las rodillas con el bastón

—El reumatismo no miente

(las dos dentro de un minuto y una perdiz desvelada denunciándose a los perros que se restregaban en la verja alborotando un arbusto)

mis rodillas por ahora sin entender la lluvia pero si duro muchos años seguro que los huesos se dilatarán, aprenderé a comunicarme con las encinas y daré noticias de la tierra pero a qué personas si estaré sola con un sombrerito con la pluma rota y aunque mi marido esté vivo ni un alma que me escuche, las cosas a mi alrededor fingiéndose muertas y yo sintiendo entre naufragios de muebles un piano que nadie abrió, mi marido, ahora sí, en el pasillo

(al comienzo del pasillo)

dispuesto a caminar hacia mí sin el diente de oro a la vista, en la época en que dormíamos juntos por momentos su expresión desprevenida, infantil, uno de los brazos sobre la cabeza, el otro yo qué sé dónde con la esperanza de una ola que lo juntase al cuerpo y yo enterneciéndome, apoyándolo, enseñándole todos los nombres del mundo, debo de haber heredado de mi padre

(¿de quién si no?)

esta compasión por los débiles

(salvo que me equivoque poco más o menos prácticamente las dos)

supe por una conversación entre mi madre y mi abuela, creyéndome en la calle y yo quietecita espiándolas, que vivía en la granja donde la carretera de Lisboa hace aquella curva cerrada, probablemente eran sus perros que respondían a los nuestros, probablemente su tractor que me sobresaltaba por la tarde en cuanto los ruidos se extendían y la bronquitis de los sapos con los codos alejados en el mostrador de sí mismos va anulando los desagües, la casa de la granja con una terraza alrededor, el automóvil en la parte de atrás pero sin señoras de azul

(escribí verde y lo corregí poniendo azul y, no sé por qué, me salió, ha de haber una parte de la cabeza deseosa de traicionarnos)

el automóvil en la parte de atrás pero sin señoras de azul, los perros esos que se mosqueaban con los míos investigando matojos, un caballero con pantalones blancos y raqueta de tenis, ningún caballero, no te emociones, cálmate, el administrador con chaleco, es decir, un individuo con aspecto de administrador, con chaleco, apoyado en una segadora

(mi marido un nuevo paso)

un establo

(¿camino de qué?)

en el que a juzgar por el olor nada salvo pájaros en las vigas

(no gaviotas y por tanto no pañuelos, no uñas, no te devoran, tranquilízate)

un abandono de años en la casa y en la granja, la chimenea sin cubierta, las ventanas de la planta baja ocultas por el heno

(¿estaré durmiendo?)

solo el tiesto del pilar de la derecha, el pilar de la izquierda en dos trozos caídos, malvas como las nuestras, pitas como las nuestras, gracias a Dios no una cuna llamándonos por la noche con los sonajeros, los tules y un viejo en un sillón a la espera no sé de qué, qué esperan los viejos, qué pensarán del mundo mientras las vísceras aún sin las desgracias de la edad, una espiral de desagüe o un nervio imposible de nombrar que despierta y desiste, el viejo una órbita saliente sin detenerse en mí, deteniéndose en el establo desierto y en las colleras devastadas, pájaros entretenidos con semillas secas, los cuervos los veré de madrugada

(faltan tres horas y media)

en la muralla de la ciudad donde antaño por lo que me decían

(por lo que mi abuela me decía pero tal vez desvaríos de la cabeza, no voy a llamarlas tonterías)

pavos reales, una estatua de cerámica

(¿una de las siete musas, una de las once mil vírgenes, una de las virtudes teologales?)

con el seno despierto en una actitud de ofrenda y arriesgado adivinar cuál por faltarle los brazos, la sospecha de que en la casa desvanes mohosos, ecos enormes de pasos, una de las señoras de verde

(una de las señoras de azul, la del abanico)

—¿Tu hija?

pensándolo mejor no sé si

—¿Tu hija?

o

—¿Su hija?

he escrito siempre

—¿Tu hija?

y me molesta la posibilidad de haberme equivocado, yo descalza junto al automóvil y detrás de mi madre el porche, la encina y el cielo que huye siempre, quien lo haya espantado que lo diga, nunca vi la encina, bien que lo intentaba y ni un sonido

(qué sonido habría, ayúdenme)

no tome a mal mi estupidez, abuela, yo junto al automóvil no intrigada, curiosa

—Tu padre

y al final mi padre aquello, nada especial, un hombre con las cejas de los hombres que apetece siempre alisar, una de las manos en el bolsillo buscando monedas y comprobando su valor sin sacarlas fuera, se comprendía que comprobando su valor porque la boca torcida, la de mi madre igual al sacar del armario vasos que no podía ver, mi padre

(prefiero no llamarlo padre de la misma forma que un hijo mío no llamaría padre a mi marido, mil años que viva no le perdono la cuna deteriorándose en el jardín)

mi padre consciente de las monedas sustituyéndolas por otras, un tufo a medicamentos y a cosas sin vida, las cejas al final no de hombre, ausentes, todo se ausenta de nosotros con el paso de la edad, facciones, deseos, ideas y domingos en el parque, quedan la sorpresa y el miedo, una pregunta aterrada

—¿Qué ha sido?

y en el caso de que respondamos vuelven la cara, no escuchan, un pliegue que no existía creciendo en la mejilla, un pliegue o una vena si es que poseen venas que supliquen

—No lo digas

(mi marido caminando hacia aquí con el hocico estirado, por miedo a que le prohíba entrar de la misma forma que los perros no entran en la cocina, se quedan en la puerta tiritando, mi marido en el pasillo y yo que cincuenta y seis años, casi cincuenta y siete, pesan, le doy la espalda fingiendo dormir)

pero retomando el asunto íbamos por la casa abandonada y el viejo mirándome, se me antojó que el primer planeta extinguido, la primera piedra muerta surgiendo a pesar del sol sobre un bosque de álamos mientras que el maíz se iba marchitando en los tallos, cuando le daba el viento un chascar de alambre, la impresión de que un triciclo y felizmente

(¿por qué he escrito felizmente?)

no un triciclo, el rastrillo, el viejo

(mi marido inclinado sobre la cama inseguro de si yo dormía, los soplidos de él cosquillas) sustituyendo monedas sin una señora de azul o de verde

(¿qué me importa eso?)

que lo ayudase, las señoras tan viejas hoy día como las hermanas en el hospital, deditos delgados que buscaban deditos, mi marido seguro de que yo dormía se marchaba de la habitación ahogando la tos con la manga, el viejo escondido en una colcha o en una manta intentando repetir

—¿Qué ha sido?

que bien los veo en la enfermería y no llegan ni a una sílaba, el administrador cambió la segadora por el molino de riego y después del molino de riego lo perdí en un declive, es decir, la gorra por instantes y después ninguna gorra, él en una cueva en silencio, interrogué a la manta

—¿Usted es mi padre?

el tejado necesitado de arreglo y las ventanas de la planta baja invadidas por el heno, el jugador de tenis alzó la raqueta preparando un saque, no soy una persona interesante, no me ocurren cosas interesantes, no sé hablar como los demás pero conozco mejor que ellos el ritmo de la noche y la forma en que los árboles anuncian el viento, sé que mi marido en el despacho observando los campos, sé que un viejo en un sillón

—¿Qué ha sido?

sé que dentro de poco los cuervos abandonarán la muralla, una gaviota en otra parte con mi sangre en el pico y no vale la pena que a Lurdes la atemorice un vértigo

—¿Estás segura de que

porque me cogerán los brazos de la estatua de cerámica, que no existen.

4

Esto porque en otoño nadie consigue dormir, nos vamos poniendo amarillos del color del mundo que empieza en septiembre bajo el mundo rojo, el silencio deja de afirmar, escucha, se demora en los objetos insignificantes, no en arcas y armarios, en bibelots, cofrecitos, no somos nosotros quienes lo oímos, es él quien nos oye a nosotros, se esconde en nuestra mano que se cierra, en un pliegue de tela, en los cajones donde nada cabe salvo alfileres, botones, pensamos

—Voy a sacar al silencio de ahí

y al abrir los cajones el otoño en lugar del silencio y el amarillo tiñéndonos, las ventanas sueltas de la fachada van a caerse y no se caen, se deslizan un centímetro o dos y aguantan, en la calle los gestos distraídos de la noche se transforman en un fragmento de muralla o en la enferma que falleció hoy en el hospital abrazada a su hermana con un sombrerito con la pluma rota en la cabeza, se estremecieron al unísono, la cama o una garganta un sonido cualquiera

(¿cómo describirlo?)

y la que yacía acostada se murió, el sonido en mi cama y en mi garganta ahora, me pregunto si moriré también y continúo, si encendiera la luz volvería a ser yo, me encontraría

—Estoy aquí

y mis días por orden, listos para usar, almidonados, cuál de ellos elegiré para gastar mañana y la sorpresa de tantos días todavía, la enferma se quedó en medio del suyo que siguió solo, mirando hacia atrás desilusionado porque no lo seguían, la de la pluma rota se desprendió de su hermana sin mirar a nadie, sentí el mundo que comienza bajo la forma de una corriente de aire que anuncia la lluvia, no la de agosto, limpia, lluvias grises, sucias, el aire sucio, si alguno de nosotros hablase, palabras sucias, desconecté el oxígeno y la llave de la botella un chasquido sucio, en el caso de que me llamasen

—Lurdes

tendría que ocultar el nombre antes de mostrarlo alrededor, frotarlo sin que se diesen cuenta con un paño cualquiera, un nombre que me intriga desde que lo conozco, intento cambiar su forma y se resiste, compacto, duro

—Lurdes

veo a mis padres de modo diferente como si mis padres Lurdes, no yo, de niña me quedaba pensando en él quieta, equilibrándome en el pie derecho primero y en el izquierdo después para calcular el peso de las letras, no del cuerpo, en mí, la pluma rota se marchó sin saludar, zapatos menudos triturando las piedras deprisa y pisando mi nombre y yo desembarazada de mí, libre, no me llamo Lurdes, me llamo Yo, mis padres retrocedieron hacia zonas vacías del pasado con el

Lurdes

ellos bautizando como Lurdes todo, utensilios, vecinos, atibórrense con mi nombre y déjenme, en la zona del pasado que el nombre ocupaba mi madre a mi padre

—No descansarás hasta no acabar conmigo

con un peinado antiguo, un collar que recuerdo haber visto con las perlas sueltas del hilo en un cartucho, una persona de luto mojando bizcochos en el té

(¿quién sería?)

el pasado amarillo del color del mundo que empieza, la persona de luto

—No te preocupes por tus padres, ven aquí

el gallinero sin gallinas, solo la red desgarrada, piedra caliza y un señor de rodillas echando semillas en la tierra

(vine de más lejos de lo que imaginaba)

el señor de las semillas pronunciaba mi nombre alzando una azada y por tanto girar la cabeza y evitarlo, episodios que la memoria mostraba y escondía, imposible componer mi vida con espacios huecos separados por acontecimientos de repente vivos, la difunta a la que ayudé a vestir y hojas pegadas a las ramas en el mundo acabado, la pluma rota desenvolvió el ganchillo de la hermana colocándose las gafas de ella, no las suyas, para acabar el tapete

(nadie consigue dormir)

mientras el silencio se inclina para oírnos, la una de la mañana, las dos, qué importa, mi compañera fuera de la ciudad cerca del surtidor de gasolina donde el empleado siempre con el mismo periódico, en cuanto un automóvil en la carretera el mentón de su marido crecía, el temor de ella

(si sonase el timbre de la enfermería se quedaría sentada, la lámpara de una de las habitaciones encendiéndose y apagándose, eterna)

—Ustedes van a olvidarme

y quedarse en un mundo antiguo sin relación con el nuestro donde los carros de los gitanos entre dos granjas rumbo al Polo, mi madre vino detrás del tiempo en el que yo creía que viviría para siempre

—No descansaréis hasta no acabar conmigo

su anillo en mi dedo, el collar, cuál es el motivo de que robemos a los muertos y los dejemos sin dinero, sin nada, me impedía tocar las copas con una pequeña orla dorada

—Son de cristal y se rompen

surgía de una rinconera remota con objetos de plata abollados, caracolas, estampas

—No descansaréis hasta no acabar conmigo

mañana el electricista del hospital aquí en casa y por tanto guardar la escoba y el cubo, me toca a mí defender las copas en el armarito cerrado

—Son de cristal y se rompen

presentes en la oscuridad con su brillo de agua picuda, la impresión de un secreto en las fotos del álbum que les permite existir, moverse, mi padre que me llama con sus misterios de tímido señalando al electricista

—¿Este quién es?

y se me apoya en el hombro y no me deja en paz, la calle, la farola, el fragmento de la muralla, Lurdes, el marido de mi compañera con quien nunca hablé

—No te duermas, Lurdes

y tranquila que no me duermo, estoy aquí, me quedo aquí, en compensación las monjas del colegio me obligaban a levantarme para la misa, iba dejando huellas de sueño por el pasillo y de repente en un arco de piedras aquellos ángeles horribles, las manos del cura al alzar la custodia me apretaban, va a levantar la sotana donde escondió el cuchillo y me degüella, el charco de mi sueño aumentaba en las losas y yo un cuerpo flotando inerte, enfadado con Dios o si no pesadísimo porque Dios este malestar, este frío, gladiolos en el claustro donde acechaba una gata, hígados y orejas y cabezas de cera en el altar de los milagros, mi compañera señalando una manchita marrón

—¿Era esto?

esto en la cuna del jardín clamando a gritos con una boca gigantesca sin dientes, alrededor de la boca una corona de brazos y piernas en movimientos de muelle mientras la persona de luto sumergía bizcochos en el té, el mundo que empieza en septiembre poblándose de gente, por ejemplo el profesor con el cigarrillo que escribía las tablas en la pizarra, lo veíamos cenar en la pensión vertiendo gotas en un vaso, las contábamos desde fuera en voz alta, Ester, Florete, Dulce con aparato en los dientes, mucho mayor que nosotras, que emigró con sus tíos, el profesor revolvía la medicina con un palillo, no enfadado, pidiendo

—No me hagan de menos

hace años

(¿siete, tres, nueve?)

una carta de Dulce, me quité el aparato hace siglos y me quedé viuda, ¿sabías?, esto en Alemania, creo yo, un país de gigantes como ella, Dulce angustiada por ser tan grande pasándome un papelito en el aula

—Eres mi amiga, no me mientas, ¿tú crees que soy normal?

le llegábamos al cuello

—¿No hace frío ahí arriba?

y Dulce agachándose y cogiendo una piedra, no tenía valor para tirarla, se marchaba llorando, al final de la carta

Hace mucho frío aquí arriba

esto en Alemania o en Holanda, no conozco las diferencias pero a juzgar por el sobre un país con sellos

Hace mucho frío aquí arriba

llevé la carta en el bolso hasta que un día, no tengo idea de cómo, la perdí, volqué todo en la mesa, llaves gafas oscuras monederos pañuelo pastillas para la garganta

—¿Dulce?

el mundo que empieza en septiembre debajo del anterior poblándose de gente, el farmacéutico con revólver porque el dueño del café no sé qué y él no sé qué también, pasaban uno junto al otro rojos, desviando la vista, mi padre le aconsejaba al farmacéutico

—No haga caso

con temor a tiros, prisiones y el jeep de la Guardia citando testigos, mi hermano en la silla de ruedas

—Lurdiñas

yo probaba su silla cuando lo sentaban en el banco bajo la ducha, para lavarlo, y las piernas delgadísimas, fingía que mis piernas esmirriadas como las suyas y cuando empujaba las ruedas tropezaba con las cosas, envidia de no tener piernas así, de que me dejasen al sol por la tarde

—Te hace bien el calor

y yo obediente rascándome

(—Los que se rascan son los sarnosos, chica)

cayó de un andamio con un primo, si me interesaba

—¿Y el primo?

lo que oía eran martillos clavando otras respuestas, no la de mi hermano, las abejas del abogado danzaban en las colmenas, la persona de luto mojaba bizcochos en el té con una mueca severa, mi compañera

—Vosotras me olvidaréis

apartando a los perros de la perra en celo, mi padre el domingo en la pérgola golpeando triunfos desde lo alto

(¿ya lo he visto sin la gorra?)

y me pregunto si ya lo he visto sin la gorra, nunca lo abracé, nunca le di confianza, la una de la mañana porque en otoño nadie consigue dormir salvo mi hermano envejeciendo en la silla y alzando el mentón desde el pecho

—Lurdiñas

los gigantes cruzaban Alemania en dos pasos, enciende la radio, Lurdes, ve al tendedero y tranquilízate, una persiana que se golpea desprendida del riel, cada gota del profesor una pequeña espiral morada en el vaso que se ovillaba, desaparecía, tengo cuarenta y cuatro años y qué significan cuarenta y cuatro años, díganme, qué relación entre cuarenta y cuatro y yo, entre Lurdes y yo, entre mi cuerpo y yo, casas, olores, silencio y yo en el centro, mi padre vino y se fue sin que mi compañera tropezando en el barreño reparase en él, si lo sacaban de la silla mi hermano un extraño, al enfermar era con la silla al lado de la cama con quien yo hablaba y las rodillas esmirriadas no ocupaban espacio en la sábana, hablaba con la silla, el rasgón en el pijama, todo aquello que no decía

—Lurdiñas

y mi hermano mirando el techo callado, lo busqué con la esperanza de entender lo que sentía y el techo solo techo conmigo, solo la tulipa rosada de la lámpara y el escarabajo de julio, fijo, que el paso de las horas iba transformando en un objeto, tal vez este deshollinador en la cómoda y este baulito labrado eran escarabajos antes, entraron por la ventana y se fueron demorando en la piedra caliza, si enciendo la luz los encuentro a mi espera, serviciales

—Úsanos

no te duermas como se durmió tu hermano sin dejar de mirar el techo, cuando se lo llevaron el techo con la tulipa y el escarabajo seguían allí, meses después miraba hacia arriba y ellos allí, me olvidé de vigilar el techo durante una semana o dos y al buscarlo, nadie, volvió con este mundo amarillo poblado de criaturas y los gansos en círculo eligiendo el viento, evaluando con sus cuellos altos, midiendo, solo en la granja del padre de mi compañera el heno insistía en crecer, hubo otro hermano pero ese antes de mí, solo en el álbum, vestido de Carnaval sorprendiéndose, quedaba un automóvil pintado de rojo con uno de los ejes torcido por el óxido, mi madre me quitó el automóvil, lo acomodó en el cajón

—Deja al cochecito tranquilo

y el claxon de uno de los gansos graznó, objetos de plata abollados, caracolas, estampas, he ahí lo que heredé de mis padres, la casa donde no entro para no enfrentarme con la ausencia de ellos censurándome

—Al menos podrías visitarnos

o sea visitar ecos, sombras, la silla de ruedas en la habitación del fondo, más pequeña de lo que me imaginaba, burlándose de mi hermano y de mí, de lo que sufrí por él, por qué tanta crueldad en las criaturas inertes, esa manía que tiene el pasado de humillarnos, los recordamos con ternura y nos desprecian, en casa de mis padres nada que me encare de frente, todo sesgado, escarnecedor

—No queremos saber nada de ti, vete

camas sin colchón en las que no imaginamos que hubo personas un día, yo antes de puntillas para alcanzar el frutero con las uvas de cerámica cuyo borde siempre conocí mellado y hoy las frutas insignificantes, modestas, lo que fui sin importancia, lo que pasó sin interés, qué ridículo, Lurdiñas, mi compañera

—Vosotras me olvidaréis

y yo ya olvidada, señores, si me ven una mueca de interrogación

—¿Lurdiñas?

si no me encuentran en la vida de ellas, no existo, el electricista atormentándome la nuca, el médico para quien yo transparente

—¿Lurdiñas?

el electricista que aún la semana pasada conmigo, también interrogándose, no éramos tantas en el hospital, Dios santo, durante mucho tiempo yo la única enfermera en los partos, en caso de que se olviden de mí olviden a mis padres, a mi hermano, a la persona de luto mojando bizcochos en el té, si no existo en el recuerdo de ustedes nunca existí, ayúdenme, acuérdense al menos del gallinero sin gallinas y del aseladero que era una escalera acostada, dentro de tres horas rombos pálidos avanzando por la tarima, si no viviese aquí nadie notaría los rombos, cuarenta y cuatro años y detesto mi cara que ha cambiado, no me pertenece, no soy yo, esta nariz por ejemplo no de carne, de imitación, se sujeta por detrás con un elástico, fíjense, y si me apeteciese me la quitaría, no ha de sorprender que el médico con demasiadas estilográficas en la bata

—¿Lurdiñas?

la alianza, que se volvía enorme al cogerme del brazo, mientras llenaba una ficha

—¿Su nombre?

(ya está ahí la tabarra de los nombres)

ni se la veía, sin las estilográficas y la bata se le iba la autoridad, cerraba la puerta del despacho y se quedaba un buen rato comprobando el silencio, dejaba el estetoscopio en el escritorio y los tubos de goma, vivos, tenían retortijones de tripas, el grifo del lavabo se descuidó y una gota se quedó desaprobándome en el borde del desagüe, no descansarás hasta que no acabes conmigo, la silla de ruedas testimoniaba martirios por los que nadie se interesaba, desaparecemos y lo que nos perteneció dispuesto a servir a los otros con una simpatía distraída, debería irse con nosotros, no quedarse por allí, en casa de mis padres la ropa se emperraba en el armario provocándome, brillo en los codos, costras en una solapa

(¿de huevo, de salsa?)

calderilla sin valor en el bolsillo, aun en la época en que valían no valían nada, una concha que no comprendía porque mi memoria sin playas y en esto arena, olas, mi madre vestida y mi padre con corbata, tan provincianos, tan serios, con una cacerola de comida, intimidados por las personas desnudas y yo avergonzada de ellos, siempre me avergoncé de ellos, del audífono de mi padre, de mi madre disculpándose

—Perdón

(en otoño nadie consigue dormir)

viajaban de pie en el autobús agarrados con todas sus fuerzas a la barra y al soltar la barra el lugar de las palmas mojado, lo que queda de mis padres es una costra de huevo o de salsa en una casa que hasta los ecos ha perdido, no teníamos patio, teníamos las máquinas que construían el restaurante nuevo sacudiendo las paredes y después de las cuatro las herramientas solitarias, el guardia comiendo con la boca en las rodillas no se entendía qué porque solamente máquinas, la certidumbre de que el guardia masticaría toda la noche espiándome, mi compañera despierta como yo y en el jardín de ella malvas, pitas, la perra en celo que no ató en el garaje andaba con la barriga abierta de arriate en arriate enredándose con las piedras mordiéndolas, mordió al médico y al electricista y escapó de ellos, esperó más adelante y escapó de nuevo, yo cuarenta y cuatro años y la articulación del hombro de cuya existencia no tenía idea comenzando a dolerme, las escaleras del hospital cada vez más largas, un peso en las caderas negándose a subirlas y atención a la urea, la persona de luto mojaba bizcochos en el té en lugar de campanadas

(cada sílaba una hora)

definitivas, solemnes

—La urea, niña

si de nuevo una playa con mis padres entraba en el agua sin quitarme ni la cadena del cuello y me ahogaba, palabra de honor, me ahogaba, dentro de poco cincuenta años y las escaleras infinitas, tener que parar a mitad de camino a la espera del regreso de los pulmones fingiendo que me falta no sé qué en el bolso, quien apoyase su oreja en mi pecho notaría una biela exhausta fallando, las piezas al fin encajaban, qué suerte, vacilaban un poco y reanudaban el giro, pasado tanto tiempo el corazón obediente, fiel, no cuento con las hormonas pero cuento contigo, gracias, gracias a Dios Lurdes heredó el corazón de su abuelo, un caballo que a los ochenta y tres años se ponía pinzas de la ropa en los pantalones para no mancharse de aceite y daba su paseo en bicicleta los domingos, a los ochenta y nueve caminaba sin bastón, a los noventa y dos comía por cinco, a los noventa y cuatro, pobre, comenzó a ponerse duro de oído y a confundirse con la familia, le aclaraba a gritos

—No soy mi madre, soy Lurdes

y mi abuelo asintiendo

(era un hombre delicado)

—Ya he visto

ponderando el asunto y alegrándose de corregirlo

—Mi mollera a veces

ponderando mejor, concluyendo que la equivocada era yo y por tanto cogiéndome el mentón

—¿Emilita?

ya no mi madre, mi abuela, a los noventa y seis años se calló, se fue quedando atrás y su corazón por delante de él, intacto, atravesando los días recto como un cohete, mi abuelo aquí y el corazón sin paciencia de esperar ganándole semanas y meses, superando las Navidades, los inviernos, habría subido las escaleras del hospital de un saltito mientras que mi abuelo ponderando

—¿Emilita?

no un llamamiento, una pregunta, debe de habérsele encendido dentro una bombilla pequeña

—Menos mal que has llegado, Emilita

y una frase sobre peces de la que me perdí la mitad, la boca se interrumpió antes del final del discurso y se quedó abierta pensando, mi compañera

—¿Noventa y cuatro años?

con la esperanza de que la existencia de mi abuelo prolongase la suya, elegí cada mueble de esta casa y no obstante entro llena de cumplidos con un pudor de visita, intento no molestar al diván, dejo las cortinas en paz y por lo menos la casa no puede quejarse de que acabo con ella, en la pared mi retrato hecho por un hombre gordo en una plaza de Lisboa, me cambiaba la posición de la cabeza con deditos leves, extendía el carbón con el pulgar y lo limpiaba con un trapo, una asamblea de japoneses me comparaba con el dibujo viajando entre el papel y yo, los zapatos del hombre gordo gastados, el traje gastado, un lazo de artista en el lugar de la corbata, mejillas que se balanceaban colgadas de las orejas, me rechazó el dinero con un gesto de palomo y cuando terminó de revolotear su mano se me pegó al brazo negra de carbón, de lápiz, de lo que parecía betún, las facciones tan gastadas como los zapatos y el traje y yo lo habría aceptado si hubiera tenido cuarenta y cuatro años en esa época, se habría hecho cargo de mí, me habría ayudado, y viviría no aquí, en casa de mis padres con él

(objetos de plata abollados, caracolas, estampas)

le prestaría el albornoz que quedó allí en un clavo, abriría el arca en la que mi madre ponía las sábanas y al abrir el arca se oiría la silla de ruedas de un lado para el otro y el movimiento adormilado de la cortina con cada corriente de aire, veintidós años en este agujero, Dios mío, cómo pude, quién sería la persona de luto que mojaba bizcochos en el té, las copas con su brillo de agua picuda y el orgullo de mi madre mostrándolas

—Son de cristal extranjero

convencida de que el mundo

(Alemania con Dulce dentro, incluso)

giraba en torno a aquel tesoro ridículo, en otoño nadie consigue dormir y no obstante bajé un instante al interior de mí misma, casi encontré el recuerdo de lo que fui y regresé a la superficie, el hombre del dibujo desapareció en la terraza entre dos autobuses llevándose consigo un tobillo que se negaba, por qué motivo solo algunas fracciones del cuerpo forman parte de nosotros y las restantes carecen de toda utilidad, molestando, pesando, a los cuarenta y cuatro años aumentan, celulitis, manchas, demasiada piel en el cuello, otra voz en nuestra voz que nos completa las frases y tiembla, me cuesta menos aceptarla hoy día, madre, pídame opiniones que no me encojo de hombros, respondo, no me paso el tiempo comprobando la hora con disimulo, no recurro a disculpas

—Entro a trabajar a las ocho, señora

me quedo escuchándola casi con atención, no le deseo la muerte, dure a sus anchas unos meses más, torpona y disminuyendo de tamaño, no pienso

—¿Y si te callases tú?

le arreglo la sala, le hago la cama, si mi hermano

—Lurdiñas

llamando desde ningún lugar hago que no oigo, usted colgándoseme de la blusa

—¿Has oído?

y no es a usted a quien persigue, no se preocupe, señora, fíjese en que ni existe el techo, la tulipa de la lámpara, el escarabajo y listo, se va apagando, tranquila, fíjese en que mi padre ya se apagó en mí, quedó la gorra en el paragüero y no me fijo en la gorra, si él en este momento con nosotras

—¿No saludas a tu padre?

ni lo notaría, no me cogería del brazo al caminar a mi lado, no me riñó nunca

—¿Sabía quién era yo, padre?

y él viéndome y vacilando, el padre de mi compañera unas monedas al menos y no me enfado con usted, no me exalto, no era solo conmigo, no hablaba, tal vez en casa hace siglos, en las tardes de gripe, lo encontraba mirándome con el labio hacia delante como estudiando el triunfo al jugar con sus amigos, acercaba el termómetro de la ventana sin distinguir el mercurio, yo con gafas ahora con el termómetro de los enfermos con los mismos gestos que mi padre, las cosas que heredamos, señores, y yo irritada por heredarlas, me visitaba en el colegio de las monjas

con la turbación del respeto, nos metían en una sala con crucifi-
jos y purgatorios hasta que se cumpliese la hora, había un cuadro
de santa encaramada en una nube y un roble en el patio que se
iba hinchando, hinchando, cinco años de un sueño perpetuo
entre la geografía y yo y entre la historia y yo ocultándome
afluentes y batallas, no te duermas, Lurdes, en este mundo amarillo, háblame de tu vida, del electricista, del médico, dentro de
poco será mañana y el hospital de nuevo, los lugares ocupados
de los pacientes que fallecieron ayer, miradas que se espían de
reojo y el traqueteo del montacargas en los cables, tuve a mi padre
en el hospital en la sala de mi compañera, no en la mía, y sin gorra
ni dentadura postiza un extranjero para mí, trabajó de mecánico
en las locomotoras paradas de las líneas secundarias con juncos
y cardos, algo en el esófago, creo yo, una hernia, un tumor, primero hernia, después tumor, después ni hernia ni tumor, el estómago y los ojos en el techo aunque no
—Lurdiñas
silencio, cuando no jugaba a las cartas en la pérgola se quedaba domingos enteros junto a la mesa del comedor sumando los
cuadros del mantel y esto del hospital no en otoño, en invierno,
una palidez en las hayas y una llovizna lenta, si me acercaba a la
almohada la esperanza de que una pinza o unas tenazas le quita-
sen el dolor, se lo mostrasen
—Ahí tiene su dolor
y a pesar de aliviado estremeciéndose de madrugada debido a
los cuervos que subían desde la muralla para rodear los campos
y se volvían amarillos en el otoño amarillo que va tiñendo mi
habitación, cuervos y me apetece repetir cuervos, cuervos, los
gansos que él no veía de regreso a África, si Dulce quisiese se
daría un paseíto desde su país con sellos hasta aquí, antes del médico y del electricista otra persona, no el señor que ayudaba a
Elizabete, no el dueño del café, mi padre cuyas vísceras se le escapaban al médico al final no el estómago, apenas llegaban a un
órgano la enfermedad ya se había ido, se limitaban a descubrirle
las huellas y señales de haber descansado antes de continuar huyendo, la espantaron de los riñones y le hicieron una emboscada
en el páncreas, la rodearon con trampas de radio
    (otro hombre, no me pregunten quién)

grafías, análisis e inyecciones que emitían pequeñas señales de luz, era mi madre quien observaba ahora los cuadros del mantel señalando la silla de ruedas, el coche de juguete, la gorra en el paragüero señalándome

—No descansarán hasta no acabar conmigo

mi madre que acabó sola sin necesitarnos de modo que a los cuarenta y cuatro años qué queda, explíquenmelo, no me afecta que no se acuerden de mí porque me marcho, no se preocupen, es una cuestión de tiempo, a un lugar sin malvas ni pitas, el mar, me quedo en la arena observando la bajamar lejos de esta muralla que se va estrechando y me oprime, de estas travesías y de estos callejones que me evitan, no hay nada que no me abandone hoy día, el médico hace siglos que dejó de llamarme, el electricista no me visitó este sábado, mi compañera

—¿Por qué?

pensando en ella y en su cuna inútil o en extraños que vinieron a preguntarle por su marido no en la enfermería, en la dirección del hospital acompañados de fotos que iban mostrando uno a uno

—¿Sabe quién es?

ampliaciones que desenfocaban los rasgos, sombras que se sucedían demasiado deprisa para que pudiera reconocerlas, entre las fotografías una mujer junto a un manzano y una chica con trenzas en el portón de un colegio, uno de los extraños deteniéndose en la mujer

—¿Y esta?

golpeando el vestido con el índice, ojalá ninguno de los gansos grite y el montacargas con la cena de los enfermos no oscile en los cables agitando aluminios, más allá del portón un edificio de fábrica justo pegado al muro, la chica con trenzas sustituida por un individuo disfrazado de mujer con un pendiente que le rasgaba la oreja en una mesa de autopsias, el índice sin creer en ella

—Tampoco lo sabe, ¿no?

la fotografía del marido con el mismo individuo esta vez vestido de hombre y en la que está uno de los extraños también, los gansos no gritan en otoño, un sollozo de perdices a lo sumo y nunca imaginé que sollozasen tan alto, no machos, hembras removiendo arbustos, hay siempre unos pocos gansos demasiado jóvenes e incapaces de partir zambulléndose entre los juncos de la laguna desplumándose al frío, si nos acercamos intentan un paso en el barro o no se mueven, aceptan, los perros los arrastran por el pescuezo hacia las matas del espinar y ni un ala protesta, queda un surco en las hierbas, el hombre disfrazado de mujer un ganso, la chica con trenzas un ganso, me acuerdo de las ranas ensordeciéndonos

(nunca pensé que las ranas)

un ganso intacto con el pico abierto en el margen

(¿el marido de mi compañera?)

le pregunté bajito

—¿Sabe quién es?

le pregunté

—¿Y esta?

la fotografía de una muñeca en un trozo de cuerda girando, no la chica, una muñeca con un mecanismo suelto en la barriga, de metal o de plástico, emitiendo unas vocales confusas, no imaginaba que las ranas en septiembre nos impidiesen hablar, el marido se encerraba en el despacho hacia el surtidor de gasolina, los campos, la fotografía de una casa en Lisboa con un par de árboles de la China y sus flores enormes

(no se distinguía de qué color en la película)

al lado del manzano, el marido que regresaba en medio de la noche

(no voy a dormir)

sobresaltando a la perra

(¿mi compañera, yo?)

con el vientre abierto contra los neumáticos del garaje, cuarenta y cuatro años y estas ganas de pedir, humillarme, yo una oveja abandonada por los gitanos hasta que los perros me ladren, siete, ocho, diez perros con el hocico bajo exigiendo, aquellos que los cazadores de Portalegre o de Setúbal no dejaron entrar en los remolques de los coches y sobreviven con ratones, palomas enfermas, serpientes

(los vaivenes del montacargas me desmembran, es en mí donde él oscila, se eleva)

los perros de la granja del padre de mi compañera también, de otras granjas de alrededor hacia los cuales ella, ansiosa por la urgencia, iba volviendo el lomo distraída de las fotografías

—¿Sabe quién es?

mayor que yo y no obstante aguardando, me pregunto cuál de ellos le apoyaría las patas en los hombros, retrocedería un momento, volvería a apoyarse, el que hacía las preguntas, el que mostraba las fotos, el que tomaba notas en un ángulo de la mesa, la persona de luto que mojaba bizcochos en el té

—No te preocupes por tus padres, ven aquí

un movimiento del tronco hacia delante y no manos enteras, dedos casi cosquillas, casi agradables y en esto casi dolor

—Lurdiñas

un pie sobre mi pie apretándome, una especie de cantilena

—Ven aquí, ven aquí

mi pasado amarillo del color del mundo que empieza en septiembre debajo del anterior y en el cual el silencio deja de afirmar, escucha, no somos nosotros quienes lo oímos, no nos pide

—Ven aquí

o

—¿Sabe quién es?

o

—¿Es este?

él oyéndonos a nosotros, se esconde en un pliegue de ropa o en los cajones donde no cabe nada salvo alfileres, botones, pensamos

—Voy a sacar al silencio de allí

y al abrir el cajón en lugar del silencio el amarillo tiñéndonos, las hojas no pertenecen a las ramas

(¿cuántas horas entre este momento, este preciso momento, este segundo en que escribo y el que creo que es mañana y tal vez mañana nunca, se acabaron las mañanas, las he gastado, dejaron de existir así como la mirada de mi hermano se detuvo en el techo, quedaron la tulipa, el escarabajo y la silla de ruedas, cuántas horas entre este momento y la mañana verdadera?)

las hojas no pertenecen a las ramas, las pegaron y eso es todo, las ventanas alrededor de las fachadas pensamos que se van a caer y no se caen, se deslizan uno o dos centímetros, desisten, aguantan, desde esta ventana la oscuridad, los grandes gestos de la noche que se transforman en un fragmento de muralla o en la enferma que falleció hoy en el hospital abrazada a la hermana con un sombrerito con la pluma rota en la cabeza

(–Ven aquí, Lurdiñas, ven aquí

cuarenta y cuatro años y yo tan vieja, Lurdiñas)

la garganta de una de ellas un sonido pero solo murió la que estaba acostada como yo en esta habitación

(¿me voy a morir?)

el sonido de mi cama y de mi garganta, este sonido, me pregunto si me voy a morir y continúo, si encendiese la luz volvería a ser yo

(¿volvería a ser yo?)

y mis días por orden listos para usar, almidonados, cuál de ellos elegiré para gastar mañana, la sorpresa de tantos días todavía, la enferma se quedó a mitad del suyo que siguió solo mirando hacia atrás decepcionado porque no lo quisiesen, la hermana sin mirar a nadie y allí estaba el mundo que empieza en una corriente de aire anunciando la lluvia, no la lluvia de agosto, limpia, lluvia gris, sucia, el aire sucio, ojalá no grite ninguno de los gansos, que el montacargas con la cena de los enfermos no oscile en los cables blandiendo aluminios, la persona de luto me ofrecía bombones

–¿No te apetece, Lurdiñas?

no Lurdiñas

–¿No te apetece, Lurdes?

un nombre que me intriga desde que me conozco, lo repito sin entenderlo, intento cambiarle la forma y se resiste, compacto, duro

–¿No te apetece, Lurdes?

veo a mis padres de manera diferente como si mis padres Lurdes, no yo

(–No te preocupes por tus padres, ven aquí)

y me quedaba pensando en mi nombre equilibrándome en el tobillo derecho primero y en el izquierdo después sintiendo el peso de las letras, no el del cuerpo, en las piernas, la pluma rota se marchó con los zapatos pequeños triturando las piedras deprisa y aplastando mi nombre, desembarazada de mí y yo libre, no me llamo Lurdes, me llamo Yo, mis padres retrocedieron insignificantes

(–¿No te he dicho que no te preocupes por tus padres?)

hacia las regiones vacías del pasado bautizando como Lurdes todo, utensilios, vecinos, atibórrense con el nombre, mi madre a mi padre

—No descansarás hasta que no acabes conmigo

y no las copas o un coche de juguete al que le faltaba un neumático, el graznar de los cuervos o sea extraños acompañados de fotografías

(la cara me rozaba el pecho, la barriga, iba a decir los muslos y me equivoqué, en un punto unas veces impreciso y otras veces preciso que se abría despacio, latía)

o sea una mujer junto a un manzano y una chica con trenzas en el portón del colegio, un individuo disfrazado de mujer con un pendiente que le rasgaba la oreja en una mesa de autopsias

(detesto contar esto, mi mano odia lo que escribe)

en una mesa de autopsias, el marido de mi compañera con el mismo individuo vestido de hombre y uno de los extraños también, sombras

(–No te preocupes por tus padres, ven aquí

y una sombra en mi ombligo, en la barriga, iba a decir en los muslos y me equivoqué, en un punto unas veces impreciso y otras preciso que se abría despacio, latía)

fotografías amontonándose, creciendo, y el índice insistiendo

—¿Es esta?

juré que no lo diría, prometí que no lo diría

—No lo digo

—Puede quedarse tranquilo que no lo digo

—Que me quede lisiada si lo digo

pero voy a decirlo y listo, el índice insistiendo

(voy a decirlo)

—¿Y esta?

(mi compañera que me perdone si en esta yo estoy demasiado joven e incapaz de partir desplumándome de frío, su marido acercándose a mí

—No te preocupes por los tuyos)

mientras yo intentaba un paso sin salir del lodo, sin moverme, aceptando

(yo sin moverme aceptando)

me acuerdo de las ranas ensordeciéndonos

(nunca pensé que las ranas)

bultos de ahogados sin ahogado alguno, tallos a la deriva y un ganso con el pico abierto en la margen afirmando

—No lo digo

mirando las copas en el armario que le gustaban a la madre de ella.

DOS DE LA MAÑANA

1

Estaba segura de que eran las dos de la mañana sin necesidad de comprobarlo en el reloj porque algo había cambiado de dirección ahí fuera o aquí, ningún halo en los campos salvo tal vez a la derecha donde una aldea y tal, una especie de luces, iba a decir tejados pero quién me asegura que son tejados, que son luces, reflejos y eso es todo, oscilaciones vagas, si no supiese que no hay ni un río pensaría en agua, sombras que se desordenan y ordenan en una superficie tranquila, una sospecha de viento

(¿qué viento en esta paz de septiembre?)

agitando la encina de modo que si mi abuela estuviera conmigo me codearía callada, algo había cambiado de dirección ahí fuera o aquí, tal vez mi marido en el despacho apoyando la cabeza en el brazo y yo sintiendo su miedo

—¿Puedes ayudarme tú?

y me daba pena no poder ayudarlo, si estuviese en mi mano en serio que me gustaría pero yo estoy sola, él solo, durante cuánto tiempo nos quedaremos en esta casa, la impresión de personas en la carretera, gente que ronda el muro llamándose, espiándose, aquellos extraños en el hospital

—¿Su marido?

y mentira, mi marido nada, quietecito en el alféizar imaginando planetas extinguidos o sea piedras muertas que flotan y creyendo que dentro de poco la noche perpetua y nosotros por ahí al azar tropezando con los trastos sin nadie que nos guíe, el mundo una piedra muerta igualmente, tal vez fogatas dispersas cerca de nosotros, allá, la vieja del sombrerito con la pluma rota extendiendo los dedos y encontrando a su hermana o sea un sombrerito con la pluma intacta que la recibe y se alegra y mi marido en el pasillo comprobando que no he desaparecido de la habitación y duermo con él, en acabándose este libro

(pregunto yo)

qué hará mi padre, Señor Dios, si me es permitido llamarlo para un asunto como este, nadie me saca de la cabeza que las mujeres de azul o de verde

(no me acuerdo de lo que escribí y no me acuerdo del color)

no son las dos viejas, cambiamos tanto con los años, si fuese capaz de soñar en qué se ha transformado mi existencia estaría en Luxemburgo y recibiría una maleta mohosa y una carta en una lengua que no se entiende y he acabado de inventar, la vieja enferma no me reconoció en la enfermería, sus ojos se desliza-ron sobre mí camino de la persiana con una claridad sin gansos ni cuervos, de planeta extinguido, que Lurdes consideraría ama-rilla, se acabó el

—¿Tu hija?

y no obstante veo a las viejas o a las señoras de azul

(¿de azul?)

en el cristal de atrás

(una de ellas con abanico)

mientras el automóvil se aleja, ellas un adiosito y yo ningún adiós, pasmada con una punta de chal que agitaba ramajes, volvi-mos a casa y mi madre ni pío, tenía unas joyas guardadas, abrió el pañuelo y el joyero las empujó

—Ni regaladas, señora

la boca de mi madre igual a la boca de los enfermos, es decir, labios y lengua y encías pero no boca, una cosa estancada que el aire despreciaba, envolver de nuevo las joyas estrangulándolas con fuerza, me cogió por el codo y yo no su hija, un fardo que se arrastra, primero sin piernas y después caminando detrás de ella, ambas casi corriendo, corriendo, me acuerdo de que se cayó una perla y de mi madre pisándola a propósito con un ruidito de cáscara, aún hoy no he llegado a entender por qué consintió que yo naciese, unas compresas, una manchita oscura y resolvía el asunto, dejaba a mi abuela con la encina y al cabo de unos años una maleta mohosa abandonada por un compañero en la casa vacía y que los gitanos se llevarían al regresar del Polo, mi marido con su hermana en Estremoz

—¿Puedes ayudarme tú?

mientras que bajo ninguna claridad, excepto unas fogatas dispersas, personas en lo que fue la carretera rodeando las ruinas del muro, los planetas extinguidos incapaces de ayudar

—¿Pueden ayudarme ustedes?

la hermana bajita, fuerte, canosa que no visitaba hacía años asustándose ante él y rodeándose de muebles, o sea unas cajas, un divancito prestado

—No hay ni un alma aquí

ni un alma para caer lentamente

(—No)

a lo largo del espejo, un vaho, unas uñas, un trazo rosado o puede ser que la hermana olvidase la grasa del corazón

—Yo me encargo de ti

o nada de esto, la hermana preocupada por la dificultad en respirar instalada en un banquito

(las dos de la mañana y ¿qué se puede hacer, cómo evitar que esto acabe?)

pensando en Évora, no en mi marido, y al mencionar Évora no me refiero a la ciudad, me refiero a las gallinas y conejos de un tiempo más feliz, ella alegrándose, es un suponer, con las campanas que no me alegran a mí porque incluso en julio una tonalidad de invierno, cada campanada retumbando en una vivienda difunta, la de mi padre por ejemplo habitaciones y habitaciones en que no nos esperan, clavos en el lugar de los cuadros, un calendario antiguo

(¿qué sucedió en ese enero?)

de la época en que eran otros los vivos, mi madre tiró las joyas en el cubo

(¿si supiese dónde queda Luxemburgo mi vida sería diferente?)

y los perros se incorporaron de pronto midiendo nieblas con el olfato porque un lagarto o un pájaro y volvieron a tumbarse con su habitual media vuelta, llega un momento en que no le responden a su amo, un meneo de cola y se acabó, mi marido a la ventana sin reparar en los extraños, reparando en la flor diminuta de la pita que iba perdiendo vigor, me encontraba con él en el garaje no ocupado con el automóvil, observando a la perra, había momentos

(se le notaba en la cara)

en que parecía que a nosotros, pero se apartaba de mí distraído con los gitanos o el empleado del surtidor de gasolina que no
recuerdo si atendía a un cliente o a los extraños que al final había
descubierto, el surtidor no en la carretera, casi en el camino de
carros de la granja de mi padre donde ni ganado porque el pasto
desierto, le faltaban aspas al molino y solo el administrador apoyado en la segadora observando a los milanos y la correría de las
nubes entre plantas dispersas, cenizas, oscuridad, los últimos so-
brevivientes

(¿mi marido y yo?

escarbando el polvo en busca de raíces, los últimos sobrevi-
vientes no mi marido y yo, los compañeros de él, los extraños,
una muñeca o solamente la fotografía de una muñeca girando
en una cuerda, tenía la certidumbre de que eran las dos de la mañana sin necesidad de comprobarlo en el reloj porque algo había
cambiado de dirección ahí fuera o aquí, tal vez mi padre en el sillón, tal vez la orientación de los invernaderos, visitar al sombrerito de la pluma rota

—¿Se acuerda de mí?

y encontrar el abanico en una mesita, tal vez con varillas de
menos, tal vez con la tela rasgada, el abanico

—¿Tu hija?

(si buscase en el arca, porque seguro que había un arca, apuesto que un vestido verde o azul, no, dos vestidos, el de ella y el de
su hermana, en un rincón)

esto en un pisito en la parte de atrás del Ayuntamiento, unas
escaleras penosas, el olor a diccionario de los viejos que adivinan
los cambios de clima y comunican con las cosas

—¿No ves la encina?

probablemente porque comienzan a formar parte de la tierra
y van bajando, bajando, mi abuela antes, mi madre ahora, yo
dentro de quince años o no tanto, ya me ocurre que confundo
los días y me demoro sin pensar en el jardín, en la cocina, la de la
pluma rota en busca de las gafas

—¿Cómo dice?

una chaquetita de lana y anillos iguales a los que el joyero

—Ni regalados, señora

y en vez de tirarlos como mi madre siguió usándolos, el jugador de tenis nos acompañó un momento y volvió con la raqueta, la certidumbre de que en años antiguos la de la pluma rota con
mi padre en la granja y risitas y sonrisas mientras el heno crecía
bajo los cernícalos inmóviles, el invierno que viene nadie encuentra la casa, la del sombrerito con la pluma rota inclinando la
oreja hacia mi padre así como la inclinaba hacia mí
—¿Cómo dice?
y el sol de la tarde no claro, púrpura, aunque el púrpura de-
penda de las estaciones, en febrero, con las nubes y el frío, blan-
quecino, sacando sombras de este sitio y mudándolas a aquel
donde hace meses su hermana un dolor, venía de la habitación a
la sala y se detuvo perpleja, palpándose el pecho
—Un dolor
y entonces los dedos esos que encontré en el hospital, los de
la mujer acostada y los de la mujer de pie que se acercaban, se
tocaban, qué va a ser de mí, iba a escribir que indignadas con la
injusticia del dolor y no indignadas, tranquilas, el jugador de tenis se quitó una mota de la solapa
—No se preocupen, chicas
mientras que los extraños más cerca, junto al cuartucho en
que había bulbos y semillas y hoy herramientas que nadie utiliza,
tres compadres más o menos de la edad de mi marido, sesenta,
sesenta y uno en abril, problemas en la vejiga y no obstante aún
decididos, pretendiendo no sé qué de nosotras a propósito de
una muñeca girando en una cuerda
—¿Sabe quién es?
quién les habrá dicho en una oficina cualquiera hojeando un
expediente
—Aquella pareja en Évora
a propósito de una oreja rasgada por un pendiente del cual el
joyero
—Ni regalado, señora
tres individuos dentro de unos minutos a la puerta eligiendo
entre el despacho y la habitación, suelas en la parte del jardín con
malvas, ramojo, la respiración de los perros mezclada con la de
ellos, las colas alargadas y los hocicos alerta, la perra en el garaje
comprende lo que escribo, si me refugiase a su lado estirando el

mentón en el cemento entendería, ambas con el vientre abierto latiendo, una gota de sangre, no una manchita oscura y mi hijo en la cuna con sus harapos de tul y sus muelles rotos a la espera de que lo mime, operaron de cataratas a una pobre en el hospital y fue el acabose abandonar las cortinas

—Hace cinco años que no veía llover

después el mundo y nosotros con una admiración lenta, achatada en los cristales

—Hace cinco años que no veía llover

y se encontró con la lluvia realmente, más intensa, más tenue, recomenzando, deteniéndose, brillos de plantas

(qué exageración)

un hilo en el canalón, mi abuela con los huesos hinchados

—Santo Cristo

y un país de hongos creciendo en la pared, gotas en las tejas midiendo el tiempo cada vez más espaciado hasta que la vida termina

—¿Qué hacemos ahora?

charquitos que los extraños han de pisar cuando lleguen, cuántos cinco años hace que yo no veo la lluvia, no la oigo, oigo el techo, las pitas, mi abuela con paraguas examinando el patio, la de la pluma rota

—¿Cómo dice, cómo dice?

no se acordaba del automóvil, de mi padre, de la casa de campo

—¿Una casa de campo?

ni copas de cristal ni objetos de plata abollados, una lámpara con borlas que no iluminaba nada a no ser a sí misma, la egoísta, cuántos cinco años hace que no veo llover y las dos de la mañana porque algo ha cambiado, los extraños retrocedieron discutiendo entre sí y prefirieron el cuartucho de los herramientas al que le faltan las puertas, creí que la de las cataratas se interesaría por la familia, la casa, su imagen en el espejo y mentira, qué familia, qué imagen, qué casa

—Hace cinco años que no veía llover

arrugando la cortina para que nadie más viese la lluvia, déjenme a la lluvia en paz, si yo llamase a mi marido y señalase a los extraños él quieto observando el surtidor de gasolina, el cobertizo y lo que aún resiste

(tan poco, una niebla, un polvillo suspendido)

de los planetas extinguidos, no distraído, con una especie de alivio, calculo que toda la vida deseó que llegasen e iba a escribir que satisfecho de llegar pero no satisfecho, otra cosa, dejar de esconderse, tener miedo, iba a escribir que mi marido

—Hasta que por fin

y tampoco eso, iba a escribir que yo

—Hasta que por fin

y cómo traducir lo que no logro explicar, el manzano, la muñeca, fotografías una tras otra en la mesa y el extraño insistiendo

—¿Sabe quién es?

vestido como mi marido al conocernos, el traje, la corbata, la camisa almidonada, con los ojitos sin detenerse en mí como por timidez o algo así y ninguna timidez, el dedo tamborileando en el retrato de la mujer contra el manzano y alzándose feroz

—¿Sabe quién es?

un segundo extraño, que escribía, fingiéndose distante y sin embargo las gafas endureciéndose, opacas, mi marido a ellos

—Hace cinco años que no veía llover

(en la escuela de enfermería llovía sobre los narcisos y no llovía en ninguna otra parte a pesar de noviembre, con las nubes al sur y la plaza desierta, no llovía en ninguna otra parte a no ser sobre los narcisos)

mi marido con las patas en mi lomo empinándose y fallando, los dientes en mis orejas, en la nunca, y él desde la negrura de los planetas extinguidos

—Hasta que al final se acabó

fogatas dispersas, cada paso un eco, no un paso realmente, cada palabra no un sonido, un malestar en el aire, mi marido no

—Hasta que al final

otras palabra en las que el

—Hasta que al final

cabía, dos y pico de la mañana, cincuenta y seis años y mis articulaciones casi las de la encina, Elizabete y Lurdes van a olvidarse de mí, las sustituía los domingos, en los veranos y en las tardes en que el comerciante de Borba por el teléfono del hospital

(si yo atendía colgaba, me daba cuenta de una especie de tos)

—Estoy ahí el martes

y nos encontrábamos con la furgoneta en la calle y la tal especie de tos sacudiéndose allí dentro, la perra se arrastraba desde los neumáticos hacia debajo del automóvil, el diente de mi marido apareció y se esfumó, el joyero lo empujaría en el mostrador no creyendo que oro

—Ni regalado, amigo

los últimos grillos rascaban las malvas y ninguna música, una furia de alas, la lluvia sobre los narcisos y las corolas relucientes, lozanas, la pobre de las cataratas en el murmullo de los sueños

—Hace cinco años que no

ajena a sus hermanas, a sus sobrinos, a un chino que le regalaron y agitaba la cabeza, sujeta al cuello de barro mediante un eje metálico, mi abuela se agitaba también al comenzar octubre

—Ya lo tengo en las junturas

mientras que yo imaginaba cómo sería de muchacha, el color de la piel, las facciones y ahora el grifo que tardaba una eternidad en cerrarse barajado por decenas de dedos

(los dedos se multiplicaron, abuela)

conversaciones quién sabe con quién todo el tiempo y si me notaba mi abuela alerta ahuyentando fantasmas

(¿qué fantasmas?)

—No es nada

el de mi abuelo, el del padre de ella, el de un hombre en el matadero que no logro distinguir con un martillo y un rejón, los extraños un martillo y un rejón también, al levantarnos mi marido aceptando mientras los gitanos lo miraban con lástima desde el patio donde antes estaba el asilo, el señor que ayudaba a Elizabete todo simpatías, cumplidos

—Tu compañera es guapetona, ¿sabías?

yo que nunca fui guapetona, resulta que me he vuelto guapetona ahora, míralo al tonto, la palma del señor palpándome la cintura y al recordar que me palpaba la cintura mi hocico en el suelo, cójame del pescuezo, oblígueme, las dos y pico en este instante, de vez en cuando, sin razón visible, la oscuridad se abre así, se advierte un brillo de picaporte y el respaldo donde dejamos la ropa, creemos que es de día y al decidir

—La mañana

nos damos cuenta de que la noche es indispensable para nosotros y cómo continuar sin ella, si el comerciante de Borba estuviera conmigo tal vez me dormiría a pesar de los extraños, la muñeca colgada de una cuerda no me perseguiría más, no me importaría mi marido muerto en el despacho, aguardaría que la palma palpándome la cintura

—Guapetona

y yo sin oír

(no necesitaba oír)

atenta a un llamamiento de niño difícil de discernir de las pitas y no obstante presente, me prolonga, me pertenece, me reconoce, es mío, ninguna manchita que la primera gaviota me quite pero cómo una gaviota si nosotros tan lejos del mar, una paloma torcaz o un ganso tal vez, un pájaro de España chocando en la laguna, la de la pluma rota

—¿Cómo dice, cómo dice?

recelosa de mí, busque en su memoria, señora, acuérdese del automóvil y de las monedas que mi padre me tiró desde la ventana, tal vez el llamamiento de niño lo soltó mi garganta, mi madre callada, creo que he perdido su voz, sus maneras, su olor, qué se ha hecho de su indignación con mi abuela

—Qué encinas, vaya obsesión

habas en un balde y el frasco de bicarbonato para el asma de las gallinas, conservo su forma de analizar su estado de salud estudiando la consistencia de los huevos, la idea de una mujer boca abajo durmiendo en el sofá, yo

—Madre

y usted dentro del sueño, solamente un ojo fuera y todo el cuerpo aquel ojo

—Suéltame

que ni siquiera reparaba en mí

—Suéltame

no a mí, a mi abuela, a mi padre, un ojo lento, desierto, alcanzaba la superficie y se apresuraba a bajar, lo perdía

—¿Su ojo, señora?

revolvía en la colcha y mentón, frente, nariz, ningún ojo de muestra, un párpado sin ojo que se fruncía al tocarlo

—Suéltame

trabajó de cocinera en casa de un hombre y de un viejo, el hombre

—Te quiero en la habitación de arriba

examinándola como se examina a una yegua

—Eres una yegua tú

el viejo enfermo en el sillón viéndolos arriba, los relinchos, los cascos y en ese momento uno de los perros empinándose hacia los extraños sin desconfianza ni enfado, no mi madre con sueño, yo con sueño, la sensación de que me hundo y me despierto y vuelvo a hundirme sin la certidumbre de que duermo, alcanzo la mañana no alcanzo la mañana y si alcanzo la mañana qué alcanzo, Dios mío, habrá cambiado el mundo, la encina sin mi abuela no se distingue de las restantes así como mi abuela no se distingue de las restantes siquiera por las lápidas ya que ni un nombre ni una fecha o si no demasiados nombres y fechas y yo conjeturando cuál, si intentase

—¿Abuela?

llego a creer que ninguna se identificaría y qué les costaría identificarse, de vez en cuando un empleado les quita unas raíces y unos junquillos silvestres y eso es todo, por debajo barro, guijarros, debo de haberme dormido y lo que acabo de decir no he sido yo quien lo ha dicho, ha sido la que vive en mí, de la cual no me entero y no obstante habla, los extraños

—¿Sabe quién es?

y no lo sé, sé que las dos y dieciséis en el reloj, mi boca repite

—Dos y dieciséis

sin que mi cabeza repita, a lo sumo pregunta

—¿Dos y dieciséis de qué?

yo a la deriva, mi padre intentando un gesto e incapaz del gesto, las plumas rotas de azul no de verde

—¿Una casa de campo?

pensando en otra casa de campo, en otro automóvil, en otra niña descalza, dos y diecisiete y mi cola golpeando la colcha, si las joyas de mi madre estuviesen aquí me las pondría, media docena de pulseras, un broche, coralinas, esperaría que el comerciante de Borba o mi marido o los extraños se acercasen a la cama, tal vez dejase de oír el sonajero que colgué en la cuna y se llevaron los perros y entonces una armonía entre el resto y yo después de tantos meses amargos, creo que volví a dormirme porque mi cuerpo perdió forma y me resulta difícil reunir sus pedazos, el tobillo, por ejemplo, articulado a duras penas a lo que queda de la pierna, volví a dormirme por haber alguien acompañándome en el garaje, un perro o un hombre, uno de los extraños creo yo, había momentos en que de tan sola me contentaba con un animal y a falta de un animal, lo que significa que estamos a punto de acabar, el extraño de las fotografías subiendo el peldaño de la cocina, vi a mi marido en una mesa de autopsias y al médico pesándole los pulmones, volví a dormirme puesto que mi marido mi nombre y no el nombre correcto con las sílabas correctas sino el nombre correcto con sílabas diferentes, la emoción de mi nombre a los cincuenta y seis años cuando ya una mirada de adiós en torno, el portón del garaje abierto y mi marido entrando en tropel con el jardín, es decir, primero los arriates, las pitas, las malvas, lo que fue la huerta, lo que era aún el pomar una vez que los limoneros

(cuatro por lo menos)

continuaban a pesar de las mimosas, no te dejes llevar, no te entusiasmes, más calma, el portón del garaje abierto en medio de un ruido de goznes y latas y mi marido entrando en tropel con el jardín, las malvas, los limoneros

(me descubro ante ellos)

la basura y los desperdicios que allí se fueron juntando, no solo los nuestros, aquellos que los vecinos y los colegiales

(iba a escribir los gitanos, ¿qué tengo yo en contra de los gitanos?)

arrojaban sobre el muro

(por casualidad no las joyas de mi madre

—Ni regaladas, señora)

y con la basura y los desperdicios y en tropel con ellos mi marido

(venga, entusiásmate, anda)

mi nombre, el extraño de las fotografías golpeándolo con el dedo

—¿Sabe quién es?

y no la muñeca, no la mujer, no la chica, yo, escuche mi nombre, madre, un ojo fuera del sueño

151

—Suéltame

todo el cuerpo el ojo, se ahogaba en las sábanas y al ahogarse no existía

—Adiós, madre

existía un relieve de bruces que yo nunca había visto antes y la pobre de las cataratas arrimándose a la lluvia, Lurdes sujetándome el brazo

—Despacio

debido a unas compresas y una manchita oscura o sea el líquido viscoso que se deslizaba de mí, Lurdes

—Ya casi estamos

y más líquido viscoso, una voz que remolineaba con ella

—Descansa un ratito, relájate, no te levantes de repente

y Lurdes no caminando porque estas cosas ocurrían en el interior de un lago, nadando, la cara se descomponía y se recomponía

(¿cuántos añicos eres tú?)

así como en este momento la habitación

(pienso que debo de haberme dormido de nuevo, quédate en la superficie, no bajes)

con un ramo de flores en una redoma empañada y mi foto de novia en la pared de allá, salir del lago porque me cuesta respirar y Lurdes

—No te muevas

los dientes unos contra otros y no fiebre, una especie de desilusión, palabra equivocada, corrígela cuando vayas a leer lo que escribes y en ese momento sí, la manchita oscura, más rojiza que oscura pero no roja de sangre, ninguna cuna en el jardín, dos o tres perros solamente, el que yo prefería falleció de tos canina y su cacharro intacto, no mueren como nosotros gimiendo de terror, se acomodan en el cesto, languidecen, a lo sumo preguntan

—¿Cómo dice, cómo dice?

bajo un sombrerito con la pluma rota y ningún dedo en los suyos, ninguna ayuda, solos, oigo mi nombre, compruebo que son las dos y veinte y me sorprende que la noche continúe girando, intento levantarme y mis patas incapaces de caminar

—No insistas

de modo que no protesto, no lucho, si los extraños conmigo no les respondo al saludo, Lurdes

—Despacio

y despacio hacia dónde, salas de consulta, enfermos, el montacargas que no para de traquetear en sus cables y qué son enfermos, qué son salas de consulta, un montacargas para qué, no los necesito, me quedo aquí, en el garaje, y Lurdes preocupada por mí

—¿Garaje?

porque aún cree, consigue andar, se interesa, para ella ninguna mujer contra un manzano, ninguna muñeca, ningún extraño golpeándole el pecho con el dedo

—¿Sabe quién es?

las manchitas oscuras guardadas en el vientre, la claridad de los planetas extinguidos de regreso y aquí están mi jardín, mi casa y los objetos que he ido juntando a lo largo de los años, manteles, velas de colores, tonterías que mi marido no ve encerrado en el despacho y la distancia, Dios mío, con qué los enumero ahora, si mi abuela a mí

—¿No ves la encina?

creo que le entendería y me detendría a escucharla, estoy segura de que son las dos de la mañana sin necesidad de comprobarlo en el reloj porque algo ha cambiado de dirección, tal vez a la derecha donde una especie de tejados, pero quién me asegura que son tejados, reflejos y eso es todo, si no supiese que no hay agua en los alrededores pensaría que agua, sombras que se desordenan y se ordenan en una superficie tranquila, esta imitación de viento

(¿qué viento en la paz de septiembre?)

y mi marido apoyando la cabeza en el brazo

—¿Puedes ayudarme tú?

refiriéndose a los extraños y a la muñeca en el extremo de su cuerda girando, girando, por lo que puedo recordar yo no tuve ninguna muñeca, unos moldes de pasteles, unas palizas pero no pensar en injusticias ni resentirme con mi padre, en el caso de que sea imposible un hijo en la cuna ahí fuera he de verme meciendo el vacío, la pita junto a las dalias estremecimientos en los que no había reparado llevándome a suponer que tal vez llegue la mañana, trazos largos de nubes, los primeros rebaños, el empleado del surtidor de gasolina guardando la tartera y abriendo el periódico, una imitación de viento más brisa que viento, quien la haya sentido que lo explique, meneando los tallos entre la noche y el día, la muralla espesándose, creciendo

(no me empujen para que termine mi relato, he de acabarlo, ya verán, es una cuestión de paciencia, a cada cual su ritmo)

la muralla por tanto

(son ustedes los que me hacen perder tiempo)

espesándose, creciendo, pedazos de musgo en algunos puntos de la piedra pero no pavos reales ni tórtolas como las que vi en Lisboa, aunque no estén de acuerdo respeten mis manías, déjenme citar la muralla que a lo largo de mi vida fue una compañera fiel, corten, si les apetece, los trazos largos de las nubes, los primeros rebaños, el empleado del surtidor de gasolina

(señor Meneses, me ha venido ahora su apellido, el nombre de pila se me ha ido)

un gato en el que no me detengo, lo que más hay son gatos, tendré oportunidad de ocuparme de ellos pero permítanme el capricho de la muralla

(no exijo mucho)

mi amiga constante, mi refugio a veces, no la eliminen del libro y con esto y no por mi culpa me he perdido, me refería a la pita llevándome a suponer que tal vez llegue la mañana, los limoneros que quedan igualmente fieles, les estoy reconocida, los felicito, aunque flacos, torcidos, me dan confianza en mí, dos y treinta y uno, ya casi estamos, solo tres páginas más, no gesticulen señalando el reloj, no me digan con los dedos

—Un minuto, un minuto

no amenacen con irse que yo abrevio, tranquilícense, y una vez que abrevio elimino el sombrerito con la pluma rota, la pobre con la nariz en la cortina

—Hace cinco años que no veía llover

y los gansos del pantano que me hacían soñar, cuántas tardes en la primavera los aguardé en secreto, los imaginé en islotes de juncos, intenté visitarlos y solo barro, vapores, unas salamandras en la margen y ojos piedras también

—Suéltenme

resumiendo tal y como desean uno de los extraños levantando la puerta del garaje

(los goznes, los muelles, el sacudirse de las placas)

y yo allí dentro tumbada

(bajo el automóvil o junto a los neumáticos, poco importa)

no rehuyéndolo, observándolo así como los perros a su modo lo observaban también con miedo de la azada con que mi marido los amenazaba a la distancia

(¿un hombre vestido de mujer en una mesa de autopsias?)

los pelos de mi hocico mojados y el lomo redondeándose, me agrada a mi edad ser capaz de una invitación, dos y treinta y uno, dos y treinta y dos, dos y treinta y tres, conservar algunas esperanzas, ilusiones, deseos, volver a ver el mar por ejemplo, arrugarme al sol como la mujer de la foto o descubrirme viva bajo los planetas extinguidos, oír los trenes por la noche y sentirme feliz, una sucesión de ventanas iluminadas pasando detrás de los tojos camino de España, la puerta del garaje o la puerta de mi habitación, en la puerta mi marido o uno de los extraños

(¿el que preguntaba, el que escribía, el otro?)

y yo tumbada, los perros que despiertan uno a uno

(algo en mi dirección ahí fuera)

la de la pluma rota antaño de azul o verde

—¿Una casa de campo?

y los perros que despiertan uno a uno siguiéndome, dentro de cuánto tiempo las codornices en las matas y el corazón de ellas tan rápido, necesitaba que me dijesen

—Soy yo

se quedasen conmigo

(no hace falta abrazarme, me bastaría con que se quedasen conmigo en silencio en el banquito de la cómoda)

mientras que algo ha cambiado de dirección ahí fuera, se notan los milanos de repente inmóviles vigilando los gallineros y la de la pluma rota en el pisito donde vive mientras yo

(estoy acabando, un momento, no me corten, amigos)

mientras yo, las dos y treinta y cinco, voy resbalando hacia el sueño, las muñecas y las rodillas se han separado de mí, no puedo moverlos, yo boca abajo con mi madre, yo casi nada, yo la espalda, yo que he perdido la espalda, he perdido la mano derecha, yo la mano izquierda que se extiende hacia el despertador sin lograr agarrarlo, yo perdiendo la mano izquierda, cuatro dedos, dos dedos, ningún dedo, advierto el contorno del alféizar, un ramo de glicina y la encina que desde el fallecimiento de mi abuela no me preguntan si la veo, pierdo el

(yo de niña corriendo detrás de no sé qué con un vestidito claro y alguien detrás

—Cuidado)

pierdo el despertador también, comprendo que la mañana no llega, se desinteresa, desiste, pienso que junto a la cama los perros, mi marido, los extraños, pienso que no los perros, los perros en el jardín, pienso que mi marido imposible, mi marido en el despacho observando el tejado de lo que habrá sido la casa de campo

(no la de mi padre)

un cuarto de herramientas, un convento, mi marido no en el despacho, en el pasillo caminando hacia mí y pronunciando mi nombre, mojando bizcochos en el té

—Ven aquí, ven aquí

mi marido uno de los extraños sentándose a mi lado, no, por ahora inclinándose hacia mí yo que no tengo cuerpo, no tengo dedos, no existo, alguien

—Cuidado

y yo corriendo casi hasta la carretera, la vereda, el camino donde un automóvil se desvanece en una especie de curva y en el cristal trasero una punta de chal que revolotea al azar haciéndome señales de adiós.

Hay noches como esta en que no me fijo en el manzano ni me fijo en mi vida, si el hombre que prometió visitarme y no me visita sube las escaleras despacito, con miedo

(creo yo que con miedo y él

—¿Miedo de qué?)

no oigo, no es que haga un esfuerzo para no oír, no oigo, existe a lo sumo la vivienda del Pragal y la señora

—Ana Emília

en el piso de arriba, a punto de levantarse de la cama, a punto de servirse el jarabe, en la ventana la vivienda de enfrente, cortinas iguales, muebles idénticos de cerezo, otra señora llamando a otra mujer y también a punto de levantarse, a punto de servirse el jarabe, todo Pragal estas viviendas, estas camas, estas ventanas que se examinan, se encuentran, docenas de voces

—Ana Emília

en los pisos de arriba, este aroma de flores en los jarrones vacíos donde solo se oscurece el agua, docenas de nosotros subiendo los escalones

(—¿Miedo de qué?)

y las señoras señalando el papel de la pared

—El Tajo

o sea medallones más rosados que rojos debido al sol, los mismos hijos en los marcos, los mismos padres con sombrero, subimos los escalones y las señoras a nosotros

—Ana Emília

cuando no es

—Ana Emília

lo que pretenden es que escuchemos su vida, es

—¿Por qué?

un pequeño labio que se transforma en un grito y el grito cuajado, solo el gesto del grito más fuerte que el sonido, la idea de que el Tajo llega aquí y se las lleva, el agua oscurecida de los jarrones va creciendo, creciendo, nos llega al cuello y nos impide hablar, las señoras

—Ana Emília

y el agua de los jarrones se sosiega, el grito de las señoras mudo, en la vivienda de enfrente tiestos de cemento con dalias y sobre el porche con su farola y su santo en la hornacina

—Ana Emília

porque hay noches como esta en que no me fijo en el manzano ni me fijo en mi vida y aunque sin ningún automóvil, ninguna visita

(¿miedo de qué?)

—Ana Emília

la sospecha de dos dedos aferrándome el vestido y una urgencia en hablarme, qué ocurre con ustedes llenos de prisa, Dios mío, yo que no tengo nada que pueda interesarles, mi padre por ejemplo

(—Las pasé moradas para descubrir dónde vives)

paseándoseme por la sala

—¿Es aquí donde vives?

tranquilícese que no lo pongo nervioso, no necesito dinero, guárdelo, si hubiese un jarrón vacío el agua oscurecida de nuevo, el Tajo en la muralla sobresaltos, murmullos, la hija de la señora cerraba los cajones para que yo no robase la cubertería, me abría el bolso

—Muéstrame tu bolso

y mis cosas una a una en el mantel desconfiando de mí, el hombre que prometió visitarme desconfiado también comprobando la posición del sofá

—Quién ha estado aquí, confiesa

obligando al agua oscura a crecer y los árboles de la China blablablá en el patio, mi marido los trajo envueltos en arpillera ya con tronco, raíces

—Fíjate en mi regalo, Ana Emília

casi nunca pienso en él y si pienso no lo veo, es posible que haya por ahí

(hay varios sitios concretos fuera de nuestra cabeza)

zapatos o un traje que tampoco veo, otro día un tubo de crema de hombre en el lavabo y yo pasmada ante el tubo, la tapa, no se entiende cómo, no en el tubo, en el suelo, hace cuántos años viuda, tengo que echar cuentas, no lo sé, metió los bulbos en la tierra, yo embarazada observando en el patio

(me acuerdo de observar en el patio así como me acuerdo de grietas en la piedra caliza)

el médico advirtió

—Tiene la albúmina alta

de forma que descansaba varios días sin entender mi cuerpo, el corazón que divagaba, el bullir de las hormonas, el médico me medía la barriga ajena a mí, se dilataba por su cuenta sin relación conmigo, qué significa albúmina, me mostraron al niño y no entendí al niño

—¿No lo coge, señora?

que yo coja al niño por qué, no me apetece coger el corazón que divaga y el bullir de las hormonas, al volver del hospital con el moisés los árboles de la China brotecitos, hojitas, no fueron estos los que dejé hace tres días

(¿tres días?)

pero las grietas en el patio me serenaron, me incliné para tocarlas con el dedo y era verdad, grietas, estoy en casa de nuevo, mi marido

—¿Qué ha sido?

mientras yo dejaba el moisés en una silla y tocaba con el dedo las paredes, el suelo, me arrebujada en las sábanas para que oliesen a mí, una de las almohadas olía a mi marido, la que quedaba a nadie y cómo enseñarle a pertenecerme otra vez, el moisés en la silla no formaba parte de la habitación como el armario o el espejo, una excrecencia con volantes donde la albúmina y el corazón se quejaban, tíralo, regálalo, regresé a las grietas del patio de donde nacían hormigas porque esas sí eran mías, no la otra habitación que el moisés transformaba en un lugar cualquiera, en el espejo una mujer que se asemejaba a mí sin ser yo

—¿Quién eres tú?

o sea mi alianza y mi pelo, estas mejillas y estos párpados no, mi marido a la del espejo

—Ana Emília

y si supiese lo que sé hoy del agua oscura de los jarrones la boca se ensancharía en el gesto de un grito, mi padre en el periódico

—Me pones nervioso tú

y cubrirme de hormigas

(—Déjenme en paz, no me persigan)

huir de allí, enterrarme, dónde está la pala de los bulbos para sepultarme en el patio, el hombre que prometió visitarme amenazaba a los árboles de la China

—Una noche de estas los corto, palabra

y yo observando a la mujer que se asemejaba a mí y se alejaba del moisés examinando las cosas no inquieta, intrigada, si mi padre en ese momento

—¿Es aquí donde vives?

lo comprendería, señor, nosotros dos asombrados, solo cuando lo acompañé a la calle reparé en el bastón mientras él no muy firme

(mi padre no muy firme, imagínese)

hacia la derecha primero, en el sentido de la estación, y hacia la izquierda después en el de la tienda de ropa y la clínica dental, apoyándose en las tipas con las narices enormes, le faltaban huesos enteros en los muslos y en la columna, una de las botas que quedaba atrás atrapaba el cuerpo, yo que conservo su imagen corriendo una tarde

—No me atrapas

ignoro en qué parque, sé que un estanque con peces, un busto, el pelo no ralo y con tantas calvas, negro, en la peana del busto, bajo el nombre, filólogo, troté alrededor de un filólogo con mi padre siendo pequeña de manera que corra solo ahora, señor, para no ver cómo corría cerré la puerta deprisa, acabé fisgoneando y no corría ni medio, se lanzaba contra la tipa siguiente, desamparado, torcido, olvidado de la bota que se escapaba

(me preocupó que perdiese aquella parte suya)

la enfermera del ambulatorio aún sellará martillando recetas, probablemente enfermó en una casa del Pragal sirviendo el jarabe

—Ana Emília

y mi padre en el marco, no medallones rosados, unos contornos, unos esbozos debidos al sol, ella

—¿Por qué?

también, desinteresada de la respuesta y nada más salvo el porqué, se acabó mi padre, mi madre, que no corría nunca, al ángulo del periódico

—¿Te ha dado el dinero al menos?

si yo pillase al filólogo

(no estaba una de las letras que se descifraba por las marcas en el mármol)

trotaría a su alrededor escandalizando a las tórtolas, lo desafiaría

—No me atrapas

los ojos de él vacíos y la calva sapiente, siempre temí que a los calvos se les viesen las ideas atornillándose unas a otras, soltando muelles, vibrando, hay relojes así con un mecanismo al azar y un balanceo de volantes, si yo fuese calva los sentimientos a la vista cubiertos de cicatrices y pecas, el hombre que prometió visitarme escudriñando una mancha en el diván

—Quién estuvo aquí, no me mientas

suponiendo que un compañero de él, un vecino, un extranjero, yo qué sé, mi marido regresando del espejo y acomodándose el pendiente que al final no le rasgó la oreja, el hombre se levantó para pegarme y se arrepintió, con el puño en una espiral perdida al caer en el diván

—Acabarán descubriéndome, es una cuestión de tiempo

como si el tiempo fuera una cuestión en vez de un balanceo de volantes que no tienen otra cosa que hacer que molestar a la gente, van a lo suyo sin darnos importancia y eso es todo, no falta siquiera el manzano para quejarse de nosotros, preguntamos

—¿Fue en esta rama o en aquella?

y ni en esta rama ni en aquella, el manzano burlándose de mí, porque existió el moisés

(no quiero saber nada del moisés)

no existió mi hija tal como existe ahora la vivienda del Pragal, el agua oscura de los jarrones, mi padre en un lugar de Lisboa

(no me interesa cuál)

donde una mujer irritada con el mundo sella todo el día en un mostrador invisible, lo que existe ahora y el agua oscura por momentos descubre es el manzano para quien no contamos, las hierbas de las que me ocuparé un día y el hombre que prometió visitarme

—Acabarán descubriéndome, es una cuestión de tiempo

(¿conocerá la estatua del filólogo en el parque?)

nunca me vio correr yo que sigo sabiendo correr y lo atraparía en un santiamén, mi marido entrando con él en casa

—Un compañero

igualmente chaqueta, corbata y zapatos embetunados, esto en agosto creo, tal vez julio, me pregunto si habré comenzado más temprano de lo que esperaba confundiendo los meses, al final de cuentas julio y agosto la misma cosa, contiguos, crepúsculos que no terminan ahuyentando sombras, la mujer

—Ana Emília

(—¿Qué me pasa?)

inquieta con la luz, los huesos leves sin los musgos del invierno, esperanzas antiguas que regresan y animan, creemos que se acabó el tiempo, se acabó la vejez, no te mueres y como no me muero

(Ana Emília me ayuda)

caballeros en la playa

(no un jugador de tenis, qué bobada, he dicho caballeros en la playa)

mi padrastro, mi hermano mayor, personas en serio, no señoras con sombrerito con una pluma rota que no merecen una palabra y no vamos a perder el tiempo hablando de ellas, que se mueran aguzando la oreja deseosas de escuchar

—¿Cómo dice, cómo dice?

no gasto saliva en eso, mi padrastro, mi hermano mayor, hombres grandes, saludables, con varias hileras de dientes, apetito, buen color, no derribando la mesilla, no este frasco de jarabe, no

—Ana Emília

como yo, no se gastan, no mueren, deja el marco y no creas que son ellos, no son ellos, ellos en la playa con cuello rígido jugando al chaquete y por consiguiente qué enfermedad, qué fi-

nal, yo con dieciocho años y mi padrastro acomodándose el chaleco

—Tápate las rodillas, niña

una playa en Montijo, dicen que antes iba el rey y el abuelo
de mi padrastro se acordaba

—Mi abuelo se acordaba, venía el rey, venía la reina

gente rica, gente gorda, las olas se retiraban con una ranciedad
de sumideros, yo tapándome las rodillas y en el fondo de las rodillas mi secreto, de vez en cuando una sombrilla en la arena, sin
varillas, la alzaba con un palo y mi hermano vigilando mi secreto

—Compórtese y póngase derecha

barquitos pero desvencijados, si el rey me viese

—Gentilísima dama, recibid mis buenos días

Ana entendiendo mi importancia

—Alteza

vacas pastando limos con un nervio del pescuezo dilatándose,
pensaba

—Va a reventar

y se encogía, aquellas patas de ellas con una delicadeza torpona, penosa, por ser tantas, de coincidir unas con otras, si al
menos yo ahora con una sola pata me las arreglaría, podría, tal
vez, agarrándome a la mesa camilla, contemplar Almada donde

(por lo menos antaño, en la época de mi secreto)

una playa también, arena menos limpia creo yo, no una sombrilla, varias, yendo y viniendo con el Tajo, pájaros de los que no
voy a hablar, detesto a los pájaros desde que aquel con quien
no me casé me rasgaba con su pico llevándose el secreto del fondo de mis rodillas consigo de manera que yo vacía, mi hermano

—¿Tu secreto?

y ningún secreto, me lo arrebataron, yo inquieta por si se
ofendiese evitando responderle, la que sube los escalones cuando
la llamo

—¿Adónde cree que va?

mirando los jarrones vacíos como si ahí dentro hubiese agua
subiendo, creyendo que yo

—El Tajo

cuando no menciono sino playas, los caballeros con sombrero, mi hermano

—Compórtese

la época en la que se ocupaban de mí, comprendían mis caprichos, no tenía que exigirle sopa a la criada, allí estaba ella a la hora, ni se imagina cuánto me cansa poner los recuerdos en orden, tener que contar todo esto, probablemente un tendón del cuello dilatándose como si pastase limos, si me diesen la libertad de explicar los asuntos tal como yo los entiendo en vez de gritarme lo que interesa son las dos de la mañana y el día que no llega, se le entrega otra vez la narración a Ana Emília, ya está, el hombre que prometió visitarme y no me visita, los árboles de la China, el manzano, mi marido en el espejo, noches como esta

(volvemos a ir por buen camino)

en que no me fijo en mi vida ni en mí, me acuerdo de mi padre

—No me atrapas

me acuerdo de mi padre en el periódico, tampoco, al final este no es el buen camino, mi padre nos dejó, punto y aparte, no volví a verlo, lo que volví a ver fue un bastón y el cascabelito de la voz

—Las pasé moradas para descubrir dónde vives

hacia la derecha primero, en el sentido de la estación en que unos árboles altos, aunque a cien metros de mí no la he visitado hasta hoy, descubro cuándo se inmovilizan las locomotoras y cuándo se ponen en marcha más por el ruido de los frenos que por el motor, una agitación de copas si quieren

(si no quieren una agitación de copas también)

y me basta, no se van lejos, no me hacen soñar, no hay lágrimas de despedida, emigrantes, añoranzas, París al final de la línea, bajo la lluvia, si condujesen a Moscú o a Persia después de que esto acabe los tomaría un día, mi padre por consiguiente hacia la derecha primero y después deliberaciones confusas, impacientándose con el bastón, hacia la izquierda después donde la clínica dental con una muela del juicio iluminada intermitente y un rectángulo con la temperatura y la hora alternadas, diez segundos para la temperatura y diez segundos para la hora, los conté, todos los minutos una faja de letras, Atención las 24 Horas, no Atención las 24 Horas, Atención las 24 Horas y mi padre apoyado en las tipas con las narices enormes, he ahí lo que queda de

usted en cuanto se cierra la puerta, esto en enero y desde entonces hasta ahora no sé nada, vamos perdiendo gente, los ecos se
enrarecen y los espacios se dilatan, oímos una carcajada pero de
qué persona y en qué sitio, miramos a nuestro alrededor, nadie y
sin embargo la carcajada persiste, al pretender localizarla desaparece zumbando, la semana pasada cambié de transporte dos veces
y ahí estaban las mujeres en actitudes de estatua, el lugar donde
mi madre corría hacia mí y hurgando en mis bolsillos

—¿Te dio el dinero al menos?

y en el sitio del periódico un despacho de patentes, aunque
lo pidiese no me entregarían dinero, se queda debiendo, paciencia, siempre nos quedamos debiendo, en momentos así es una
pena que los trenes no vayan a Venezuela o al Tíbet en lugar de a
Lisboa, mi marido

—¿Cómo se las arreglaban ustedes?

si pretenden que diga la hora la digo, no cuesta nada, vamos,
las dos y pico de la mañana, mi marido dejando la llave en la entrada, leve en mi mano y en la suya pesadísima

—Si me dejasen contarte

en contrapartida la pistola

(¿en el caso de volver a ver a mi padre me alegraría?)

para mi marido unos gramos y

(creo que ni triste ni alegre, puede ser que alegre, no lo sé)

para mí

(tardo en pensarlo y no lo sé)

toneladas, ignoro lo que siento por las personas, ni por mí me
preocupo, el agua oscura que suba si les viene en gana y me tape,
adiós, mi marido

—Si me dejasen contarte

un trabajo en Peniche en una prisión y tal, olor de olas, silencio, el mar silencio, los albatros silencio, ventanucos con hierros
silencio, es posible que gente, pasos y sin embargo silencio, el silencio del viento, el silencio de los animales, la espuma contra los
peñascos silencio

—Si me dejasen

y los albatros tragando la espuma en silencio

—Si me dejasen contarte

y no le dejaban, silencio, yo preguntando en silencio

—¿Qué gente, qué pasos?

con el silencio del viento de Peniche en Lisboa

(creo haber cumplido las instrucciones diciendo que son las dos, ¿no?)

los albatros engulléndome junto con los restos de pescado que no vendían en la playa, tripas cabezas colas, el viento de Peniche en el manzano inclinando la hierba y mojándonos, mi marido respondiéndome pero la llave cayendo en el arca de la entrada y sumándose a las olas me impidió oír nada que no fuese el silencio, ni en una noche como esta en que no me fijo en mi vida un silencio tan grande

(no enteramente silencio, de vez en cuando un gozne)

yo a mi marido

—¿Cómo?

y el gozne encajándose y desencajándose en un tropiezo de metales, nadie lograba entender lo que nadie decía, la espuma contra los peñascos trepaba hasta el fuerte por la tarde, es posible que gente pero nunca me lo contaron, no lo sé, sifones de creciente en las rocas, nuestra habitación para un lado y para el otro con las olas, si bajaban se veían los árboles de la China, si subían ni la estación siquiera, mi marido a mi lado mientras que alas y uñas, la maldad desprovista de emoción de pupilas rojas, mi padre al menos acusaciones, censuras

—Me pones nervioso tú

el hombre que prometió visitarme y no me visita sentado con mi marido y los albatros rozándome y alejándose

—Si me dejasen contarte

si le dejase contarme qué, ecos de piedras, olas, lucecitas

(¿en el pueblo, en la arena, en el caminito del fuerte?)

de los que no se sospechaba y no obstante perduran, el que prometió visitarme y no me visita me habló de su hermana en Estremoz, de pitas, de perros, no me habló de sí mismo, se entretuvo en el cementerio oyendo a los sauces aunque su madre no viniese, venía el silencio de la tierra y en esto el médico previniéndome

—Tiene la albúmina alta

la barriga que no me pertenecía se dilataba por su cuenta sin relación conmigo y esta habitación girando, qué significa albúmina y no entendía qué era, no preguntaba qué era, mi cuerpo separándose, pegándose y separándose más, en la ventana un roble sin una hoja que vibrase

—Un empujoncito, señora

y ninguna de las hojas empujaba por mí, le dije

—Si no empujan por mí no empujo por ustedes

y mi cuerpo reuniendo las vísceras para separarse otra vez, el tronco del roble negro, ramas negras, un gorrión creo yo pero las hojas continuaron tranquilas cuando dejó la rama, un roble fresno abedul, no árboles de la China lo que observaba del patio, mi marido desenvolviendo los bulbos e introduciéndolos en la tierra, me acuerdo de grietas dispuestas a devorarme y yo

—No

me acuerdo de que en el techo del hospital

—Un empujoncito, señora

en el techo, no junto a mí, caras que venían, iban, sangre en un mantel y no mía, yo no sangre y por tanto no importa, no te asustes, no es sangre, paños verdes y mi cuerpo uniéndose, una agitación al fondo porque yo altísima, si necesitase de mis manos ellas tan lejos, indistintas, comenzaron a regresar despacito

—Serena

yo serena como las hojas y las manos ya no regresaron, uno de los albatros llamó y se calló, la espuma contra los peñascos callada, yo callada, me dio pena mi marido, no me dio pena mi marido, no pensaba en ustedes, quiénes son ustedes, mi madre

—¿Te ha dado el dinero al menos?

que surgía de una esquina estrujando el pañuelito, no se ha peinado, madre, uno de los botones de la blusa sin abrochar o cambiados, cuántos años hace de esos zapatos, señora, y las hojas del roble ahora sí vibrando, las caras no en el techo, junto a mí y no enfadadas, sorprendidas, una mujer, no, dos mujeres y un hombre, una de las mujeres, la de la cofia

—¿No coge a la niña, señora?

que yo coja a una niña por qué, no me apetece coger uñas y alas, un cuello que me picotea y el espejo vacío, debido a un defecto en el cristal y mi nariz enorme, al alzar la cabeza la nariz pequeña y el mentón que aumenta, después del mentón la garganta, después de la garganta el hombro, al volver del hospital el moisés y las grietas del patio, me incliné para tocarlas con el dedo y eran verdad las grietas, estoy en casa de nuevo, mi marido

—¿Qué ha sido?

mientras yo dejaba el moisés en una silla y tocaba con el dedo las paredes, el suelo, probaba la alfombra, reconocía los cubiertos, me arrebujaba en las sábanas para que oliesen a mí, no al hospital, no al moisés, una de las almohadas olía a mi marido, no al hombre, nunca olió al hombre, la otra no olía a nadie

(a las dos de la mañana silencio y no Peniche, Lisboa, hacia la derecha la estación, hacia la izquierda la clínica dental y la muela del juicio más intermitente que mi cuerpo, el rectángulo en el que se alternan la temperatura y la hora, dos y cuarenta y uno dieciséis grados, perdón, dieciséis grados dos y cuarenta y uno

y dos

en la tienda de ropa un maniquí sin vestir más desnudo que las personas, si me mira me muero)

la almohada de mi lado no olía a nadie

(no estoy segura de que huela a mí hoy día y cómo enseñarle a pertenecerme, explicarle que es mía, la compré, le corresponde acompañarme hasta que la última lámpara se apague)

el moisés en la silla no formaba parte de la habitación como el armario o el espejo aunque en el espejo una puerta que no me atrevo a abrir porque del otro lado mi padre

—Me pones nervioso tú

no, mi padre en el sofá

—Las pasé moradas para descubrir dónde vives

el moisés un enredo de encajes donde la albúmina y el corazón se lamentaban, tíralo, regálalo y regresar a las grietas en el patio de las que nacían hormigas, las grietas sí de mi propiedad, no la habitación que los encajes transformaban en un lugar ajeno, mi marido

—Ana Emília

yo pensando que si pudiese tener piedad de alguien tendría piedad de ti pero no puedo, en caso de que haya mañana en llegando del Pragal corto la hierba y ya está, cuántos gatos sepultados aquí, el de mi hija que no sé quién lo mató y ella con el gato

—Madre

quise decirle

—Está durmiendo, no te preocupes

pero las palabras penosas, cómo se pronuncian, Dios mío, me acuerdo de traer la pala, de intentar tranquilizarla

—Está durmiendo, no te preocupes

y ni un sonido siquiera, un sapo junto a la cerca hablando, hablando, el gato de mi hija, otro gato que tuve, el cadáver de un tercero que me arrojaron desde la calle, un día de estos la muñeca que se ahorcó hace dos años, qué dos años, dos años y pico, en noches así en que no me fijo en mi vida allá está ella acusándome de un albatros, de un moisés, así como mi marido

—Ana Emília

o sea mi marido no me acusaba

—Ana Emília

solamente el silencio, lucecitas en silencio, pasos, ventanucos con hierros y gente en silencio allá dentro, ojalá mi padre no golpee la puerta de nuevo, a veces en el Pragal albatros con el rumbo perdido, una tarde cuatro o cinco graznando en el puente, el que prometió visitarme y no me visita no

—Ana Emília

no se detenía en mí, miraba a mi hija odiándome, ha llegado el momento de escribir la hora y no la escribo, escribo que miraba a mi hija odiándome, si me eximiesen de continuar con este relato aceptaría

—Gracias

me taparía con la colcha, me callaría y si me eliminasen del libro antes de la mañana lo agradezco, que siga la historia sin mí, si el agua oscura de los jarrones o las hierbas que no corto os impidiesen verme, si alguien en mi vida todas las noches conmigo, el señor que me saluda a distancia en el autobús, el cliente de la cafetería que me sonríe desde la barra, los que enviaban cartas al periódico de mi padre

(caballero, viudo, jubilado, casa propia, leve defecto físico, sesenta años)

es decir, medallones rosados debido al sol que aceptarían a la muñeca y la colocarían en la sala donde tal vez más muñecas también, anteayer un extraño con chaqueta, corbata, zapatos embetunados

—¿Te ha dado el dinero al menos?

ahora no, madre, dentro de poco, espere, anteayer un extraño
con chaqueta, corbata, zapatos embetunados, muy compuesto,
no tres extraños, uno solo, midiendo la sala detalle a detalle y
mostrándome fotografías desenfocadas de mi hija, de mí, de mi
marido vestido de mujer en una especie de mesa con la oreja rasgada por mi pendiente de plata

—Sabe quién es, ¿no es verdad?

yo a mi hija

—Está durmiendo, no te preocupes

y el extraño con el índice en la foto

—Disculpe

la temperatura volvió a los dieciséis grados en la clínica dental, en lo que respecta a la hora pido perdón, me olvidé, uno de
los árboles de la China se estremeció en su sueño y se volvió,
quien dijo que no tiene espalda mintió, espalda, miembros, pelo,
sangre en el pelo de mi marido y una mancha roja extendién-
dose en el espejo y bajando, bajando, enterramos al gato en su
cestito con la pelota de goma con que jugaba a veces y los bizcochos de siamés que compró mi hija, si en este momento la señora del Pragal me llamase desde el piso de arriba

—Ana Emília

casi levantándose de la cama, casi sirviéndose el jarabe, no
oiría al extraño

—¿Cuándo llega este amigo, señora?

miraría la casa de enfrente con muebles iguales de cerezo, otra
persona llamando a otra mujer, docenas de voces

—Ana Emília

este aroma de flores en los jarrones vacíos donde solo el agua
se oscurece, docenas de nosotros subiendo los escalones y las señoras

—El Tajo

tiestos de cemento con dalias y sobre el porche con la pequeña farola y el santo en la hornacina

—Ana Emília

el extraño no

—Ana Emília

ceremonioso, educado, insistiendo en la fotografía

—¿Cuándo llega este amigo, señora?

me pareció que un segundo extraño en la acera, copiado del primero, también con cartera y mi marido cayendo sin que yo pudiera ayudarlo

—¿No puedes ayudarme tú?

y no podía ayudarlo, cómo podía ayudarlo, el extraño o mi marido

—Si me dejasen contarte

el extraño no

—Si me dejasen contarte

ceremonioso, educado, el extraño, es evidente

—Si me dejasen contarle, señora

nada de confianzas, la corbata ajustada, la chaqueta como es debido, ningún rastro de aliento, ningunas uñas rascando el marco, amable, compuesto, qué esperar de una persona decente a no ser

—Si me dejasen contarle, señora

o más bien, en lugar de

—Si me dejasen contarle, señora

un fuerte en Peniche, una cárcel y tal llena de olas y silencio, el mar silencio, los albatros silencio, el pueblo agazapado en los peñascos silencio, ecos de piedra solamente y los ecos de piedra silencio también tal como yo frente al manzano silencio, es posible que mi hija y sin embargo sin el gesto de un grito, silencio, ella

—Madre

no, ella callada, silencio, el extraño

(una persona decente)

—¿Cuándo vuelve este amigo, señora?

la pregunta en silencio

(no me pidan la hora)

yo respondiéndole en silencio y él escuchándome en silencio, quince grados no, dieciséis, números anaranjados, nítidos, los dieciséis grados continúan, un extraño que podría, por qué no, interesarse por mí, bastaba con que se quedase a mi lado con sus fotografías y sus preguntas ordenadas en la cartera hasta llegar la mañana, el segundo extraño en la acera, ora sobre un pie ora sobre el otro, parecido al hombre que prometió visitarme y no me visita

—Ponte esa ropa, esos pendientes

y en vez de silencio yo

—No

con la albúmina alta y el bullir de las hormonas, la barriga que se dilataba sin relación conmigo

—No

continuará estando en el parque el busto del filólogo y yo corriendo a su alrededor

—No me atrapas

ventanas que se encuentran, docenas de voces

—Ana Emília

y yo aún corriendo, yo en el piso de arriba impidiendo que se caiga un frasco de jarabe, yo al extraño

(creo que yo al extraño)

—Mañana

yo

(creo que yo)

—Tal vez pasado mañana

tal vez dentro de poco un automóvil en la calle rodeando la esquina, observando con cautela, estacionando allá en la plazoleta, el extraño

—¿Mañana?

no las pasó moradas para descubrir dónde vivo, me encontró, no se sorprendió

—¿Es aquí donde vives?

no

—¿Es aquí donde vives?

con respeto

—¿Fue aquí donde su marido?

mi marido ayudándome a salir del hospital tan nervioso, pobre, se preocupaba por el moisés, le hablaba, dejaba de hablarle y su cara

—Miénteme

no la boca, lo que no era la boca en su cara

—Miénteme

no fue

—No

no es verdad, me equivoqué, mi marido nunca dijo

—No

dijo

—Miénteme

solo que debido a las olas y a los albatros no lograba entenderlo, lo entiendo ahora

—Miénteme

—Por favor, miénteme

—No pares de mentirme

era esto lo que deseaban que yo escribiese y ahí está, dieciséis
grados, dos y cuarenta y ocho, Atención las 24 Horas y el extraño
en la despedida sin mirar la muñeca, algo en él que se comprendía enseguida, conociéndolos como los conozco

—Si me dejasen contarle, señora

y estuve a punto de explicarle que no tenía importancia y no
la tenía en realidad, tenemos que vivir dispuestos a contar un día
bajo tierra nuestra historia a las orugas imaginando que les ha-
blamos de la misericordia de Dios, de Su indulgencia y de Su
bondad, me acuerdo de un individuo descargando bombonas de
la furgoneta del gas, de los dos extraños conversando en la acera
y yo soltando la cortina, yo en el patio pensando en una podadera
para cortar la hierba, a falta de podadera una tijera servía, me
acuerdo de una especie de eternidad en el barrio, mi madre no
me preguntó

—¿Te ha dado el dinero al menos?

mi hija no se cruzó conmigo con la cuerda del tendedero, nadie ni la sombra de los edificios, ningún ambulatorio donde una
mujer sellaba recetas, creo que gente, pasos y sin embargo no distinguí el grito, distinguí

(creo que distinguí)

el agua negra de los jarrones que empezaba a crecer, un brazo
que se agitó, desapareció, no vino, ignoro si de mi marido, si
mío, si de la señora

—Ana Emília

un brazo que susurraba

—Si me dejasen contarte

disolviéndose poco a poco en el reflejo del espejo.

3

Pienso en mi mujer, en mi hermana y en la que me espera en Lisboa y no se salva ni una, merecerían que les hiciese lo mismo que le hicieron a mi madre, es decir, encerrarlas bien encerradas en el ataúd ajustando los tornillos hasta lastimarles la cara y yo feliz, observando, dado que alguna alegría me ha de tocar en suerte antes de verlos en el jardín aprovechando, tal como yo lo haría, una nube que se interpone entre nosotros y los planetas extinguidos para acercarme a la casa, avanzaría junto al muro por el lado en que las raíces que mi mujer insiste en llamar mandarinos protegen como si aún hubiese lugar para árboles, qué exageración árboles, unos ramajes y basta, la lengua seca del viento sobre los huesos desnudos, me acercaba a la casa con uno o dos compañeros

(dos compañeros bastaban)

evitando el garaje que husmean los perros, demasiado ocupados para ocuparse de mí, elegía el ventanuco de la despensa o la puerta de la cocina tan fáciles de abrir, ni un cuchillo hace falta, basta darse maña con un alambre, tirar, levantar y un empujoncito de nada, cuántas veces pedí un cerrajero, Dios mío, y por respuesta mi mujer una expresión de quien no entiende, finge entender para complacerme y sin embargo quieta

–¿Cerrajero?

por consiguiente yo a merced de los ladrones, de mis compañeros, de mí que voy caminando junto al muro por el lado de las malvas

(mandarinos un cuerno, lagartijas y arbustos)

llamo la atención de los otros, saco un alambre del bolsillo, tiro, levanto y la cocina, los platos de la cena en la encimera sobre los de la cena anterior y el lavavajillas sin tapa

(nada tiene tapa aquí)

si le hablase de la tapa a mi mujer

—¿Una tapa?

de modo que no merece la pena hablar, desistí, adiós, el despacho a oscuras y una gota de grifo arrugando el silencio, es decir, más que silencio, el espacio liso del principio del mundo, aguas en que ningún Espíritu se mueve por ahora, el despacho a oscuras y la luz de la habitación apagada, una segunda gota inclinando el silencio hacia la silla en que me siento a fin de que el Espíritu guíe a mis compañeros por la estera

(¿cómo llamar alfombra a esos metros de rafia, mi mujer insistiendo en que alfombra y yo para no agobiarme alfombra, pero no alfombra, rafia)

no hacia ella que no ve a los extraños, hacia mí en el alféizar porque dentro de poco los gitanos, unos minutos de espera y se distinguen los ejes de los carros entre fósiles y una rama que por milagro persiste, yo a los otros dos

—¿El espejo?

por necesitar un espejo por el que mi aliento descienda hasta que el faldón de la camisa en el suelo, desprendiéndose del cinturón, que se enrolla, sigue enrollándose y después se acabó, uno de los perros, enflaquecido, ladrando, y mi mujer tranquilizándose de nuevo

—¿Ha muerto mi marido?

tal vez en ese momento los gitanos acampando en la hacienda y mi hermana despertándose en Estremoz sin entender el motivo, no un malestar, una molestia vaga y no preocupada, intrigada

—¿Qué será esto?

y a mí que por capricho me apetecía verla, no un sentimiento que me apegase a mi hermana, ganas de gritar como un borrego aterrado ante el matadero

—No

y mi hermana un leve sofocón en el pecho

(nada importante)

en Estremoz, cuánto tiempo hace que no visitas a tus padres ni les barres las lápidas, quién me asegura que no levantaron las sepulturas y ya no somos familia, si llegásemos a cruzarnos una mirada siquiera, mis compañeros mostrándote fotos, yo de niño en tus brazos, en el cumpleaños del abuelo, cuando el tío Aldemiro vino desde Brasil, me volvieron a meter en la cartera sin dar crédito

—¿No lo conoce?

una mujer bajita, fuerte, que no se casó, no tuvo hijos, trabajó como asistenta en el Ayuntamiento, se fue gastando sin ayuda para cuidar su corazón, debido a la grasa, en un cubículo a la salida de quien viene de Lisboa, escribí que no la visité nunca y es mentira, fui a verla un domingo y de pregunta en pregunta un bajo en un ángulo de edificio donde la mujer fuerte les chasqueaba la lengua a las gallinas, me conmoví con, no me conmoví ni un pelo, la descubrí por sus gestos aunque más lentos, no sé qué en los ojos que me harían trastabillar por dentro si me permitiese sensiblerías, pensándolo bien una tonta igual que las demás, que mi madre por ejemplo, muy quieta sin derecho a estar quieta, dicen que yo sacudiéndola furioso, lo que debe ser puro invento porque no tengo noción de haberla sacudido

—Madre

y los hombros hacia la derecha y hacia la izquierda indiferentes, dicen que yo tirándole de los pendientes

—Madre

el médico de la policía examinándole los ojos con la linternita e intentando alejarme

—Es mejor no insistir por hoy

separándome de mi madre con qué autoridad me pregunto, consintiendo que el párroco y el ataúd y un hoyo en la tierra, la miseria de un hoyo en la tierra, lo que se hace con lo que no sirve, con la carne podrida, con los animales, ni la sepultura decente que merecen las personas decentes, el señor canónigo, el ingeniero, la sobrina del farmacéutico que de esa sí me acuerdo tosiendo en la ventana, un hoyo en la tierra que se tapó con vergüenza, mi madre no una cosa que no sirve, no carne podrida, no animales, creo que mi hermana o una vecina o una prima, no interesa

—No le arañes la oreja con el pendiente

le pusieron un espejito ante la boca para comprobar si respiraba y en el espejito

(de eso me acuerdo también, no me voy a olvidar, no me olvido)

no exactamente aliento

(el recuerdo de un aliento)

y una gota rosada, al retirar el espejito yo limpiándolo con los dedos y las uñas, más uñas que dedos

—Mi madre no es esto

hasta que en el espejo nada, solo yo o no yo, mi boca aumentando o sea no mi boca, la indignación, el enfado y los millares de dientes de ambas, los de la indignación y los del enfado, el médico ceñudo a mí

—¿Por qué razón lo obliga a vestirse de mujer?

mientras las palas iban cavando a mi lado, dos individuos con uniforme de hortelano impidiéndole a mi madre comenzar el almuerzo, zanahorias sin cortar en el cacharro y la olla del agua demorándose al fuego, quién la habrá obligado a aquella blusa, a aquellos pendientes, le regalé unos pendientes iguales a los de la que duerme ahí dentro al conocerla, pequeños y de plata de feria con un pincho y una rosca, le sacudía los hombros hacia la derecha y hacia la izquierda

—Madre

y en respuesta

(ya debería saberlo)

la expresión de quien no entiende, quiere entender para complacerme y no obstante quieta

—¿Madre?

debería arañarle la oreja como a los enemigos de la Iglesia y del Estado que me mandaban interrogar en la policía, apremias a A, apremias a B, No Sé Cuántos te ayuda, levantarme de la silla bajo los planetas extinguidos en este paisaje de fósiles excepto una retama allí aguantándose la infeliz, llegar a la habitación, descolgar una blusa de la percha y sacudirla hacia la derecha y hacia la izquierda mientras finge que duerme como si alguien durmiese esta noche y nadie duerme, quién se atreve a dormir, las dos de la mañana, casi las tres, una especie de luna en la torre del vizconde, todos despiertos a la espera

—Ponte esto

los pendientes deben de estar en la conchita que ella consi-
dera de cobre

—¿No te gusta mi concha de cobre?

y se ve enseguida que no es cobre, una baratija de bisutería
con anillos pulseras y collares igualmente de bisutería, se ponen
perendengues como los negros y se pintarrajean la cara sin imaginar que dentro de poco habrá un tornillo ajustando, además
no un tornillo, seis y un hoyo en la tierra, gente con el paraguas
abierto porque va a llover, casi no llueve en el Alentejo para disgusto de los sapos pero va a llover esa tarde y ranas en el pantano,
gansos, dos palas cavando, cuando yo era pequeño la sobrina del
farmacéutico sonreía entre las toses y una alegría sin destino en
las mejillas delgadísimas, a pesar de ser mayor abrazaba a un muñeco, un conejo o un oso y mi hermana

—No mires

convencida de que por solo mirar yo enfermaría como ella,
una leve bronquitis amortajada en el pañuelo y el pecho cartílagos
descoyuntados en un desorden de vigas, al saludar al farmacéutico después de la misa él sin entender a los parientes les apretaba
la mano como si una lengua extranjera

—No comprendo

los parientes

—Que patatín que patatán

y el farmacéutico con las cejas frunciendo la frente repetía

—¿Que patatín que patatán?

y volvía una de ellas hacia su esposa, la esposa encogiéndose
de hombros desde el refugio de su luto y él perplejo rascándose

—No comprendo

me trató las anginas con un colutorio enérgico ordenando

—Aguanta, muchacho

competente, decidido y ahora sin iniciativa, sujetando manos,
insistiendo sin soltarlas

—No comprendo

depositó el conejo o el oso en la cabecera de la lápida donde
los vecinos dejaran flores, las pupilas del animal un par de cuentas
de cristal sin comprender tampoco aunque no aturdidas como
las del farmacéutico, ofendidas con el discurso de los parientes

—Qué estupidez, que patatín que patatán

un miembro para cada lado apoyados en la cruz y una sola oreja que yo podría rasgar, la otra ceiba, algodón, creo que no he de olvidar aquel muñeco bajo la lluvia y el farmacéutico secándolo con la manga a la que se pegaban la ceiba y el algodón, el muñeco vaciándose y con todo las pupilas alerta siempre fijas en mí, la esposa aturrullada con el animal intentando convencer a su marido de que lo llevase y el farmacéutico recomponiendo el conejo

(¿conejo?)

casi sin miembros ahora, unas tiras de fieltro que él desdoblaba y encogía

—Que patatín que patatán, no comprendo

no preparaba medicamentos, llegaba a la puerta del local perturbado, con el crespón escurriéndosele de la manga, los colutorios en una cajita intacta y la tintura de yodo tapada, daba vueltas por la plaza sin atinar con el camino, agobiando a las personas al cogerlas del codo con una desilusión de asombro

—No comprendo

la esposa lo arrastraba a casa entre censuras, lamentos y en la ventana abierta ninguna tos, ninguna sonrisa, cortinas dilatándose como si aún pulmones, a veces creía encontrarla sonriendo en una tipa o en la cavidad de un muro, mi hermana

—No mires

y ni una sonrisa, claro, pétalos mojados y un muñeco deshecho pero volviendo al tema mi mujer y yo en un hoyo de la tierra, el júbilo de las ranas en el pantano y el claxon de los gansos, dos palas cavando, mis compañeros sin encontrarnos en el despacho en la habitación

—¿Qué es de ellos?

(no toquen el arca del pasillo, lo que quieran menos estropearme el arca)

y nosotros escondiditos ahí abajo con las manos en el pecho conversando con los chopos, espero sinceramente que ningún planeta, una oscuridad helada, perros sin destino experimentando raíces, mi hermana ante mi retrato no

—No comprendo

sacando las gafas del delantal

(les faltaba una patilla)

acercando las lentes a la película y decidiendo

—No sé

no con la idea de protegerme, no se preocupaba por protegerme, realmente no sabía, la desarrugaba con el pulgar con la esperanza de una imagen más nítida y la única patilla de las gafas sujeta con cinta adhesiva, trabajó como asistenta en el Ayuntamiento, era fuerte, bajita, la grasa del corazón le impedía moverse, una docena de pasos, cinco escalones y se cansaba, yo casi capaz

(no escribí capaz, escribí casi capaz)

de ayudarte, hermana, con las conservas que no abren y el armario rebelde debido a la cerradura fuera de quicio, te metía unos billetes en el bolsillo del delantal donde además de las gafas el maíz de las gallinas que empujan la palanca del pescuezo hacia atrás y hacia delante y los impulsos de la palanca dirigen las patas, mis compañeros de habitación en habitación

—¿Qué es de ellos?

derribando el reloj de mis padres con cadenas y pesos de plomo que imitaban piñas con la pintura descascarada y bajo la pintura óxido, medía el tiempo como si el tiempo manecillas ciegas alrededor y el tiempo era yo crecer antes y achicarme ahora, creo que me he achicado, no estoy seguro, o si no fue el jardín el que aumentó y el surtidor de gasolina

(quién me prueba lo contrario)

el que se acercó a nosotros, consigo leer el periódico del empleado y distinguir en la cabina el cajón del dinero y las facturas en un gancho, mis compañeros sacándome de la cartera mientras él se frotaba la nuca con un trapo

—¿Lo conoce?

y el empleado mostrándoles las pitas y las malvas y en el garaje la perra bajo el automóvil, tan deseosa como mi mujer de apoyar el vientre abierto en el suelo, merecía que la atornillase hasta lastimarle la cara y el farmacéutico con las cejas marcando arrugas en la frente

—No comprendo

inclinado ante la lápida finalmente vacía, las corolas dispersas, el conejo

(un conejo, no un oso, puedo afirmarlo ahora, el pompón del trasero, aquellos muslos de muelles)

el conejo ni un copo de algodón y hay ocasiones en que se me antoja que la tierra tosiendo pero probablemente un autobús en la carretera o los gitanos que vuelven y los ejes de las ruedas cediendo en los desniveles de las piedras, cogieron en el mármol un medallón con la hija con un peinado propio de una boda o de un baile, una persona convencida de ser eterna a quien los pulmones se la comieron a dentelladas

(no hizo falta un año, un relámpago)

los convencimientos y la carne, mis compañeros en la despensa, en el sótano

—¿Qué es de ellos?

y yo aquí en el despacho a su disposición, qué tontos, no se olviden de la blusa de mi madre y del espejo donde rascar con las uñas a medida que caigo

—Madre

y para qué las pistolas, nunca he usado pistola, así no es posible, me serví de ella una vez y no con un individuo importante, con nadie especial, un obrero en un barrio modesto, Alcântara, Amadora, Marvila, para los cuales los planetas extinguidos se esfumaron hace siglos, chabolas de madera y furgonetas desvencijadas subiendo la acera, un obrero

(me dijeron que era un obrero y no obstante lo dudo, en mi opinión, aunque no tengo derecho a opinar en estos asuntos, un desempleado, un buscavidas)

conspirando en callejones desdichados en alianza con desempleados y buscavidas inofensivos como él contra la Iglesia y el Estado, mi jefe por una vez sin necesitar del director

—Con obreros se resuelve el asunto en un pispás, esos imbéciles no valen un pito

y realmente no valía un pito, la barba mal cortada, una botellita en el bolsillo, me inclino a suponer que no era un revolucionario, un mendigo, un vendedor de lotería o un cargador de pescado, un idiota sin esperanza, esto a las cinco de la tarde en abril o en mayo, me acuerdo de que ya no hacía frío pero tampoco calor todavía, un jacarandá en una cerca, ningún compañero conmigo, un encargo facilísimo, ovejas en una colina con cardos, niños que arrojaban pedazos de ladrillos a unos pavos y los pavos recuperaban sus papadas con la indignación de los gordos, ni una descripción me hicieron, un obrero y se acabó, se parte del principio

(no vale la pena gastar saliva)

de que los obreros se reconocen por la botellita y la actitud pedigüeña, no se les da confianza, no se les habla, se llega allí y se resuelve

—Se resuelve el asunto en un pispás, nadie protesta, tranquilícese

de modo que me apoyé en una fontana a las cuatro y veinte, es decir, una columna de piedra caliza con un grifo y un cubo con el asa suelta en la anilla, las avispas de costumbre a las que el agua exaltaba, la dueña de los pavos, con bastón, torciendo una rodilla, fue a insultar a los niños y pedazos de ladrillo en dirección a la dueña, dos muchachas con barreños a las cinco menos veintidós luchando con las avispas y el agua del grifo eran gotitas avarientas, marrones, una de las muchachas con zapatos diferentes, ninguna de ellas un pendiente que yo pudiese rasgar y mientras lo rasgaba

—Madre

palomas sobre lo que debía de ser el colegio dado el rumor de digestión de muchos pasos y una campanilla y tal y después nadie en el barrio, ni pavos ni niños, una nubecilla en impulsos atropellados engullida por una vivienda sin persianas, mi hermana devolviendo las fotografías e intentando liberar el corazón de la grasa

—Vivo sola, señores

es decir, cajas y tenedores desparejados en la balda de los cubiertos, si viviese conmigo calentador, comida, veríamos juntos a los gitanos, tal vez la nieve del Polo cayese sobre las pitas y tú contento con la nieve, suelo

(soy imbécil)

imaginar que me emocionan pequeñas satisfacciones, mi hermana mejor del corazón por ejemplo y una manta para las piernas en las veladas de noviembre, suele venirme a la memoria la voz de ella cantando, canturreo las coplas hacia dentro y no me falta un verso, hasta el *olha a noiva se vai linda,** adónde he llegado, mire usted, a las cinco menos nueve, en una especie de portal, el obrero de la barba mal cortada con un rastrillo y un cesto conspirando consigo mismo contra la Iglesia y el Estado, lo alcancé

(la nubecilla reapareció al otro lado de la casa navegando a tumbos y la copa de un tilo me la ocultó)

en una vereda de cabañas de planchas de andamios y láminas de cinc, su nuca tan fina, unos hombritos que sacudí hacia la derecha y hacia la izquierda y una blusa, una falda, el pincho a punto de rasgar la oreja

—Madre

hombritos que sacudí hacia la derecha y hacia la izquierda y la cabeza del obrero

(obrero un cuerno, un descargador de pescado, un vendedor de lotería, un mendigo sin alegría ni esperanza, mi jefe se equivocó)

bailoteando sobre su cuello, un mirlo cerca de nosotros encontró una baya, la devoró y nos observó de reojo, el comunista mostrándome el monedero vacío sacando papelitos sucios y billetes de tranvía, la medallita de un santo

—¿Usted quiere robarme?

no solo el monedero, el forro de los bolsillos y el panoli sin tenerme miedo, casi con pena, creo yo, una cicatriz en el párpado, uno de los incisivos torcido, mejillas de pordiosero que se mastican a sí mismas y el incisivo o el mirlo tomándome el pelo

—Soy rico

él rico, mi hermana rica, mis padres ricos antaño, me quedó el reloj con los pesos que además me irrita

(¿por qué diablos lo conservo?)

imitando una casita con chimenea sofisticada con tejas de nogal, me quedó, además del reloj, un servilletero con Osvaldo

*   Título y estribillo de una *moda* o *modinha*, canción tradicional urbana portuguesa, en este caso del Alentejo, de tema sobre todo amoroso: «Mira qué linda va la novia». Reproduzco algunos versos en versión castellana: «Mira qué linda va la novia / el día de su noviazgo; / también yo querría haberme casado. / A la luz de esa candela / se hizo mi casamiento. / Oh, candela, no te apagues / has de ser, / has de ser un juramento». *(N. del T.)*

(mi padre Fernando, mi abuelo Alcides)

grabado, tal vez les tocó en una rifa o lo encontraron en el campo, aún hoy, palabra, el nombre Osvaldo me persigue, de vez en cuando yo con el servilletero en la mano interrogando a los difuntos que en general no responden

—¿Osvaldo?

a no ser a través de los movimientos de los muebles, no doy con Osvaldos en Évora, el empleado del surtidor de gasolina

(de quién me he ido a acordar, es increíble)

me acompañó en mis meditaciones sobre Osvaldos y acabó desistiendo y desplegó el periódico, el enemigo de la Iglesia y del Estado recogió el portamonedas pero el incisivo no cesaba de tomarme el pelo

—¿Le apetece, amigo?

y debido al incisivo

(—Resuelva el asunto en un pispás, no vale un pito el imbécil)

pienso haber desenvuelto la pistola del pañuelo y no reparé en el tiro, se me antojó que ningún tiro, no sentí el gatillo, reparé en el pordiosero en cuclillas apretándose la barriga, en uno de los pavos creciéndose con orgullo de papadas y plumas, apretándose la barriga, los espacios entre los dedos encarnados y el encarnado igualmente en el suéter, la cicatriz del párpado, casi blanca, mirándome y los niños de los pedazos de ladrillo huyendo de mí, el incisivo desapareció en el labio sin burla alguna, el cañón de la pistola un agujero en el pañuelo, mi hermana deletreando el servilletero, tan admirada como yo

—¿Osvaldo?

en torno a Osvaldo florecillas en relieve, margaritas o caléndulas o algo así, la nubecita se desprendió del tilo y la perdí para siempre en una hilera de cedros, el obrero observó los dedos y me extendió el monedero de nuevo

—Quédese con él, amigo

no despechado, amable

—Quédese con él, amigo

quédese con mis papelitos, mis billetes de tranvía, mi medalla de santo, letras en la medalla en torno a la imagen y al contrario de lo que yo esperaba no Osvaldo, otro nombre, no me perdono la falta de cuidado con que estropeé el pañuelo, un orificio redondo con los bordes quemados y no tiene nada que ver con el dinero, tiene que ver con la prisa, resolver el asunto en un pispás no significa ser imprudente, aficionado, en el lugar de mis compañeros haría un esquema de la casa, señalaría las pitas, contaría con la farola del surtidor de gasolina

(no vuelvo a perder la identidad del empleado, señor Meneses)

tomaría en consideración la hipótesis de que los planetas extinguidos se apagasen o los gansos salvajes emitiesen chispitas azules y obligaría a cada uno de los policías a entrar por una puerta diferente, uno en el despacho, otro en la habitación, el tercero en el pasillo con una pistola sin pañuelo, el mendigo no llegó a acostarse, noté que se había ausentado porque la cicatriz del párpado se desvió de mí, le palpé el suéter con un rasgón en el brazo y por culpa del rasgón y de la mala calidad de la tela permití que la guardase, tiré el monedero

(–Quédese con él, amigo)

a una lata llena de restos, desperdicios y cáscaras, me arrepentí debido a la medalla pero cuánto me darían, incluso en una casa de empeño de confianza, por una bagatela de esas, el de la casa de empeño devolviéndomela después de descifrar

–San Vicente de Paul

elogiando la broma

–Como chiste no está mal

el mendigo una cuerda en vez de cinturón y zapatillas iguales a las que se encuentran flotando en la bajamar, nada que sirviese, Dios mío, y cuál es el motivo, explíquenme, de conspirar contra la Iglesia y el Estado, yo en el lugar de mis compañeros no toleraría que mi mujer y yo en un hoyo de la tierra hasta acabar con nosotros, acuéstate tranquila en la cama y no te atrevas a moverte y tú tan tranquilo en el despacho con las raíces, los fósiles y el camino de los gitanos que se perdieron en el Polo, aunque no se perdiesen no los volverás a ver, entretente aprovechando los minutos que quedan haciéndole señas de adiós a la claridad que convertía las malvas en el pomar y el pomar en la muralla de Évora en el lado opuesto de la casa y no intentes ofrecernos un monedero vacío con papelitos sucios, billetes de tranvía, un virtuoso cualquiera disuelto en el metal

(—Quédese con él, amigo)

quédate con él, amigo, déjalo en el escritorio para no abollarlo al acuclillarte en el suelo, no hace falta que vistas una blusa ni que te pongas los pendientes que no vamos a rasgarte, basta con tus manos encarnadas y que el encarnado crezca en la camisa mientras las manos desisten de apretarse la barriga y se enderezan, se encogen, no se enderezan más que un suspiro, que nada, y los perros extrañados caminando a su vez en la casa desierta para tumbarse junto a mí y ahora sí la oscuridad que tanto miedo te daba, la verdadera de la que no puedes hablar y de la que no te das cuenta, aquellas oscuridades inventadas que escribiste en estas páginas, presunciones, fantasías y al final ahí la tienes, la que no sabes cómo es y no obstante te pertenece, no compartes con nadie y cuyo peso ignoras, cuya textura ignoras y te acompañará anulándote, tu única oscuridad así como tus padres su propia oscuridad, miembros ya no suyos, solo unos terrones, unos huesos, cosas informes, fíjate, y cada vez menos cosas, las raíces de las pitas, ya que has mencionado las pitas, lentamente bebiéndolas, alguien

(no nosotros)

ha de sumar a tu oscuridad la oscuridad de tus perros, de los gitanos, del empleado del surtidor de gasolina agitándose en el hospital tan aterrorizado como tú

—No me muero

no es el sufrimiento lo que lo asusta, es la oscuridad que aumenta, las personas no personas, voces sin origen que no le conciernen y reflejos que se desvanecen, no intentes conseguirlo, no lo consigues, no te agarres a las sábanas y a la cabecera porque no existe cabecera

no existen sábanas, existe

(si tuvieses esa suerte)

tu hermana cantando y la canción nítida, clara, tú feliz con los versos haciéndoles eco en tu interior no con la voz, con la sangre, lo que queda de la sangre cuajándose y secándose y al secarse y cuajarse tu hermana con él, no hay hermana, hay la oscuridad que empieza a empujarte y te vas achicando, achicando, qué es de tu lengua, de tu cuerpo, del estómago que te incordiaba con molestias o el esófago o el hígado, no te esfuerces por en tender, concéntrate en las luces, descansa, una dos tres luces, las dos últimas uniéndose y por tanto dos luces solamente, las dos luces una, una luz desviándose y la oscuridad ahogándola, si existieron planetas extinguidos ahora extinguidos de verdad, si tu madre y tu padre fallecidos acabaran de fallecer ahora, si te señalasen a tu hermana ella

—No lo conozco

así como no conocías al obrero, dudabas que un obrero

(un mendigo, un buscador de chapuzas, un descargador de pescado)

aunque tu jefe

—¿Se ha resuelto el asunto del obrero?

el asunto del obrero se resolvió, señor, fíjese en la medallita, ha visto alguna vez algo más pretencioso, tu jefe observando la medallita

—¿Estás seguro de que era él?

con suéter y zapatillas conspirando contra nosotros, apareció con un rastrillo, quiso entregarme dinero, papelitos sucios y billetes de tranvía, tu jefe

—Siempre quieren entregarnos dinero los imbéciles

en un barrio lejos del centro, Olivais, Póvoa de Santo Adrião, Pontinha, pedruscos que impedían que las cubiertas metálicas se levantasen con el viento, muchachos de ojos más viejos que ellas, más viejos que yo, más viejos que mi padre si estuviera vivo y afortunadamente para él no lo está, noventa años, qué miedo, personas masticando comida de saquitos de plástico y en este momento, a las tres menos nueve de la mañana, repentinamente la luna que había olvidado en las últimas semanas, ocupado como estaba con los planetas extinguidos atribuyéndoles por error el halo aquel en los árboles, el colchón de mi mujer crujiendo en su sueño, no exactamente crujidos, ruidos menudos de gallinero en la oscuridad, pollos que se calman resignados a la cuchilla que tarde o temprano

(nunca tarde)

que temprano o un poco menos temprano los degüella y como consecuencia de la resignación esta casa tranquila y en esto un impulso de perro en mis piernas, la cola que se anima, el hocico alargándose, las tres menos siete, las tres menos seis si el reloj no miente y claro que miente, todos mienten, merecería que le hiciese lo mismo que a mi madre, encerrarlo en el ataúd y apretar los tornillos hasta reventarle el mecanismo, las manecillas, las ruedas, y yo contento observando porque alguna alegría me ha de caer en suerte antes de descubrir a mis compañeros en el jardín en el instante en que la farola del surtidor de gasolina se apaga

(el empleado con su periódico casi un compinche, un colega, podríamos habernos puesto a conversar unos momentos o si no los dos en silencio

una pareja de novios que no necesita explicarse advirtiéndonos la fiebre de los insectos cuyo origen no se entiende y por más que lo intente no lo comprenderé nunca)

mis compañeros tal como yo lo haría aprovechando las sombras para acercarse a la casa avanzando junto al muro por el lado que las raíces

(mi mujer insiste en llamarlos mandarinos)

protegen como si aún hubiese lugar para árboles, qué manía los árboles, ramaje y se acabó, la lengua seca del viento sobre los huesos desnudos, mis compañeros evitando el garaje que olisquean los perros, las tres menos cinco, las tres menos cuatro y treinta y seis segundos y yo la cola que se anima y el hocico alargándose, yo a la entrada del despacho midiendo la distancia del pasillo a la habitación, siete metros

(¿ocho?)

dando un paso, un segundo paso y regresando al despacho, por qué esta ansiedad, esta prisa, estas patas rascando las tablas, el pordiosero me mostró el monedero vacío sacando papelitos sucios, billetes de tranvía, la medalla del santo

—¿Usted quiere robarme?

y mi hermana cantando, tarareo las canciones hacia dentro y no me falta un verso, hasta el mira qué linda va la novia, a lo que he llegado, fíjese, el mendigo salido de una especie de huerta con un rastrillo y una cesta conspirando consigo mismo, con un fósforo entre los dientes

(qué profesión esta)

contra la Iglesia y el Estado, hombros que sacudí hacia la derecha y hacia la izquierda y él sin tenerme miedo, casi con pena, creo yo, una cicatriz en el párpado, uno de los incisivos torcido, la burla del incisivo

—Soy rico

él rico, mi hermana rica, mis padres ricos antaño, las tres menos dos, las tres menos uno, debería haberlo obligado a ponerse una blusa y a los pendientitos de plata antes de resolver el asunto en un pispás, un imbécil que no valía un pito, un mendigo, un vendedor de lotería, un descargador de pescado, un idiota sin esperanza, es decir, debería haberme obligado a una blusa y los pendientitos de plata

(yo un idiota también sin esperanza)

y haber traído un espejo al despacho a fin de que mi aliento, mis dedos, la mancha rosada que he de soltar en el cristal, los perros rozándome e intentando despertarme mientras que la porción del día que se llamaba mañana, en la época en que me permitía el privilegio de darle nombre a las cosas, daba señales de surgir, a través de una faja lila detrás de las copas y una sensación de frío hasta en agosto, volvíamos a ser personas conquistando cada fracción nuestra con una lentitud de asombro, me pertenece, no me pertenece, para qué puede servirme, la conocí bien, la mañana, soplándome las pobres manos en un patio entre temblequeos o golpeando con los pies en la calzada

(los sacrificios que el País me exigió y cumplí así así)

vigilando a un sospechoso, en rigor pordioseros, mendigos, descargadores de pescado, personas que hurgaban en la bajamar con la ilusión de que el Tajo los alimentaría de rositas y algunos de ellos no precisaron siquiera mis servicios, flotaban contra la muralla incapaces de apreciar a los delfines y la sospecha de eternidad que nos ayuda a creer que puede ser, quién sabe, hay momentos de suerte, yo por tanto en el despacho y ese impulso en las piernas, la cola que se anima, el hocico alargándose, los planetas extinguidos por ahí a la deriva, el mundo ordenado, sereno y yo en consecuencia ordenado y sereno, no extenderé

(de eso estoy seguro)

el monedero a mis compañeros

—¿Ustedes quieren robarme?

(un mirlo cerca de nosotros encontrando una baya, devorando la baya y mirándonos de reojo, tachar esto, el mirlo en Lisboa, aquí gansos salvajes, cucos, gorriones, es evidente, dejemos a los gorriones)

yo no mejillas que se mastican a sí mismas y las mejillas o el mirlo

(véase paréntesis anterior)

tomándoles el pelo

—Soy rico

(el servilletero Osvaldo y mi padre Fernando, mi abuelo Alcides, falleció antes de que yo naciera

—Tu abuelo, pobre, era tartamudo

e imagino la lengua goteando en el papel antes de liar el cigarrillo, no sé qué enfermedad tuvo, no lo pregunté, discúlpenme)

de la misma forma que no extenderé los papelitos y los billetes de tranvía

—Quédense con esto, amigos

oía a mi hermana cantar e iba acechando a los gitanos, pequeñas satisfacciones de ese tipo, alegrías minúsculas que me reconciliaban conmigo mismo, creí en mi madre y me faltó, yo sacudiéndola

—Madre

y los hombros hacia la derecha y hacia la izquierda abstraídos, yo tirándole de los pendientes

—Madre

hasta rasgarle la oreja y ni siquiera un soslayo, que el médico de la policía no me venga con historias examinándole los ojos e intentando apartarme

—Es mejor no insistir por hoy

separándome de mi madre con qué derecho, pregunto, y permitiendo que el cura, el ataúd, el hoyo en la tierra, la miseria de un hoyito en la tierra, exactamente lo que se hace con lo que no sirve, con la comida podrida, con los animales, un hoyo en la tierra que se tapó al buen tuntún así como han de tapar el de mi mujer, el mío, el de mi mujer es como el otro ahora mío, han de perdonarme el egoísmo, me interesa, me gustaría dar cuenta de lo que pasa allá arriba, los campos, el cobertizo, el señor Meneses llegando con el periódico, enterarme si este ruido de cascabeles, esta respiración de mulas y estas palabras en español son los gitanos en la carretera, interrogarlos sobre auroras boreales, exten-

siones de hielo, unicornios y ellos sin verme continuando su trote, solo en el último carro una niña inclinándose ante el sitio
donde estoy y respondiendo

—No lo sé

una niña con trenzas que se dirigía a un manzano entre dos
árboles de la China, fíjense en la muñeca y en la cuerda del tendedero, en la escalera que tiene que subir para amarrar la cuerda,
fíjense en cómo sienta a la muñeca en el suelo antes de subir por
la escalera, fíjense en que la muñeca se aprieta la barriga y en las
palmas tiene una mancha encarnada que crece y fíjense en mí
observando todo aquello, la cola que se anima y el hocico alargándose, fíjense en que en lugar de avanzar me marcho con miedo hacia el garaje con la esperanza de que mi mujer tumbada
bajo el automóvil me acepte a su lado consolándome la nuca,
con una caricia distraída, hasta que por fin me duermo.

4

Qué cosa más linda, qué cosa más tierna, qué cosa más linda el retrato de mi hermano que vinieron a mostrarme unos señores ricos y elegantes, al salir al patio me encontré con ellos acechando desde la verja, es decir, dos de puntillas y el otro, de mi edad, aún mejor vestido, con un sombrero de la época de mi padre pero de buen fieltro, nuevo, un poquito hacia atrás como si vigilase, yo con la lata de la comida para las gallinas y ni siquiera arreglada, de un lado para el otro llamando a los animales a golpes de cuchara en la lata, el automóvil de los señores con una de las puertas abierta, pensé que querrían alguna información sobre el camino de Évora porque las siete de la mañana y nadie en la calle a no ser los árboles, el viento y esas sombras que aún no se han transformado en casas ni muros y por tanto debe de ser verdad lo que dicen en la iglesia, que el mundo comenzó con la oscuridad y después vino la luz y trajo las lagartijas, las personas y la tierra, yo por allí observando junto con las gallinas excitadas por la cuchara en la lata, hirviendo a mi alrededor con ojitos crueles

(no crueles, sin expresión, los ojos sin expresión siempre crueles para mí)

por saber lo que les espera cuando llegue el momento, deben de haberme visto matar a alguna cuñada o a una sobrina desplumándolas en el lebrillo y tan insignificantes al final, tan flacuchas, no se espera una esa piel rosada por debajo, el gallo, no el antiguo, este, el antiguo desde que le arrancaron la cresta con miedo en un rincón, hinchaba el pecho y el alma antes de ahuyentarlas a picotazos, el antiguo se contentaba con las sobras

(no había sobras)

a escondidas después y se recogía en su ángulo de tablas con las patas vacilantes, si yo acabo con el nuevo el sábado de Gloria me pregunto si las gallinas lo aceptarán otra vez, por tanto yo la única persona viva en Estremoz, yo con frío y lo pagan las articulaciones, se endurecen, no se doblan, saliendo al patio con la lata, ni siquiera arreglada, de aquí para allá, de haberlo sabido me habría puesto la chaqueta de punto, me habría peinado, y ahí estaban los señores elegantes de puntillas en la verja acechando sobre las tablas, cada cual con su cartera salvo el de mi edad sin ninguna cartera, gordo, que debía mandar a los demás, el cielo no azul, blanco, me gusta el cielo blanco del comienzo del día, lo que no formaba parte del cielo o sea Estremoz entero, tejados y por ahí fuera gris o negro, el gordo se decidió después de una meditación costosa

(se rascaba, se retorcía)

a cerrar la puerta del automóvil que osciló y se detuvo, acechó a su vez desde la verja, llamándome

—¿Me permite?

visto de cerca el chaleco menos elegante y menos bonito, la cara de sueño que él se limpiaba con el pañuelo, no, que se limpiaba con el puño de la camisa haciendo desaparecer parte de la nariz y de la boca para despertarse mejor

(todo Alentejo durmiendo, qué cosa)

fue la parte que sobraba de la boca, cerca de la mitad

(del cuarenta por ciento)

la que afirmó, no preguntó

—¿Me permite?

y yo entendiéndolo a duras penas debido a la cuchara contra la lata, la impresión de que la cuchara contra la lata, además de llamar a las gallinas, llamaba al día, porque asomaban en diversos puntos del gris y del negro chimeneas y balcones no conectados entre sí, apartados

(habrían de juntarse después, acompañándose de paredes y canalones, para componer el barrio)

la voz del gordo mezclada con los golpes de la cuchara o sea los ruidos de la lata metidos en las palabras hasta el punto de no saber qué era óxido y qué era garganta

—¿Me permite?

una de las gallinas me saltó a la altura de la cabeza en medio de una confusión de alas, no aguantó el vuelo, pataleó un momento y se sumió en la bandada, las berzas lucían el rocío de la aurora, en el edificio contiguo al mío algo arrastrándose o sea la vecina enferma que intentaba apoyarse en el fregadero tropezando con las sillas y de vez en cuando una petición de ayuda a la que nadie respondía, si tuviese la ocasión de estar con ella le explicaría que es inútil, nadie responde nunca, mi padre unos días antes de fallecer suplicándome con los ojos y yo

—Qué pretende usted que haga, no hay remedio, aguante

y para mi sorpresa los ojos obstinados, no se resignan a la suerte, desean ser como nosotros, ya me estoy viendo en esos preparativos un día, afanosa, torpona, suplicando un auxilio que no viene

(¿a quién le importamos?)

hasta parárseme los mecanismos por dentro, notar que desisto y al notar que desisto dejar de notar, queda el árbol del patio contra los cristales desvaneciéndose por fin, es el destino, si hay alguien que piense lo contrario que levante el dedo y yo me callo, me quedo a la espera del momento, no muy tarde, tranquilos, en que me darán la razón y yo mostrándoles la evidencia

—Qué pretenden que haga, no hay remedio, aguanten

porque aunque no aguanten da igual, el árbol del patio se desvanece de todos modos, los señores elegantes podrían soltar el gancho de la verja, con el meñique basta, hasta la vecina que ya no podía hacer nada seguro que podía, pero por respeto a mí educados, a la espera, de puntillas como si una balda imaginaria por encima de ellos con dulces, tres escolares extendiendo la manita que para eso existen las profesoras, para enseñarles letras y modales

—¿Me permite?

mucho me atizó con la palmeta doña Isménia los dos años que estuve allí, se contaba que su marido la dejó por un hombre y se mudó a Coimbra, así que doña Isménia se quedó sola con el perro a quien también le daba, no con la palmeta, con el zapato, lo sacaba a pasear al atardecer y si el animal se entretenía ella se descalzaba amenazándolo

—Pirata

cuando ella a mí
—Pirata
se echaba a llorar
(a veces las lágrimas no venían a pesar de mis esfuerzos)
con el afán de ablandar la palmeta y la palmeta más dura, me
basta con pensar en eso
(cómo es nuestra infancia, no nos deja, nos acompaña)
para sentir su peso en la mano, conmigo van doña Isménia y
el olor de las manzanas, no tanto mi familia, el olor de las manzanas, las colocaban en el baúl para perfumar la ropa y se iban
encogiendo, arrugando, se parecían a piedras pulidas por la vejez, cuando doña Isménia falleció de embolia el perro ladró toda
la noche y semanas después se esfumó, formaba parte de la naturaleza de doña Isménia perder maridos y perros y con la naturaleza no vale la pena luchar, transcurridos unos años construyeron el colegio nuevo y doña Isménia se acabó, si no me acordase
de ella nunca habría existido, en lugar del colegio una tienda de
chinos, supongo, nacen por todos lados con silbidos de periqui-
to vendiéndonos porcelanas, ahuyenté a las gallinas hacia el estanque para que el señor gordo y sus amigos entrasen, avergonzada por no haberme arreglado, retocándome el pelo siempre con
la lata y la cuchara en ristre y ajena a la lata, al darme cuenta de
los sonidos la dejé en el estanque desfalleciendo de turbación y
el barrio casi entero, cornisas, fachadas, un individuo en bicicleta pasmado ante nosotros, los señores levantando tapas y regis-
trando el armario, ricos y elegantes, claro, pero las rodillas gastadas, una marquita de salsa y arrugas de nudos en la corbata, a
causa de esos descuidos nada me asegura que sus mujeres no los
hayan dejado por otras mujeres y se hayan mudado a Coimbra,
los señores mostrándome mi vida al escudriñar la casa, medicinas
para la grasa del corazón, la caja del dinero imitando los cofres de
los tesoros en que entrechocaban llaves, no monedas, y el cepillo
del cabello con más cabello que pelos abriéndome una herida de
desilusión, supongo que en el alma dado que no me dolía en ninguna otra parte, cabellos no castaños, canosos y el hecho de estar
canosos qué injusto, dentro de poco me pondré a suplicar ayuda
con los ojos suponiendo que me responderán, si me respondie-
sen seguramente sería mi voz

—Qué pretende que haga, no hay remedio, aguántese

para mi sorpresa los ojos insistiendo hasta parárseme los mecanismos por dentro y un gesto que se suspende, no termina, se reduce a tres, cuatro dedos ya no míos en la sábana, los señores elegantes que no conocían otra frase

—¿Me permite?

ocupando el diván con las manchas de salsa, las caras menos ricas de lo que yo imaginaba, como las de la familia que tuve, como la mía, caras de persona pobre de las cuales conozco bien, aunque no sea más que por el espejo, el surco de las arrugas y la estructura en la que no perdieron mucho tiempo

(—Conténtate con lo que tenemos, tómalo, da gracias)

de los huesos, vestigios de paliza y de hambres antiguas, los señores elegantes iguales a mí, quién lo diría, poco a gusto en sus camisas, en sus trajes, podrían haber nacido entre las murallas de Évora y haber limpiado los búcaros en la tumbita de su madre, mi padre se vistió así en una ocasión para el retrato, el fotógrafo una cantidad de perchas en la salita de al lado, mandó a mi padre ponerse de espaldas, de frente, sacó una de las perchas sin mirar

—Esto sirve

y una chaqueta, unos pantalones, un lazo, nosotros esperando en el estudio, el fotógrafo y yo, mi padre del otro lado, disfrazado de rico, sin atreverse a entrar, debe de haberse visto en el espejo y haberse tratado de excelencia quitándose el sombrero, el fotógrafo impacientándose

—¿Qué le ha pasado al hombrecito?

y mi padre implorando con los ojos como si se fuese a morir, no murió en aquel momento, murió seis años después y sin tiras reactivas, felicitaciones, se aguantó solo, pidió un panecillo y al regresar con el panecillo ya no estaba, creo que no quiso que lo viese, se veían unas facciones más inteligentes que las suyas porque los difuntos tienen una majestad que hasta entonces ignorábamos, son ellos y no son ellos, es extraño, si hubiesen vivido así los trataríamos con consideración, no responden, no se enfadan, no duermen, piensan todo el tiempo en asuntos difíciles, nosotros

—¿Qué es?

y ellos sin prestar atención reflexionando, basta con visitar el cementerio para darse cuenta de que no conversan acerca de

asuntos normales, la renta, el almuerzo, sino de cuestiones de ca-
nónigos con raciocinios en latín, mi padre ni se sentó por vene-
ración a los pantalones, se quedó de pie frente a las lentes, cada
paso cauteloso y los pulmones estrangulando el aire, a la salida
con su ropa se inquietó con un susurro

—No he roto nada, ¿no?

pagamos el retrato y pagamos los adornos y los aderezos una
vez que el fotógrafo

—El lujo cuesta, amigo

durante semanas mi padre ni caminaba, perdió eternidades en
entender qué quedó en el perchero, exigía servilletas protegién-
dose todo, mi padre no mi padre, un labrador, un ingeniero, solo
al servirse vino noté que había regresado, Évora qué ciudad, vi-
víamos junto a la muralla y oía los chopos por la noche, en Estremoz no oigo nada salvo el corazón luchando con la grasa, en unas
ocasiones vence la grasa, en otras ocasiones venzo yo, si vence la
grasa me quedo hinchándome en la silla y comprendiendo a los
peces con la boca abierta aquí fuera, si cavase branquias con la
navaja lograría hablar, Évora, amigos, unas claridades que asustan, despertamos y ahí andan ellas a través de los campos, no me
encontraba con el hombre

(ya lo olvidé)

en la ciudad, me encontraba con él a una legua de distancia
en el maizal del canónigo, el maíz gritaba tanto en las tardes de
viento que yo sorda, él sordo y mi falda igual al maíz gritando,
los cucos no volaban los infelices, eran volados contra los eucaliptos y caían como trapos en tierra, mis piernas voladas con
ellos, mis brazos, el pecho y la mano del hombre que me tocaba
iban con el pecho también, acababa con una especie de decep-
ción, añoranza de mi madre

—Cójame en brazos, señora

y no me cogía

—Déjame

siempre

—Déjame

lo que recuerdo mejor

(al hombre ya lo olvidé)

es a mi madre

—Déjame

y no obstante ganas de irme a casa corriendo, los señores elegantes hurgando en las carteras con dedos del tipo de los míos deshabituados a los papeles, los mojaban con la lengua y recomenzaban desde el principio, ningún maizal en Estremoz arrancándonos a la fuerza de la gente, el viento claro que existe en todos lados, lo que no falta es viento y para colmo gratis pero no se van con él ningún brazo mío, ninguna pierna y me faltan, yo entera, me gustaría que la grasa del corazón me dejase, el médico últimamente inyecciones de beber, bebo las inyecciones y zumbidos, el maizal de nuevo pero gracias a Dios sin hombres y yo no con veinte años, setenta, digo setenta pero son sesenta y siete y qué importa, y sola aunque el mismo octubre, la misma manta, la duda sobre si los mismos cucos u otros, apenas se desvanece el efecto de las inyecciones pierdo el maizal, chicos, setenta años son dos bloques de cemento en los tobillos, qué agobio, ningún piececito se alza, ninguna planta nos grita, el cuerpo avisa

—Falta poco, falta poco

y el médico asintiendo después de estudiar los análisis

—Tal vez falte poco, no lo sé

los señores elegantes encontraron una cartera y dentro de la cartera

—Vaya, aquí está

hojas escritas, fotos no de mi padre ni mías mientras el señor gordo inspeccionaba el oratorio, san Januario, san Hipólito y se santiguaba con cautela, se notaba la indecisión en santiguarse

—¿Quién me asegura que los santos no nos perjudican?

Estremoz libre de la noche en marcha, sastres, motores, charlas, ni gris ni negro, colores a raudales excepto el cielo blanco no de nubes, como lleno de tórtolas que en la época de la caza unos paquetitos sanguinolentos, a mí me ensucian todo, las almohadas a secar y el patio de manera que si la época de la caza fuese eterna y hubiera estruendos todo el día pueden contar conmigo, dado que los paquetes por lo menos no ensucian, el señor gordo miraba el oratorio con la esperanza de que los santos

(se los llevé al párroco que los bendijo)

agradeciesen el riego y los sabihondos

(los descubro a la legua)

ni mu, dejar a la gente en la duda es su especialidad, no me sorprendía el cielo blanco y las alitas de los ángeles cotilleando ahí arriba, aquel pecó, aquel no, ese es el oficio que tienen, me pregunto si a pesar de mis cuidados me vieron en el maizal del veterinario, el hombre

(ya lo olvidé)

me engañó, casado, ocultaba la alianza en el chaleco

—¿Si fuese casado estaría aquí, pequeña?

quiero decir que no me engañó, yo lo sabía, aunque escondiese la mano la piel del dedo más clara en el lugar del anillo, vivía en Redondo, no en Évora, casi no hablaba, ya lo olvidé, transportaba lechones en una furgoneta y sigo oyéndolos roncando tristezas, el maizal desierto, cucos en los eucaliptos sin viento, ni una marca de neumáticos en el sitio donde estacionaba la furgoneta y como lo olvidé no me acuerdo de neumáticos ni de cucos, invento como inventé el gimoteo de los lechones, la manta, la alianza, si da la impresión de que esta historia me agobia les pido el favor de que no me crean, inventé al canónigo y el maíz, yo corriendo hacia casa y no corría hacia casa, después de que él se marchaba me quedaba mirando las copas imaginando lo que no voy a contar, o sea que me casaba, vivía en Redondo y bobadas de ese tipo e ignoro el motivo, suponiendo que haya un motivo, de que narre esto ahora, tal vez a los setenta años deseamos que se interesen por nosotros, no hay mucho que perder, con suerte un otoño o dos y al final de los otoños un silencio severo, no respondo, no me enfado, no me agito, igual que hice con mi madre límpienme la boca con un paño y colóquenme búcaros encima, uno de los señores elegantes, el del traje más gastado, me entregaba las fotografías y el señor gordo

—¿Lo conoce?

no muy seguro acerca del oratorio ya que se le adivinaba la inquietud con los santos, en las fotografías personajes que no imaginaba quiénes eran, una mujer junto a un manzano entre dos árboles de la China que gesticulaba por el sol y una chica con trenzas que me recordaba no sé a quién

(esas coincidencias de la vida)

intrigándome la seguridad de recordarme no sé a quién

—¿A quién me recuerdas tú?

con una muñeca, creo yo, evité analizar mejor porque el hecho de que me recordase no sabía a quién por alguna razón me asustaba, el señor elegante entendiendo el susto y acercando el retrato

—¿Usted está segura de que no lo conoce?

mis gafas con solo una patilla, la otra en el cajón que tendré que arreglar un día, arreglar la patilla, no arreglar el cajón, dioptrías que deberían haberse cambiado hace una carretada de meses puesto que los ojos envejecen a su ritmo, no pertenecen al resto, se ciegan ante lo que ha caído en el suelo y ven lo que no hay, veo a mi padre por ejemplo cohibido conmigo

—El maizal, pequeña

e incapaz de reñirme, el

—El maizal, pequeña

para un lado y para el otro en su boca y escondido aquello que lo preocupaba, se le notaba nervioso y aunque nervioso nunca agobió a nadie, se instalaba en la pérgola con un cuchillo y una caña y se ponía a cortar la caña, aunque me apeteciese y no digo si me apetecía o no no lo llamaba

—Padrecito

no me dio por ahí, si lo llamase

—Padrecito

seguro

(no hay duda)

de que el cuchillo deshaciendo la caña en tres tiempos y él abandonando la pérgola, puede afirmarse que al trote y sin una mirada de soslayo hacia atrás en dirección al pozo, hay perros así que de tantos palos en el lomo se desvían de la ternura de la gente, entre él y mi madre no llegué a oír ni una frase, no se hacían caso, se ignoraban

(¿se despreciaban?)

tal vez una duda muda

—¿Quién eres tú?

una noche de tiempo en tiempo, en silencio, movimientos en la cama y ni un grito de maíz, la ausencia del viento y los cucos en el otro lado, la muralla de Évora metiéndonos dentro

—Ustedes se quedan aquí

mi abuelo llegaba de madrugada de su trabajo en la panadería esparciendo lo que no era harina, era polvo celeste, si lo tuviese en barro lo pondría en el oratorio en medio de los compañeros, hasta en las cejas se pegaba aquello, mi abuela espantándolo

—No te me acerques que apestas a aguardiente

y mi abuelo tarareando coplillas, la cabeza de ella una de las manzanas del arca, arrugada, minúscula, a fin de fijarse en nosotros un asomo de papagayo torcido, la pata izquierda en el aire

—¿Nunca me has visto tú?

y un paso hacia un lado con un despecho infinito, caracoles en un cacharro con ajo

(al hombre ya lo olvidé, que el coche del cementerio siga con él deprisa y la tierra en Redondo doliendo más que en Estremoz)

mi abuela los pescaba con una aguja y masticaba sin fin, no con la boca, con el cuerpo entero, tanto nervio luchando, el señor gordo insistiendo en la chica de las trenzas

—Fíjese bien, no se apure

uñas iguales a las mías, de lagarto, amarillas, le faltaban dientes atrás, esos vestigios de un hambre antigua pero beligerante, agria, se odian a sí mismos por ser como nosotros y el odio a sí mismo destiñe en nosotros, nos aprietan el hombro como si el hombro el cuello

—No se apure

cartílagos, faringe, el aparato de las letras, yo en la chica de las trenzas

—No puede ser

porque me recordaba no sé a quién y no creo en esa a quien me recuerda, no quiero, devolví la fotografía lo más rápido que pude

—No la conozco, señor

mi abuela sujetaba el cazo de los caracoles dispuesta a amenazarnos con el alfiler

—No me roben

es decir, el hambre antigua, discusiones, palizas, a los cuatro o cinco años le entregaron un sacho y trabajaba en el campo, a los ocho debido a un tío o un vecino o un extraño

—¿Quieres caramelos, chiquilla?

el maizal de ella gritando, la falda no de mujer, de niña, igual que el maíz gritando, cucos que caían como trapos en el suelo, uno de los cucos no había sido de mi abuela, en el interior de sí y que la magullaba, hervía, probaba a moverlo y las plumas ardían, en la fotografía siguiente un hombre con ropa de mujer

(¿el marido de doña Isménia?)

estirado en una mesa, con la oreja rasgada por un pendiente y señales de golpes en la cara, nos miraba insistiendo

—No

o sea disculpe doña Isménia la extrañeza de la vida, la chica de las trenzas con el marido de doña Isménia y un amigo, las conchas de los caracoles casi todas transparentes, con pintas, al final ahí está, tanta angustia para nada, tanta pregunta inútil, tanta sorpresa

(—No lo creo)

cuando era al amigo del marido de doña Isménia a quien recordaba la chica de las trenzas, un señor elegante como estos y educado y rico, la chaqueta, la corbata, el uniforme completo, la estructura en la que no perdieron tiempo

(—Conténtate con lo que tenemos, tómalo, da gracias)

de los huesos, mi abuela sorbía las conchas mientras que la muralla nos separaba de los otros y tanta oscuridad en la casa, solo una voz que se encendía aquí y allá y las prisas del gato bostezando en la almohada, dejaba de bostezar y ningún animal, la noche, se comprendía que mi madre estaba enferma por el modo de andar, la mitad izquierda del cuerpo por delante de la derecha, un corte entre las cejas, los labios apretados

—¿Está enferma, señora?

y ninguna respuesta, qué ciudad aquella, Évora, ni aunque me pagasen viviría allí, el médico retirando el estetoscopio y alargando una pausa

(la caspa en sus hombros)

—Deberían haberme llamado mucho antes

(¿podrá curar a alguien un médico con caspa en los hombros?)

era dentro de nosotros, en invierno, donde la lluvia caía y tal vez no lluvia, un cansancio largo bajo las cortinas de los párpados, mi madre contradiciéndonos

—Me encuentro bien

el señor gordo con el índice en el amigo del marido de doña Isménia

—Fíjese bien, no se apure

así como diría mi madre contradiciéndonos

—Me encuentro bien

un problema en la sangre y la piel de ella las conchas de los caracoles, si mi abuela pudiese la apretaría contra sí dispuesta a amenazarnos con el alfiler

—No me la roben

qué hambre tan antigua la nuestra y discusiones y palizas, tanto frío en el hospital, corrientes de aire agudas acuchillándonos a traición, la humedad corría por las paredes en gruesas lágrimas turbias, el humo de las ollas de sopa aún más turbio, Dios mío, pellejos de pollo jugando en paz, mi madre

—Llevadme a casa, me encuentro bien

que intenta levantarse y desiste fijando la frente en la lámpara, me pregunto si mis lágrimas son más pequeñas, si son mayores, creo que mayores, no estoy segura, así como no estoy segura de lo que el índice pretendía

—Fíjese bien, no se apure

y no me apuro, por qué motivo, para qué, un señor rico y elegante y el marido de doña Isménia apoyándole la mano en el hombro, esto en un parque con un lago, una estatua

(no un filólogo, un general)

un templete, daba la impresión de que la muchacha de las trenzas se enfadaba con el señor apartándose de él y en contrapartida la mujer casi tocándole el brazo, más fotografías en una feria, en la playa, olas esforzándose por inmovilizarse en medio de sí mismas

—¿Ya podemos caer?

vamos a suponer que pájaros, cernícalos y mirlos, en Sines, cuando estuve allí, ni cernícalos ni mirlos, gaviotas, el señor gordo

—No se apure

mientras los otros dos hurgaban en las carteras o tomaban notas mientras esperaban, las gallinas del patio una agitación sin destino en el sentido de nada, los muelles de las cabezas coléricos, nunca me he encontrado en la vida con una gallina feliz, se exaltan

—¿Qué ha sido?

y por amor de Dios cálmense, aún no se ha ido nadie y seguimos vivos, no ha ocurrido nada importante, solo retratos de desconocidos, no de mi padre disfrazado de labrador el pobre, de gente sin dinero como nosotros y sorprendida por la vida también, el maizal en torno de ellos a gritos, los cucos volados contra los eucaliptos cayendo como trapos en el suelo, no casas, ruinas de casas, no caminos, ruinas de caminos, ni siquiera mulas, animales hechos de ruinas de vértebras y por tanto ruinas de mulas a la espera, cualquier día la grasa del corazón me impide golpear la lata con la cuchara y adiós, uno de los señores elegantes sustituyó el retrato por el retrato siguiente y entonces la fotografía de mi hermano de pequeño, qué cosa más tierna, qué cosa más linda, peinadito con bucles con la cadenita, la crucecita, una camisita blanca, zapatitos blancos, aquella sonrisa suya con un dientecito abajo y las mejillas mofletudas, mentón redondito, bracitos en jarras, mi niño otra vez, podía pasar horas viéndolo dormir agarrado a mi dedo y después aquella piel, aquel olor, no gateaba hacia delante, gateaba hacia atrás, redobló la risa a los tres meses, aprendió enseguida mi nombre y me llamaba desde la cama, esto después del maizal, del hombre, mi falda igual al maíz gritando y mi cuerpo callado, esto después del hombre

(ya lo olvidé, no insistan)

no volver de Redondo, las marcas de los neumáticos ausentes, ninguna gota de aceite en el suelo, distinguía su motor entre todos los ruidos del mundo, sabía dónde los asientos gastados, cuál la ventanilla trabada que no conseguía bajar y la carcomió el óxido, sigo observando las furgonetas en la calle comparándolas con la suya y no es el hombre que llega, son siempre otros que no me ven, eucaliptos, su barba rascaba, qué ciudad Évora, mi padre agobiándose conmigo

—El maizal, pequeña

e incapaz de reñirme, se instalaba en la pérgola con un cuchillo y una caña y se ponía a cortar la caña, aunque me apeteciese, y no digo si me apetece o no, no soy mujer para esas cosas, no voy a entrar por ahí, no lo llamaba

—Padrecito

si yo

—Padrecito

deshacía la caña en tres tiempos y abandonaba la pérgola puede decirse que al trote, sin una sonrisa hacia atrás, en la dirección
del pozo, sacando agua sin necesitar agua y echándola en las
hierbas, sigo oyendo las protestas de la cuerda en la roldana y por
qué llamar protestas a chirridos, las cosas no protestan ni se que-
jan ni sienten, déjate de tonterías, vieja, dónde es donde las cosas
protestan, un mueble que protesta, una puerta que protesta, un
cajón dolorido, no hay manera de que aprendas, qué fastidio, re-
comienza donde quedamos, escribe derechito que si me viene a
la mente esa época tan remota para mí la habré imaginado, la habré vivido, habré inventado esto en los momentos sin nexo entre
el dormir y el despertar cuando todo es primero nítido y desenfocado después o ambas impresiones en simultáneo o ambas impresiones alternadamente o una más fuerte que la otra pero cuál, no
lo sé, sé

(estás yendo bien)

que sigo oyendo unos chirridos de roldana y el cubo batiendo
contra los ladrillos allá abajo

(si me inclinase, un espejo negro al fondo)

mi padre haciendo girar la manivela y más agua, limos y agua,
hojas y agua, insectos muertos y agua, trapos y agua, afortunadamente nunca un ahogado y agua y el maizal en silencio, mi cuerpo sin partir para ningún lado, quedándose, yo comprendiendo
que olvidé al hombre para siempre, la furgoneta y la marca de la
alianza en el dedo, yo setenta años, digo que setenta pero sesenta y siete, qué importa, yo sola con mis pollos y mis trastos, el
cuerpo que avisa

—Falta poco

y el médico asintiendo sin mirarme, estudiando con un interés que yo no comprendía la pared desierta

—Tal vez falte poco, no lo sé

la pared que yo estudiaba con un interés igual y cada uno de
nosotros como si estuviese solo, él

—Tal vez falte poco, no lo sé

y en cuanto él

—Tal vez falte poco, no lo sé

mi interés por la pared aumentaba, la cantidad de motivos de
meditación de todo orden que existen comenzando por el mon-

toncito de huesos de la muerte, mi madre ni un montoncito de huesos, ya mi padre, porque más tarde, probablemente un montoncito de huesos por ahora, la cantidad de tibias cartílagos falanges que habitan la nada

—Tal vez falte poco, no lo sé

y nosotros de inmediato pensando, es decir, pensando un cuerno, solamente con pánico, tal vez pensemos después, mañana, otro día, pero no pensamos sea lo que fuere, nos mantenemos presa del pánico, llévense a aquel de allí, no a mí, juro que me porto como es debido, no hago tonterías, obedezco, por el alma de quien tienen allí no yo, el señor gordo separando la fotografía regocijándose

—No se apure

y un espasmo en las berzas, ellas en general tan quietas, una chimenea de fábrica

(¿una chimenea de fábrica?)

Estremoz por todos lados a mi alrededor y en la fotografía, qué cosa más linda, qué cosa más tierna, peinadito con bucles, con la cadenita, la crucecita, una camisita blanca, zapatitos blancos con suelita nueva, aquella sonrisa suya con un dientecito abajo

(se pasaba el dedo y otros dientecitos rompiéndose, un punto duro, dos puntos duros)

y en las mejillas hoyuelos, qué cosa más tierna con las manitas regordetas, el mentón redondito y bracitos en jarras, mi niño otra vez, podía pasar horas viéndolo dormir y después aquella piel, aquel olor, no gateaba hacia delante, gateaba hacia atrás, redobló la risa

(déjenme repetir esto, qué cosa más tierna)

a los tres meses, aprendió luego mi nombre, me llamaba desde la cama, esto después del maizal, del hombre

(¿es necesario jurar que lo olvidé?)

de mi falda igual al maíz gritando

(¿jurar que lo olvidé?)

y mi cuerpo callado

(lo olvidé)

en lugar del hombre

(olvidé Redondo, las marcas de los neumáticos, las gotas de aceite en la tierra) el señor gordo revolviendo el rincón donde la canastilla de la costura, cojines

—¿No tiene un teléfono?

Estremoz por todos lados a mi alrededor y el señor gordo

—¿Su hermano?

firme aquí que su hermano, ¿sabe escribir, no sabe?, doña Isménia le enseñó, ahí está ella con la palmeta, mandaba limpiar la tiza de la pizarra colocándose el pañuelo en la cara

—Soy alérgica

y al retirar el pañuelo sus ojos lagrimeaban, sacaba a pasear al perro por la tarde y si el animal se entretenía se quitaba el zapato amenazándolo

—Pirata

el perro de pelo tan largo que no se distinguían el hocico ni las patas, en el caso de estar inmóvil para qué lado comenzaría a trotar y en mi opinión los gitanos lo frieron, llenaban la noche de panderetas, relinchos, la Guardia venía en el jeep y los expulsaba

(Évora, qué ciudad, amigos)

los soldados con escopeta tiritaban en los asientos, uno de ellos se me demoraba en el pecho que tocaba la mano del hombre

—Creces deprisa tú

y la mano sobre la mano del hombre tocando también, saque toda el agua del pozo, padre, y las piedras que yo arrojaba allí dentro para que el espejo del fondo se alterase y échela toda en las hierbas, a veces reparaba en el soldado sin uniforme haciéndome señas de adiós y despojado del uniforme más pequeño, vulgar, nunca me arrastró hacia el maizal ni me dijo

—Ven acá

solo hacía señas tiritando en el asiento

—Creces deprisa tú

y se callaba cambiando el chacó de posición creyendo que el cambio del chacó le apagaba las palabras, debía de apagarlas dado que yo

—¿Cómo ha dicho?

sin captar ningún sonidito, captaba los arranques del jeep y los suspiros de las casas, una gotita de desilusión, no una gota grande, que ni siquiera se notaba, a lo sumo

—Mira una gota

una gota en mí allí atrás, en la parte del alma llena de recuerdos difuntos donde las emociones no me abruman, me interrogo sobre lo que me abruma ahora que falta poco y no hay ninguna respuesta, todo mudo por aquí a la espera de que yo desista, una pieza definitivamente rota

—Se acabó

y la grasa del corazón inmóvil, la vista conserva por un momento no a mi padre, no a mi madre

(no me importaba conservar a mi madre

—Llevadme a casa, me encuentro bien

y su mano casi agarrándome y llevándome consigo, huí con el brazo deprisa

—No quiero acompañarla, madre

dedos que no le pertenecían largos, malévolos, deseando que yo me muriese con ella, no me haga daño, qué es esto, me aparté hacia el otro lado de la cama donde la mano no podría encontrarme, recorrió las sábanas un momento, se detuvo y los muebles que mi abuela le había regalado se aquietaron también, una suspensión, una espera, daba la impresión de que mi abuela con nosotros y a través de mi abuela el aroma de las manzanas, ganas de llamarla

—Abuela

traiga el conejar, el horno, no me importaba retener a mi madre para que confesase por qué pretendía agarrarme, yo con veinte años, no setenta como hoy y el médico

—Tal vez falte poco, no lo sé

me explicase por qué)

por tanto no mi padre, no mi madre, no el hombre que olvidé así como olvidé cucos, maizal, eucaliptos, así como olvidaré sin duda a los tres señores elegantes de puntillas en la verja mientras golpeaba con la cuchara y soltaba chasquidos con la lengua llamando a las gallinas y el cielo gris y negro, chimeneas y balcones no ligados entre sí, alejados

(habrían de juntarse después acompañándose de paredes y canalones para componer el barrio)

los señores elegantes que se marcharon satisfechos conmigo

—Ya tenemos su nombre, no necesitamos nada más, gracias

por tanto no los señores elegantes camino de Lisboa con sus retratos, sus preguntas y la chica con trenzas, lo que conservo por un momento más es la cosa más tierna de mi hermano que registraron en las carteras

—¿Sabe quién es?

y el dientecito, las mejillas, el mentón, la sonrisa, mi hermano en una vivienda fuera de la muralla con pitas y malvas, ha de saber de Estremoz y como Estremoz es pequeño ha de saber dónde vivo, una mañana de estas al salir al patio con la comida de las gallinas, sin quitarme el delantal ni haberme arreglado, mi hermano

(qué cosa más tierna, qué cosa más linda)

ahí, no en la verja, la campanilla

(no un timbre, una campana, se tiraba de un cordel y la campana un ruidito modesto)

que con la edad si estoy lejos no oigo, a partir de cierto momento comencé a oír no lo que me rodea sino lo que existe en mí, mis arterias

(deben de ser las arterias en las que hay tan poca sangre)

mis riñones

(¿por qué no los riñones?)

mi madre

(inclúyase a mi madre)

—Me encuentro bien

comencé a oír raíces, tallos y piedras en lugar de personas y sin embargo, más adivinada que oída, la campanilla de la puerta, encontraré el badajo agitado por el cordel en la entrada, pensándolo mejor no una mañana, esto por la tarde, iba a escribir que una tarde de lluvia porque la lluvia me trae a la memoria los domingos de antes y el aroma de las manzanas combinándose con el tufo de los armarios y la humedad de la cal, una tarde de lluvia en que las cosas se duplican por el efecto de las gotas en el cristal o sea las cosas propiamente dichas y el reflejo de las cosas, la grasa del corazón entorpeciéndome el cuerpo, los tobillos bloques de cemento uno tras otro en la tarima, en consecuencia esto por la tarde

(qué cosa más linda, qué cosa más tierna)

a las seis y media, en septiembre

(¿cuántas de la madrugada en el mundo?)

o a las siete y veinte, por ejemplo, antes de que la sala se enturbie y de un tubo en la pared donde tropieza mi sangre, a las siete y veinte de la tarde la campanilla

(qué cosa más tierna)

yo alcanzando el felpudo no con la cuchara y la lata, con el cepillo o la escoba, creo que mejor la escoba, que quede la escoba, no tengo tiempo de elegir

(—Falta poco, falta poco)

yo dejando la escoba, qué estupidez la escoba, debería haberla omitido, contra la mesita igualmente prescindible donde el payaso de yeso que el hombre me regaló

(y el maizal gritando, los cucos volados contra los eucaliptos cayendo como trapos en el suelo)

yo abriendo, qué cosa más linda, el cerrojo y en el felpudo el dientecito, las mejillas, el mentón, mi hermano que gateaba hacia atrás, aprendió mi nombre, me llamaba desde la cama

(no llamaba a mi madre ni a mi padre, era a mí a quien llamaba)

escondía en mi pecho

(¿en mi barriga?)

escondía en mi pecho los pliegues rollizos de los brazos, la camisita blanca, la cadena con una crucecita, mi hermano mi nombre, por primera vez en tantos años una persona mi nombre y yo una persona también, yo en serio, no un señor elegante y rico con arrugas de nudos en la corbata y brillo en las rodillas sino unos pantaloncitos, unos zapatitos, unos bucles castaños

(no calvicie, no calvicie)

mi hermano

(qué cosa más linda)

mi nombre, su voz

(no la voz de mi padre, no la del hombre)

mi nombre, mi hermano no

—¿Me permite?

mi nombre, el miedo a encender la luz para no perderlo así como no encendía la luz si me llamaba desde la cama, me sentaba a su lado y Évora, qué ciudad, amenazándonos desde fuera, me quedaba con él hasta que se dormía de nuevo tanto como

210

dormimos al dormir, creo que no dormimos nunca, por lo menos yo no duermo, oigo el gallinero y las berzas

—No te dejamos, tranquilízate

y me quedaba con él

(no necesitaba abrazarlo, no lo abrazaba nunca, para qué abrazarlo, él sabía)

hasta que se dormía de nuevo y ningún maíz gritaba en sus orejas, en las mías, ningún neumático de furgoneta

(un día le cuento lo de la furgoneta)

ningún motor arrancando, ninguna mano agarrándome, mi hermano

(qué cosa más tierna)

conmigo, no llegué a ver a los señores educados ni un aliento en el espejo, una manchita rosada y uñas que rascaban, a lo largo del estaño, camino del suelo, estábamos junto al pozo, habíamos pasado el estanque, el limonero, la higuera

(tan espesa la higuera)

la huerta en que mi padre rabanitos sandía cebolleta, el trípode donde mi abuela iba enrollando papeles de cigarrillo y el maíz sin cucos ni viento, en el borde del pozo un pedazo de caña y un cuchillo, no mi padre, solamente un pedazo de caña y un cuchillo, mi madre no

—Llévenme a casa, me encuentro bien

de pie, no acostada, mi madre de pie cantando mira si va linda la novia, no era yo quien cantaba, hermano, era madre, te engañé, no llegué a ver a los señores ni el automóvil ni al gordo

—Ahora

ni las pistolas sacadas de las carteras con fotografías, papeles, me encontré con la cosa más tierna

(qué cosa más linda)

de mi hermano redoblando la risa a los tres meses y mirándome desde la puerta, después de tantos años mi hermano en Estremoz, me encontré con las mejillitas, con el único dientecito y con el mentoncito redondo contentos de verme, algo en él que podría ser un dolor si yo no tuviese la certidumbre de que no era un dolor, me encontré con los señores ricos y elegantes guardando las pistolas en las carteras, con uno de los hombros de mi hermano encogido, el otro hombro

—¿No me coges en brazos?
no el otro hombro, todo él
—¿No me coges en brazos?
y claro que te cojo en brazos, ven acá, no te inquietes, yo tapo el pozo, mira, no te pasará nada, el agua no te va a tragar, está encerrada ahí dentro, el gallinero y las berzas sosegándonos
—No os dejamos, tranquilizaos
un restito de sol
(qué cosa más tierna)
entre los troncos de los árboles y uno de nosotros
(creo que yo esta vez, no mi madre)
cantando.

TRES DE LA MAÑANA

1

No me preocupa mi marido ni lo que le pueda pasar con los extraños, no me preocupa que la mañana llegue o no llegue aunque haya menos muebles de día que de noche y la casa en la que no confío finja que me acepta sin intentar expulsarme, aprendí por mi cuenta a no creer en las casas siempre echándonos a la calle o rodeándonos de trastos

—Ahora no sales de aquí

cada vez más hostiles prohibiéndonos la puerta, mi marido ausente y nadie conmigo que me ayude, ventanas que una cortina cubría hurtándome la carretera y en la carretera, aunque dirigiéndose no sabía hacia dónde, una ilusión de fuga, me voy con los gitanos, me escapo, pero tal vez los gitanos y la carretera pintados en el cristal, no reales, no me preocupa mi marido ni lo que le pueda pasar con los extraños así como no me preocupa que la mañana llegue o no llegue, qué vale la mañana, cualquier mañana, qué valen los días, la mañana no sola

(¿en el caso de la mañana sola la soportaría mejor?)

la sorpresa de mi abuela

—¿No ves la encina?

sin encina alguna, dónde está la encina, no la informaron del sitio en que pusieron la encina, abuela, llámeles la atención, proteste, los parásitos la secaron y hubo que cortarla, vino un individuo con una sierra y por debajo de la corteza la carne blanca, viva, qué extraño el árbol en el suelo y un líquido transparente hirviendo en las raíces, debía de ser el líquido que usted oía y yo suponiendo que eran las ramas y el viento, en cuanto usted

—¿No ves la encina?

yo husmeando el viento, imagínese, era a través de las orejas como mi abuela percibía el mundo, las acercaba al fogón y anunciaba

—Está encendido

gracias a las vacilaciones del petróleo, las crepitaciones, mi marido en el despacho no contando los planetas extinguidos e imaginando su luz en las pitas, reparando en los extraños que llegaban a la casa por el lado del pomar mientras los perros se dividían entre la perra en el garaje y esta habitación donde los espero ya que no me preocupa mi marido, no me preocupa que la mañana llegue o no llegue, de qué sirve la mañana, me preocupan los perros y mi vientre abierto llamándolos, en el caso de que mi marido me olisquease y desistiese, si mi abuela estuviera con nosotros me señalaría con el cuchillo vaciando una paloma o un pollo en el lebrillo sobre sus rodillas

—¿No ve a mi nieta?

el reloj anuncia las tres, la manecilla de los minutos avanza un trazo y probablemente se equivoca puesto que el amanecer ninguna palidez, ningún mueble desapareciendo por ahora, Elizabete

—¿Qué te pasa?

y yo con los perros en la mente acarreando mi vientre abierto de la sala de vendajes a la enfermería

—Nada

sofocando un ladrido, si uno de los médicos se golpease el muslo olvidando que soy demasiado vieja

—Aquí

me volvería hacia él agradecida, fíjense en cómo me quedo en suspenso, vacilo, comienzo a trotar y voy, mi marido difunto antes de la mañana y al ir por el pasillo me encontraré la puerta abierta, la alfombra fuera de lugar y una silla en el suelo, no regresaré a esta casa cuyos muebles se aburren de mí y se alejan, la impresión de que mi tío en bicicleta, de que usted en Luxemburgo, tío, y al final, cómo es esto, pedaleando entre las matas sin que lo vea el empleado del surtidor de gasolina, sin que nadie salvo yo lo vea y de qué me sirve si no coloca un cojín en el sillín trasero, no ordena

—Siéntate

y me transporta consigo, mi madre desenroscó el timbre del manillar y lo puso en el estante con un pabilo de aceite

—Para darle suerte

acompañándolo, al pasar junto al timbre se detenía a mirarlo, hubo otro hermano o hermana, nunca lo supe a ciencia cierta, fallecido poco después de nacer y si nos pillaba distraídos mi abuela curvaba los brazos meciendo a la nada y explicándole no sé qué a la encina, se acabó la encina, señora, se acabó usted, las tres y cinco y mi marido tosiendo en el despacho acallando la tos con el pañuelo por miedo a que yo a mí, contenta

—Va a venir a esta habitación, se va a quedar conmigo

él con ganas de quedarse conmigo, apoyar la cabeza en mis rodillas y olvidarse, mi marido

—Si yo olvidase la muñeca

y yo, sin entenderlo, aceptando, una muñeca, listo, olvida la muñeca, te acepto, el aliento ignoro de quién en el espejo, uñas rascando el cristal en una mancha de sangre que bajaba, bajaba, siempre que me libero de mi sueño los extraños

—¿Lo conoce?

tres caras iguales entre sí y el mismo enfado

—¿Lo conoce?

los mismos dedos que no atinan con las cosas, los mismos trajes oscuros, el director del hospital receloso de ellos

—¿Lo conoce?

y mi marido a la espera, no puedo decir que receloso, callado, Lurdes inquieta por mí

—No hables

yo que desde que tengo uso de razón siempre he hablado poco, me conformo como esta noche con desear que los perros estén conmigo, la mayoría durmiendo porque las malvas oscilan y alguno que otro despierto siguiendo una estela de olor con el hocico parado, doce perros si incluimos el amarillo al que distraen un lagarto o un escarabajo, en qué momento los extraños en el porche, en el patio, mi abuela alarmada

—¿No ves a los extraños?

señalando el silencio con el dedo, las tres y trece y dentro de poco un sobresalto en las copas, el vientecito sin origen que precede al sol y no sol por ahora, el muro violeta de un lado y negro del otro o casi violeta de un lado y casi negro del otro donde los extraños conspiran, mi marido compañero de ellos me dijeron

—Lamentablemente su marido es compañero nuestro

o sea un señor con una carterita bajo el brazo y retratos, papeles, exhibiéndose a sí mismo con la muchacha

—¿Lo conoce?

no airado como sus compinches, nervioso, se notaba que en el

—¿Lo conoce?

la esperanza de que yo entendiese y negase y por tanto en lugar de

—¿Lo conoce?

peticiones de socorro, señales

—No lo conoces, ¿no?

y realmente no lo conozco, conozco a un hombre en el despacho, cuyas facciones no percibo, observando la oscuridad que los planetas extinguidos van extendiendo en los campos, en el surtidor de gasolina, en el cobertizo, no árboles, un polvo difunto sin una sola marca de pasos, cabras que sobreviven alimentándose de ruinas, conozco a un hombre que se detiene a la entrada de la habitación demasiado lleno de palabras para poder hablar, me traía una muñeca con un trozo de cuerda de tendedero de forma que no miento al responder a los extraños

—No lo conozco

nos encontramos hace treinta y dos años y palabra de honor que no lo conozco, por la noche sí, con la lámpara apagada un cuerpo sin facciones ni voz, un perro que me araña el lomo con sus patas, iba a escribir con una especie de odio y no odio, ganas de que lo alzase del suelo, le afirmase

—Puedes ahorrarte arañarme la oreja con el pendiente, no te dejo sola, estoy viva

las tres y cuarto de la mañana y estoy viva, cuando me duerma, porque espero dormirme, mi tío ha de pasar en bicicleta y no lo veré, tal vez ni se detenga a mirarme y baje la ladera frente a la inercia de los perros, si Lurdes me quitase de nuevo esta manchita aquí dentro, lo que no estoy segura de si existió, un vértigo, una falta de fuerzas

—¿No vas a tropezar en las escaleras?

y no tropiezo, tranquila, me siento un instante en uno de los bancos de la calle y sigo andando, una manchita, una cosa de nada que no existe, no se lamenta en una cuna, no sacude un sonajero, si fuese capaz de expresar lo que soy y sin embargo siempre he hablado tan poco, mi padre

—Aquella es mi hija

y yo muda, las señoras de azul sonriendo y yo muda, por más que procurase

—¿Qué debo sentir?

no sentía nada de nada, las observaba, no comprendo lo que significa

—Aquella es mi hija

comprendo la tierra a veces, sus caprichos y sus manías, creo que comprendo la lluvia, comprendo a los perros si me tomasen, no comprendo

—Aquella es mi hija

por no comprender qué es ser hija, la relación entre un caballero entrado en años y yo, en una casa de campo que el fuego destruyó, revolviendo monedas en los bolsillos sin mirar las monedas y luego, en el caso de que las manecillas del reloj sigan avanzado y solo Dios sabe si seguirán avanzando, pueden detenerse a las tres y media, a las cuatro, a las cuatro y veinte anunciando

—Se acabaron los días

y esta habitación ya no oscura, negra, los carros de los gitanos alejándose con sus cascabeles y sus trapos de colores, la voz de mi marido que se disuelve y las enfermerías del hospital desiertas, pasillos y pasillos de donde es imposible salir, en el caso de que me pregunten

—¿Qué hora es?

por más que me apetezca ser útil no podré responderles, si me permitiesen dejar de escribir, recordar la época en que mi marido estaba vivo, no los extraños en el escritorio con él, lo agradecería, me jubilé hace seis meses, me mudé de casa, vivo cerca de donde pasé muchos años con mi madre en el interior de la muralla, a noventa o a cien metros de la plaza, y Elizabete y Lurdes tal como suponía ni una visita siquiera, probablemente el surtidor de gasolina y el cobertizo persisten, la casa de campo de mi padre un erial de cuervos y jaras, el capataz

(hay criaturas eternas)

apoyado en la segadora fumando, creo que los extraños ocupándose de otro compañero de mi marido, tal vez el último, distraído también él con los planetas extinguidos y el recuerdo de su hermana, fuerte, canosa, bajita, golpeando con una cuchara la lata entre chasquidos de lengua en su patio con berzas, pensándolo mejor ciertamente el último porque las personas se van muriendo, incluso los defensores de la Iglesia y del Estado, y los extraños lo visitarán una noche, de modo que no reparen en ellos, a las tres y veintiuno de la mañana, en el momento en que una nube descubre la luna y la cuna de mi hijo con un suspiro de gente, he ahí lo que quedará de mí en el momento en que solo un sombrerito con una pluma rota en un paragüero de pobre que como todos los paragüeros de pobre imita un paragüero de rico, volutas, ornatos y el pino sobre la pintura que pasaba por roble, un piano que nadie toca, se apoya el dedo y aún resuena una nota asustada, una señora sin dedos ningunos que coge los de su hermana sosegándola

—Tranquilízate

yo olvidada por los vivos y mis mermeladas palideciendo de moho en la despensa, me acuerdo del sabor de las fresas, mi tío en una ocasión una cestita

—Toma

y antes de que le agradeciera montó en la bicicleta pidiendo con la mano

—Cállate

y bajó la ladera, cómo será Luxemburgo, su lengua, sus casas, cómo será tener hambre en el extranjero, habrá quien le cueza unas patatas y le prepare la ropa de los domingos, el informe que me exigieron

—Ponga todo

inútil, lo que he vivido inútil, lo que he sentido inútil, una existencia tan sin interés, pequeña, enfermera en un hospital de provincias, se supone que el padre rico y la madre una cocinera cualquiera, un hombre aquí otro allí también sin interés, empleados

(dos, el fontanero y uno de los chóferes)

del hospital, uno de más peso, viudo, con acciones en la farmacia preguntando inquieto

—¿En serio que no soy muy viejo?

esto en una pensión en Montemor, se calaba el sombrero hasta las orejas

—No se nota que soy yo, ¿no te parece?

el autobús antes del mío, si por casualidad me saludaban se retraía con un gesto de disgusto y se le agitaba la rodilla

—¿Quién era aquel?, dime

me regalaba pulseritas de cristal y corazones de raso, comprobaba dos veces los billetes en la cartera por miedo a que le robase

—Chicas jóvenes con caballeros, ¿comprendes?

el cuerpo no respondía y él enfadado con su cuerpo

—Ha de haber alguna infusión africana que me resuelva esto

la hija bancaria en Viseu que no le hacía el menor caso

—Está a la espera de la herencia, no le importo nada

olía a tisanas de eucalipto y a pomada para los huesos, me prohibía conversar con las personas

—No se lo cuentes a nadie, ¿me has oído?

me espiaba a la salida del trabajo

—Pasaba por aquí por casualidad

miraba a su alrededor alimentando celos, de vez en cuando se detenía con la mano en el pecho con actitudes de cigüeña a la escucha, se aselan en la chimenea del médico y allí están ellas con sus tobillos esqueléticos, narigudas, atentas

—No es nada, pequeña

ojos en mí sin verme y una especie de sonrisa vacilante, insegura, se compran barato en las mercerías, se pegan en la boca y se despegan

—No es nada, pequeña

volvemos a pegarlas y ellas se caen ya sin fuerzas, años después lo encontré en la enfermería con una mosca a su alrededor posándosele en la manga, tenía la foto de su hija que no le hacía ningún caso en la cabecera

(las cosas en las que la gente se apoya)

y la mosca insistente, una espiral y pumba, una bolsa para la orina, una para las heces, se le servía el agua en un vaso y volcaba el agua

(¿se daba cuenta de que volcaba el agua, señor Marques?)

me sopló al oído

—¿En serio que no soy muy viejo?

se probó la sonrisa con el índice

(la uña tan larga, ¿no tiene quien se ocupe de usted?)

y la sonrisa fallando, estese quieto que yo lo ayudo, ahí tiene la sonrisa más o menos en su sitio, no mueva la boca para que no le falle, si no habla se mantiene, la cartera en el bolsillo del pijama y la mano abierta encima

(—Chicas jóvenes con caballeros, ¿comprendes?)

y al final somos esto, solo esto, la sonrisa se mantuvo, pobre

—No es nada, pequeña

y al día siguiente la boca del viudo demasiado abierta para que cupiese la sonrisa, la hija bancaria igualita al retrato e igualita a él comprobando los billetes de la cartera y devolviéndosela vacía, cuando entren en mi casa se encontrarán con la tarima barrida, la cama hecha y los platos, no en el fregadero, guardados, hace un mes volví a la hacienda de mi padre por el sitio donde los gitanos acampaban en julio entre dos viajes y ollas donde hervían cosas, un caballo con una herida en la grupa y en la herida la misma mosca que el viudo en el hospital, la misma que en la sala entre la cortina y el cristal, la misma que doña Isménia sacudía durante el dictado anunciando quien manda en Portugal es el doctor Salazar y repitiendo hasta que las cabezas se erguían quien manda en Portugal es el doctor Salazar, la fotografía del doctor Salazar en la pared más grande que el crucifijo, mi marido trabajó para él en un fuerte a la orilla del mar, una playa de pescadores que no visité nunca y albatros, peñascos, en la hacienda de mi padre el administrador no apoyado en la segadora, ausente, espantapájaros hechos de desperdicios y cañas creyéndose centinelas y en consecuencia nadie, una parte de granero, un almacén abierto de par en par, si añadiese pájaros exageraría, ni golondrinas de muestra, la hija cubrió al viudo con la sábana y debajo de la sábana la certidumbre de que él

—No es nada, pequeña

los espantapájaros de la hacienda, el depósito de agua donde los nidos de la primavera anterior que deshace el invierno y Lurdes sosteniéndome en los escalones

—¿Crees que tienes fuerza tú?

mientras que las paredes giraban, la casa de mi padre inclinada en el heno, el automóvil un cascajo oxidado que no me lanzaba monedas, con las señoras de azul

(¿quién me prueba lo contrario?)

amortajadas en los asientos, una playa de pescadores cuyo
nombre no me sale, sí me sale, Peniche, olas retrocediendo en el
sifón de los peñascos

(¿irán a leer lo que escribo?)

lo que recuerdo de Montemor es la parada de los autobuses y
las cuchillas de la carnicería, la pensión se esfumó salvo una voz
derrotada consolándose a sí misma

—Ha de haber alguna infusión africana que me resuelva esto

la mano en el pecho a la escucha y una pausa en el mundo,
China, Rumanía, Honduras a la espera de autorización

—No es nada, pequeña

para regresar a los mapas, después del viudo y mi marido en
los árboles de la acera o si no mi madre junto a mí

—Tu padre

sentía la encina como nunca la había sentido

(—¿No ves la encina?)

y mi padre un bolsillo revuelto deprisa y monedas que no cogió ninguna de nosotras, las señoras de azul

(¿de azul?)

—¿Tu hija?

en la polvareda que se alejaba de nosotros y mi madre barrió
con la escoba, la casa de mi padre

(—Aquella es mi hija)

ruinas que dentro de poco engullirá el heno, mi marido apareció de entre los árboles cambiando la carterita de brazo

—¿Puedo acompañarla, niña?

yo sorprendida, niña, treinta y dos años, cabellos blancos,
arrugas y niña, mi marido no desenvuelto como sus compañeros
golpeando las fotos con el índice

—¿Lo conoce?

sin mirarme, un perro por una pluma, presto para escaparse ante
una amenaza, ante un gesto, yo a punto de explicarle que no una
niña, fíjese en mi cuello y en mis manos, demoliciones, derrum-
bes, miserias, treinta y dos años, treinta y tres en noviembre

(–¿En serio que no soy muy viejo?)

yo en suspenso con la mano en el pecho en la actitud de las cigüeñas a la escucha, se aselan en la terraza del convento y las distinguiría desde aquí si fuese de día y no las tres y veintiocho de la mañana y la luna cubierta, allí están ellas atentas, los cuchillos de los empleados de la carnicería insistían con los huesos

–No es nada, pequeña

y mi padre en el balcón, con la manta sobre las rodillas, mientras que yo encendía el heno aquí abajo, incluso lo llamé

–Señor

lo invité a ver

–¿No se fija en el heno, señor?

y mi padre callado, daba la impresión de buscar monedas sin encontrar las monedas, sin encontrar el bolsillo, sin encontrarme a mí, me pregunto si alguna parte suya seguía funcionando, el entendimiento, la memoria, o igual a mi madre que no reconocía nada, un monosílabo sin origen, una risita vacía, el heno ora rojo ora negro extinguiéndose así como los planetas se extinguieron hace siglos, mi marido

–Niña

y mis caderas espesándose y el hocico pendiente, si al menos un garaje y el vientre contra el cemento a la espera, Lurdes

–Ya casi estamos

y no dolores, no molestia, reparé en las compresas en el cubo y en el teléfono en el pasillo que aumentaba de intensidad sonando para mí dado que Lurdes indiferente ordenaba los instrumentos, Elizabete indiferente sonriéndome desde la puerta, el montacargas indiferente oscilando en los cables, apenas Lurdes

–Haz la prueba de levantarte

y las paredes se curvaron el timbre cesó de manera que acaso el teléfono el bullir de la sangre en las venas indignándose conmigo y para qué indignarse, me cerraron la barriga y la cuna que se quede sola meciéndose entre las pitas, sin motivo alguno me vino a la cabeza el mar, largas olas tranquilas y cada ola

–Tú

largas olas tranquilas sin palabra alguna, tal vez mensajes que no sé descifrar y no obstante convencidas de que podrían salvarme yo que no necesito ser salvada, necesito la oscuridad y los perros husmeándome y dejándome en paz, necesito que tú, que usted

(de ese asunto no hablo)

las cuatro menos veinte

(un tracito menos, las cuatro menos veintiuno, las cuatro menos veintiuno y medio)

de la mañana, no me preocupa mi marido ni lo que le pueda pasar con los extraños, no me preocupa que llegue el día o no llegue aunque menos muebles que de noche y la casa fingiendo que me acepta sin intentar expulsarme, aprendí a no creer en las casas siempre echándome a la calle o rodeándome de trastos

—No salgas de aquí ahora

obstruyéndome la salida, me preocupa

(las cuatro menos diecinueve, creo yo, renuncié a comprobar en el reloj y al final qué importa, todo se mueve, rueda, camina, pero en qué dirección, Dios santo, y con qué sentido si dentro de poco un peso en mi hombro

—Señora

y los extraños aquí sin distinguir sus facciones, distingo sus sombras y el blanco de las camisas)

me preocupan los perros y el blanco de las camisas, distingo que dos extraños, corrijo, no había mirado bien, tres extraños, distingo que tres extraños, uno de ellos en el marco de la puerta y los restantes acechando la ventana desde donde llegará la luz, distingo que mi marido mi nombre en el despacho y la silla arrastrada y sea lo que fuere, no un cuerpo, es evidente que no un cuerpo, no el ruido de un cuerpo, todo lo que quieran menos un cuerpo en el suelo, el estremecimiento de las malvas que precede a los gitanos adivinándolos, previéndolos, de forma que antes de la mañana ejes de carros y pedazos de hielo que se desprenden de las mulas, me preocupan los perros, no me preocupa que la mañana llegue o no llegue, qué vale la mañana, cualquier mañana, qué valen los días, además la mañana no sola, acompañada por el armario que anuncia con su voz redonda

—Soy un armario yo

y se apaga, la voz

—Soy un

y muda

(los extraños con simpatía, educados, iba a escribir que amables, y por qué no amables, los extraños amables, con simpatía,
educados y amables, tengo sueño y amables, resbalo dentro de
mí y amables, más hacia el interior de lo que soy y amables, mi
boca prosigue sola y amables, alcanzo a mi madre, a mi abuela,
las raíces, las piedras, un olvido extenso, los oigo allí arriba y
amables

—Señora

y al fondo de esto el mar, olas tranquilas, amables, no barcos,
no peces, olas solamente, amables, contra el fuerte que dicen llamarse Peniche y daba la impresión de formar parte de peñascos
amables, dejé de oír y amables, cómo son mi cara, mis gestos, en
el caso de que mi abuela

—¿No ves la encina?

preguntarle

—¿Cómo sé que es usted?

y qué soplo, si algún soplo hubiera, me responde, no creo
que me respondan, déjenme)

me preocupan los perros junto a la cuna y el garaje, doce
perros incluyendo al pequeño, amarillo, y qué pretenden de mí,
por que razón me apoyan una de las patas en el lomo y palabras
que tardan en llegarme a la lengua sin corresponderse con lo que
pretendo expresar

(¿qué pretendo expresar?)

me pregunto si los extraños

—Señora

me pregunto si los extraños amables, yo incapaz de levantarme, moverme, si abro los ojos veré qué responden, la puerta del
garaje cerrada, una de las señoras de azul extrañada

—¿Tu hija?

un abanico más

(o

—¿Su hija?)

un abanico más rápido que se despide de mí, un sombrerito
con una pluma rota, dedos que buscan dedos y esta angustia, este
miedo, una paz secreta después de esta angustia y de este miedo
y yo durmiendo serena, la hora que quieran de la mañana, qué
más me da, serena, los gitanos no reparan en mí ellos que repa-

ran en todo lo que pueda servirles, el de la farmacia sosegándome

—No es nada, pequeña

un comprimidito en un estuche, tomaba el comprimidito y
le volvían los colores

—No se lo cuentes a nadie, ¿has oído?

(me preocupan los perros)

una tarde en Montemor, cuando los cuchillos de los empleados de la carnicería crujidos de cartílagos y rótulas, se puso a llorar,
es decir no a llorar, esa humedad en el interior de las grutas me
mostró a su esposa en la cartera, a su nieto, se encogió en un vano
ocultándose de mí

—Soy tan viejo

y yo de acuerdo con él, Montemor un pueblo que aparecía
de repente en la carretera, me acuerdo de la joyería, de la pensión, la ínfima humedad en el mentón donde aumentaba una
gota, no transparente, turbia

—¿No te doy asco, niña?

esto antes de que la mosca se le posase en la manga, una espiral y pumba, un saco para la orina, un saco para las heces

(ahora que estás en el final acuérdate de incluir a los perros)

se le servía agua en un vaso

(¿se daba cuenta de que la volcaba, señor Marques?)

no podía y no obstante esperanzado, el imbécil

—No se lo cuentes a nadie, ¿has oído?

componiendo la sábana y los deditos fallaban

—No se lo cuentes a nadie

no se lo cuento a nadie, señor Marques, deje eso que está el
autobús de Montemor esperando, su cuartito en la pensión tan
bonito y el nudo del rosario en la cabecera para una oración de
necesidad que esto a veces no es lo que pensamos, nos juega ma-
las pasadas, se complica, yo por ejemplo

(los perros)

ya estamos de nuevo con los perros, yo por ejemplo a la espera de que mi marido conmigo y no ha llegado, los extraños con
simpatía, educados, amables, por qué no amables, los extraños
amables

—No se preocupe que él no sale del despacho

se queda en el despacho con sus planetas extinguidos, su mínima claridad, su pánico y mi marido sin pánico, se acabaron la inquietud, los pasos en el corredor, la espera, tranquila que no la molesta, no merece la pena llamarlo, su marido

(cuatro menos cuatro de la mañana)

descansando, señora, mientras resolvemos este asunto tan deprisa como Lurdes resolvió lo de su hijo hace muchos años, se distraía de nosotros pensando en Monte

(los perros)

mor, en el señor Marques

—No se lo cuentes a nadie, ¿has oído?

y en esas olas tranquilas, ni barcos, ni peces, únicamente las olas, mire aquella formándose casi ni ola al principio, un pliegue y de repente al hincharse adquiriendo un friso más claro mientras avanza, no se fije en nosotros, no haga caso, hasta puede ser que no estemos aquí, no somos nosotros, son los perros

(ya tiene ahí a sus perros, cójalos, aproveche)

finalmente con usted, no nosotros, no Lurdes quitándole a su hijo, los perros, el que usted quería, señora, el amarillo, mordiéndole la nuca y usted feliz como con nosotros, ¿no?, usted consintiendo, pidiéndonos, usted

(cuatro de la mañana)

una, una falta de fuerzas, usted a nosotros

—No

y nada más que

(tan fácil de imaginar)

un crujido de cartílagos y rótulas en una pensión de provincias.

2

Sigue hablando es lo que me piden. Se vuelven hacia mí desde la cúspide de su importancia, de su autoridad

—Sigue hablando

¿y sigo hablando de qué? De mi hija, de mi padre, del hombre que me visita en medio de la noche, se sienta en esa silla y se queda a la espera de que golpeen la puerta llamándolo, regresa al mes siguiente atento al menor ruido, sin mirarme, y si los árboles de la China se estremecen él se estremece, los árboles de la China enmudecen y se estira en el asiento satisfecho con ellos y yo en el diván acompañándolo, no me muevo, no converso, presto atención igualmente, pienso que nos han olvidado, casi digo

—Nos han olvidado

pero permanezco con él y no sé explicar si me es indiferente o me da pena, no es mi hija la que nos une porque desde hace años nada nos une a nada, trabajo en casa de la señora y lo que a mí me pasa pasa lejos de mí, los domingos libres vigilo los ruidos sola y no corto la hierba del patio, que crezca en paz, me da la impresión de que siento voces más remotas que la de mi madre, intento oírlas y las pierdo

(¿de qué persona serían?)

sigue hablando es lo que me piden y para quién, de qué, pregúntenle a la muñeca, no a mí, no pierdan tiempo conmigo que mi tiempo se ha acabado, con suerte una o dos semanas más, yo que no creo en la suerte, ignoro si alcanzaré la mañana, son las tres y cuántas mañanas me faltan, cuántas horas, un automóvil en la plazoleta que no se detiene, siguió en marcha de forma que continuaré respirando, aprovecha para respirar, los árboles de la

China, por ejemplo, los veo desde aquí, respiran, ningún patio después del mío, edificios, en uno de ellos aunque es tarde un niño en la ventana, no creo que me vea y no obstante tengo la certidumbre de que me espía, como me espía comprendo que tal vez ni una hora, minutos, el automóvil que no se detuvo en la plazoleta metido en una transversal donde el conductor a la espera y los restantes a mi encuentro, hombres no de la edad de mi marido, viejos como mi padre confundiendo las fachadas y los números y cotejando con papelitos que tardan en encontrar, gafas, agendas, la tarjeta del dentista con la fecha marcada del tratamiento, iluminan los papelitos con el encendedor sin descifrar la letra

—¿Tú consigues entender esto?

los compañeros un segundo encendedor y la llamita se curva y se apaga, narices que se inclinan, frentes que disminuyen, esquemas con flechas, rayas, una cruz en un rectángulo

(el rectángulo yo)

pero entretanto la manzana se ha alterado y hay una avenida en lugar de la fábrica, en las travesías de antes el matadero y una traílla de terneros a la espera de que el guardia abra la entrada, las bocas de los animales abiertas, patas que se doblan y se equilibran a duras penas, después del túnel que prolonga el portón una lámpara débil y la traílla sucediéndose en el túnel, en cuanto el guardia cierra la entrada una navaja, un tiro, un martillo que empuja un clavo en la nuca, las manos de los viejos sin fuerza, como harán con nosotros, los imagino tropezando en el patio en caso de que descubran el patio

(¿descubrirán el patio?)

derribando tiestos y cubos, irritados por la tiranía del Estado que los hacía seguir trabajando a los setenta años, puede ser que, después de la jubilación, sus jefes vacíen los cajones y envíen el fichero al sótano

—Hemos terminado

esto en una oficina sin teléfonos perteneciente a un ministerio que ya no existe y del que nadie se acuerda en un rincón de la ciudad apartado del río, una placa al lado del timbre que mantienen dos tornillos y dentro muebles desparejados, cajas, un caballero de uniforme en un marco torcido, una señora supongo que viuda copiando a máquina informes inútiles, lo que nos indica que fue abandonado antes del final

—No es necesario, doña Laura, hemos terminado

y los viejos mirándose con asombro, sin trabajo, quién los recibiría en casa, se ocuparía de ellos, peldaños subidos a duras penas, tisanitas de manzanilla, bufandas, ni señales de uñas ni un vaho en el espejo, la infancia que surge de sopetón y una especie de alegría

—Padrino

y en lugar del padrino sonriendo un pozo se desvanece en el exacto instante en que caímos y por tanto hemos dejado de caer, caímos no para nosotros, para aquellos que nos descubrirán con pijama retorcidos en las baldosas junto a una tetera fría, el médico que se endereza

—No han tenido cuidado

y sigue hablando para quién si no lo escuchan, en caso de que los viejos aquí y yo explicándome ante los viejos, puede ser que interrumpan un instante la navaja, el tiro, el martillo, informen señalando el oído

—Un problema de sordera con los años

y el martillo alzándose de nuevo a trompicones, cansado

—No cuesta nada, ya verá

y puede ser que no cueste nada, no lo sé, dentro de poco respondo, os cuento en detalle fue así, fue asado, con la boca abierta como los terneros, ahí estoy yo con un hilo que me cuelga del labio trotando bajo el arco, una alfombra de goma nos transporta a sacudidas hacia la sala vecina donde los matarifes

—Hemos terminado

me esperan a mí y al de Évora que se cree padre de mi hija cuando el padre de mi hija no es él ni mi marido, es otro, si sigue hablando habré de mencionarlo mientras los viejos perdidos en el barrio descansan en un tronco dado que los pulmones, las arterias

(—Cuídense)

cobijándose en las chaquetas debido al fresco de la noche, si les permitiesen meter los pies en un barreño de agua tibia, si una esposa compasiva un brasero en lugar de la cama sin hacer y de la ropa sucia en el suelo, los viejos estremeciéndose al ritmo de las olas de Peniche que rompían contra el fuerte en una época en que sus corbatas recientes y sus camisas, sus zapatos

(sigue hablando)

albatros anulando al gritar los gritos de los presos y del que prometió visitarme y no me visita, pensándolo mejor los albatros no necesitan gritar porque nosotros callados así como los presos callados, tanto ternero con la boca abierta pidiendo disculpas sin saber por qué, mi marido hasta el final con la esperanza de que lo salvasen

—No

deseaba vivir, creía que vivía, creía que yo con él y yo sola, él solo, nuestra hija, perdón, la que él pensaba nuestra y no me quería

(¿querría a la muñeca?)

prefiriendo no encontrarme, no me acuerdo de

—Madre

me acuerdo del codo rehuyéndome y la almohada por encima de la cabeza si intentaba besarla, al ir por el moisés me encontré con ella en el depósito de los bulbos donde una muñeca mía

(también tuve muñecas)

a la que le faltaba un brazo, cabizbaja lamentándose

—¿Te he hecho daño?

y yo adivinando por una marca de barro que mi hija la pisó, se notaba el algodón en un rasguño del pecho, diría que los viejos con la edad que tenían rasguños también, cosidos con una aguja presurosa, empleados de un ministerio que ya no existe y del que nadie se acuerda con sus olas invisibles en una playa distante

(Peniche, musitan ellos)

rompiendo, los viejos en un cubículo del norte de la ciudad

(muebles desparejados, cajas, un caballero de uniforme en un marco torcido)

con el dedo en la foto del que quedó en visitarme y no me visita

—¿Trabajó este con nosotros?

y allí estaban el manzano, los árboles de la China y yo gesticulando por el sol, las olas y el avance de la tarde nos impedían verme, una o dos horas más y no me encontrarían en el patio, hierbas solamente, qué se ha hecho de los pedazos de ladrillo que limitaban los arriates, del muro y sus cascotes encima, lo que a mi marido le gustó esto cuando compramos la casa, plantó narcisos, verduras y de regreso del fuerte mimaba corolas, los viejos aún con más arrugas

—¿Este también con nosotros?

mientras su jefe se dormía en las cajas, se despertaba y respondía al techo durmiéndose de nuevo

—Este también, creo yo

gastaban tardes

(qué digo tardes, días enteros)

ahuyentados por los bedeles de despacho en despacho mendigando la mensualidad y no solo despachos, la tesorería central, la subtesorería en el edificio vecino, la escuela maternal, el garaje, la oficina de recursos humanos, la oficina de planificación, esto provistos del impreso treinta y nueve, del impreso once y del formulario B setenta y seis que la empleada de los cobros sellaba rechazándolo

—No es el B setenta y seis es el F dos más las facturas autenticadas, señores

y las olas constantemente, un albatros en la muralla mirándolos con alas no blancas, parduscas y de pico curvo, rojo, un preso de pie hacía dieciocho días meándose en los pantalones y alguien con un susurrito de disgusto

—Es mejor no insistir por hoy

finalmente expulsados por la señora de la limpieza arrastrando estropajos por la oficina de planificación llena de ficheros y el fregasuelos en la tarima

—Vuelvan mañana, señores

después de observar su ropa miserable, los bolsillos hinchados de cartuchos de caramelos de eucalipto y el albatros burlándose de ellos, intentaron un paso con el propósito de estrangular al albatros y los talones se les escaparon, la señora de la limpieza los retuvo por las solapas

—Cuidado que pueden resbalar

llamó al enfermero de guardia

—Tengo aquí a unos enfermos

ningún mueble desparejado, ningún caballero de uniforme en un marco torcido, las olas retrocediendo en Peniche

(creo yo que en Peniche)

llevándose consigo a la Iglesia y al Estado, faltaba el de Évora y no obstante los viejos para contentar al jefe

—Hemos terminado

que cerraba el cubículo despidiéndose de ellos, un vistazo a las cajas, una leve emoción digna

—Hemos cumplido con todo, ¿no?

un grupo de necios de uniforme en el arca junto con la pistola a la que le faltaban piezas y el tarrito de miel, un elogio enmarcado con el escudo de la República que se descoloría en el tendedero y yo segura de que habrían de encontrarnos con la tenacidad lenta de los moribundos

(basta reparar en el tiempo que tardan en fallecer y una vez fallecidos en cómo intentan alcanzar la superficie

acuérdense de la tortuga

rompiendo piedras y raíces con lo que queda de los huesos)

con un trajecito sobado y ojos pálidos de cadáver desordenándome tal vez el paragüero, doblándome la alfombra, estoy segura, cambiándome el nombre, no lo dudo, pero rodeándonos con la navaja, el revólver, el martillo, olas fuera en el patio sumergiendo el manzano y nosotros cayendo frente al espejo bajo aquellos payasos ridículos, nosotros

—No

y cayendo

(estoy segura de que reparan en que caemos porque uno de ellos apiadado

—No cuesta nada, ya verá)

y he de descubrir bajo el armario un anillo que creía perdido, alegrarme por el anillo, recogerlo y aunque lo recoja perdiéndolo para siempre, viejos más decrépitos que mi padre reuniéndose conmigo, buenas noches, además del sillón tienen el sofá que se hace cama y el banco en la habitación de mi hija delante de la mesa con el libro de historia, me gustaría que la cogiese de los hombros a la salida del colegio, la alzase en el aire una vez, dos veces y ella

—Más deprisa

con una risita de miedo, contenta, ayudaba a la alumna ciega en los escalones

—Ya casi está

y creo que un columpio en el recreo, un árbol

(probablemente en todos los recreos un columpio y un árbol, en mi colegio dos árboles y el columpio una sillita de hierro siempre ocupada por una gorda

¿Marinela?

que nos impedía jugar, no Marinela, Marionela, con gafas, inmensa, aún envidio su nombre, la madre redonda con voz de hombre

—Marionela, ven acá

y Marionela dándose impulso con las piernas

—No voy

envidio igualmente su indiferencia, no un enfado, un desdén

—No voy

en mi opinión sigue a los cincuenta años viajando en el columpio, usaba una pulsera con Marionela grabado y también envidio su pulsera)

mi hija el perfil de mi familia más definido que el mío, no le gustaba el que prometió visitarme y no me visita ni el otro del que no he hablado, del que espero no hablar y no te exaltes, cálmate, has de conseguir no hablar, le gustaba mi marido, lo trataba de padre, él que no era su padre, a mí no

—Madre

yo que era su madre, a mí

—Mire

se interesaba por los narcisos, lo ayudaba en la huerta, le preguntaba

—¿Quiere beber de mi vaso?

el vaso de ella verde y los nuestros transparentes, conmigo ni una vez

—¿Quiere beber de mi vaso?

una mirada de soslayo de Marionela que me disminuía en el asiento y de inmediato el columpio en la sala con chirridos de cadenas que me ponían de los nervios, qué extraordinario, Marionela, a fuerza de feo se va volviendo bonito, una se habitúa y ya no se lo olvida más, sacudimos el Marionela pensando que nos libramos del nombre y no nos libramos, se queda, acabamos bebiendo del vaso verde a escondidas y el sabor diferente, mi hija jugando cerca del manzano y conversando con la muñeca

(nunca conversé con la mía)

si por casualidad me acercaba se callaban las dos con una mueca aburrida, mi muñeca ninguna mueca, una expresión infeliz

—Ando sola por aquí

y claro que andaba sola por allí, no iba a meterla en casa sin pelo, la dificultad que tienen las cosas en aceptar que su tiempo ya ha pasado

—¿Por qué razón mi tiempo ha pasado?

argumentan con nosotros, insisten en que son útiles

—¿Lo ves, lo ves?

rechazan su imagen en el espejo

—Soy mejor que eso

rechazan la muerte

—¿Parezco muerta yo?

bailan a nuestro alrededor al borde mismo de las lágrimas

(Marionela, qué suerte)

con una especie de imploración

—Por favor

y nosotros casi cediendo, logrando no ceder

—Tengan paciencia, es la vida

o sea el fondo de un cajón, un sótano, el arca donde se descomponen, pobres, si las encontramos un sobresalto mustio

—¿Vas a llevarme contigo?

y al comprobar que no las llevamos nos dan la espalda mohínas y solo entonces comienzan a descomponerse y a secarse, mi muñeca, por ejemplo

(¿qué quería ella?)

hecha una pena, la de mi hija que heredó el temperamento de su dueña

(¿qué puedo hacer para librarme de Marionela, Dios mío?)

viene a beber de mi vaso verde sin resentimiento ni enfado, después de que los viejos se vayan quedará en el estante sobre las copas caídas, ya estoy imaginándola en el centro exacto de la oscuridad donde el único objeto que me interesa es el vaso verde en la cocina, aguardando a que nos extiendan una lona por encima y nos transporten

(¿la policía, enfermeros, bomberos?)

a uno de esos lugares donde estudian a los finados con navajas y pinzas antes de hundirlos en la tierra, los vecinos suposiciones, asombros, y los viejos lejos de aquí

—Hemos terminado

abriendo los frascos de las medicinas porque hace falta cuidarse, cuídense, un riñón flotante navegando en la barriga confabulado con el colon, órganos influenciables que ceden

(hemos terminado)

—¿Y ahora?

y ahora ninguna ola, ningún fuerte, ningún peñasco siquiera, los edificios de siempre en la ventana, el cielo de siempre, si durasen cincuenta años más seguirían encontrándolos, qué monótono, no vale la pena despedirnos de las cosas, para qué, no hablan y si hablasen una especie de imploración

—Por favor

gracias a Dios los viejos algunos asuntos pendientes difiriendo su muerte, por ejemplo cómo llegar aquí, cómo entrar

(¿por el patio, por la calle?)

el papelito de las cruces y de las flechas mil veces estudiado

(se iba rompiendo por los pliegues)

y lo que vamos a hacer, lo que no vamos a hacer, si hubiese un teléfono, pero si hubiese un teléfono telefonear a quién, la llamada en el vacío donde el silencio del fuerte y un preso desnudo apoyado en la pared, el de Évora y yo quietecitos

(¿cuál es la razón de que nos movamos?)

a la espera de ellos en la sala, el manzano un erizamiento de hojas, se diría que mi hija en el patio y ninguna hija, el viento

(mientras yo exista, Marionela, permaneces conmigo)

los viejos desaparecerán uno a uno, con los pies en barreños de agua tibia dejando interrumpidas las tisanas de manzanilla y al preso desnudo apoyado en la pared sin notarlo, casi lo rozaban y nada, si les hiciese falta el sitio lo cogerían y lo cambiarían de lugar sin verlo así como mi hija no me veía, si la llamaba se suspendería la espera, y si yo

—No es nada

seguía andando sin molestarse por mí, a partir del momento en que cambió de colegio y se vuelve demasiado pesada para alzarla por los hombros dejé de ir a buscarla al portón lo que coincidió *grosso modo*

(mira, latín)

con las uñas en el espejo y desde ahí rechazó el vaso verde que mejoraba el agua, acompañó el entierro escoltada por la muñeca, ajena, sin respeto, creo que observando las tumbas y calculando la edad de los difuntos por las fechas de nacimiento y de muerte porque es lo que hago siempre en los cementerios, sesenta y dos años, cincuenta, diecinueve, felicitando a los muy antiguos y reprendiendo a los jóvenes, la cantidad de más jóvenes que yo aumenta en cada visita, antes media docena, ahora casi todos, y de ahí venía la impresión de encontrarme sin derecho a caminar en la superficie, debería estar abajo royendo guijarros, caobas, e interrogándome si hace buen tiempo, si es julio, ocupada en los pasatiempos de los muertos, la misma historia con los nombres, si un nombre parecido al mío una agitación, un recelo y por encima de esto, sin gastar energía en edades y nombres, una perra preñada lamiéndose en una sepultura, el urinario justo a la entrada, a la izquierda, igualmente de mármol

(mucho mármol hay en este país, caramba)

cuya llave se le pedía al guardia y con el rollo de papel higiénico sustituido por páginas de periódico en un clavo, en el fondo del hoyo, calculando por el olor, el removerse de pagro de las momias, mi hija que yo sepa no regresó al cementerio y yo tampoco, para qué si más perras preñadas, más sepulturas, las fechas y las coincidencias de los apellidos

(¿habré fallecido yo?)

que me asustan, observo los chopos desde lejos y unos gorrioncitos, unos mirlos, cambio de acerca para confirmar mi nombre, lo tengo aquí, continúa, veía a mi hija en el patio animando a las lechugas con una azada sin mango y a partir de las cuatro los edificios nos vertían un escombro de chimeneas y de sombras encima amortajándonos con una espesura pardusca, uno de mis tiestos con dalias caído del plato y la verja no cerrada, abierta, media docena de tablas oscilando en los goznes, el tiempo que tardé, con los intereses como andan, en pagar todo esto o sea tres habitaciones

(el vendedor afirmaba que cuatro)

y unos palmos de hierbas

(el vendedor

—El parque)

que voy dejando crecer, suban hasta el techo, reprodúzcanse, estrangúlenme, impidan a los viejos que den conmigo

(la pulsera de Marionela, Marionela, el columpio, nunca ocupé la sillita ni toqué el aire con las sandalias, yo una oruga o un sapo condenada a contemplar el Universo desde el suelo)

conjeturando

—¿Dónde quedará la casa?

hundiéndose en la huerta y magullándose los infelices en la carretilla hasta que una farola y una rendija de las cortinas decidieran salvarlos

—Allá

la farola un cono, antes del cono una araña que se oxidó en un instante y antes de la araña una lámpara colgada de su trenza doliéndome en los párpados, mi marido la trajo de Peniche y con ella los pasos de los presos y el enfado del mar, un cerrojo, una caída

(aún no la mía pero ahí llegaremos en breve)

y ningún preso apoyado en la pared, a lo sumo un vestigio de nalgas que la caliza disipa, mi marido escondiéndomelo

—No mires

un aliento, no un soplo

—No

y mi marido apagando la lámpara inquieto por mí, durante un momento nada, es decir negro y poco a poco en lo negro la cara de él, la mía, la del preso que aparece y se desvanece, la de mi hija que igualmente se desvanece, las de los viejos que al contrario de mi hija no se desvanecen, se quedan, tres payasos con trajecito ajado, corbata elegante, cuellos necesitados de jabón y lejía y la navaja, la pistola, el martillo pero inseguros, lentos, si al menos los ayudasen haciendo el trabajo por ellos, el que me visita levantándose a veces, sentándose y ahora la cara de la muñeca también y el nailon de las pestañas transparente, no me acuerdo de mi hija vistiéndose, ocupándose de ella, llamándola, al volver de la maternidad cuál de las dos en el moisés, qué le habrá ocurrido entre tanto a Marionela, dónde vivirá, con quién, nunca vi su nombre en el cementerio con un par de fechas debajo, la sospecha de que cuando yo en el urinario el guardia acechándome, abrí la puerta de repente y él ahí con uniforme, una chaqueta marrón con botones de lata y gorra arrugada, qué les harían a los huesos, qué les harán a mis huesos, van a quemarlos, a romperlos

—No cuesta nada, ya verás

y de inmediato las olas, no albatros, no gaviotas, una especie de luna sobre una especie de mar, mi padre a mi lado aunque yo no existiese

—Me pones nervioso tú

se acuerda de mí corriendo detrás de usted, señor, y la memoria de una risa en cualquier parte nuestra, la tarde en que me visitó

—Las pasé moradas para descubrir dónde vives

ninguna risa, malestar, usted cojeando en dirección a la farmacia, dieciséis grados, quince grados sin mencionar la hora, la constante alteración del tiempo que me perturba y confunde, cómo razonar en paz, seguir hablando

—Siga hablando

si hasta las sombras se transforman, hasta la oscuridad bulle, intentando resumir

(¿seré capaz de resumir?)

y dejando aparte los albatros, el mar, intentando resumir y dejando aparte a la madrina de la alumna ciega, el colegio, Marionela

(cómo me gustaría ocuparme de Marionela un párrafo o dos, no le hacía caso a la profesora, no entregaba los dictados, ¿por qué habrás venido a importunarme cincuenta años más tarde?)

intentando resumir

(adiós, Marionela)

los tres viejos con nosotros sin fotografías, sin cartera, mirándonos, tres empleados de una oficina olvidada en un ministerio que dejó de existir, cajas, muebles desparejados, un caballero de uniforme en un marco torcido, una señora

(probablemente ninguna señora, solo los tres viejos)

copiando a máquina informes superfluos, el que se ocupa de nosotros abandonado antes del final

—No es necesario, doña Laura, hemos terminado

quién los recibiría en casa, se ocuparía de ellos, peldaños subidos a duras penas

(contar los peldaños ayuda, faltan diecisiete, dieciséis)

porque las articulaciones se sueldan en el invierno a pesar del chal y de los guantes de lana y la carne vieja helada, ideas que surgen, se deshacen y no llegan a ser, la impresión de que una esposa en otro lugar, en otra época

—Honório

y el

—Honório

familiar

—¿Qué Honório?

no con curiosidad, exhaustos, mi esposa Berta, yo Honório y no obstante dispuesto a afirmar que si mi esposa

—Honório

no es a mí a quien llama, yo Honório cuando digo Honório, no cuando ella

—Honório

dado que su voz solo Honório en apariencia, otro nombre por dentro, Jorge Carlos Francisco o aquel primo, Orlando, que cantó ópera en un coro, al que encontrábamos en los velatorios, venía a presenciar nuestra muerte, el de las flores en Navidad, intentando resumir lo que es difícil resumir

(si le pedíamos

—Cante un aria, primo Honório

se alzaba de puntillas persiguiendo la voz con una vena en la sien que se hinchaba, yo diciéndome le dará un ataque, no le dará un ataque, deseando el ataque

—Un ataquecito, Dios mío, dame el gusto, anda

y el primo Orlando sin ataque, seguro que en el próximo velatorio y en la próxima Navidad, así que si mi esposa

—Honório

es a Orlando a quien llama, aún no había abierto la boca y ya la alacena temblaba, frente a los finados una señal de la cruz, un saludo y desaparecía entre cirios, invisible y presente como el Señor del catecismo que nos observa y juzga en Su infinita piedad, si dependiese de mí el primo Honório, no, el primo Orlando en

Peniche apoyado en la pared dejando en la caliza la marquita de las nalgas y el médico a mí

—Es mejor no insistir por hoy)

intentando resumir los tres viejos con nosotros, entraron por el patio en vista de los restos de tierra en la tarima y ellos dándose cuenta

—Perdón

el manzano en un saltito, los árboles de la China tranquilos, un grito en la noche

(uno más)

un grito en la noche siempre llena de gritos no del que me visita, no míos, sino de alguien que los lanzó en la calle, probablemente un preso que se inclina hacia delante empezando a caer, un hombrecito cualquiera sin familia, sin importancia, sin hijos

(¿quién le daría importancia?)

que se inclinaba hacia delante empezando a caer, un grito más entre tantos gritos, qué nos interesan los gritos, levantamos la cabeza, nos miramos

—Otro grito

y recomenzamos a leer, me acuerdo de despertarme en medio de la noche como una niña asustada por esos aullidos de herido, esas peticiones a mi alrededor

—No

y de quedarme a la espera, al borde de las lágrimas, advirtiendo que mi madre en la cocina y decidida a llamarla

—Quédese conmigo, señora

aunque la única frase de la que mi madre era capaz registrándome los bolsillos y el forro del vestido fuese

—¿Te ha dado el dinero al menos?

cuando no me registraba

—¿Te ha dado el dinero al menos?

intentaba convencer al casero a propósito del alquiler que quince días, señor Borges, tres semanas, señor Borges, tan gastada, no, peor que gastada, gastándose, vendió la rinconera, la bandejita de plata, soy capaz de creer que si valiese algo me vendería a mí

(en el caso de que yo fuese Marionela los del empeño aceptarían pero por desgracia yo soy menudita, delgada, no me subí al columpio

—¿Quiere esto?)

por tanto de niña yo sentada al borde de las lágrimas mientras hoy

(estamos en el buen camino, no pierdas el hilo, vamos bien por ahí)

con los ojos secos, vacíos, y dentro de poco no un grito, no un preso que se inclina hacia delante y empieza a caer, uno de los viejos

(¿cuál de ellos?)

—Hemos terminado

y mi boca abierta, patas que se flexionan y aún se equilibran, no se equilibran, desisten, el arco de piedra del matadero y el comienzo del túnel

(una manguera en el suelo)

la infancia entera conmigo, el busto del filólogo, el parque, yo alegre

—Padrecito

(curioso que

—Padrecito

no lo esperaba)

nosotros dos corriendo y en lugar de mi padre

(—Las pasé moradas para descubrir dónde vives

padrecito)

un pozo que se desvanece en el preciso instante en que caigo y por tanto dejo de caer, caigo no para mí, para aquellos que me encontrarán cuatro días o una semana después

(una semana después una vez que salvo al de Évora no recibo visitas y no creo que mi padre se me aparezca de nuevo)

junto a un banco de lado, el médico ha de enderezarse recogiendo jeringuillas en una especie de maletín

(no exactamente maletín, una cosa de paño

—Nunca se cuidó)

de modo que seguir hablando para quién si no escuchan, en el caso de los viejos yo explicándome ante los viejos, puede ser que interrumpan un instante, por educación, la navaja, el tiro, el martillo, me informen señalando a los terneros·

—Un problema de sordera con los años, señora

con pena de que no puedan oírme, no por culpa de ellos, la edad, el organismo renuncia a funcionar, ahí se queda, termina, se acaba el organismo, ¿comprende?, no tenemos organismo, no lo tome a mal, somos esto

—Un problema de sordera con los años

gastamos tardes, qué digo tardes, días enteros de despacho en despacho mendigando la mesada ahuyentados por los bedeles hacia la tesorería central, la subtesorería, la escuela maternal, el garaje, la oficina de recursos humanos, la oficina de planificación, el impreso número treinta y nueve, el impreso número once, el formulario B setenta y seis que la empleada de los cobros se niega a sellar

—No es el B setenta y seis, es el F dos más las facturas autenticadas, hombre

somos esto y las olas constantemente, un albatros en la muralla mirándonos con alas no blancas, parduscas, el pico curvo, rojo, somos esto, la verja de aquí para allá apenas en los goznes, los árboles de la China, el manzano, Marionela abandonando la sillita de hierro

—¿A ti te apetece el columpio?

ayudándome a sentarme y a darme impulso con las piernas, Marionela

—Más alto

yo hacia delante y hacia atrás sin reparar, es lógico, en la mujercita en la tarima tan insignificante, tan cómica, intentando sostener con los dedos, sin conseguir alcanzarlos, los flecos de la alfombra.

3

Era yo quien debía estar en el garaje en lugar de la perra sintiendo a los perros rondándome y el olor de las malvas, yo con el hocico en el cemento adivinando luces dispersas que no sirven de nada excepto para acentuar la inquietud y el miedo, casi siempre a esta hora, las tres de la mañana, me ocupaba con dos compañeros de los enemigos de la Iglesia y del Estado, salíamos no del edificio central, de otro al norte de la ciudad en el edificio vulgar de un barrio vulgar

(me prohíben citar el nombre y debido a que me prohíben citar el nombre ¿quién me asegura que no siguen usándolo?)

donde doña Laura tecleaba a máquina a razón de una palabra por minuto sus memorandos sin fin, me acuerdo

(me sorprende que me acuerde pasados tantos años)

de muebles desparejados, cajas y el marco torcido con la foto de quien mandaba, las afueras justo allí bajo la forma de abetos en una ladera entre las últimas casas, no casas de ciudades o esas, de espaldas a nosotros, de las estaciones de los trenes, unos bonitos chalés con nombres franceses, Mon Repos, Riviera, en los que nadie vivía y menos aún extranjeros, con las ventanas selladas con tablas y jardines abandonados, en los que me parecía vislumbrar, en los desvanes o en medio de los cardos, un pañuelito de adiós o sea la despedida de las cosas antes de transformarse en escombros, probablemente personas sin edad que imagino vestidas como para un baile de máscaras

(¿los tales franceses?)

encerradas en salas sombrías y ninguna locomotora en los alrededores, ningunos vagones estremeciendo los árboles, solo doña Laura ora un dedo ora otro en sus teclas antiguas y el salto de una varilla con un sellito en la punta dejando una consonante solitaria en el papel, almorzaba bizcochos de un cartucho, se limpiaba las gafas en la manga mirando alrededor sin mirarnos y masajeándose el tobillo con la mano preocupada, una segunda consonante

(o una vocal, no lo sé)

saltaba desde su varilla con un picotazo metálico asustándonos a todos, a las siete, cuando los abetos comenzaban a elegir sitio donde dormir alterando su color del verde claro al verde intenso, palpando el aire en torno con la puntita de las hojas y doblándose finalmente en el lugar en que se amontonaba la oscuridad, doña Laura apartaba la silla de la máquina con un gemido cuyo recuerdo me hace crujir las tibias, y añadía al bolso, a los bizcochos y a las gafas una sonrisa de despedida que se demoraba un instante antes de devorarlo, transportaba todo aquello hacia la puerta y en cuanto la puerta se cerraba era noche, se acabaron los alrededores, los chalés, las personas sin edad y nos quedábamos entre los muebles desparejados aguardando las tres de la mañana sin vernos los unos a los otros, se distinguía a doña Laura que bajando las escaleras se detenía una o dos veces a masajearse el tobillo, escalones que cesaban de vibrar y después nada excepto nuestro susto, o sea ladrones que nos llevaban en sacos, madres demasiado lejos para salvarnos, ganas de llamarla

—¿No quiere volver, doña Laura?

y una consonante cualquiera tan de repente en la página, doña Laura cogiendo el autobús y desapareciendo de nuestra vista, ni un asomo de sonrisa de modo que era yo quien debería estar en el garaje en el lugar de la perra debajo del automóvil o junto a los neumáticos del fondo, contenta con las luces dispersas

(¿del cobertizo, del surtidor de gasolina, de los planetas extinguidos?)

cualquier cosa, sea lo que fuere, que me tranquilizase y ayudase a esperar, escuchábamos a doña Laura disculpándose quién sabe dónde

—Es muy tarde, no puedo

la sonrisa regresaba un instante y la perdíamos, mi mujer agitándose en la habitación porque la cabecera, el colchón, en el caso de llamarla ignoro si una respuesta o el viento en las pitas, tanto silencio aquí, las pitas silencio, las voces silencio, incluso los platos en el fregadero silencio, hasta un tiro

(y dentro de poco un tiro, todos sabemos que dentro de poco un tiro)

silencio, caíamos en silencio, nosotros en el suelo en silencio, nubes que se agrupan y separan descubriendo el pomar que hablará por nosotros narrando qué, en qué orden, a quién, los gitanos que no se interesaban por mí, era yo quien me interesaba por ellos, los envidiaba, al surtidor de gasolina, a los perros, a las tres de la mañana nosotros tropezando con los muebles desparejados camino del rellano en el que los chalés y los abetos

(tumbado en el cemento del garaje, al frío, sintiendo a los perros rondarme y el olor de las malvas, aún me acuerdo de ustedes)

iba a decir que una locomotora y falso, una persiana que bajaba y un rostro detrás de la persiana para siempre perdido, tal vez aquel que deseé toda la vida sin cruzarnos jamás, que desde el principio me pertenece y a quien pertenezco sin saber que le pertenecía, por el cual moriré sollozando de amor sin habernos tocado nunca, si le contase esto a doña Laura doña Laura conmovida olvidándose de las consonantes

—Qué lindo

observando la persiana de reojo, cosa que a las tres de la mañana no podíamos hacer por no haber ninguna persiana, la oscuridad, las farolas de la calle apagadas a pedradas y solo lámparas en la joyería protegida por rejas, ni un pañuelito de adiós y ahí estábamos nosotros, defensores de la Iglesia y del Estado, sin la miseria de un aliento, una palabra, un consejo amontonándonos en el coche de la policía, sebosos de sueño, dispuestos a socorrer al País

(me acuerdo de ustedes pero no de cuántos eran, ¿diez abetos, quince?)

no en Peniche, en Lisboa en las cercanías del río

(diez como mínimo, creo, debería haberlos contado)

donde despachos, talleres, edificios antes ricos y ahora infelices, habitados por jubilados, mujeres de la vida, pobres y dentro de poco, por el camino que África llevaba, negros que habrían de mezclarse con nosotros y robarles el trabajo a quienes lo necesitan, ellos que no saben ni hablar (diez o quince o cincuenta, qué importa eso ahora si en breve han de abrir el portón del garaje y la navaja, la pistola, el martillo, yo aun así con los abetos en la cabeza, no mi hermana, no mi madre que su alma descanse en paz, los abetos en la cabeza) nosotros por tanto en Lisboa en las cercanías del río, cestos barricas pontones, esos trastos de los muelles, una especie de halo sin origen, más alejado o más próximo, siempre presente en el agua y el cielo en la muralla desteñido en las olas, qué es del rostro en la persiana por el cual moriría sin habernos tocado sollozando de amor, mi mujer se expandía en la habitación y disminuía de nuevo, parecía convocarme tanteando la sábana, creía que me agarraba e incapaz de agarrarme, no respondo, no hago caso, no nos conocemos siquiera, levántenme del cemento

—Cómo pesa este ahora

empújenme contra los neumáticos o la encimera de las herramientas y encuéntrenme la nuca deprisa, un abeto, dos abetos, un chalecito francés y dejo de pesar, ya verán, el empleado del surtidor de gasolina sin comprender el río, comprende una rama que se quiebra y los chasquidos de la tierra, sonidos que nos acompañan desde la infancia, él de vuelta al periódico fastidiado consigo por inquietarse, qué tonto, doña Laura pinchándome con el paraguas

—¿Falleció?

olvide el tobillo, doña Laura, termine el informe frente a una persiana bajada y tal vez el rostro vuelva, me pertenece, es mío, tantos años a su espera, Dios mío, y finalmente real, Te beso los pies, Señor, Te doy gracias, en las cercanías del río edificios antaño ricos y ahora desvaídos, relieves sobre las puertas, náyades y sirenas pero oxidadas, fangosas y en uno de esos edificios entre jubilados, mujeres de la vida, pobres, fingiéndose partidario de los que mandan y no obstante conspirando, minando, el enemigo de la Iglesia y del Estado, nosotros cotejando el papelito del domicilio

(¿volverán ellos, los gitanos, en medio de una algazara de cascabeles?)

en esta ausencia de pájaros, los empleados del Ayuntamiento tan pobres como yo lavando la calle en medio de un estruendo de ecos, árboles delgados tan diferentes de mis abetos, amigos, casi el pomar de Évora a lo largo del muro, troncos quemados que bien los siento rumorear en el garaje así como siento las pitas y las malvas que se tuercen hablando, si al menos mi madre viva, mi padre cortando pedazos de caña con el cuchillo, mi hermana conmigo, personas que me sujetasen la mano mientras mis compañeros

—Cómo pesa este ahora

y yo casi desnudo, yo desnudo procurando con las uñas un espejo que no había en el que dejar mi sangre, algo de mí que permaneciese un momento y el rostro en la persiana lograse entrever que moriría por él, ajustaban los tornillos lastimándome y aunque me lastimen permanezco frente a él sollozando de amor, Mon Repos, Riviera, dulces nombres franceses, no en esta lengua dura que se niega a expresarse y al expresarse cojea, seguro que mi hermana despierta como yo sosteniendo en la palma las grasas del corazón que desobedece, la cuchara golpeando la lata va a detenerse, se detiene, vuelve a golpear, de mi madre no me acuerdo, me acuerdo de velas, no retengo sus facciones, las tres de la mañana, tres y pico, una ambulancia abajo

(no para mí)

o sea dos luces color naranja que se duplicaban en el río, no se notaban barcos, se notaba una ladera en la que más silencio, un rótulo de restaurante o mitad de un rótulo aún contrayéndose, la cuchara de un corazón golpeando en su lata, vacilando, callándose y el rótulo apagado, el surtidor de gasolina apagado, los planetas extinguidos reducidos a un polvillo inmóvil, mi mujer tanteando las sábanas sin encontrarme a su lado, qué noche esta, señores, si no fuese la última por mil años que viviese no la olvidaría nunca, mala suerte la mía que todo haya llegado tan tarde, el rostro en la persiana y el conocimiento de las cosas, cierta paz en el garaje si ignorase a los perros, la perra a mi lado comprendiendo, aceptando

(¿la matarán igual?)

cuando mi mujer la soltaba olisqueaba la cuna aprobándola, era la única que respondía apoyada sobre la cola a los ladridos distantes, la primera en descubrir una serpiente o un topo y en correr tras ellos, me acercaba la cabeza para que le acariciase las orejas y la apartaba con el pie, disculpa, no volveré a apartarte, si

en lugar de acercarme la cabeza me rozases la palma tal vez pudiese, no sé, corresponderte, acariciarte, sacudirte los hombros
—Madre
mientras que una nube descubría los campos y se distinguía el pozo hacia el cual, si gritaba, me respondía el eco y no mi voz, una exaltación en las piedras con limos y muérdago, la duda de mi hermana
—¿Has sido tú?
si nos callábamos una mudez de mal agüero en la negrura vacía, brillitos, guijarros, un cesto abandonado, según mi hermana la cesta de mi madre, el de las pinzas de la ropa cuya asa se rompió, la diferencia entre mi hermana y yo está en que mi hermana tuvo madre y yo no, tuve hombres martillando una tapa una tarde confusa, mi padre mirando no a mí, sobre mí
—Vete, chaval
y bicicletas contra el muro, mi hermana con un delantal que no le pertenecía preparando la cena, no parecida al rostro de la persiana, regordeta, de acuerdo con el papelito que nos entregaron el enemigo de la Iglesia y del Estado en una calle lateral donde las camionetas de la fruta ocultaban la mañana, nadie salvo la gente a la que no le aumentaban el sueldo ni le concedían vacaciones, una semana en Peniche y era un agobio en compañía de los presos, cada puerta que se cerraba se cerraba sobre nosotros cada vez más distante del mundo negándonos el sol, la calle lateral dos o tres postigos, un patio, mi hermana
—¿Somos nosotros?
afligida por el eco del pozo, probamos la profundidad con el cubo y el cubo en el extremo de la cuerda oscilando en el vacío, acabamos antes de las cosas y se adivina el mundo que continúa bajo la gente, en el papelito el número de la calle lateral subrayado en rojo en una máquina equivalente a la de doña Laura y con igual lentitud
—Fue usted, doña Laura, quien escribió esto, ¿no?
cinco pisos, un desván, una jaula en el primero cubierta con un paño y en el paño un ruidito de alambre de trapecio en trapecio, esos pájaros de corazón más rápido que cualquier cuchara en cualquier lata llamando a sus pollos, un ojito neutro que nos observa y desprecia sin curiosidad ni pasión, cinco pisos, un des-

ván y el enemigo de la Iglesia y del Estado en el quinto piso o en el desván

(aun teniendo en cuenta las flores prefiero los abetos a los jacarandás, otra dignidad, otra elegancia)

ninguna persiana y ningún rostro en la persiana, el vestíbulo que olía a hortaliza antigua y a demasiadas vidas, al aceite de la creciente en la muralla

(–Cómo pesa este ahora

y al retirarme del garaje la manga desprendida del hombro y un perro escapándose temeroso de ellos o de mí)

unos detrás de otros de rellano en rellano tentando los peldaños con las punteras, rayas en la pared, el pasamanos descascarado, en el tercer piso una voz exaltándose

–Fernanda

y una cacerola en el suelo, por qué diablos cuento esto que los informes omiten, enviábamos a la sede media página y listo, solo el médico se detenía en ellos

–Es mejor no insistir por hoy

y por tanto detalles irrelevantes los chalés, los abetos, lo que podría haber sido y no fue si tuviese valor de buscar aquel rostro, no necesitaba hablar, sollozaba de amor por pertenecernos el uno al otro antes de habernos tocado, Mon Repos, Riviera, en el tercero en letras de costurera Amélie e imagino el almidón de los manteles, plumas de colores, recuerdos de París, mostrárselo a mi hermana en Estremoz y mi hermana santiguándose como frente a los altares, la remembranza de mi padre afilando la cañita y mis compañeros conmovidos

–Ah, ¿sí?

conversando con el empleado en el surtidor de gasolina, la que me espera en Lisboa balanceaba en el sofacito las memorias de la hija, no mía, de ella, para qué quiero una hija, me basta con una cuna en pedazos oxidándose entre las pitas y velos idiotas de tul que rasgaron los perros, ahí estaba mi mujer inclinándose ante aquello, no, mi mujer en la habitación comprobando la hora y como creía en mañanas

(no conoció Peniche)

esperándome creo yo

(si conociese Peniche lo entendería)

creyéndome en el pasillo, en el umbral o a su lado en la cama yo que subía con mis compañeros cinco pisos junto al río sin mencionar el desván donde el enemigo de la Iglesia y del Estado se escondía de la gente, en la fotografía que me entregaron un hombre de mi edad con una chica con trenzas y en esto, solo por unos instantes, qué suerte, una cuerda de tendedero colgada en una rama, dos árboles de la China, hierba creciendo, el jefe deteniéndose en mí

—¿Te has asustado?

el mismo que hoy

—Cómo pesa este ahora

al sacarme del garaje en dirección al muro, por lo que recuerdo nunca me cogieron en brazos, me alzaban del suelo y eso era todo, no mis padres, no mi hermana, otra persona, pero cuál, un vecino, un amigo, pero creo que ni vecinos ni amigos dado que ningún extraño con nosotros, si mi hermana estuviese en Évora ciertamente respondería, puede ser que mi padre por distracción una tarde y soltándome al darse cuenta, cuando enfermó lo mudaba a la silla y él tan leve, huesitos, un murmullo que me obligaba a acercar el oído

—¿Qué?

y el secreto que la boca construía, una muela atrás que no servía para nada

—No necesito médicos

necesitaba la escopeta de caza, las perdices y pasar junto a nosotros sin vernos, un tiro de vez en cuando y un desequilibrio de alas, bojes que se aquietaban y en ellos una garra, un pico y yo en un desnivel observando cómo golpeaba las cabezas en una piedra y las suspendía del cinturón

—Este es mi padre, qué extraño

vivía con él y eso era todo, mi hermana mi hermana, podía aceptar que mi madre mi madre, ahora aquel hombre de las perdices no sabía quién era, cortaba cañas con el cuchillo, no hablaba con nosotros, quién es usted, quién soy yo, si me miraba fijamente huía, no me emocioné en su entierro, no sentí su falta, era mi hermana quien lo visitaba para cambiarle las flores, si entrase en el cementerio no encontraría su tumba, me refiero al cementerio antiguo, está claro, que supongo hoy día un solar con unas cruces, fueron robando poco a poco hasta los bloques de la capilla, los de las sepulturas, los ángeles, cualquier día edificios unos tras otros pisando vértebras inquietas y cabezas de perdices casi sin plumas, vivas, hay momentos en que me pregunto si mi madre y mi padre existieron en realidad, si tuviese una hija, es el orden de las cosas, se lo preguntaría también pero en mi caso ninguna hija, lo aseguro, una niña cualquiera a quien le compré una muñeca no sé por qué motivo y eso es todo, un impulso, un capricho, que nadie imagine amor, el amor quedó en el rostro que me pertenece, a quien pertenezco desde siempre y por el cual moriré sin habernos tocado, la que creen hija mía

—Tu hija

una niña que me evitaba, no conversaba conmigo, nunca

—Padre

es evidente, ninguna razón para que

—Padre

yo un intruso en la sala, no me agradeció la muñeca, desapareció en el manzano arrastrando los pies y eso fue todo, la certidumbre de que las personas se burlaban de mí al caminar con la caja, el lazo demasiado grande, el papel con estrellitas, si cupiesen en Peniche encerraría a todas las muñecas

—Ahora no salen de ahí

hasta que el médico

—Es mejor no insistir por hoy

y el agua contra las rocas coincidiendo con él, la noche junto al río más noche que en el interior de la ciudad porque ninguna persiana, ningún rostro, la neblina disolviendo las voces y el ruido de los pasos, no veo el rostro en la persiana pero sigo viendo a la muñeca girando en su rama, si me entregasen una tijera cortaría igualmente la hierba, mis compañeros y yo en el cuarto piso, en el quinto, no en pos de un enemigo de la Iglesia y del Estado sino del perro que soy escondido tras las pitas y lo que queda de los árboles

(no queda casi nada de los árboles)

junto a los neumáticos del fondo con mi chaquetita, mi corbata y mis pantalones gastados, no, con vestido y pendientes frente al espejo y mis uñas, mi aliento, mi mancha de sangre

—No

si al menos el médico de la policía me ayudase por una vez

—Es mejor no insistir por hoy

si mi padre no me golpease la cabeza en una piedra ni me suspendiese del cinturón, si doña Laura conmigo

—¿No le apetece volver, doña Laura?

y ningún albatros mirándome, quiero la paz de mi casa y a mi mujer a quien tan pocas veces llamé esposa durmiendo en su habitación, en mi habitación, en nuestra habitación donde si me ayudase ahora yo estaría más veces en lugar de estar en el diván del despacho y de los planetas extinguidos sin que los planetas me importasen, era en mi muerte en lo que pensaba aterrado, no exactamente en el dolor ni en los tornillos que me lastimarían y en el rostro detrás de la persiana aún sin mí, cuántas veces observé el chalé y nadie en la ventana, no el Mon Repos ni el Riviera, el tercero

(Amélie)

llegué a intentar un paso por lo que fue una vereda y en los ladrillos del lago la soledad estancada, dentro de poco llegarían las máquinas y pedazos de piedra calcárea, planchas, cascotes, ese cúmulo de cosas sin alma

(¿tuvieron alma algún día?)

a la que llamamos vida, durante la época de la policía me esforcé en conservarlas contra la incomprensión de los tiempos y la maldad de los hombres y he ahí la recompensa que tengo, una navaja, un tiro o un clavo que un martillo no muy firme empuja en la nuca, en más de una ocasión erré el lugar exacto del clavo y el enemigo de la Iglesia y del Estado piernas que pateaban a nadie y un rezongo incierto, preguntarle a mi hermana al visitarla en Estremoz si mi madre un rezongo incierto, le sacudí los hombros y nada, le di un tirón al pendiente y silencio, hablé con ella y muerta, cuando mañana mi mujer me encuentre la mano en la boca, las lágrimas a menos que mis compañeros le prueben después de mí su clavito también tal como yo lo haría cogiéndola de la garganta

—Tenga paciencia, señora

y quejas que las olas de Peniche se encargaban de acallar, el mundo en orden, perfecto, además de mi mujer y de la que me espera en Lisboa otras mujeres estos años, sobrinas o ahijadas de presos, desconocidas encontradas en la calle que no conocían Peniche ni hacían caso a las olas, doña Laura una tarde en que mis compañeros no sé dónde y la sonrisa agradecida, feliz, los bomboncitos que me dejaba en la mesa, una misiva con una liebre con sombrero alto estampado, minucias, durante una semana el perfume de doña Laura echado tras las orejas con la delicadeza del meñique apestando el cubículo y ningún perfume después, miradas resentidas de soslayo y las consonantes lanzadas contra el papel con furia, el pañuelo que moldeaba una lágrima de abandono retocándola en el párpado, cogiéndola sin romperla y sepultándola en el bolso, de vez en cuando sacaba las camisas del marido difunto del cajón, las lavaba, las almidonaba, desdoblaba una de ellas sobre la cama para la mañana siguiente y las horas menos difíciles, más rápidas, las amenazas de la noche insoportables, pasos de algún conocido que volvía pero la camisa a la espera y doña Laura escuchándose a sí misma, desistiendo de escucharse, dándole la impresión de que llovía y ninguna lluvia, julio, el mes en que quince días en el balneario o sea ondulaciones de pinos y la orquestita tocando a la hora de la cena, mi mujer que me busca en el despacho, en la cocina, en la sala, observa el jardín por el espacio entre las cortinas y solo el desorden de las pitas y los perros, piensa que yo en Lisboa y yo realmente en Lisboa, no junto a un manzano de patio, en uno de esos edificios antiguos que demolerán un día habitados por jubilados, pobres, gente como mi hermana, como yo, como doña Laura, pobre, su familia en el norte, una prima en Lamego y un paquete de embutidos para la Pascua, sabría del fallecimiento de la prima si el paquete no llegase y cierto día el paquete no llegó, le preguntó al cartero y ningún envío, el director

—Hemos tenido una revolución por ahí, doña Laura

y doña Laura mirándolo, olvidó el sobre del dinero y no volvió atrás por los billetes, la vimos en la parada del autobús y cuando el autobús se fue la parada desierta, la máquina de escribir siguió allí con sus consonantes feroces, si por casualidad está viva cuántos años tiene, confiese, doña Laura, una camisa sobre la cama que quemó con la plancha sin darse cuenta de haberla quemado, seguro que un domingo de estos su marido

—Laura

la llave esta vez sí, en la puerta, y la señora oyéndola, el paquete de regreso para la Pascua, no se preocupe, ya verá, no se ponga de los nervios

—¿Noventa años, ochenta?

nosotros frente al quinto piso y en el quinto piso nada contra la Iglesia y el Estado salvo basura, moho, Mon Repos, qué bonito, cucharas de plata, acuarelas, invitaciones para cenar en los marcos, del Amélie no hablo ni del rostro en la persiana, cuándo fue eso, Dios mío, la perra casi pegada a mí vigilando mi sueño, el automóvil de mis·compañeros en la carretera de Lisboa y árboles remolineando, huyendo, Montemor, Vendas Novas, no mi hermana, no Estremoz, la que no era mi hija mirándome solo una vez en el umbral de la sala una semana antes, creo yo, de la cuerda en la rama, ella no con miedo, yo con miedo, no mi hija y yo con miedo, un pliegue en la boca, no sé qué de mi madre en las facciones duras, graves, la agarraba por el vestido y le sacudía los hombros, una mecedora en el quinto piso un empujoncito, un roce, la impresión de que un desconocido hace siglos en Évora en una mecedora así pero puede ser mentira porque el pasado me engaña, cuánto recibe de jubilación, doña Laura, confiese, se acabó el gas, se acabó la luz y usted a oscuras en el tendedero, el olor de la perra debajo del automóvil idéntico al de mi mujer en las veladas de enero, la cola horizontal, el lomo que se alza, la piel en el interior de mi ropa que olía también, un movimiento de las caderas que ignoré avanzando hacia el alféizar como si los gitanos llegasen del Polo y no llegan, sus carros en Japón y a propósito de la mecedora qué mecedora en Évora, una ilusión mía, nunca la hubo, me sumergí hasta el meollo de mi infancia y regresé sin ella, hubo los cuervos, la muralla, los gansos del pantano que mi padre no mataba

—Es pecado

todo prohibiciones y cautelas y por tanto el enemigo de la Iglesia y del Estado en el desván, una especie de pasillo, peldaños, el Tajo en un postigo con los montes de Almada, esos puntitos claros de cuando el mar vacila

—¿Voy a subir, voy a bajar?

y una vibración en las paredes, no echo de menos el río, echo de menos la persiana, los abetos, el rostro por el cual moriré sollozando de amor

(¿me habrá visto al menos?)

sin habernos tocado

(dudo que me viese)

yo que me consideraba incapaz de sentimientos y arrobos, no visitaba a mi hermana, me distraía en el fuerte con los compañeros, los presos, mandaba abrir una celda

(al abrir la celda las olas crecían y el sifón de la marea estremeciéndose de silbidos, en cuanto la marea bajaba un motor de trainera sin alcanzar la playa y se sentían los albatros en las cavidades de las rocas)

señalaba una de las literas

—Tú

galerías y galerías, almenas, la ciudad

(no estoy seguro de qué ciudad, no importa, la ciudad)

deslizándose hacia el agua y los presos con una linterna en la cara vencidos y suponiendo que no vencidos los idiotas, que resistiendo los imbéciles, que heroicos los cretinos y en realidad vencidos, de pie junto al fichero engañándonos, mintiendo, no sé nada de explosivos, señor agente, no sé nada de aviones, ¿conspiración?, ¿periódico?, soy administrativo, soy mecanógrafo, trabajo en seguros, señor agente, nunca he oído nada de eso y yo tranquilo, furioso y tranquilo, yo bullendo y tranquilo, los presos el mismo olor que mi esposa en las veladas de enero, la cola horizontal, el lomo que se alza, la piel en el interior de mi ropa que olía también, algo de mí hacia ellos que me llevaba a morderles los pescuezos, los ijares, mis patas resbalando, detestándolos e intentándolo de nuevo, no mi mujer, hombres que se convertían en mi mujer, eran mi mujer

—Quédate así, aguanta

y yo sujetándolos, apretándolos, extendiéndome sobre ellos

—Aguanta

fallando, lográndolo, comprimiéndoles la espalda y el olor, amigos, aquel olor que me

—Aguanta

que me llevaba del despacho a la habitación, la obligaba a agacharse y el lomo más alto, yo a mi mujer

—Aguanta

y aguantaban, se agachaban, con el tubo de plomo en las costillas se agachaban, di que no sabes nada, asegura que no sabes, el médico detrás de mí

—Es mejor no

y yo

—Cállese

no olía a las veladas de enero, el médico, no olía a árboles frutales, a pitas, olía a loción de afeitado, el cuerpo muerto

—Cállese

yo protegiendo al País y ellos con una linterna en la cara vencidos y suponiendo que no vencidos los idiotas, que resistiendo los imbéciles, que heroicos los cretinos y en realidad vencidos, el médico vencido, mi esposa vencida, la perra vencida, yo no vencido, ganando y el olor en aumento, irrumpiendo, presos que me pertenecían y a los que pertenezco sin saber que les pertenecía, por quienes moriré sollozando de amor, yo un gruñir, un ladrido

—No me dejes

(Mon Repos, Riviera, Amélie, juré que no diría Amélie y no obstante Amélie, Amélie, la persiana que se cierra y el rostro que se me escapa y no vuelve, no quiere saber nada de mí, me abandona, acaso hoy al menos al encontrarme frente al manzano, debajo del automóvil o en la habitación con mi mujer, acaso hoy al menos lo veré antes de perderlo, Amélie)

hasta que las olas contra el fuerte de nuevo más espaciadas, más lentas, el olor de las veladas de enero que me llevaba del despacho a la habitación alejándose

(¿cuánto tiempo hace que no almuerza como es debido, doña Laura, una sopa de pollo, un cocido, una fruta?)

y yo a ellos

—Márchate

no furioso, no bullendo, mi lomo quieto, mis patas sosegadas y sin embargo no tranquilo, la chica de las trenzas no mi hija

(¿si fuese mi hija se hartaría de mí?)

la chica de las trenzas puedo asegurar que no mi hija, conozco a su padre, trajo la escalera de la cocina después de quitarle el barreño de encima, subió a la escalera casi imposible de distinguir en la hierba, dio dos vueltas a la rama del manzano con la

cuerda del tendedero y no logro explicar mejor por qué los árboles de la China, uno a la derecha y otro a la izquierda, no los
árboles de la China, la sombra de los árboles de la China, me la
ocultaban, no solo los árboles de la China, las cortinas, un mueble que en este momento no recuerdo cuál era, no logro explicar mejor por qué mis ojos cerrados, no cerrados a propósito,
cerrados por casualidad así como los cerraba por casualidad en el
fuerte al ordenar

—Márchate

yo en la única silla junto a la única mesa, con la cabeza asen-
tada lo más profundo que podía en el codo doblado

(rodéenme de abetos deprisa e impídanme ver, de la muralla
de Évora, de otros mil codos, de la sonrisa de doña Laura

—Qué lindo

y el saltito de una consonante imprimiéndose en el papel, de
mi hermana casi cogiéndome en brazos, no cogiéndome en brazos, ocupándose del fogón donde la leche rebosaba y olvidándose de mí, ganas de llamarla

—Espera

ya bajita, ya fuerte, aún no muy fuerte pero ya fuerte, no canosa, no vieja)

—Márchate

(mi hermana que incluso hoy, hoy no, hasta hace algunos años
tal vez, sería capaz de ayudarme pero las gallinas, las chasquidos de
la lengua, la cuchara en la lata acompañando los chasquidos, cui-
dará de nuestras tumbas, nos limpiará los búcaros, si le hablase
de Peniche no me susurraría

—Cállate

me aceptaría)

y aunque se marchasen permanecerían allí señalándome unos
a otros

—Aquel

iguales a los planetas extinguidos en su último brillo, nubes
que se alejan y el mundo en fin de cuentas no esférico, alargado,
ni en el Polo se acaba, después del Polo más mundo y aquí tenemos esta noche, este fuerte y la intensidad de la lámpara en la
pared vacía, el desván en que el enemigo

(uno más, qué caterva)

de la Iglesia y del Estado sin reparar en nosotros, un administrativo, un mecanógrafo, un empleado de seguros, un pobre como yo

—Márchate

a quien le conmueve el primer rostro en una persiana hasta el punto de pertenecerle sollozando de amor yo que no sollozaba, cumplía mi trabajo mal apreciado, mal pagado, acompañaba a mi sombra no conduciéndola nunca, golpeen una cuchara en una lata en Estremoz o en Lisboa, no importa dónde, y me tendrán con ustedes, ahí llego yo desesperándome deprisa con el pico abierto y trotando, y allí estaba ahora rumbo al desván, golpeado por la cuchara en la lata de una orden y presto a ocuparme de lo que me mandaban, un poco lento tal vez si me criticase a mí mismo

(no lento, competente, metódico)

sordo a los consejos del médico

—Es mejor no insistir por hoy

hasta que unas uñas, un aliento, una manchita rosada

—Enhorabuena, muchacho, buen trabajo

un cuerpo

—Cómo pesa este ahora

que cogieron por los sobacos y soltaron en las malvas al desinterés de los perros, la puerta del desván

(Mon Repos, Riviera, nombres que me alegrarían si fuese capaz de alegrarme, dame el júbilo de Tu presencia, Señor, no me olvides todavía)

un picaporte de cerámica con un frisito grabado, goznes flojos, antiguos

(una especie de claraboya iluminando aquello, tal vez el aura del Tajo, el rayo verde que no sé qué es o el algodón del Infinito)

y bastaba un hombro, un zapato, más maña que fuerza como decía mi hermana acerca de las tapas de los tarros, congestionada, toda ella ruidos que se denominan guturales

(guturales, qué palabra, debe de ser de los Evangelios, se me ocurre)

nada de maniobras complicadas, pesquisas, trabajo, lo mismo con el portón del garaje que ni siquiera cerraba, se levantaba una cuerda y las chapas subían con impulsos convulsos mostrando a la perra que nos miraba amansada, pacífica, podían entrar veinte rateros que no reaccionaba, se acurrucaba más, nos seguía inmóvil, el olor en ella y de inmediato

(Amélie)

ganas de morderle las orejas y las patas y lastimarle el lomo arañándola, no sé qué en mis ojos en general castaños y en ese momento amarillos que me asustaría si

(o casi castaños y en ese momento no amarillos, casi blancos)

los viese, el desván al que me costó habituarme a pesar del rayo verde y del algodón del Infinito, un postigo donde los guindastes del Tajo, no planetas extinguidos, lo que creí un faro pero no hay faros en Lisboa, los faros después de las dunas del Guincho y de un bosque sin nombre, olas idénticas a las de Peniche venidas de lejos, pálidas, no me digan nada, no me molesten, no hablen, déjenme así unos segundos sintiendo la arena y el viento, algo como espuma

(admitamos que espuma)

en la cara, los presos no espuma, la sangrecita, el aliento, uñas que se desgarraban a sí mismas en las palmas, Mon Repos, Riviera, yo en una tumbona de lona bajo los tilos languideciendo

(¿languideciendo?)

languideciendo al crepúsculo en la gran paz de septiembre, mes entre todos amado en su laxitud de bostezo

(¿languideciendo?)

la promesa del otoño a ras de tierra llamándome, insectitos que se alzan, nos dan miedo, no consiguen volar, los primeros suspiros, no míos, como si una llovizna blanda, yo eterno, Amélie, con la ayuda del rayo verde y del algodón del Infinito veo sacos, colchones, un maniquí de sastre con una bola de charol en lugar de la cabeza

(una tumbona de lona bajo los tilos, se puede ser feliz sin pensar)

y el enemigo de la Iglesia y del Estado allá, un hombre de mi edad, de mi talla, bajo el automóvil o junto a los neumáticos de fondo o sea yo amansado, pacífico

(¿languideciente?)

acurrucándome más y siguiéndolos inmóvil

(¿se puede ser feliz sin pensar?)

el olor en mí y mis compañeros patas que me lastimaban y el lomo arañándome, no sé qué en los ojos

(no amarillos, casi blancos)

que me asustaría si los viese así como me asustaría con la navaja, la pistola, el martillo o tal vez ni navaja, pistola, martillo, el picotazo de una consonante saltando en su varilla

(y doña Laura

—Qué lindo)

con un sellito en la punta, una segunda consonante, una tercera, una cuarta y no costaba nada, lo aseguro, yo con miedo a que costase y no costaba ni pizca, ahí estaba el Tajo, el rayo verde, el algodón del Infinito, mi hermana aleccionándome

—Es cuestión de maña, ¿entiendes?

(Mon Repos)

y felizmente silencio, la gran paz de septiembre y su laxitud de bostezo

(¿se puede ser feliz sin pensar?)

la persiana que bajaba ocultándome el rostro por el cual moriré sollozando de amor sin habernos tocado, el que deseé toda la vida, al que pertenezco y es mío de modo que de tan contento ni me fijé en doña Laura pulsando una última tecla, limpiando las gafas con la manga sin fijar la vista en nosotros.

4

Después de toda una vida de trabajo, Dios, que todo lo entiende y conoce y ante quien responderé un día, sabe cuánto y con
cuánta devoción me dediqué a mis obligaciones sin mirar hacia
atrás, mi esposa por ejemplo lamentándose
    —Tralalá tralalá
    y yo haciendo la maleta sin dejarme enternecer
    —Es así
    hasta que fue ella haciendo la maletita sin dejarse igualmente
enternecer
    (¿por qué motivo escribo respecto de mí
    yo haciendo la maleta
    y respecto de mi esposa
    ella haciendo la maletita
    cuando solo teníamos aquella y desde entonces yo una bolsa?)
    —Que te vaya bien
    yo con el mentón en el cristal mientras un caballero que no le
respondía
    —Es así
    la ayudaba con la maletita allí abajo
    (no he dicho caballero en vano yo que ni caballero podía ser
en el Infierno en que andaba porque no me quedaba espacio
para educación ni respeto)
    después de toda una vida de trabajo, días, noches, semanas sin
dormir a veces, me mandaban y obedecía, me llamaban y allá iba
yo, fuese aquí, fuese en África que también era Portugal antes de
que los enemigos de la Iglesia y el Estado se la entregasen de rositas a los negros, fuese en el extranjero, en España, un país serio
en esa época, o con los emigrantes de París aprendiendo lo que

no deben en las chabolas miserables donde vivían, yo que ni francés hablo, gesticulo, titubeo, no me entendían, se burlaban, mi esposa

—Que te vaya bien

con una alegría de venganza burlándose también de mí, me convocaban a la sede, me obligaban a esperar dos horas en el borde de un banco, me llamaban entre puertas, deprisa, sin un saludo, una sonrisa

—Tienes que resolvernos esto, muchacho

y tardase lo que tardase

(en una ocasión casi seis meses, solo me faltó comer piedras) lo resolvía, están ahí, en una caja metida bajo la ropa

(no tengo la costumbre de jactarme de nada)

los elogios que no me dejan mentir, o sea la orden de hacer algo y un elogio porque hasta en eso ahorraban

—Las cosas no están fáciles, muchacho

después de toda una vida de trabajo, la soledad, el desamparo

—Que te vaya bien

y risitas, el caballero más alto que yo, más joven, la jubilación siempre retrasada las pocas veces que llega, protesto en Correos y registran cajones

—No tenemos nada, señor

la empleada harta de mí, en cuanto me divisa en la mampara anuncia

—No tenemos nada, señor

una mujer del tipo de mi esposa, el ímpetu, el trajín, declarando

—No tenemos nada, señor

precisamente en el tono con el que hace años

—Que te vaya bien

quedándome con la maleta, la maletita, la única que teníamos y desde entonces yo una bolsa, esta entretanto descolorida y con la cremallera que no cierra del todo que me acompaña hasta Correos, los que esperan en el mostrador con miedo de que yo, juzgándome por la chaqueta o la cara o los modales

—Una limosna

la foto del casamiento me censuraba desde el marco

—No la hubieses descuidado, bien hecho

de forma que después de toda una vida de trabajo, la soledad, el desamparo, el riñón izquierdo que me despierta si me adormezco

—Te voy a doler

y una contractura cruel, no sé si el riñón o un músculo cansado, poco importa, importa la vocecita

—Te voy a doler

y el tubo del antirreumático caído detrás de un mueble imposible de recoger, probé con la tranca y se escapó

—Que te vaya bien

ha de haber una trampilla o un túnel donde mis pertenencias desaparecen, el palo de una fregona de aquí para allá y nada, o si no el abono de transportes caducado, una moneda que advierte

—Dejé de circular en mil novecientos treinta

la trampilla o el túnel

(los muy listos)

engullen lo que necesito y me entregan lo que no quiero, me vacían la casa, me desparejan los zapatos, cuál es el del izquierdo, si mi esposa aquí en lugar de

—Que te vaya bien

lo descubriría, mucho tiempo seguido en la época en que esta casa era nueva, es decir, no tan vieja, lamentándose

—Tralalá tralalá

ora suplicando, ora furiosa, ora de pronto ocupada fingiéndose indiferente

—Buen viaje

de modo que después de toda una vida de trabajo esto, la casa no tan vieja realmente vieja, en la parte antigua del barrio, problemas no sólo con el riñón o un análisis cuyo valor no baja a pesar de la dieta

(aparece en rojo con un círculo alrededor)

a menudo ampollas y el centro del mundo manifestándose en los desagües como una ascensión de limos, tal vez el tubo del antirreumático y el zapato perdido, mis pertenencias que regresan y junto con mis pertenencias la maleta, la maletita, mi esposa con sus peticiones lágrimas amenazas

—Tralalá tralalá

extender el brazo hacia el desagüe, retenerla

—Ahora que me han jubilado te quedas aquí

entrada en años como yo, inútil, no tienes nada para ponerte en el armario, tal vez el delantal o la bata descosida, la foto del casamiento sin saber qué pensar

—No sé qué pensar, vamos a ver

las tuberías se recomponían, desaparecían los limos y mi esposa con ellos

—Que te vaya bien

en un eco divertido, la luz bailoteó, creció, el zapato se escapó en una pirueta

—Adiooós

y la foto del casamiento triunfante

—Ahí tienes

hormigas en la cocina y el linóleo rasgado, necesitaba el martillo para cerrar la ventana y mientras que el óxido del cerrojo iba penetrando en la madera me acordaba del brazo del caballero en el hombro de mi esposa guiándola hacia el taxi y me sentí una visita en una casa desconocida a pesar de que ninguna sala se había alterado, de quién será esta cama, quién come en esta mesa, qué hombre es este en el espejo

(no yo, que no me dejo emocionar)

con algo difícil de definir bajándole por la mejilla a lo largo de una arruga, encontrando un hoyuelo y que la manga borró, me acuerdo de que me equivoqué de servilleta en la cena y un resto de carmín culpándome, a menudo el centro del mundo manifestándose en los desagües y mi esposa junto con los limos

—Tralalá tralalá

antes de poder retenerla anuncia

—Que te vaya bien

se marcha pero ellos y yo acechamos ausencias, meto el dedo en el caño y no viene, si mi zapato al menos o el tubo del antirreumático, la servilleta con el resto de carmín

—Vaya por Dios

en lugar de este silencio aumentado por los vecinos con conversaciones o pasos porque la edad todo lo confunde desde los recuerdos a los sonidos, deseé que el desagüe me engullese

—Ven acá

llevándome consigo en dirección al Tajo donde congrios en cuyos vientres sin ruido el sosiego de la noche, ninguna oficina de Correos

—No tenemos nada, señor

un agente que me llamase entre dos puertas, deprisa, sin un saludo, una sonrisa

—Tienes que resolver esto, muchacho

como en el último trabajo antes de la jubilación, en Évora, hace seis o siete años, ya no existía la sede, no existía la policía, existíamos nosotros tres en un cubículo parecido al lugar donde vivo, los mismos pasos y las mismas voces que discuten porque exclamaciones y así, el centro del mundo manifestándose en los desagües solo que tubos y zapatos que no eran los míos, una señora

—Tralalá tralalá

que no sabía quién era, otro vestido, otra maleta, un

—Que te vaya bien

no vengativo, con pena, capaz de apaciguarme el riñón

—Ya pasó

y cojines en la espalda, atenciones, detalles, como decía nosotros tres y doña Laura copiando a máquina informes urgentes que no enviábamos a nadie porque nadie los leería, montones de informes a la espera en un pequeño edificio que ya no sé dónde queda entre chalés y abetos, tengo la impresión de que nos espiaban desde una persiana que se cerraba y adiós, un compañero, no recuerdo cuál

—¿Quién será?

probablemente el del último trabajo antes de la jubilación, en Évora, doña Laura no copiando informes, se acabaron los informes, eran los enemigos de la Iglesia y del Estado quienes mandaban ahora, inventándolos, pobre, una letra aquí, otra allí masajeándose el tobillo

—Puede ser que nos paguen

y no pagaban, claro, no sabían quiénes éramos, los abetos imitando a mi mujer

—Tralalá tralalá

agitando hojitas, el teléfono sin sonido, ni una carta, una convocatoria, un aviso, un día el bedel de la sede mirando los muebles desparejados y las cajas

—¿Es aquí?

sorprendido ante nosotros, doña Laura escondiendo los biz-cochos y una tecla al azar, la persiana bajó en el chalé sobre un rostro en silencio, el compañero del último trabajo

—¿Has visto?

inclinándose ante él como yo ante el desagüe, las últimas ve-ces ni tan siquiera un zapato, una puerta que se cierra para siem-pre dentro de puertas cerradas y yo solo, Virgen Santísima, una mirada alrededor y solo, pasos arriba y abajo y solo, cuántos días aún martillando el cerrojo y apoyándome en el cristal con una esperanza de taxis, no me dejen en la duda, sean francos conmi-go, cuánto tiempo me falta y el bedel que nos mira comparán-dose con nosotros, la chaqueta, la edad, más cuidado, más gordo, una hija

(¿un hijo?)

profesora

(¿profesor?)

que se preocupaba por él de manera que el traje planchado y la camisa decente, esto un subalterno, un recadero, nos trataba de usted, no le apretábamos la mano ni le decíamos buenos días y al cabo de tantos años visitándonos junto a los chalés, a los abetos

—¿Es aquí?

perplejo por el desorden y los trastos, los árboles que anoche-cían en marzo desde la mañana y doña Laura engrosando las ga-fas para ver las vocales, si me la trajesen en el desagüe

—Tome

la aceptaría, póngase cómoda, doña Laura, cocine lo que más le guste, cambie las pantallas, el bedel distribuyéndonos fotogra-fías, papeles

—Un individuo me pidió en el café que les entregase esto

retratos manchados e instrucciones y mapas, todo confuso como siempre, lleno de errores y correcciones, probablemente el ministerio continuaba y la policía y nosotros, quién me asegu-ra que el rostro en la persiana no es el de un inspector siguiéndo-nos, el tipo del café mandado por la dirección, pienso yo

—Vas a hablar con el bedel

y el infeliz semanas y semanas dando vueltas por la ciudad sin encontrar el toldito dado que un error del director, que insistía

268

en el error con la porfía de los viejos y las instrucciones equivocadas, supongo que Peniche una ruina hoy día, un preso que
quedaba contra un ángulo de pared ansioso por el martillo en la
nuca que no viene, no va a venir, nortada todo el día calcinan-
do las retamas, rejas sueltas en el suelo o nada de eso, intacto, una
verja

(no me acuerdo de una verja en el fuerte, en la casa de mi
madrina una verja, oigo sus bisagras tan nítidas)

persistiendo en golpearse, el marido de mi madrina

—¿Será el perro?

y ningún perro, es evidente, un alma en pena

(¿de un vecino, de un primo?)

que no encontraba descanso, bebía el agua del riego, caminaba entre las dalias, de vez en cuando una opinión sobre la huerta,
preguntaba

—¿Mi cuchillo de plata?

y un sollozo que daba pena, mi madrina rebuscaba en la cómoda y le mostraba el cuchillo intentando que no reparase en el
mango desprendiéndose de la hoja

—Tranquilícese, tío Isidoro, menos mal, está aquí

y la verja callada, el marido de mi madrina de regreso al periódico

—Deja el cuchillo donde él lo vea

y al otro días las verduras revueltas y el ciruelo injertado, una
tijera nueva para la Pascua, una atención, un regalo, mi madrina
emocionada por la delicadeza de los muertos tan preocupados
por nosotros, el tipo del café siguiendo flechas con el dedo y al
final de las flechas un solar, un hospital, un convento

—No puede ser, se han confundido

y el director creciendo ante el médico

—¿Usted dice que mi memoria ha empeorado?

él antes tan grave unos meses para acá canturreando dispara-
tes y señalándonos la nada

—¿Ves ahí a ese gnomo?

mientras que el infeliz semanas seguidas dando tumbos por la
ciudad, pasó por nuestro barrio incontables veces, supongo, re-
visando las instrucciones sin prestar atención a los abetos, le vino
a la cabeza que uno de los chalés Riviera, en los otros no se fijó

(el médico

—Pero ¿qué gnomo, señor?)

se acordaba del azulejo en la fachada con una playa o algo así
y no albatros, no Peniche, todo color rosa y azul y Peniche gris,
si el preso estuviese aún resbalando por la pared le martillaría la
nuca así como martillo el cerrojo, no por oficio, por pena, habría de encontrarse un rejón que sirviese, aunque torcido, en las
cornisas del fuerte que persisten, después de siglos y siglos el
café, en ciertos momentos me sorprendía pensando en ese nombre, Riviera, lo deletreaba y doña Laura

—¿Cómo?

y

—¿Cómo?

es decir demasiado, doña Laura interrogándome con las pestañas, tampoco, si escribiese que me interrogaba con las pestañas
solucionaría el asunto mintiendo, doña Laura ni

—¿Perdón?

ni interrogándome con las pestañas, doña Laura a la espera y
no respondí al

—¿Cómo?

ni a las pestañas que no hubo, respondí no sé qué

—Riviera, doña Laura

y el dedo sin pulsar la tecla ponderando, si el desagüe me la
entregase manchada de limos la aceptaría, ciertas noches cuando el pasado nos vence, una mujer, aunque no hablemos con ella,
ayuda, hay recuerdos que se mueven y nos molestan por dentro
al cambiar de lugar, no me refiero al

—Que te vaya bien

ni al taxi, me refiero al marido de mi madrina, tendría yo siete u ocho años, apretándome las rodillas

—Mira esto

y despidiéndome al rato casi al borde de las lágrimas, no exagero, palabra

—Algún día te olvidarás

y no he olvidado ni entiendo porque apenas llegaba a tocar-
me, los dedos se quedaban allí cerrándose y abriéndose, el agente al bedel pasándole las fotografías, los mapas

—Entrégales esto a los muchachos de mi parte

(aunque no hablemos con ella una mujer ayuda)

con zapatos venidos del centro del mundo mezclados con algas

(¿habrá quien me desmienta?)

aquel cabello, aquellos ojos, puedo afirmar que Peniche nos gastaba y continúa, no pares, si paras no lo consigues, allí está el fuerte, señores, dormíamos en esta ala con los presos y mi mujer sin motivo

—Tralalá tralalá

convencida de que un pasatiempo, una fiesta cuando en un ala con los presos las mismas olas amenazando con ahogarnos, el bedel

—Dicen que es el último trabajo, una cuestión en Portalegre o en Évora

mientras Peniche y mi esposa se mantenían en mi mente, mi esposa

—Que te vaya bien

y hasta en julio una especie de frío, quién me aclara este punto, los papagayos del mar

—Tralalá tralalá

en busca de almejas, papagayos por qué si ni caminaban de lado, me acuerdo de conejos salvajes, ratones que confundí con los conejos y bicharracos menudos, el último trabajo una cuestión en Évora en un momento en que estamos desacostumbrados a trabajar, tantos años en el cubículo deseando una orden con la impresión de que nos habían olvidado desanimándonos, un sobresalto si unas personas en la escalera, nosotros componiéndonos la ropa hasta que los pasos se alejaban y se alejaban siempre, un cobrador, un inquilino, los vendedores de biblias tan desgraciados como nosotros señalando una mancha en el techo a la que llamaban Dios y por tanto Dios una mancha de humedad, el casero abría la puerta y se marchaba bufando

—Siguen aquí

y hasta la llegada del bedel seguimos allí, no nos atrevíamos a bajar a la plazoleta junto al mercado o un almacén o lo que fuese porque uno de nosotros, inquieto

—¿Y si nos llaman ahora?

(un mercado, pienso yo, no afirmo, tantas dudas en mí y la manía de la precisión, del detalle, ¿de quién he heredado esto?)

de modo que el mercado solo lo observaba en casa si es que puede llamarse casa a un lugar donde el centro del mundo no cesa de mostrarse en la cocina, en el lavabo, en mi habitación incluso entre las tablas de la tarima que con el tiempo se abren y en las que hay brillos, presencias que vienen a la superficie no formando parte de mi pasado y ellas creyendo que sí

—Te conocemos

por no hablar de los que caían en los espejos, caían en el fuerte, caían en la calle como el pintor

(¿el escultor?)

hace muchos años en Lisboa, por ahí ando yo con mis escrúpulos incapaz de decidir, un pintor, un escultor y tal vez ni pintor ni escultor, otro empleo, veterinario, compositor, no te detengas en eso, no pares, el veterinario o compositor no en un edificio, en la calle, la pistola que no suponía tan pesada y el gatillo tan trabado, el veterinario

(o compositor o pintor o escultor, aún no lo has aprendido, deprisa)

corriendo, cansándose, mirándonos, corriendo, dejando de correr, arrodillándose, tumbándose, puede asegurar que llovía debido a que de su cuello un agua no roja, pálida, me acuerdo de que la dentadura postiza y con lo de la dentadura me perdí, la dentadura postiza qué, además de salírsele, supongamos que la dentadura fuera de la boca, en el suelo

(gracias, Señor)

la dentadura postiza en el suelo, no una dentadura completa, algunos dientes, el labio

(cómo es la naturaleza de las personas, hasta en la muerte vanidosas)

iba por el labio, puso el meñique en la palabra labio, el labio

(hasta en la muerte vanidosas)

ocultando la encía, el aire hacia dentro y hacia fuera en una especie de silbido o de soplo, más soplo que silbido, cuál es la diferencia entre un silbido y un soplo, por qué no ambos, junto el silbido con el soplo y digo que el labio tranquilo, lo tocamos con la puntera y tranquilo, empujamos y tranquilo, no solo el labio tranquilo, el compositor tranquilo, el agua pálida debido a la lluvia puesto que llovía, dejó de llover, se interrumpió, paró, nosotros parados, nosotros leves, yo leve, la pistola leve en el cinturón, curioso los ángulos que los cuerpos forman a veces

(el médico

—Es mejor no insistir por hoy

y no insistimos, no se preocupe, una última puntera y listo, como ve no insistimos, ocúpese de él si quiere, ahí lo tiene)

y con esa charla por la que pido disculpas

(tan fácil pedir disculpas en la situación en que estoy)

pero es la oportunidad que tengo de explicarme antes de que todo se apague y se apaga, luces más débiles, siluetas, no las distingo ahí, percibo que me escuchan sin que yo sepa quiénes son y eso me basta, con esta charla nos desviamos del último trabajo antes de la jubilación, en Évora, o sea una vivienda fuera de la muralla fácil de descubrir porque un surtidor de gasolina cerca y la vereda que los gitanos usaban con su cortejo de carros y cascabeles, un montón de perros amarillos o castaños y amarillos para acabar con el asunto

(¿algún nexo entre ellos y el centro del mundo?)

y en la vivienda una pareja que ni nos veía o esperaba que llegásemos, la mujer que el hombre pensaba que dormía, y no dormía, en la habitación, y el hombre que la mujer pensaba que no dormía y el hombre pensaba también que no dormía y dormía, en el despacho, avanzando desde el alféizar hasta los planetas extinguidos que nunca me interesaron, mis preocupaciones son pedestres, qué cenaré o más simplemente si cenaré, me cortarán la luz, permitirán que durante una semana o dos más permanezca en este rincón antes de que llegue el propietario con una orden de desalojo, el hijo del propietario sin orden de desalojo alguna

—Desaparezca

y doña Laura y yo, o sea yo solo

(tuve la dirección de doña Laura y la perdí, voy perdiendo las cosas antes de perderme a mí mismo y al perderme a mí mismo

¿en qué lugar me perdí?

espero que una especie de reposo en el centro del mundo con el tubo, el zapato y mi madrina además del cuchillo de plata intentando unir el mango con la hoja sin que la hoja encaje

—Pensaba que era el tío Isidoro, qué susto)

yo con la bolsa en lugar de la maleta que la

—Tralalá

se me llevó al bajar las escaleras, siempre obedecí por cobardía, por hábito, ya estoy divagando, presta atención, contrólate, el último trabajo antes de la jubilación, es ese punto el que cuenta

(doña Laura, nunca me atreví a decir Laura

—Laura

y no obstante algo me cuchichea, qué ridícula expresión, algo me cuchichea que ella acepta enternecida recordando a su marido que él sí con todo derecho

—Laura

y si le hablábamos de él encogía hombros y labios y no existía sino la máquina, sin dedos que la pulsasen, tecleando en el silencio)

el hombre y la mujer, malvas, pitas, gansos salvajes en un pantano que probablemente comunica por su hálito muerto con el centro del mundo, el último trabajo antes de la jubilación, en Évora, aunque los papelitos no excluyesen a Lisboa, un manzano, una niña

(en el primer retrato niña, en el segundo retrato ya no niña, una chica con trenzas con una cuerda de tendedero y una escalera)

ora mencionada como hija del hombre ora como hija de otro sin advertirnos qué otro, un signo de interrogación junto al otro y añadido a lápiz hipótesis por comprobar como si nosotros alguna vez comprobásemos hipótesis, resolvíamos el asunto lo más deprisa que podíamos y a nuestra edad ciertamente no muy deprisa, nos íbamos y fin, el hombre un compañero nuestro en Peniche y sin embargo en la fotografía desenfocada

(la ampliación de una fotografía pequeña)

no distinguía sus facciones, distinguía una especie de parque, un templete y un estanque a menos que fuese un decorado de estudio en el cual las personas

—Ustedes se quedan aquí

disimulando las rasgaduras del telón, un amigo con él y una mujer indefinida

(¿la madre de la niña?)

en una mancha de luz acompañándolos a ambos, por la mancha de luz tal vez no un decorado, no lo afirmo porque los ojos me fallan como me falla el corazón debido a una pausa larga y un recomienzo difícil, los abetos cubriéndome, los chalés regresan, la vida

(toc toc toc)

atinando con los pedales y caminando de nuevo, doña Laura preocupada

—Tralalá tralalá

estoy siendo injusto, bromeaba, no se disguste, doña Laura preocupada

—¿Qué ha sido?

el compañero nuestro en Peniche sujeto a las mismas olas, a los mismos albatros y a los mismos gritos en la noche, un grito y nosotros estudiándonos con desconfianza, este, aquel, el aprendiz en la ventana

—¿Quién de nosotros ha gritado?

un grito solamente, un llanto, el eco sordo de un cuerpo en el cemento primero y lanzado desde las almenas después en un nuevo eco sordo que la misericordia del mar o el sifón de los peñascos nos impedían oír, el compañero en Évora el último trabajo contra los enemigos de la Iglesia y del Estado antes de la jubilación, muchachos, cogen el autobús de las siete que sólo para en Vendas Novas de forma que el Alentejo en un pispás y después la delicia del campo, ganado pastando, esas patrañas, envidio vuestra suerte mientras nosotros nos quedamos aquí, los desgraciados, en medio de los tubos de escape, además no necesitan llegar a Évora, la casa antes de la muralla, basta orientarse por los gansos salvajes y se topan enseguida con el surtidor de gasolina, hasta con la farola apagada siempre un brillo, un reflejo, repararán en pequeñas construcciones de obreros, viviendas, eligen la de los perros husmeando en torno al garaje o sea un cubo que las enredaderas

(no sembradas, nacidas por sí solas con un ímpetu de hojas)

borran, se arriman al lado de lo que hace de pomar, unas ramas negras que no llegan a gris, hasta la casa bajo la claridad de los planetas extinguidos tan débil que vacilo con la palabra, no más tal vez que el halo de las nubes, lo que tenemos que hacer nosotros los policías, señores, a fin de contentar a quien nos paga, el último trabajo, una pobre jubilación o sea la cena de esta noche y el almuerzo de mañana, no un banquete, una ensalada, un pescadito, el propietario comprobando contra la ventana, arrugando y estirando un billete, el dinero de la renta

—Ya era hora

mirándome no de frente a la cara, de abajo hacia arriba, no se distinguían ni los ojos, se distinguía la desconfianza de las cejas que ocupaban solas todo el lugar de la frente, un tipo autoritario, enfadado, que afortunadamente para él

(hay personas a las que la vida ha absuelto)

no conoce el fuerte, no se asustó con un grito, no se inmovilizó de repente

—¿Habré sido yo el que gritaba?

palpándose la nuca por temor a un martillo o a un clavo, el veterinario o pintor esta travesía, aquella, en ese portal estoy seguro y no estaba, sentía nuestros pasos y recomenzaba a correr, el compañero en Évora creyéndose a salvo el estúpido y en esto, sin motivo alguno, me vinieron a la memoria mis padres, mi padre enfermo de la tiroides oficinista en el Ayuntamiento, mi madre irritándose con sus hijos en casa, ya fallecieron los dos, mi madre primero de algo en los intestinos, una bacteria creo yo, lo que no falta son bacterias y el intestino debilucho, al menor descuido nos llevan en procesión, la tiroides dura de roer ya que el médico a mi padre

—Ha tenido suerte

pienso que más que los intestinos el problema de mi madre eran los nervios corroyéndole la carne y una exaltación, una fiebre, esto en Sintra con la neblina en el castillo y en el pueblo, nos acostamos temblando entre sábanas mojadas, cinco hermanas, dos hermanos, yo el segundo y en la neblina los relinchos de los caballos de los coches, hay momentos en que me pregunto si Sintra por casualidad no es el centro del mundo, un día de estos en lugar de mi tubo y de mi zapato en el desagüe las sábanas mojadas y los relinchos de los coches, una gaviota sola

—Cuacuá

no exactamente

—Cuacuá

pero sirve, junto a los pinos, a los tejados, la gaviota

—Cuacuá

nosotros

—Cuacuá

y la neblina, está claro, mencionar la neblina y tanto frío, doña Laura, usted, con medias gruesas, apostaría que comprende, mi madre con la bacteria ni musitaba en la cama, solo el alma siguiéndonos

—No los siento

nos adivinaba las ideas

—No les importo

y hay momentos en que me pregunto si usted me importaba, creo que no, no se enfade, a quién le importo yo, en el fondo siendo franco

(y soy franco)

qué me importaba doña Laura, mis compañeros, mi esposa incluso, me importa la jubilación, la comidita, la cena, el último trabajo en Évora y en menos de media hora se resuelve la cuestión, un compañero que obligó a otro compañero a descender por su espejo y por tanto no un compañero, un enemigo de la Iglesia y del Estado, a la vuelta cierran la puerta del cubículo sin echar de menos los muebles desparejados, las cajas, la máquina de escribir a la que le faltan teclas sin que nadie se diera cuenta de ello porque nadie leía los informes, nadie leerá los informes, nadie se interesa por los informes

(¿a quién le interesan los informes?)

cierran la puerta del cubículo y desaparecen de aquí acabando de este modo con los chalés, los abetos

(en lo que se refiere a los chalés solo me ha quedado el Riviera)

esta parte de la ciudad entre Lisboa y las afueras o sea esta parte de las provincias que se prolonga en Lisboa y donde ni trenes siquiera, hasta hace poco carros, tendejones, un cementerio con alhelíes y chopos enanos en sus tiestos de cerámica, no tienen más que cerrar la puerta, despedirse los unos de los otros y no volverse a encontrar, cada cual tranquilito en su rincón y olvidarnos, olvidar Peniche, el fuerte, los gritos y qué gritos al fin y al cabo, ilusión de ustedes tal como ningún cuerpo cayendo de las almenas, ningún albatros mirándonos, ningún preso, una tierra de pescadores igual a tantas tierras de pescadores del País, traineras que dejan todo sucio de gasóleo, bueyes soltando pajas y heces mientras las arrastran y mientras arrastran y no arrastran más heces, más gasóleo, más basura, las tierras de pescadores, mirándolo bien, una miseria de basura, se pega aquí una postal, no merece la pena escribir, mastines menesterosos, tripas al aire hediendo, que tal es su vocación y listo, tripas de pescado, no de personas, qué personas, acabado el trabajo en Évora cierran la puerta o ni necesitan cerrarla, la dejan abierta porque ninguno de nosotros ha existido, Peniche qué mentira y ahí estaba Évora realmente, por una vez en la vida y ya era hora

(faltaban teclas en la máquina, doña Laura, ¿lo sabía?)

las fotografías ciertas, los papelitos ciertos, el surtidor de gasolina con la farola apagada y el cobertizo donde los gitanos echaban desperdicios y trapos, no muchos cuervos, un cuervo furioso a nosotros

—Cuacuá

un único cuervo

—Cuacuá

por mucho que se diga que los cuervos no

—Cuacuá

espiándonos, una especie de, iba a decir verja pero primero muchísimas verjas en mi relato, basta de verjas, y segundo no exactamente verja, tablas unidas por cuerdas de rafia y encajadas en el muro, no nos fijemos en los planetas extinguidos, fijémonos en lo que bajaba de las nubes, una palidez, un polvo, más palidez que polvo, usaría con gusto el término claridad si no fuese excesivo, no te desanimes, no reflexiones, no corrijas, mueve el bolígrafo que alguien más tarde habrá de corregir por ti, abreviando entramos en el jardín por la no verja, tablas unidas por cuerdas de rafia y encajadas en el muro, ya lo sabemos, nos acercamos a la casa y no mencioné a doña Laura en el ataúd hace dos años, un sobrino o una prima con quien vivía por caridad

(no por caridad, nada de emociones ahora)

la enterró, no tendrás ocasión de

—Laura

consuélate imaginando que tu esposa

—Tralalá

te visita y trae la maletita consigo, se quedan ahí los dos cohibidos, mudos, a la hora de comer ha de venir al tendedero en silencio y después oirás un cajón, otro cajón y el fogón, o sea oirás la cerilla primero y el fogón después, agua en una olla, un armario golpeando y pasos en el piso de arriba, en el piso de abajo la vida, minúsculas alegrías por qué no, tómalas, sobre todo en el pasado, el presente tan estrecho, uno de los perros pequeño, amarillo o blancuzco, me inclino por blancuzco y me inclino una forma de expresión, no me incliné ni un centímetro, me mantuve derecho, uno de los perros amarillo o blancuzco vino a lamerme, vino a lamerte las manos, la mano, acaba con las incorrecciones, los fallos, la otra mano en el bolsillo, vino a lamerte la mano, uno de tus compañeros contigo, el que faltaba rodeando la casa, de cuántas cosas inútiles y que habrás considerado importantes fue hecha tu vida, tu hermana mayor en Alemania, uno de los hermanos en Brasil, no, en Uruguay, qué idea Uruguay, en Uruguay por qué, dónde queda Uruguay, no merece la pena inventar, uno de los hermanos en Brasil, siempre me ha gustado la impresión de estar cerca de las personas sin que ellas se den cuenta, saberlas dependientes de mí, indefensas, utilizar la navaja, la pistola, el martillo viéndolas resbalar ni sospechando quién soy, ni sospechando que resbalan y en esto no la impresión de partir o de dejar de ser, nada, intentaba que los presos no se enterasen de mi llegada a Peniche antes de tocarlos y entonces el grito ese que nos obliga a suspender un gesto y a mirar aterrorizados el silencio que vuelve, anulando el sonido al cerrarse sobre él así como las aguas se cierran sobre un cuerpo ahogado y que aunque sumergido en la arena continúa presente, se nota la garganta que permanece abierta y finalmente se pierde, nos creemos a salvo y en cualquier punto ilocalizable, oculto

(¿en el interior de nosotros, fuera de nosotros?)

el grito de nuevo, ninguna luz en la casa, el perro que me lamió la mano se alejó de mí cambiándome por un ratón entre las hierbas o en un pliegue de tierra en una actitud de fuga y el ratón tenso, el perro tenso, yo tenso, una especie de fervor tenso, de júbilo tenso, de alegría tensa como cada vez que me dispongo a terminar un trabajo, los dedos en la navaja, en el martillo, en el clavo evaluando, midiendo, anticipando el golpe, ninguna luz en la casa y sin embargo la mujer y el hombre, los adivinaba, sabía, del mismo modo

(estaba seguro)

que ellos a su vez adivinaban, sabían, encontrar una ventana, una puerta o ni ventana ni puerta, un intersticio, una ranura, una grieta que me permitiesen entrar, los planetas extinguidos una suposición sin sentido, basta el cuarto menguante en los fresnos, la extensión de una granja y del otro lado Évora que no visitaría nunca más allá de la muralla, por consiguiente en la casa la mujer y el hombre adivinaban, sabían, yo casi dispuesto a escribir que contentos, contrariando el impulso de escribir que contentos, escribiendo que la mujer y el hombre adivinaban, sabían, o sea la esposa del compañero y el compañero hace cuántos años

(¿cuántos?)

adivinando, sabiendo y según las instrucciones, por una vez en la vida en medio de tanto error obligándome a llegar a la triste conclusión

(detesto las conclusiones tristes)

de que no aprendemos con el tiempo, por una vez en la vida la esposa del compañero despierta en la cama y el marido dormido en el despacho, esto al principio, después no dormido, despierto igualmente, casi un grito, ningún grito, casi un grito otra vez que renunció a crecer cuando iniciamos el trabajo, el último antes de la jubilación, una propinita de premio, una ayuda para los interminables, largos

(aunque sean pocos)

días que han de venir, tal vez vengan, acaso vendrán o si no no la casa, la habitación, el despacho, yo en el garaje donde ellos dos bajo el automóvil con el vientre abierto en el cemento, cola horizontal, hocico que se alarga, el lomo que se redondea, o si no ni casa ni garaje, una chica con trenzas

(¿una muñeca?)

debajo de un manzano rodando o si no nada de esto, mi esposa lamentándose

—Tralalá tralalá

yo haciendo la maleta sin dejarme conmover

—Es así

hasta que fue ella haciendo la maletita sin dejarse conmover tampoco

(por qué motivo escribo respecto de mí

yo haciendo la maleta

y respecto de mi esposa

ella haciendo la maletita

cuando solo teníamos aquella y desde entonces yo una bolsa)

—Que te vaya bien

yo con el mentón en el cristal mientras un caballero que no le respondía

—Es así

la ayudaba con la maleta o la maletita allí abajo

(no he dicho caballero en vano yo que ni caballero podía ser por el infierno en que andaba y en el que no me cabía espacio para educación ni respeto)

después de toda una vida de trabajo, días, noches, semanas a veces, me mandaban y obedecía, doña Laura

(la señora está al tanto, comprende)

me llamaban y ahí iba yo, fuese en África que también era Portugal antes de que los enemigos de la Iglesia y del Estado se la entregasen de rositas a los negros, fuese en España, un país serio en aquella época, o con los emigrantes de París en las chabolas miserables en que vivían yo que ni hablo francés, gesticulo, titubeo, fuese en la casa de Évora o acercándome al manzano en el que una chica con trenzas iba girando, girando, mis compañeros

—¿Tienes el martillo, el clavo?

y tenía el martillo, el clavo, no sé por qué en ese momento, al hablarme del clavo y del martillo, me acordé del taxi arrancando y yo solo, ignoro el motivo de todos estos años después de haber vuelto a escuchar

—Tralalá tralalá

a escuchar

—Que te vaya bien

y más simple de lo que se piensa, doña Laura, más fácil, no cuesta nada descubrir el lugar entre las vértebras y golpear, una ola final en Peniche antes del silencio y yo de pie, apoyado en la pared del fuerte, callándome con ella.

CUATRO DE LA MAÑANA

1

Nada de lo que he escrito hasta ahora era lo que quería decir o sea la que me espera en Lisboa, la que duerme allí dentro, los perros, todo eso, mis compañeros en el patio por el lado del pomar, etc., no eran historias del pasado ni de mi vida hoy día ni historias de personas, no les doy importancia a las historias, a las personas, eran cosas mías, secretas, que apenas se notan, nadie las nota, a nadie le interesan y no obstante las únicas que soy realmente pero tan leves, tan ínfimas, ese mínimo ruido de los gallineros por la noche, hecho de suspiritos, rozar de plumas, sombras que cambian de aseladero con un sobresalto mudo, un pedazo de caliza que se deshace en la tierra y yo la caliza, el sobresalto, la sombra, el suspiro o si no un inclinarse de tallos antes de la llegada del viento y yo los tallos y lo que precede al viento

(lo que precede al viento una esperanza en las hierbas)

nada de gritos, de voces, de olas, todo ocurre por dentro lejos de la vista y de las manos, yo un simple inclinarse de tallos antes de la llegada del viento, mi padre se quitaba la gorra si pasaba un entierro y se quedaba quieto mirándolo, el entierro desaparecía en la esquina y solo entonces mi padre con la gorra calada, si estuviese ahora aquí me la quitaría a mí que no acabo de pasar, yo el padre, la familia y la banda que toca, niños disfrazados de ángeles con cirios que se balancean y se apagan, la cara de mi padre como si rumiase ideas y no rumiaba ideas, no pensaba, se quedaba con la gorra apoyada en el pecho hasta que la música se extinguía, aun después de extinguirse la boca continuaba, no raciocinios, no memorias, hablaba de perdices, creo yo, a mi madre nunca le oí una sola palabra, nunca ninguno de nosotros una sola palabra, fue desapareciendo de la casa, las salas comen-

zaron a cambiar en cuanto dejó de existir y un dedal o un pañuelo escondidos por los muebles

—No nos habíamos dado cuenta de que aún estaban ustedes

de modo que si buscase algún objeto suyo no encontraría nada,
las cosas que pertenecieron a los difuntos de repente sin dueño
fingiéndose infelices

—¿De quién hemos sido nosotros?

o haciéndose las inocentes ofreciéndose a nosotros

—¿No quieres quedarte conmigo?

nada de lo que he escrito hasta ahora era lo que quería decir
mientras tengo tiempo y poco tengo ya, una cuestión de minutos
si la tierra se comba sobre su eje y hay ocasiones en que se comba,
se queda vibrando en un relieve, las cuatro de la mañana, Dios
santo, menos oscuro a la derecha, el contorno de los campos ele-
vándose y endureciendo, nada de lo que he escrito hasta ahora
me sirve, dónde estoy yo finalmente, mi padre sin gorra una
persona más joven, nos habríamos comprendido si fuese posible
comprender a los otros tan idénticos a nosotros que se nos vuelven extraños, qué hago yo en Lisboa, visito a la que me espera

(¿cómo te llamas tú?)

o visito el manzano o sea a la hija de ella a través del manzano, una chica con trenzas que no me quería y a quien yo no
quería, la esperé uno o dos jueves a la salida del colegio encogiéndome en el automóvil sin el valor de mostrarme, incluso sin
levantar la nariz sabía cuándo era ella cruzando la calle, no me
pregunten por qué, prefiero que no me pregunten por qué para
no oírme responder, si me acercaba al sofá la que me espera me
apartaba endureciéndose a la escucha

—¿Estás seguro de que duerme?

tal como supongo que mi madre antes de que mi padre se
acercase a la cocina

—¿Estás seguro de que duermen?

y casi de inmediato los cuervos en la muralla, no los adornos
de la cama

—Cuacuá

sacudiendo la pared, solo había una cama

(la de mis abuelos la vendimos)

de modo que mi hermana y yo en el colchón de la despensa, la sospecha de que el cuerpo de ella

—Cuacuá

igualmente, mi cuerpo en silencio, intrigado, el sacristán a quien el

—Cuacuá

atraía nos rondaba cojeando, viejísimo, una gorra igual a la de mi padre solo que no marrón, negra, si mi hermana golpease una lata con la cuchara se anticiparía con el pico abierto a las gallinas saltando a su alrededor, encontraba con unas gotas en el colchón, unas manchas y mi hermana con los ojos vagos, es decir, no vagos, urgentes

—No es nada

fregándolas con un paño y las manchas mayores, mi hermana sacudiéndome a pesar de estar callado

—Cállate

apretándome contra ella y la furia desapareciendo a medida que apretaba, las rodillas en mi barriga ora una ora otra y las dos rodillas por fin, una especie de sonrisa larga acompañada de un

—Cuacuá

en sordina y después del

—Cuacuá

empujándome disgustada conmigo

—No me toques

yo que no la toqué, me limitaba a intentar soltarme retorciéndome, mi hermana rezaba a la imagen entre el horno y el reloj

(las cuatro de la mañana, Jesús)

—Perdonadme

mientras un último

—Cuacuá

desesperándola y multiplicando su fe se mezclaba en la petición, sentía al sacristán cojeando fuera, si le tirase una piedra se escaparía ladrando, iba a cazar perdices con mi padre y ocupaba el lugar de mi madre los domingos irguiéndose sobre sus patas traseras, agitado, inseguro, un pasito, otro pasito y bajándose al verme, el pecho de mi hermana se hinchaba sobre el mantel, una miradita de soslayo puntiaguda y el

—Cuacuá

urgente que se enrollaba en mí, la rodilla encontrándome, quedándose conmigo, reparando en la imagen y marchándose deprisa, si no hubiésemos vendido la escopeta de mi padre mataría a todos los cuervos de Évora mientras temblequeaban las copas de los árboles de la muralla, algo de noche en las hojas incluso en el centro del día, ecos de pasos, de gotas de medicina en un vaso, de insectos invisibles afanándose con la tarima, las cuatro de la mañana, ni media hora para decir lo que quiero y ahí están, en la habitación de mi mujer o en la habitación de las visitas en la que nadie se acostaba, los pasos, las gotas, la porfía de los insectos masticando, royendo, si las gotas se volvían más rápidas abría la habitación de las visitas y nada a no ser el polvo en una rendija de sol, cuántas veces deseé, en lo más escondido de mí, que mi hija, no mi hija, la hija de la que me espera allá en Lisboa, puede ser que finalmente una especie no de estima, que no pido tanto, no de complicidad, es evidente, una especie de aceptación sin intimidad ni estima entre nosotros, no exijo que te preocupes por mí, me bastaba sentirte en el pasillo, en el jardín, en el despacho, poder escuchar si hablases

(me contentaba con eso)

y sin llevar ninguna trenza girando bajo un manzano cerca de una escalera en el suelo, esas cosas tan ínfimas, un simple inclinarse de tallos antes de la llegada del viento, el año en que comencé en la policía, ya con mi hermana en Estremoz, me encontré con el sacristán, de vuelta de la caza de perdices, cojeando hacia mí con la escopeta bajo el brazo y yo viéndolo erguirse sobre sus patas traseras, agitado, inseguro, un pasito, otro pasito, las rodillas de mi hermana, a pesar de estar lejos, en mi barriga apretándome y una especie de sonrisa amplia, un

—Cuacuá

a la sordina, el sacristán viéndome y agachándose intentando rodear la loma con un trotecito menudo

(no nos saludamos siquiera)

cuando el pescuezo se me encrespó galopando hacia él, ni un ladrido, un bullir en la garganta, mi hermana a la imagen

—Perdonadme

empujándome y yo callado a no ser esta desazón en el pecho, campos y campos abandonados hasta la linde de la hacienda

(ahí estaba el mojón ahogado entre las hierbas)

en que antes trigo y ahora arbustos y restos de granero, la certidumbre de que solo muertos aquí, los sepultaron demasiado hondo para que puedan volver, el empleado del surtidor de gasolina no se distrajo del periódico, no crepúsculo por ahora y sin embargo luces y los últimos grillos, ese mínimo ruido de los gallineros por la noche hecho de suspiritos, rozar de plumas y sombras que cambian de aseladero con un sobresalto mudo, el sacristán volvió a erguirse sobre sus patas traseras, agitado, inseguro, iba a intentar un paso más pero un pedazo de caliza se deshizo en la tierra y yo la caliza, el sobresalto, la sombra, el suspiro, yo el gallinero, señores, me pregunto si mi hermana en Estremoz oyó los tiros, no un disparo, dos y una angustia de gansos, aunque no se viese el pantano se distinguía a los sapos y vapores de agua estancada acongojándonos así como la sangre me acongoja, si por casualidad una heridita, supongamos en el dedo, no miro, mi mujer tintura y yo con la cara a un lado

—Ay de mí

el cuerpo del sacristán más difícil de lo que yo pensaba de arrastrar entre los guijarros, ese es el motivo de que vacile sobre las patas traseras, no podía imaginar al pobre con tanto peso, el empleado del surtidor de gasolina seguía leyendo, en el cobertizo tórtolas salvajes y palomitas todo pintado a la acuarela y en los bolsillos del sacristán una llave tal vez del cepillo y por tanto sagrada, el dinero de las almas, la mitad de un sobre con números a lápiz, cigarrillos, las pertenencias de las personas que casi me enternecen, ganas de preguntarle humildemente al Señor

—¿Por qué nos hicisteis así?

el pantano una especie de laguna rodeada de bojes donde la chimenea rota de un tractor se deshacía, animales

(¿lagartijas?)

que reptaban en el lodo

(nada especial, lagartijas)

los gansos en la otra margen, una bandada de quince o veinte alisándose las plumas, afortunadamente no

—Cuacuá

para no tener que matarlos, que fallezcan de muerte natural hartos de días como Melquisedec cuando la Providencia lo disponga, tiré la llave y las pertenencias y círculos espesos o ni siquiera círculos, fueron bajando solos, tal vez las almas encontrasen en el fondo sus envoltorios terrenos anticipando el Juicio que nos separará de los pecadores enemigos de la Iglesia y del Estado, sodomitas, rateros, la orla de la laguna una espuma tan negra como la que suponemos en el infierno o sea la bilis de los sodomitas en el ardor del castigo, cuyos fluidos orgánicos condena el Antiguo Testamento, manchas en el colchón por ejemplo que no salen al fregarlas, los indicios del deseo fuera del matrimonio mayores, salamandras con la boca abierta iguales a mi hermana apretándome, tenía que subir cuello arriba para poder respirar, cómo hará ahora en Estremoz con su cuchara, su lata, las gallinas que la picotean, quién

—Cuacuá

a ella en medio de las inquietudes de octubre cuando la luna y las mareas, qué muralla, qué cuervos, uno de los gansos avanzó mirándome, se distrajo de mí, desistió, tal vez no fuese yo quien le interesase, fuese una serpiente, no lo sé, no tengo idea de qué comen los gansos, bayas con semillas, carne, pescaditos que a juzgar por los tufos a azufre no creo que hubiese, imagino animales imposibles de cuerpo humano y branquias a quienes los fenicios

(¿o los mongoles o los hunos o nosotros, los incrédulos?)

temían adorar, el cielo ocupándose de sí mismo, abstraído, pero qué importa el cielo si a él no le importamos, mencionen el Purgatorio o el Limbo y es probable que les preste atención, ahora el cielo qué más me da, me importaban el surtidor de gasolina y el cobertizo más allá de una loma, un cazador batiendo liebres entre las retamas, la posibilidad en resumen de que alguien me observase, el sacristán pese a cojear una esposa, familia, era la esposa, me acuerdo en este instante, o sea no me acuerdo de la esposa, me acuerdo del acto, quien abría el cepillo de las limosnas de las almas donde además de monedas los librepensadores tornillos y argollas, tal vez los gansos salvajes se alimentan de sirenas, sus cláxones en otoño en dirección a Túnez y por tanto hasta hoy

(por lo menos hasta ayer y aún no las cuatro de la mañana)

el

—Cuacuá

agobiándome, no me sonrían con una especie de sonrisa, no lloren

(no lloro, una expresión de llanto y el

—Cuacuá

en secreto)

no se enfurezcan, no recen, mi temor a que el sacristán se irguiese sobre sus patas traseras mientras lo transportaba de modo que cogiese la escopeta, apuntase a no sé dónde y el eco del disparo alborotando a los animales de los fenicios y a los gansos salvajes, afirmase de nuevo los tobillos y siguiese arrastrándolo, casi perdía la gorra en una arista de guijarro, la barriga al aire bajo la chaqueta y la camisa

(un perro)

me daba la impresión de que dientes pero espaciados, oscuros, los brazos sin energía quebrando mimbres y tallos

(escribí las cuatro de la mañana y es falso, las cuatro y dieciocho y el dieciocho terrible, echen monedas verdaderas en el cepillo de las almas, no obliguen a Dios a enfadarse

—¿Él es eso?

empujándome hacia las regiones inferiores, las del sufrimiento y de las llamas, ayúdenme)

golpea una lata con la cuchara, hermana, acompáñame mientras mis pies en la laguna, las lagartijas, los renacuajos, el lodo, casi noche aquí, casi tinieblas y por consiguiente ecos de pasos, de gotas de medicina, de insectos invisibles afanándose con la tarima y afanándose conmigo, el muérdago de la memoria donde a fin de cuentas la convicción de que mi madre mi nombre y los insectos invisibles afanándose con mi nombre, queda el cuerpo del sacristán acreciendo la laguna, no notaba sus facciones, notaba sus zapatos, el sacristán zapatos, no persona, desapareciendo entre los juncos y en el barro

(una burbuja, no más)

y en cualquier punto de Estremoz una cuchara en una lata convocando a los pollos para el maíz de la tarde, de vuelta a casa oí a las perdices y los chillidos de las crías, el empleado del surtidor de gasolina trancando el cubículo, en la hacienda del padre de mi mujer, en el rincón opuesto del mundo, una ventana iluminada, una idea de hogar, justamente el que nunca tuve, no tengo, tengo planetas extinguidos, perros, una mujer que duerme, tengo los que me buscan caminando hacia mí, no tengo un rostro en una persiana en cuya compañía yo, y no añado sea lo que fuere, si lo añadiese mentiría, seguiría escribiendo lo que no tiene importancia en vez de suspiritos, rozar de plumas, sombras que cambian de aseladero con un sobresalto mudo, un pedazo de caliza que se deshace en la tierra, cosas ínfimas, mías, tales como abrir la puerta del garaje y habituarme a una oscuridad sin pitas ni nubes ni animales del pantano en que descubría el automóvil y los neumáticos por no mencionar el frigorífico antiguo, el primero que tuvimos, removiéndose en esos sueños de los perros que nos perturban y asustan, están durmiendo y gimen, vuelven a acurrucarse tranquilos, instalarme en los neumáticos, silbarle a la perra e irle hablando hasta que el vientre abierto se acomode contra mí, no buscarle las ancas, no lastimarla con las uñas, mudarme de los neumáticos al cemento del suelo acariciándole el lomo y no preocuparme por las horas, cuántas horas no gasté en la época de la policía como vigía en una fábrica, una tienda, un primer piso cualquiera sobre una pastelería donde escribían periódicos contra la Iglesia y el Estado, cuántas horas en Peniche en el postigo del pasillo mirando las olas, mi padre al fin de su vida meses y meses así, mi hermana

—Señor

y nada, cruzando la casa de repente larguísima ahí estaba él en silencio frente al nogal que su padre ayudó a plantar, ni un retrato de mi abuelo, quedó el árbol y eso es todo, si le preguntaba

—¿Se acuerda de su padre?

no escuchaba, creo que escuchaba al nogal, en una ocasión me lo encontré en el patio con la escopeta, sin el cinturón de las perdices, los cartuchos y los mastines, acariciando el cañón así como yo acariciaba a la perra

(me contaron que mi abuelo trabajó en las minas y enfermó de los pulmones)

no me entregó la escopeta, la alargó hacia el tronco creyendo que un tuberculoso ocupado en respirar la agarraba

—No soy capaz, viejo

y se me ocurrió que en ese momento odiaba al nogal, cosas mías, secretas, que apenas se notan, nadie nota, a nadie le interesan y no obstante las únicas capaces de salvarme pero tan leves, tan ínfimas, la banda de música travesía abajo y por extraño que parezca no triste, bonito, aún hoy bonito, si pienso en eso bonito, derramaría lágrimas felices si oyese la música otra vez, por qué habrán acabado con las bandas

(me cuesta darle la noticia, señor, pero el nogal se secó, vino un hombre a arrancarlo y no pesaba casi nada, imagínese, en el tiempo de su padre petalitos en abril, se soltaban de las ramas y superaban el muro, llegué a encontrarlos en la carretera de Reguengos sin tocar la tierra, es decir, tocaban la tierra y se alzaban de nuevo flotando para siempre, hace siglos que no los veía y me los fui a encontrar aquí)

la gorra de mi padre colocada contra el pecho

(lo comprendo tan bien, señor, aun después de desaparecer el funeral la gorra contra el pecho, si yo la tuviese, créame, lo imitaría)

me quedé con su navaja, le vendimos la ropa y usted sin un céntimo, ¿sabía?, le presto una muda cuando vuelva, quédese tranquilo, no me acuerdo de si más gordo o más delgado que yo pero es lo que tengo, apáñeselas así como toda la vida me las he apañado, lo que soy realmente cosas tan ínfimas, tan leves, un pedazo de caliza que se deshace en la tierra y yo la caliza, adiós, no me fastidie con el nogal buscándolo sin hablar, el nogal se secó y no queda ni el hoyo, lo tapamos, quien no supiese de antemano que en este sitio un nogal no se daría cuenta, palabra, así como no me encontrarán en el garaje los que han de venir y no me importa que vengan, aquí hace años a un preso tampoco le importó, me informó en cuanto el médico

—Es mejor no insistir por hoy

un preso vestido de mujer con la oreja rasgada, no aliento, no manchas, no uñas, dos codos uno detrás del otro en el brazo que pisé, las ramas del nogal se quebraron solas y mi hermana observándolas, sus dedos en mi hombro y yo tranquilo porque no

—Cuacuá

ninguna especie de sonrisa ni rozando el vientre abierto en el suelo, de qué hablabas, hermana, de qué hablas en Estremoz sola

(de qué manera el mundo existirá sin mí, qué personas son estas, en qué día estamos, no creo que el mundo exista sin mí, todo sereno, muerto) llamando a las aves de corral con la cuchara y la lata, el hombre que arrancó el nogal nos explicó pueden abonar la tierra con él y los dedos de mi hermana en mi hombro, ningún

—Cuacuá

en secreto, nosotros ante el nogal solamente, nosotros hermanos, si lográsemos ser hermanos ahora me ayudaría, me diste de comer tantas veces, me lavaste en la tina, el agua al principio caliente, después tibia, después fría y los ruidos fuera desarticulados, agudos, si un fruto cayese en el patio ensordecería a todo el mundo, nosotros con las manos en los oídos

—No se caigan

el médico enderezándose en Peniche y digo Peniche porque olas, prefería casas con personas, cafeteras al fuego, el amor y qué cafeteras, ni hablar de cafeteras, qué amor

—Es mejor no insistir por hoy

y el ojo del preso

(¿cuántos nogales he visto morir, Jesús?)

es decir el ojo que quedaba, el otro párpados sin pestañas o sea arrugas hinchadas, oscuras, el ojo del preso o la nariz o la mejilla si es que nariz, si es que mejilla, no nariz ni mejilla, párpados igualmente o sea arrugas hinchadas, oscuras pero llamémoslas nariz y mejilla y por tanto el ojo del preso o la nariz o la mejilla no pidiendo, mandando del mismo modo que no toda la voz, un ángulo de garganta

—Continúe, señor

y continuar qué si ni una línea de lo que he escrito hasta ahora es lo que quería decir, siento la mañana en este momento y ninguno de ustedes me ha hecho daño, me ha ordenado que me desnudase, que me apoyase en la pared, se limitaban a sentarse allá, a calmarme

—No se aflija por nosotros

explicaba yo que siento la mañana en este momento, aún no la claridad de la mañana, un inclinarse de tallos antes de la llegada del viento y yo los tallos y lo que precede al viento

(lo que precede al viento una esperanza en las hierbas)

nada de gritos, voces, cosas ínfimas, leves, mi mujer acercándose porque una tabla crujió pero qué no cruje en este sitio, amigos míos, las cómodas

(tenemos dos)

el tejado tal vez, los cimientos, las tuberías, en la casa antes de esta, cerca de la casa de mi padre, eran los cuervos de la muralla

—Cuacuá

y luego mi hermana con ellos y el sacristán rondándola, fíjense en cómo todo encaja, se supone que son piezas dispersas y nanay, el decorado completo, quién le ha mandado erguirse sobre las patas traseras, un pasito, otro pasito y reparando en mí, encogiéndose, aun hoy no logro entender si fue el sacristán a quien dejé en la laguna

(y los gansos salvajes desconfiando de mí)

o el pecho de mi hermana hinchándose sobre el mantel y una miradita de soslayo aguda

—Cuacuá

que el pantano devoró, si mi, qué estupidez, si la hija de la que me espera en Lisboa, no mi hija, qué alivio, cómo pude suponer que mi hija, los enemigos de la Iglesia y del Estado tienen hijos, yo no, qué se hace con un hijo, qué se le dice a un hijo, cómo se muere

(cuéntenme)

ante un hijo, a mi madre la magullaron, mi padre en el hospital

—Llévame a casa, me encuentro bien

convencido de que tenía casa, pobre, y el nogal y la huerta, que podía sentarse en el patio a conversar con las perdices, nada de lo que he escrito hasta ahora era lo que quería decir o sea la que me espera en Lisboa, mi mujer, los perros, eran cosas mías, secretas, las que soy realmente pero tan leves, tan ínfimas, en este momento a las cinco de la mañana, casi las cinco de la mañana, pienso yo, el surtidor de gasolina subiendo desde la neblina y una vereda de carros donde los cascabeles de los gitanos en el otoño cuando los patos y las tórtolas llegan o se van, qué más da, bocinando, gritando

(bocinando más correcto)

el surtidor de gasolina, el banco del empleado con el periódico, mi mujer

—Despierta

y yo despierto, qué manía, no me griten

—Despierta

no aleguen que no gritos, cuchicheos, cuando son gritos los que oigo, mi mujer no vestida, descalza, con el pelo gris

(¿mi pelo gris?)

con una especie de blusa, una de esas, uno de esos gabanes demasiado anchos, gabanes, no blusas, con los que por la mañana enciende el fogón y el gas enervándome, un círculo de llamitas más irritadas que los gansos, escupitajos de chispas, lengüecitas airadas, casi las cinco de la mañana porque el primer perro se desovilla entre las malvas, midiendo en el pomar una alteración, un animal, acordándose de la perra y trotando hacia el garaje, ningún ladrido por ahora, ningún albatros en Peniche, el médico de la policía tiene razón, es mejor no insistir por hoy, no me busquen aquí, no me griten

(porque un grito, no un cuchicheo, un grito)

—Despierta

puesto que yo despierto, mi madre despierta, mi padre despierto, los insectos en la tarima despiertos sin vernos, a la espera, no existe mi hermana, mi hermana en Estremoz, mis padres y yo despiertos, los adornos de la cama insistiendo en la pared, solo había una cama además de un colchón en la despensa y unos trastos, unas zarandajas, solo había perdices, un féretro cuya tapa nos magullaba la cara, una cuchara en una lata y las gallinas alrededor picoteándome, no me coman antes de que llegue el reflujo en los peñascos del fuerte o me caiga en un espejo y las uñas rasgando el cristal, rasgando el aliento, deshaciendo una mancha de sangre

(mi hermana frotaba con un paño las manchas mayores que no salen, aumentan, manchas enormes, marrones)

no me ordenen

—Cuacuá

porque alguna pieza del mecanismo del habla se me ha soltado y no para, retomando lo que escribo no logro entender si fue el sacristán irguiéndose sobre sus patas traseras, un pasito, otro pasito, a quien dejé en la laguna

(y los gansos salvajes bocinando, desconfiando de mí)

o el pecho de mi hermana sobre el mantel, una miradita de soslayo aguda

—Cuacuá

que el lodo engulló, si mi, qué estupidez, si la hija de la que me espera en Lisboa me apretase contra sí, furiosa, y la furia desapareciendo a medida que apretaba, la cogería y la mataría, miradme bien, no es una exageración, la mataría, una navaja, un tiro, un martillo en la nuca, una tarde de hace siglos nosotros dos solos, es decir, yo en la sala y ella en el patio con la muñeca y ni así fue capaz de un

—Hola

casi las cinco de la mañana y todo claro, señores, los patos y las tórtolas que no llegaban ni se iban en el eucaliptal a cien metros, puede ser que dentro de poco los gitanos de vuelta si es que no los he inventado, yo despierto, qué manía, no intenten convencerme de que duermo y la prueba de que no duermo es que oigo a los cuervos

—Cuacuá

alguien que me alza del suelo

(¿mi madre?)

me transporta consigo

—No paras de crecer, ¿te das cuenta?

y yo tirándole de los pendientes y sacudiéndola, yo

—Señora

mi madre no con una especie de blusa, no con gabán, vestida, zapatos demasiado grandes para ella, como vacíos, lustrados, estaba seguro de que no la recordaba y la recuerdo, mi padre de mi altura, mi madre enorme, o sea mi madre enorme porque yo pequeño en sus brazos o si no

(¿quién me ayuda a aclararlo?)

mi madre enorme realmente, no solo los zapatos, la cabeza gigantesca, los hombros que yo sacudía sin parar, el cordón al cuello

(no una cuerda de tendedero, un cordón de plata al cuello, mi madre lo heredó, nunca se lo vi con él)

bicicletas en el muro del cementerio al dejarla, fíjense en cómo todo cobra sentido, no mi mujer, no mi hermana, mi madre

—Despierta

y un sonido terrible, me vestía a tirones

—Despierta

no era a mi hermana a quien el sacristán rondaba, era ella, un paso, otro paso, me veía y se agachaba, en el caso de tirarle una piedra se escapaba ladrando y mi madre

—Cállate

a pesar de que yo callado, los árboles de la muralla con las copas temblorosas e insectos invisibles afanándose con la tarima, era mi madre no mi hermana quien

—Cuacuá

(mi hermana bajita, canosa, fuerte, la grasa del corazón la entorpecía)

y el

—Cuacuá

en secreto, rezaba a la imagen entre el horno y el reloj

(las cinco de la mañana, Virgen Santísima)

—Perdonadme

mi madre

—No me toques

yo que no la tocaba, me limitaba a intentar soltarme retorciéndome, mi padre de regreso de las perdices entendiéndome, sin entenderme, entendiendo de nuevo sentado en el patio de la cocina dialogando con las perdices

(¿durante cuánto tiempo habló usted con las perdices?)

con el nogal, con su padre, creía no recordar y recordaba, era usted, madre, no mi hermana, mi hermana trabajando en la fábrica, usted con una sonrisa amplia

—Cuacuá

y por tanto rasgarle la oreja, lastimarla, si fuese yo quien le apretase los tornillos de la tapa en lugar de los hombres, si fuese yo quien le echase la tierra en la fosa, disculpe a madre, padre, no le haga caso, hasta que gracias a Dios un mes o dos antes de comenzar en la policía

(nada de lo que he escrito era lo que quería decir, era esto)

campos y campos abandonados hasta la linde de la hacienda

(ahí estaba el mojón con unos trazas grabados ahogándose entre las retamas)

antes trigo me parece y ahora matorral, arbustos

(era esto lo que yo quería decir, señora, y no me atrevía, era esto) restos de granero, de establo

(unas cornisas, planchas, en una ocasión una lechuza y al mirar los campos la certidumbre de que solo muertos aquí, los sepultaban demasiado hondo, no lograban volver, un mes o dos antes de entrar en la policía me encontré con el sacristán no en la ciudad, fuera

(hice esto por usted, padre, ¿me entiende?)

es decir no me encontré con él, le pedí al sacristán

(la mujer dentro de casa

—¿Quién es?)

yo a la puerta del sacristán y la mujer

—¿Quién es?

bajita, canosa, fuerte, igual a mi hermana en Estremoz, yo a la puerta del sacristán y una cuchara golpeando una lata, es decir el corazón una cuchara y una lata, es decir todo yo una cuchara que no cesaba de golpear una lata y la lata en mis sienes, en la barriga, en los huesos, yo una lata abollada de fruta en almíbar o de hierbaluisa manzanilla cidra donde la cuchara golpeaba, la mujer del sacristán

—¿Quién es?

el sacristán no

—Entre

entendiendo, no entendiendo, entendiendo de nuevo, el sacristán con la escopeta, alrededor del sacristán aluminios, una mesa, el retrato de una chica difunta

(no con trenzas)

al lado de un búcaro con flores de tela, esterlicias demasiado coloridas, demasiado perfectas, se notaba que la chica difunta porque su expresión la envidia de los muertos en los marcos, intentan adelantar una pierna y la pierna no obedece, alzar el brazo y el brazo parado, nos piden opinión por sus labios fruncidos

—¿No es extraño?

y claro que es extraño, chica, quién se conforma con estar vestido de domingo descoloriéndose ahí, quién acepta quedarse sobre un tapete tanto tiempo impedido de un deseo, un capricho, las flores curvándose con los años en las vainas de alambre, coincido con usted, es extraño, me encontré con el sacristán no en la ciudad, fuera, cerca del surtidor de gasolina cojeando hacia

mí con la escopeta bajo el brazo, era esto lo que quería escribir y
no me atrevía, esto, no miré a la mujer del sacristán, lo miré a él,
a la chica, pensé que tal vez su hija

(cosas que uno piensa)

y por tanto árboles de la China, un manzano y en el manzano, suspendida de una cuerda, una muñeca girando, tal vez su
hija ya que todos nosotros hijos, casi todos, yo no, lo miré y entendió, no entendió, entendió de nuevo puesto que otra cuchara
en otra lata es decir el sacristán una cuchara en una lata también,
una lata abollada de fruta en almíbar o de hierbaluisa manzanilla
cidra, yo al sacristán antes de que se irguiese sobre sus patas traseras y un pasito, otro pasito, antes de que me viese y se agachase

—Tenemos que hablar, señor

la mujer del sacristán igual a mi hermana, canosa, fuerte, bajita, la egoísta de la chica sin reparar en nosotros, no preocupada
por su padre

(no tengo hijos)

afligida por ella insistiendo en pedirme opinión por sus labios fruncidos

—¿No es extraño?

(mi hermana en Estremoz espero que no fallecida, viva)

y las esterlicias vibrando siempre que una corriente de aire o
las cucharas en las latas, el sacristán cojeaba a mi lado viejísimo
como yo viejísimo ahora, setenta y dos en septiembre, me apetece pedirle opinión a la chica por los labios fruncidos

—¿No es extraño?

bajamos desde la muralla, pasamos el barrio y ahí estaban las
pitas, las malvas, ninguna cuna, mi mujer una extraña para mí en
esa época, rodeamos el surtidor de gasolina y el empleado no se
distrajo del periódico, no crepúsculo y no obstante los primeros
escarabajos y los últimos grillos, al principio creí que un tractor
y ningún tractor, grillos, ese mínimo ruido de los gallineros por
la noche hecho de suspiritos, rozar de plumas, sombras que cambian de aseladero con un sobresalto mudo o si quieren un inclinarse de tallos antes de la llegada del viento y yo los tallos y lo
que precede al viento siendo aquello que precede al viento una
esperanza en las hierbas, nada de gritos, voces, olas

—¿No es extraño?

todo ocurre por dentro, lejos de la vista, de las manos, cosas mías pero tan leves, tan ínfimas, el sacristán olisqueando, husmeando, la era donde los gitanos acampaban y restos de manta, trapos, fulgores de hoguera, pienso siempre que si rebusco entre los trapos encontraré una chica pidiéndome opinión por sus labios fruncidos

—¿No es extraño?

las rodillas de mi madre lastimándome

(era esto lo que yo quería decir, no mi hermana, mi madre, y no me atrevía, esto, cosas mías, secretas, que apenas se notan, nadie las nota, a nadie le interesan y sin embargo lo que soy realmente)

una sonrisa amplia, un

—Cuacuá

en secreto, manchas que frotaba con un paño y las manchas mayores, mi madre sacudiéndome a pesar de yo callado

—Cállate

empujándome disgustada conmigo

—No me toques

yo que me limitaba a intentar soltarme retorciéndome, por culpa del sacristán mi madre frente a la imagen entre el horno y el reloj

—Perdonadme

y no me pregunte si es extraño, claro que es extraño, chica, un búcaro con flores de tela y nosotros asombrados

—Es extraño

mi padre en el patio de la cocina entendiendo, no entendiendo, entendiendo de nuevo o junto al pozo cortando una caña con el cuchillo, mi madre ante la imagen

—Perdonadme

mientras un último

—Cuacuá

se mezclaba con la petición y yo sereno a no ser este malestar en el pecho, campos y campos abandonados hasta la linde de la hacienda, ahí estaba el mojón entre las retamas, restos de granero, de establo, la impresión de que solo muertos aquí, los sepultaron demasiado hondo y no logran volver, el sacristán desviándose cuando me planté vertical y con las orejas alerta, cuando dije

—Padre

sin las palabras, no necesitaba palabras para decir

—Padre

para decirle

—Mi padre

que por su culpa mi padre en el patio de la cocina o afilando cañas en un pozo, por su culpa mi hermana en Estremoz, la vergüenza de ella, señor, y las gallinas picoteándola, el sacristán huyendo cuando el pescuezo se me encrespó y galopé hacia él, un ladrido, un bullir, ese ruido mínimo de los gallineros, no suspiro, no rozar de plumas, no sombra, un pedazo de caliza que se deshace en la tierra, la cuchara deteniéndose en la lata, mi hermana llamándome con un gesto que yo conozco, el mismo con que me llamaba para darme un baño, acostarme, una seña

—Deprisa

exigiendo

—Deprisa

obligándome a correr

—Más deprisa

nunca tuvo un hombre y cómo podía tener un hombre si los hombres en los patios de las cocinas o a la caza de perdices en los montes matándose sin matarse o aguzando cañas con el cuchillo, cómo podía tener un hombre si después del hombre ella ante la imagen entre el horno y el reloj

—Perdonadme

y qué se siente, díganme, cuando una persona ante una imagen

—Perdonadme

en la cara de la imagen no ya facciones, yeso, mi hermana bajita, canosa, fuerte, has envejecido, hermana, es extraño, envejecemos ambos, es extraño, mi mujer

—Despierta

y casi las cinco de la mañana, pienso yo, he ahí el surtidor de gasolina que comienza a distinguirse entre la neblina cuando los patos y las tórtolas llegan o se van en un atropello de alas, bocinando, graznando

(más correcto bocinando)

el surtidor de gasolina nítido, el banco del empleado con el periódico encima, mi mujer

—Despierta

y yo despierto, qué manía, no me griten

—Despierta

no aleguen que no gritos, cuchicheos, cuando son gritos los
que oigo, los de mi hermana

—Deprisa

exigiéndome

—Deprisa

obligándome a correr

—Más deprisa

y el sacristán irguiéndose sobre sus patas traseras, intentando
un paso, otro paso, me pregunto si mi hermana, tan lejos, oyó
la escopeta y no un disparo, dos, o una navaja o un martillo en la
nuca y la cuchara inquietándose además de los sapos, vapores de
agua estancada asqueándonos así como la sangre me asquea a mí,
nunca me gustó la sangre, si por casualidad una heridita supongamos que en el dedo desvío la cara, no miro, no me obliguen a
despertarme

—Despierta

déjenme en paz sin que me importe nadie frente a los planetas extinguidos, al cuerpo del sacristán más difícil de lo que yo
pensaba de arrastrar por los guijarros, ese es el motivo de que vacile sobre las patas traseras, no era posible imaginar al pobre con
tanto peso y su

—Cuacuá

urgente que el lodo engulló, déjenme con mi padre en el alféizar del despacho finalmente capaz de conversar con él

—Señor

no necesitaba más palabras que esta

—Señor

y la certidumbre de que decir

—Señor

sería la conversación más larga que hemos tenido en la vida.

2

Dios mío, cómo me apetece que llueva, oír el tejado, el porche, las ventanas, las hojas, todo aquello que no existe a no ser que el agua o el viento

—Fíjate

apunten con el dedo, por ejemplo un cubo del que me había olvidado y que las gotas animan dándole volumen, forma

—Es el cubo

la ropa del tendedero que se enrosca en la cuerda hinchándose y encogiéndose, pájaros en un vuelo húmedo de repente ciegos entre dos cornisas, algo que se desploma en silencio

(no sé bien qué, ¿un nido, un durazno?)

y se diluye en un charco, no un nido ni un durazno, el cesto de las pinzas de mi madre, muy antiguo, antes forrado con paño y cuya ala se rompió, objetos sin importancia de tal manera desaparecidos que no reparo en ellos y con la lluvia se vuelven insistentes, incómodos

—Somos nosotros

pensándolo mejor no me apetece que llueva, llover para qué, mi vida más tranquila sin misterios al final resueltos, el cubo, la ropa, el cesto, nadie en mi busca y por tanto al contrario de lo que pensaba un día más, más días, muchos días tal vez, ningún caballero señalándome una foto

—¿Es este?

y en la foto extraños, mi marido durmiendo en el despacho con los mismos estremecimientos que los perros en la hierba o sea el pelo que se desordena y un sobresalto de patas, cree que lo fastidio

—Despierta

yo que ni me acerqué a él, sigo en la habitación midiendo el silencio, vigilándolo, teniendo miedo, me pregunto si mi padre en la hacienda acosado por recuerdos confusos, señoras en un automóvil que se aleja y lo deja y el mismo miedo también, me pregunto si en el hospital los pacientes observándose unos a otros de regreso a sus dolores

—Seguimos aquí

Dios mío, no me apetece que llueva y me apetece que llueva, las cuatro y pico de la mañana, cincuenta años y pico, soy vieja, la tarima parece hundirse como si una persona pisase la barriga de las tablas, mi abuela por allí inquieta por no ver la encina, aun después de no levantarse de la cama siguió royéndome el bichito del oído

—No la veo, ¿qué es de ella?

aumentando la palma en la oreja, nunca he vivido lejos de Évora y apenas conozco el mar, la impresión de que la farola en el porche se encendió sola porque una claridad tras la puerta y probablemente no la farola, la palidez de cartílagos que precede al sol y los muebles rodeándose de toda la oscuridad que obtienen para defenderse de él, hay partes de esta casa que detestan el día, el sótano por ejemplo siempre bajando al interior de la tierra, al principio un solo tramo de escaleras y ahora cuatro, cinco, la silla de brazos que siempre me da la impresión de haber sido abandonada, en el instante en que entro, por una persona que vive aquí angustiándose por una pariente, una amiga

—¿Isabel?

yo deseosa de ayudar apartando un escritorio y en el escritorio nada

—¿Isabel?

nunca he vivido lejos de Évora, pertenezco a este lugar, subía desde el sótano resucitando de entre los muertos, suponía por un desplazarse de objetos a Isabel en la despensa ordenando tarros, la informaba

—La esperan en el sótano

e igualmente nada, los tarros desalineados, nadie que se asombrase ante mí

—¿En el sótano?

quien habitó antes de nosotros en este sitio, anduvo por el pasillo y ocupó la habitación, heredamos el pomar más o menos vivo en aquel momento, o sea una granada desprendiéndose de una rama y estrellándose en el suelo, flores

(no tulipanes como a mí me gustan pero flores aun así)

que se marchitaron una a una a pesar de mis esfuerzos, la persona que abandona la silla en el instante en que entro o la tal Isabel sabrían cuidarlas, nos quedaron unos bulbos, unos tallos y después las malvas les borraron el rastro, me apetece que llueva para oír el tejado, el porche, las ventanas y comprobar que continúo, no solamente un reloj anunciando las cuatro de la mañana en un punto cualquiera de un desierto de siluetas y tinieblas, mi padre en lo que pensaba una hacienda y ninguna hacienda, heno, la segadora desmantelada, el administrador embaucando

—Patroncito

mi marido se despierta en el despacho imaginando que no duerme, que unos caballeros junto a él y una manchita en el espejo cuando en realidad no hay nadie, el sótano profundísimo y no obstante una voz junto a mí

—¿Isabel?

si fuese yo el que faltase no creo que se alarmaran, otra enfermera en el hospital ocupándose de las úlceras, la tranquilidad de la casa, pese a no ser yo importante, sosegándome también, no había amenazas, persecuciones, preguntas, por la tarde podía abrir el garaje porque el vientre de la perra se cerró, se convirtió en un animal como los otros con el hocico a ras de tierra esperanzada en sobras y restos y por tanto yo sin alargar la cola ni alzar el lomo, ningún olor que alcance a mi marido en el despacho y la prueba de no haber ningún olor está en la mudez de todo esto, ni albatros ni olas, seguimos vivos, hemos de durar años y años, te lo aseguro, la vieja del sombrerito con la pluma rota se marchó sin una queja, sola, traspuso la puerta del hospital muy erguida y ahí está ella en su primer piso frente a la manzanita cocida, comen tan poco los viejos, se van mascando a sí mismos, cubren los espejos con paños negros para que la muerte no los encuentre, se alegran sin risas, se conmueven sin lágrimas, se inquietan

—¿Isabel?

y en respuesta gotas de muérdago, moho, nunca he vivido lejos de Évora, dónde estaré dentro de nueve, diez meses, los perros trotando sin amo por los campos y las ventanas que no renacen con la lluvia, nada más que el cubo al que las gotas dan volumen y forma, si me encontrase con la vieja del sombrerito en la calle y quien dice la vieja dice Elizabete o Lurdes y me plantase frente a ellas

—¿Se acuerdan de mí?

creo que me apartarían con el codo escapándose, en el caso de que mi tío vuelva de Luxemburgo en lugar de una maleta mohosa que llegó en vez de él tal vez me observase desde lo alto de la bicicleta con el zapato derecho en el pedal, el izquierdo en el suelo y la bicicleta inclinada hacia el zapato izquierdo además no zapato, una bota, de eso me acuerdo así como me acuerdo de las piedrecitas que crujían bajo las suelas

(a mí en lugar de crujir me perforan los pies)

solía esperarlo fingiendo entretenerme con las formas y unos palos sin que él se diera cuenta de que lo esperaba, lo distinguía mirándome al apoyar la bicicleta en la pared, se detenía al borde de una frase nunca pronunciada, yo en el interior de mí

—Diga, diga

y él mudo, se notaba que un esfuerzo reteniéndolo

(ídem con mi marido creo yo, suposición mía, no lo sé)

en la víspera de marcharse al extranjero

(lo comprendí después)

una mirada más demorada, la frase

(que aún hoy espero me susurren y al susurrármela mi vida cambiada y yo agradecida, iba a escribir feliz y feliz es exagerado, agradecida)

la frase que él trababa con la palma ahogando las palabras, gastó minutos en lo alto de la bicicleta midiéndome, en lugar de apoyarla en la pared la lanzó contra el estanque y pasó junto a mí corriendo, no, casi corriendo, no se permitió correr, más deprisa que de costumbre solamente mientras yo barajaba las formas y los palos despechada, intentaba levantar la bicicleta, desistía y una de las ruedas girando, cuál sería la frase, Virgen bendita, incalculable la cantidad de frases que necesitaba oír y no oigo, no cantidad, he exagerado, con dos o tres me bastaba, la suya por ejemplo, tío, aún está a tiempo, no me deje corriendo

(casi corriendo)

no me deje casi corriendo, sé que empujar la bicicleta fue su manera de conversar conmigo pero no empuje la bicicleta y dígame, tal vez haya pronunciado la frase en Luxemburgo por la noche, bajito, mi padre no una frase, monedas, la vieja del sombrerito con la pluma rota no una frase, los tacones en las baldosas del hospital, algo como una lágrima cayendo pero con la edad lágrimas que los ojos no logran retener y no significan nada, todo huye de ellos, los sentimientos, los brazos, me pregunto si tuvo noticia del fallecimiento de su hermana y si habiendo tenido noticia seguía recordando, al encontrar una cama al lado de la suya no lanzaría asombrada

—¿Quién durmió aquí?

demasiada ropa en el armario, medicamentos que no le pertenecían, deben contarse las lágrimas no por lo que cae por las mejillas, por el temblor del labio, mi marido ninguna lágrima y no obstante cuando cree que no lo veo el labio, la única vez en que se refirió a su hermana el labio y en su caso no un temblor, un saltito, la hermana un saltito, Estremoz un saltito, la descripción que no comprendí bien de una cuchara en una lata

(¿por qué demonios una cuchara en una lata?)

un saltito, yo en contrapartida ni saltitos ni temblores, las patas que se doblan, el lomo que se alza y sin embargo ningún perro se preocupa por mí, prefieren a Elizabete o a Lurdes, mujeres menos ajadas, más fuertes, no encerraba a la perra en el garaje para protegerla, la encerraba por celos, si enfermase no telefonearía al veterinario y ella crédula, la tonta, no sospechándolo siquiera, sacudiendo la cola ante mí y siguiéndome, la apuntaba con la pistola de mi marido

(o el cuchillo o el clavo)

y en vez de desaparecer al galope se tumbaba entre las malvas por gratitud, confiada, aguardando como yo la frase entre todas decisiva que le cambiaría la vida, hay ocasiones en que tengo la certidumbre de oírla en el hospital o aquí, me interrumpo para recibirla y al final los cascabeles de los gitanos en la vereda, una víscera mía encajándose mejor con sacudidas de pavo en el lugar que le corresponde, las encuentro numeradas de uno a veintiséis en la mujer sin piel del libro de enfermería, el cerebelo, el timo, mi madre que endereza la bicicleta acariciando el manillar, reflexionó un momento

(cerebelo, qué nombre)

y la lanzó contra el estanque igualmente en un amontonamiento de metales descoyuntados, inútiles, además del cerebelo y del timo designaciones más inesperadas, señores, cuerpo calloso, suprarrenal, esfenoides, una lechuza cruzó la persiana camino de su agujero en una chimenea o en un desván y por tanto el anuncio de la mañana, una transparencia lila advirtiendo del calor, curioso que mi memoria haya retenido el esfenoides, iba a decir que mi marido despierto o por lo menos cambiando de posición en el asiento debido a que el sillón del despacho se balanceó sobre sus muelles, con mi marido despierto los caballeros con corbata y chaqueta inventados por él existiendo de nuevo y acercándose a nosotros, inventó a los caballeros, los albatros, las olas, personas en fotografías

—¿Lo conoce?

que no conocía, claro, cómo podía conocerlas, nunca vivió lejos de Évora tampoco, trabajó en una tienda o en un banco y después de la jubilación lo obligan a mentir hablando de un patio que no existe donde una muñeca giraba en un manzano entre dos árboles de la China, se recluyó en el despacho por temor a que lo matasen arañando el espejo con las uñas a medida que cae y el resultado es que aunque yo en esta habitación, lejísimos del mar, oigo el sonido de muchos clavos oxidados de la creciente cayendo unos sobre otros, desparramándose, reuniéndose

(alguien los juntaba, de eso estoy segura, pero ¿quién?)

y desparramándose otra vez

(sea quien fuere ora se interesaba y venía, ora se distraía y se olvidaba)

yo vacilando ha mentido no ha mentido, ha inventado no ha inventado, si me levantase de la cama y lo interrogase desde la puerta

—¿El manzano es verdad?

y quien dice el manzano dice los caballeros y las olas no se volvía siquiera, permanecía a la espera, los campos desde la ventana anaranjados, verdes, supongo que olivos en un pliegue de tierra donde ayer no estaban, animales menudos por ahora tan pocos bullendo en el suelo, alas pelos antenas ojos facetados al acecho, empiezo a imaginar que tal vez no haya inventado y a temer la mañana yo que no temía la mañana dado que uno de los caballeros consultando papelitos, discutiendo con los compañeros e imposible bajar veinte

(qué digo, más de treinta)

tramos de escalera para ocultarme en el sótano cerca de la silla de brazos que me da siempre la impresión de que la ha abandonado en el instante en que entro una mujer que se angustiaba

—¿Isabel?

gotas de humedad, moho, colchas viejas

(¿cuál de nosotros duerme?)

yo deseosa de ayudar apartando el escritorio y en el escritorio nada

(¿será mi marido quien me sacude

—Despierta?)

y no solo quien se angustiaba

—¿Isabel?

otras voces de desconocidos, de extraños, de Lurdes sosteniéndome en el hospital cuando unas compresas en el cubo

—Cuidado

no un hijo, soy yo que duermo y las olas de Peniche trayéndome y llevándome no contra los muebles de la habitación, contra el halo de ceniza que mi marido atribuía a los planetas extinguidos, a esta hora la hacienda de mi padre apareciendo en los cristales y los gansos salvajes discutiendo en el pantano, un albatros alisándose en el porche dispuesto a picotearme el cerebelo y el timo, mi madre levantó la bicicleta pidiéndole disculpas

(se notaba por los gestos que iba a pedirle disculpas, ¿no la vio, tío?)

y la acomodó contra el muro, el caballero de los papelitos señaló esta ventana o la ventana siguiente, la del rincón con los trastos de mi abuela y de mi madre, cosas de pobres a las que los pobres llaman cosas y yo escombros, basura, mi abuela

—Mis cosas

mi madre

—Mis cosas

yo durante años

—Sus cosas

y hoy día, no es que sea rica, no soy rica, solo he envejecido, basura, en otra época habría luchado por ellas y desde que Lurdes me cogió del brazo

—Cuidado

renuncié a luchar, me abandono, acepto, los caballeros no tendrán necesidad de ocuparse de mí, he de estar tumbada en el suelo mirándolos cieguita, el lomo inerte, el trapo de la cola y el hocico sin oler nada de nada, quieta, una noche me encontré con mi madre en bata junto a la bicicleta, las señoras de azul mientras que el coche se alejaba

—Tu hija

y mi madre furiosa, la bicicleta y las señoras de azul he ahí mis cosas de pobre, mis trastos, no se diviertan a costa mía, no me señalen

(este sí que es un verbo como es debido)

con el mentón a mi abuela, nunca le pillé una sonrisa y sacando el

—¿No ves la encina?

toda la vida callada, de vez en cuando una vecina con ella igualmente callada, no Isabel, Guilhermina, se instalaban en un banquito observando la entrada con la esperanza de mi tío por ahí arriba pero otras bicicletas con otros hombres con la nariz en el manillar, la carretera subía entre hayas y olmos, tal vez no hayas y olmos, no soy muy entendida en árboles, si mi abuela no afirmase

—La encina

por mi parte le daría un nombre cualquiera, plátano, tipa, roble, por tanto tal vez ni hayas ni olmos pero hayas y olmos a partir del momento en que los escribo así y en cuanto a mi abuela y a su amiga

(doña Guilhermina)

bien podían esperar a mi tío, otras bicicletas con otros hombres con la nariz en el manillar

(esto va bien, voy bien)

y cómo me apetece que llueva, Dios mío, oír el tejado, el porche, las ventanas, las hojas que persisten en el pomar color de papel antiguo, difuntas, pero quién se atreve a jurarlo, todo aquello que no existe a no ser que el agua y el viento me aconsejen

—Fíjate

apuntando con el dedo, un cubo del que me había olvidado y que las gotas animan dándole volumen, forma

—Es el cubo

yo coincidiendo en esta especie de caída en que se ha convertido mi sueño

—Es el cubo

en este descenso camino del sótano, gotas de muérdago, moho, colchas viejas, lo que con el tiempo y sin que yo me dé cuenta se va volviendo mi olor, no olor de perra o de vientre abierto, mi olor, la ropa del tendedero que se enrosca en la cuerda hinchándose y encogiéndose, pájaros en un vuelo confuso

(nota: respecto a los pájaros problema idéntico al de los árboles; ¿gorriones?)

en busca del abrigo de una rama, vi pasar miles de bicicletas hasta hoy y nunca la de mi tío, el triciclo del inválido descomponiéndose en los desniveles y componiéndose en las lomas, quién habitó antes de nosotros este sitio, anduvo por el pasillo y ocupó mi habitación, las muletas del inválido amarradas al triciclo y a veces llevaba a su hija en un sillín en la parte trasera casi cayéndose también, aun sin abrir los ojos tenía la certidumbre de que uno de los caballeros observándome desde fuera, con chaqueta raída y pajarita sobada, no amenazador, curioso

(uno de los compañeros probablemente en la cocina, el otro en el despacho y tal vez no amenazadores, curiosos)

el caballero sin pistola ni cuchillo ni martillo apreciándome y comprendiéndome

—Póngase cómoda, señora, tranquilícese

más distinguido que mi marido, más educado, atento, por qué motivo te acepté con tus pitas y con tus planetas extinguidos, no era para ti para quien mi cuerpo se derretía y se dilataba, era para quien me aprecia, me comprende

—Póngase cómoda, señora, tranquilícese

aguarda a que me despierte antes de lastimarme los ijares buscándome en la blusa a la que el desprecio de mi marido

—Un gabán

y se queda conmigo con un ladridito menudo, pensándolo mejor no me apetece que llueva, llover para qué, nadie en mi busca y por tanto al contrario de lo que suponía un día más, más días, poder medir el silencio, volverme silencio, el silencio ser yo, mi abuela callada, mi madre callada, nadie que me examine desde la oscuridad angustiándose por una hija

(no me angustio por el hijo que no sé bien si hijo, unas compresas, manchitas)

una pariente, una amiga

(no me quedó ninguna pariente, estoy sola)

—¿Isabel?

gotas de humedad, moho, colchas viejas, aparté la escalera y en la escalera nada, cinco menos nueve de la mañana, no me despiertes ahora

—¿Isabel?

tantas personas en esta casa saludándose entre sí, tantos abrigos en el perchero, gabardinas, sombreros, el profesor de la escuela de enfermería con la pipa apagada asomando en el chaleco

—¿Para qué sirve el cerebelo, para qué sirve el timo?

y el cuerpo calloso, las suprarrenales, el esfenoides, la boca le cambiaba de aspecto, respetuosa, cada vez que

—Esfenoides

el esfenoides importantísimo ocupando toda el aula

—¿Para qué sirve el esfenoides?

y a propósito de esfenoides no me toquen en el hombro, no me griten

—Despierta

so pretexto de que los perros vacilan de miedo, si me levantase de la cama me encontraría con este paisaje monótono que me desalienta y los cuervos de la muralla deben de desalentarse igualmente porque no los veo desde aquí, veo un milano no en círculos, inmóvil, mi marido alejándose así como mi tío se alejaba más la frase nunca dicha, un día de estos, sin una despedida, una carta, desaparezco en Luxemburgo también hasta que años después una maleta mohosa que dejarían en el sótano si un único tramo de escalones como antaño y al escribir antaño me refiero a ayer, en la época en que a mi vida solo la perturbaban los tarros en la despensa o sea Isabel disponiendo las conservas en orden, informarla

—Están esperándola abajo

y ella sin poder oírme por el sonido de muchos clavos oxidados cayendo unos sobre otros y desparramándose, reuniéndose y desparramándose de nuevo, mi marido

—Peniche

que no sé dónde queda, siempre he vivido aquí de modo que si mi marido

—Peniche

lo acepto y entre los muchos clavos oxidados el caballero cotejando los papelitos

—Póngase cómoda, señora, tranquilícese

dispuesto a complacerme, un amigo, el sonido de los clavos se fue apagando fuera, distinguía el zumbido del reloj en la cabecera y entre los números de las horas y los números de los minutos dos puntitos rojos que se encendían y apagaban al ritmo de los segundos, en las noches difíciles intentaba hacer coincidir mi corazón con ellos, a veces el corazón una pausa, durante la pausa yo

—¿Me he muerto?

y el mecanismo reanudando la cadencia, fallos mientras atinaba con el ritmo habituándose a ella o no el corazón, un músculo del brazo que se contraía

(cosas de ellos)

y el corazón parado, no moviéndose, si extendiese la mano en el pecho no habría dudas, parado, se puede vivir con el corazón parado siempre que el cerebelo o el timo funcionen, el secreto en el cerebelo, en el timo

—Esfenoides

se puede vivir con el corazón parado siempre que el esfenoides y la lengua del profesor subrayando la palabra, cerraba los ojos para pronunciarla con más solemnidad y Lurdes con el lomo redondo casi pidiéndole cógeme del colodrillo, quédate conmigo, toma, Elizabete a mí

—Qué vergüenza

y no obstante también su lomo, los dedos en mi brazo, el

—Qué vergüenza

no desprecio, envidia, la mancha roja en la garganta de cuando esperamos que un perro nos siga, las cuatro de las mañana y yo en esto, el caballero

—Tiene tiempo

y tengo tiempo para qué, señor, no permita que mi marido aquí, él que trote entre las pitas con los demás, que descubra un topo o una comadreja, que galope hacia ellos ladrando y nos deje en paz a usted, a mí y a la cómoda que compramos antes de casarnos en Elvas, no, Vila Viçosa cerca del palacio de los reyes, no, Elvas por el acueducto y la plaza que a mí me gustaba cuyo nombre no recuerdo, la cómoda que creíamos antigua por sus rajas, una de las patas torcida y la encimera rota como solo las cosas antiguas, para colmo en medio del polvo en la oscuridad de la tienda en la que un judío, ese sí antiguo, con barba tal vez postiza, conversando con nosotros mitad en portugués y mitad en esperanto, solo más tarde descubrimos que no era esperanto, era una jerigonza, por qué razón le cuento estas cosas si apenas nos conocemos y ni su nombre me dice siquiera, solo

—Póngase cómoda, tranquilícese

en un tono tan educado que me siento inclinada a hablarle, la cómoda evidentemente, mira qué gran cosa, no era antigua, con tiradores que me juraron de marfil y al final hueso, no hueso porque se descascaraban, pasta, pasado un mes o algo más, dos para ser exacta, tres meses, los sustituimos por asas de bronce tampoco de bronce aunque lo simulasen con guirnaldas grabadas, pasando el dedo se siente un relieve de margaritas, creo yo, mi marido

—No son margaritas, son hortensias

como si fuese posible distinguir entre margaritas y hortensias en corolas tan pequeñas, mi marido en el caso de que aún no un martillo, una navaja, un tiro, no hay razón para un tiro, me bastan los clavos oxidados cayendo unos sobre otros y desparramándose, reuniéndose

(alguien los reunía, de eso estoy segura, pero ¿quién?)

y desparramándolos de nuevo

(sea quien fuere ora se interesaba y venía, ora se distraía y se olvidaba)

mi marido que en el caso de que aún no un martillo y me apetece que sí, un martillo, esperaba con los otros perros fuera ensuciándose con tierra, estirándose u olisqueando el garaje donde encerré a la perra y por tanto ningún testigo con nosotros salvo la cómoda, la lengua del profesor aumentando el esfenoides, con los ojos cerrados para pronunciar con más pompa y el pelo de Lurdes soltándose del elástico, la mancha dilatándose, el judío de Vila Viçosa o de Elvas de esa forma conmigo, los ojos un ojo solamente de tan cerca que estaba

—Señorita

y mi marido fuera rodeando un tronco con el hocico moviéndose, me pregunto qué pensarán los perros sin llegar a vernos debido a tanta rinconera, tanto armario, tanta sombra

(¿qué piensan los perros realmente?)

a cuántos tramos de escalera mi sótano ahora, dígame, no oye preguntar

—¿Isabel?

con una prisa enojosa, no siente pasos de hombre allá abajo casi riñendo con nosotros, no ve al profesor agacharse y a Lurdes lastimándolo con las patas

(¿qué piensan los perros?)

la tristeza de los machos al separarse de nosotros sin saber quiénes somos

(no piensan nada los perros)

mi marido por ejemplo con el codo en la cara ocultándose de mí, el corazón más rápido que los puntitos rojos, uno de los pies fuera de la cama demasiado desnudo, la rodilla que al sentirme se retraía, ni

—Señorita

ni

—Póngase cómoda, tranquilícese

me evitaba, no imagino lo que piensan los perros pero sé que debo repugnarles, les repugno, se agrupan en un rinconcito de la cama y el polen de los planetas extinguidos bajando por la ventana, el vértice de los árboles

(no me interesan sus nombres)

presencias fluidas que no cesan de agitarse incluso sin viento, Dios mío, cómo me apetece que llueva para oír el tejado, el porche, los cristales, sentir la casa a mi alrededor en lugar de la nada de los campos y la furia de los insectos que no cesa, no cesa, si usted, señor, me asegura

—Póngase cómoda, tranquilícese

no se enfade si le respondo que no confío en usted, si bien se mira es un hombre también, un perro, y no imagino lo que piensan los perros, qué los guía, qué los excita, qué hace que nos dejen, el profesor de la escuela de enfermería con su boca de esfenoides en lo que él juzgaba una sonrisa me llamó a su despacho donde el mapa de la mujer sin piel, con órganos numerados de uno a veintiséis, y allí estaba el cerebelo, el timo, todo aquello que somos por dentro mientras por fuera una vocecita tensa

—No es Lurdes la que interesa, eres tú

yo treinta y siete años en aquella época, mis compañeras veinte, las manos estropeadas de trabajar en el restaurante servir comidas lavar platos andar con la grasa y correr al curso que mi madre no podía, creo que de vez en cuando un perro entregándole dinero porque mi madre me miraba y yo en una caja junto a la carretera hasta que él se iba, después de que se iba mi madre

—Qué cruz

si le hablaba de mi padre

—Cállate

enderezaba cosas ya derechas, barría lo barrido, por no entender lo que piensan los perros no entendió al profesor

—No es Lurdes la que me interesa, eres tú

tal vez las manías de los animales, partidas sin destino, llegadas sin razón, yo arrugas que a propósito poco aumentaron con los años, se ahondaron un poquito, engordé y eso es todo, al contar esto ahí están los clavos de nuevo, desparramándose, reuniéndose y desparramándose de nuevo, alguien los junta, de eso estoy segura, pero quién, de la misma forma que alguien ora se interesa y llega ora se distrae y se olvida, el amigo de mi tío, de vacaciones desde Luxemburgo, daba la impresión de preocuparse por mí pero quién me explica lo que piensan los perros, bebía un licorcito, insistía en que me quedase

—¿Qué tiene la niña contra nosotros?

parecía encontrar en mí algo del muerto yo que nada tengo del muerto a no ser el silencio

—Tienes un aire con tu viejo, ¿lo sabías?

mi tío con veinticinco años y viejo, vaya, fíjese en lo que es el tiempo, señor, mi madre irritada por hablarle de su hermano enderezando lo derecho y barriendo lo barrido al amigo de mi tío sin importarle, acláreme el misterio de los perros

—No sabes cómo son los inviernos en el extranjero, chica

con él no me sentaba en la caja, me quedaba allí escuchándolos y era como los perros en el jardín entre las pitas o sea nada salvo una prisa, una tos, el amigo de vuelta al licor

—No es Lurdes la que me interesa, eres tú

el amigo de vuelta al licor

—No sabes cómo son los inviernos en el extranjero, chica

tenía un aire con mi viejo, qué extraño, dado que mi viejo una bicicleta tumbada con la cual mi madre se enfurecía, no me apetece que llueva, para qué llover, no necesito el tejado, el porche, la ventana, las hojas, en la ventana malvas, campos, no distingo los guarismos del reloj, distingo los puntitos de los segundos, el codo de mi marido que se aleja de la cara y él por primera vez desde hace años mirándome, asombrándose de mirarme y me sigue mirando, su mano en el espacio de mi cuerpo entre el hombro y el pecho, ganas de apretarla con mi mano contra mí

—Lastímame

a pesar de ser yo una perra habituada a frotar la miseria del vientre abierto en el suelo no por deseo, otra cosa, nunca he tenido deseos ni me ha apetecido que un perro, era el cerebelo o el timo, no yo, yo ausente así como mi madre ausente

—Qué cruz

no sé lo que piensan los perros y no sé lo que pienso, el cerebelo y el timo me levantan el lomo y me separan los muslos mientras yo, palabra de honor, inmóvil frente a la cómoda de Vila Viçosa o de Elvas con las asas de metal

(no bronce, no bronce)

y las guirnaldas grabadas, la hermana de mi marido en Estremoz palpaba a las gallinas para comprobar si el huevo, las alzaba por una pata y el índice allí dentro, Lurdes hizo lo mismo en el hospital con mi hijo

—Concéntrate en la lámpara del techo

y yo concentrándome en la lámpara del techo ennegrecida, turbia, se van empañando con la edad, concéntrate en la lámpara y finge que no estoy aquí, no me hagas caso, un instrumento cromado, una especie de tubo, hablo siempre de pitas y malvas y paso por encima de las belladonas en el muro, mi marido mirándome y el señor

—Póngase cómoda, tranquilícese

en un tono tan educado que aunque no quiera me siento dispuesta a conversar con usted, no tome a mal mi sueño, mi marido

no, el judío de Vila Viçosa o de Elvas

no, el casero

el hocico de mi marido tanteándome es decir no mi marido, su cerebelo, su timo, el profesor de la escuela de enfermería

—No es Lurdes la que me interesa

y por tanto va a sujetarme el colodrillo, sus dientes que me aferran y unas hierbecitas enmarañadas en el pelo, pedazos de lama y de tierra, una especie de tartamudeo como antes de ladrar

—Eres tú

y la boca no cambiando de aspecto, ninguna lengua redondeando nada y él en lugar de

—Esfenoides

liberando una burbuja, más burbuja que palabras

—Eres tú

y dado que usted me dice

—Póngase cómoda, tranquilícese

puedo dormir en paz sin inquietarme por mi marido o por usted puesto que habrá un día más, más días, muchos días tal vez, veré la encina y encontraré a Isabel en el sótano unos cuantos tramos abajo, ningún caballero con pajarita señalándome una foto

—¿Es este?

con el dedo golpeando la película y en la foto una mujer frunciendo el ceño a causa del sol en un parque, me despertaré a las diez o a las once cuando sólo un resto de noche en el pantano de los gansos salvajes que no vemos desde aquí, me parece ver a mi tío al atardecer

(no digo que sea él)

cuando en el viento del este un vibrar de juncos, de niña mi madre

—Cuidado con la laguna

porque se decía que arenas movedizas y mentira, los gansos salvajes desde muy lejos

—Cuacuá

y mi marido de un lado para el otro trancando las puertas por miedo, un resto de noche en el lugar donde enterramos a la primera perra y a las diez o a las once ningún clavo oxidado cayendo unos sobre otros, afortunadamente ninguna ola, ningún indicio de mar, ninguna lechuza rascando las persianas camino de su agujero en una chimenea o en un desván, flores

(no tulipanes como a mí me gustan, pero flores aun así)

que se marchitaron a pesar de mis esfuerzos, nos quedaron unos bulbos, unos tallos, y después los perros

(por última vez: ¿qué piensan los perros?)

las marchitaron para siempre, adiós, nunca he vivido lejos de Évora, señor, pertenezco a este sitio y si no le molesta le digo que no es para mi marido para quien mi cuerpo se ablanda y se dilata, es para quien me aprecia, me da esperanzas

—Tiene tiempo

y me respeta, aguarda con educación a que yo me libere del sueño antes de morderme la nuca

—No es Lurdes la que

buscarme, no alcanzarme

(yo lo ayudo, señor, no se preocupe, yo lo ayudo)

buscarme de nuevo

(yo lo ayudo)

en esta blusa a la que el desprecio de mi marido

—Un gabán

a pesar de los encajes, de los lazos

—Un gabán

una blusa de mi abuela

(—¿No ves la encina?)

que descubrí en el arca y ceñí en la cintura, quédese pegado a mí, señor, con un ladrido leve, no le importe si mi marido

—Despierta

no le preste atención porque no quiero despertar, no despierto, quiero sentir sus patas

(no las de mi marido, las suyas)

en mis ijares, en el lomo y, pensándolo mejor, qué más me da que llueva o no llueva, que el tejado, el porche, las ventanas, el cubo que las gotas animan dándole volumen, forma

—Es el cubo

la ropa del tendedero que se enrosca en la cuerda hinchándose y encogiéndose, algo que cae en el silencio

(no sé bien qué, un nido, un durazno)

y se diluye en un charco, no nido ni durazno, el cesto de las pinzas de mi madre cuya asa se rompió, los objetos tan sin importancia que no reparo en ellos y a propósito de lo que cae en silencio mi marido arañando con las uñas, a medida que baja, el espejito de la cómoda

(dedos que se curvan, desisten de curvarse, se aquietan)

y no se moleste así como yo no me molesto, tiene tiempo de ocuparse de él, le digo yo, qué ironía

—Tiene tiempo

yérgase sobre las patas traseras

(observe mi cola, fíjese en cómo lo espero)

avance un pasito trémulo hasta mí, advierta mi vientre abierto y apoye en mi lomo su chaqueta raída y su corbata ajada mientras los gansos salvajes

—Cuacuá

van pasando sobre nosotros camino de Túnez y mi cara tiene un aire con mi tío cansado en el sillín, pobre de él, subiendo la ladera.

3

Estará la señora con los ojos abiertos indiferente como yo en la casita entre docenas de casitas iguales en la otra orilla del Tajo, un barrio de travesías con nombres de batallas demasiado pomposos para naranjos pequeños y tiestos de cemento donde al atardecer otras mujeres viejas como ella regaban peonías transportando agua en cafeteras y teteras, viudas con los maridos en casa contándose sus propios dedos en una silla ortopédica y que ellas también regaban con mero cocido, lo que quedaba era la fotografía de un militar, el perchero atornillado a la pared en el que no se colgaba nada y los maridos difuntos, sin facciones ni voz, separando los dedos con ganas de arrancarlos, se acordaban de un barco que llegaba

(¿de dónde?)

o estruendos de taller que nadie más oía, los dedos se inmovilizaban en su busca pero el barco y el taller regresaban a la nada, la cara desierta en la que de repente un esbozo de cejas, las falanges reanudaban su trabajo sin fin y yo contándolas igualmente, una dos tres cuatro cinco, me faltan los naranjos y los tiestos de cemento, la señora tal vez mi nombre

—Ana Emília

y yo sin poder responderle

—Dígame

porque mi hija va a instalarse en la mesa del comedor con las tareas del colegio, un cojín para quedar más alta y la lengua en la comisura de la boca logrando una letra, el manzano ya intentaba avisarme sin que entendiese sus temores, creía que era la contracción de las ramas debida al calor en lugar de las palabras y después de mi hija ni pío, se enfurruñó, si pudiese le arrancaría los dedos como hago yo acordándome no de un barco que llegaba sino de mí de rodillas, durante el entierro, cortando la hierba que rodeaba el tronco con la lengua en la comisura de la boca y el cuerpo inclinado siguiendo al bolígrafo, la tijera, logrando el golpe de una letra, otro golpe, si yo fuese la señora en la casita del otro lado del Tajo me llamaría desde el primer piso no para pedirme nada, para que nos quedásemos juntas mientras la hierba se amontonaba a mi lado, he de regar por gratitud los tiestos de cemento y enderezar las peonías, qué lugar movedizo el pasado, que continúa existiendo al mismo tiempo que nosotros, mi padre en el periódico, mi madre saltando desde su esquina

—¿Te ha dado el dinero al menos?

un moisés que llegó a casa sin apetecerme aceptarlo y por tanto qué día es hoy, ayúdenme, qué martes, qué viernes, a quién espero todavía, al que prometió visitarme, al otro del que me niego a hablar, deberían llover lágrimas cuando el corazón pesa mucho y hay momentos, palabra de honor, en que no se comprende el motivo pero pesa, se siente dentro el

(iba a escribir malestar y no malestar como tampoco tristeza, no dolor, cómo se traduce esto, no lo sé)

deberían llover lágrimas cuando el corazón pesa mucho y hay momentos, palabra de honor, en que pesa

(por ahora queda así)

estábamos en mi duda sobre qué día es hoy, martes, viernes, veintiuno, cinco, diecinueve, y cuál el mes, cuál el año una vez que los años antiguos se van sucediendo también, yo corriendo detrás de mi padre en torno al busto del filólogo y contando los dedos mientras miraba el manzano que se enfurruñó conmigo y me riñó

—Deberías haberte dado cuenta

Marionela en el columpio, nosotros a la espera de que una de las cadenas se rompiese y en lo que a mí respecta sigo esperando, no distingo si martes o viernes pero un día de semana ya que el columpio para aquí y para allá, doña Coralina desde el estrado

—¿La capital de Perú?

y no era mi hija la que buscaba la capital de Perú en el atlas, era yo mientras doña Coralina se agitaba en la tarima, Marionela en la última fila y el pupitre un columpio que dentro de poco comenzaría a moverse, no necesitábamos volver la cabeza para adivinarla atrás por el sonido de las cadenas, en el atlas mariposas secas, papeles de plata de bombones, capicúas, los desdoblaba con el meñique y mi hija apartándome

—No me haga cosquillas, déjeme

de modo que yo separando el meñique antes de los otros dedos, equivocándome, arrancándolos, el que prometió visitarme y no me visita

—¿Qué te ha pasado en las manos?

me faltan dedos y además, no voy a cortar más hierba, quien queda en esta casa no atará una cuerda de tendedero al manzano, para qué, me bastan recuerdos no de barcos ni de estruendos de talleres, del periódico de mi padre

—Me pones nervioso tú

alargándome el teléfono en el que un silencio de piedra, el Tíbet o Alaska aseguraría el atlas

—Hasta este chisme han cortado, ya ves

mostraba el forro de los bolsillos y la cartera vacía

—Tu madre que vaya al banco si no me cree

inspeccionaba un gollete contra la luz

—Ni una gota, caramba

y se desplomaba en el asiento empujándome con la manga, vencido de cansancio

—Apártate de mi vista

y los dedos cruzados en la barriga, todos, no se los cortó como yo, mi padre fallecido en el escritorio y el empleado velándolo, uno de los párpados se abrió con disimulo espiándome y se cerró con más fuerza en un suspiro definitivo

—Me pones nervioso tú

y entonces sí, señor, al cabo de un minuto comencé a creer en él, entregó el alma, se apagó, comunicar a mi madre que soy huérfana, tenemos que llegar a casa y ponernos luto deprisa, Marionela entregándome el columpio

—Te dejo columpiarte un ratito porque tu padre murió

doña Coralina eximiéndome de la capital de Perú

—Olvídate de la capital de Perú, llora tranquila, pequeña

aunque yo sin lágrimas, seca, orgullosa como la que más, los vecinos

—Pobre

y yo saludándolos desde el vértice de mi disgusto secreto

(—Es valiente la pequeña)

con la delicadeza de los fuertes

—Buenos días, doña Andrelina, buenas tardes, señor Sá

oí a mi padre resucitando en cuanto salí del periódico

—Por lo menos allá nos libramos de esta

y muchos años después aquí conmigo con el parpadito alerta

—Las pasé moradas para descubrir dónde vives

mientras que yo pensaba presa del susto

—Por lo que más quiera, no se muera otra vez

y gracias a Dios se aguantó sin cruzar los dedos

—¿Es aquí donde vives?

incapaz de trotar en el parque alrededor del filólogo, tal vez esta vez expiraba realmente, las orejas dos papelitos transparentes y el reloj bailándole en la muñeca

—Ha perdido peso usted

el reloj parado en una hora sin importancia ya que tantos tiempos al mismo tiempo, padre, y tantos días juntos, el veintiuno, el cinco, el diecinueve, lugares movedizos que al alterarse aumentaban en personas, en voces, mi padre una pregunta que no oí

(oí:

—¿Te acuerdas de cuando corríamos en el parque?)

mi madre, mi hija, mi marido, centenares de preguntas que no oí

(digo que no oí pero oí)

que no oigo

(digo que no oigo pero oigo)

una especie de mañana en los árboles de la China y sin embargo mi reloj parado también, si Marionela llamase a la puerta

(—Las pasé moradas para descubrir dónde vives)

no me sorprendería, lo aseguro, doña Coralina desordenándome el pelo

—Olvídate de la capital de Perú, llora tranquila, pequeña

y yo seca, señora, seca, no entiendo su idea, llorar por qué, por quién, después de mi puerta la perfumería, la joyería, rejas en los escaparates iluminados y por tanto rombos en la acera, si llovía los rombos se mezclaban en la cuneta junto con ramitas, frascos de agua de colonia, pulseras y los escaparates vacíos, los árboles de la China no paraban de subir, la señora de la casita

—Ana Emília

y yo sin poder responderle, estoy en Lisboa, disculpe, mi padre

—Allá nos libramos de esta

alineando anuncios con las manitas intactas, qué suerte la suya, diez dedos, vea los que me faltan, fíjese, la hierba tronco arriba y yo incapaz de cortarla de manera que si la muñeca girase en la cuerda ninguno de nosotros la vería, tanta gente con nosotros, hija, la alumna ciega, la madrina, sujetarte por los hombros, una vuelta, dos vueltas y tu miedo feliz

—Siga

esto en qué mes de qué año, mis diversas edades juntándose aquí y doña Coralina perdida en un pliegue de lo que fui, si me la entregasen tal cual era lo agradezco, las capitales, las cuentas de dividir, la gramática

(el nombre predicativo del sujeto ha de acompañarme siempre, doña Coralina

—El nombre predicativo del sujeto

¿y qué tiene el nombre predicativo del sujeto, Dios mío?)

yo instalándome en la mesa del comedor con las tareas del colegio, un cojín para quedar más alta y la lengua en la comisura de la boca logrando una letra, la segunda letra más difícil, si tuviese el pulgar y el índice sería capaz, derechitas, mi padre soplándome en el cuello, no sé si agradable o desagradable

(agradable)

más agradable que desagradable, no, desagradable, una comezón, un estremecimiento

—Muy bien, muy bien

no lo ponía nervioso en aquella época, me mandaba comer todo el pescado, me mandaba acostarme, se ocupaba de nosotros, no las pasaba moradas por nada, en cuanto el perfume de ella en mi madre encogía el cuello y se frotaba la nuca con fuerza impidiendo que el perfume en mí, déselo a ella y apártese, mi padre sin entender

—¿Le doy a ella qué?

interrogando con el labio a mi madre que no entendía tampoco, su labio en respuesta

—No entiendo tampoco

y mi padre marchándose y olvidándome, mi marido, el que prometió visitarme y no me visita y el otro del que me niego a hablar cotillearán a su vez sin entender tampoco

(¿las pasarán moradas para descubrir dónde vivo?)

se instalan en el sillón calladitos aguardando la mañana o seré yo quien se instale en el sillón aguardándolos a ellos, será Marionela encogiendo y extendiendo las piernas sin que el sofá se desplace

—No has cambiado nada desde el colegio, qué bien

y por consiguiente no me casé, no hubo moisés alguno, no me anunciaron removiendo membranas que debían pertenecerme y no sentía mías o habían dejado de ser mías a partir del momento en que se ensanchaban, dolían

—Está casi

puesto que aquello que me pertenece no duele o va doliendo en silencio, cuando lo de las piedras en la vesícula la vesícula no me pertenecía, no tuve nada que ver

(por qué razón había de tener que ver, míralo a este)

con los vómitos y la fiebre, observaba desde fuera, presenciaba, tenía que estar allí sin obligación de estar, así que espiaba las nubes por la ventana y las arrugas en que el cielo se pliega a veces, la enfermería vecina necesitada de pintura donde un hombre en pijama me espiaba a su vez, tal vez una vesícula que tampoco le pertenecía, dolores no suyos y vómitos que no le concernían, nosotros encarándonos el uno al otro

—¿Qué hacemos aquí?

y no hacíamos nada en realidad, espiábamos las nubes y los pliegues esos del cielo y, si uno se fija mejor, no solamente pliegues, escalones que conducían no sé adónde y un pájaro escalaba, advertí en el hospital

—No soy yo

sorprendida con la voz buscando su origen, una garganta no mía sufriendo lo que mi garganta no sufre, lo que yo decía en realidad en lugar de

—No soy yo

era

—Muy bien, muy bien

soplándome en el cuello y marchándome olvidada o instalándome en el sillón al que tardé en habituarme

—Las pasé moradas para descubrir dónde vivo

el manzano con una cuerda de tendedero colgado y para qué sirve la cuerda, árboles de la China que nadie cuidaba, a la buena de Dios

(me está gustando escribir esto, ¿me seguirá gustando al revisar el capítulo?)

y yo marchándome olvidada así como debía marcharme antes de que entren en la sala cualquiera de ellos, da igual a esta hora

(¿qué hora?)

hace un mes

(y qué mes de qué año, qué lugar movedizo el pasado que sigue existiendo al mismo tiempo que nosotros, se ve a mi madre

—¿Te ha dado el dinero al menos?

no, mi madre más joven con el perfume de mi padre en el interior de la bata, no, mi madre riéndose ante mí sin preocuparse por el dinero, me acuerdo de una mella en la puntita del diente y en esto los ojos serios, antes de acabar de reírse)

hace un mes

(no sé qué mes de qué año, cuento que hace un mes y qué es un mes en este lugar movedizo en que las sombras se confunden y yo confundida con ellas, yo finalmente una sombra, ¿quién eres tú, Ana Emília, responde, adónde te fui a buscar, de dónde vienes, por qué razón me inquietas en el libro?)

hace un mes no mi marido, no el que prometió visitarme y no me visita, no el otro del que no hablo nunca, hace un mes

(digamos que hace un mes, esto es la vida, no una novela, si fuese una novela todo perfecto, sin duda)

el empleado del periódico que estaba conmigo y con mi padre presenció su muerte, sus dedos en la barriga, todos

(vea mis dedos, padre)

y los zapatos de repente gigantescos como les sucede a los difuntos, no me acuerdo de los zapatos de mi hija, no los vi, los vieron los demás por mí, yo cortando la hierba, cortándome el dedo de en medio, el anular y no sangre, hierbas también, mis falanges hierbas, yo hierbas, quedarme en el manzano cerca de los insectos de la tierra, yo un insecto de la tierra que desaparece entre raíces caminando antena a antena y pinza a pinza a lo largo de una grieta en el muro y depositando mis huevos no en un moisés, en el suelo, hace un mes

(y qué mes de qué año, un lugar tan movedizo el pasado, mi marido me tocó la mano en el cine sin decir nada y fue así, mi mano aceptó su mano, yo no estaba presente, dedos no hierbas, demorándose en jugar con mi anillo mientras duraban las imágenes a las que ninguno de nosotros atendía)

hace un mes el empleado de mi padre

(–Las pasé moradas para descubrir dónde vive)

sin ocupar el sillón, de pie, admirado por verme crecida, claro que no mostrándome el forro de los bolsillos ni la cartera vacía, claro que no

–Me pones nervioso tú

porque yo adulta entretanto pese a que el pasado seguía al mismo tiempo que el presente y mi madre surgiendo desde su esquina

–¿Te ha dado el dinero al menos?

aunque lo pusiera nervioso el empleado no

–Me pones nervioso tú

a lo sumo

–Me pone nervioso, señora

y luego arrepentido, afligido, el empleado tan viejo como mi padre

(llegó el momento de decir la hora pero no voy a decirla, dígala usted si quiere, es su libro, en cuanto lo acabe dejaré de existir como los infelices de los libros anteriores y ya no me conocerá)

tan viejo como mi padre a pesar de que no

–¿Es aquí donde vives?

y en el

–¿Es aquí donde vives?

ni burla ni censura, dudo que reparase en las cortinas, en los cuadros, mi padre desafiándome

–No me atrapas

329

y nunca lo atrapé, padre, en el parque un estanque con patos, agua oscura, semillas, les daban cuerda porque había un surco de motor detrás de ellos, solo les nacían piernas

(de otros animales cualesquiera dado que no sabían caminar con ellas, cojeaban)

al subir por la rampita de piedra, compré unos patos de cristal para recordar ese domingo, señor, y si va a mi habitación se encuentra con ellos en la cómoda, en fila, con su motor también aunque inmóviles, es decir, para mí no inmóviles, rodeando los cepillos, el retrato, cinco, uno grande y los demás pequeños, mi marido

—No entiendo la gracia que se le puede encontrar a eso

y entendí en ese instante que él no me gustaba, tac, así que

—No entiendo la gracia que se le puede encontrar a eso

no fue solo entender que él no me gustaba, fue que nunca me gustó, cinco patos de cristal nadando en la encimera y yo corriendo por el parque sin alcanzar a mi padre entre arriates y cedros, el hombre que vendía libros en un quiosco se indignaba con las palomas cubriendo los libros con un plástico para evitar que los ensuciasen, usaba las gafas en la frente, nunca se las vi en la nariz, la medallita de un santo en la solapa con una cinta roja, mis piernas mitad mías y mitad de otros

(yo más adelante que los patos, faltaba más)

dado que de tiempo en tiempo cojeaban, el empleado no

—Las pasé moradas para descubrir dónde vive

a pesar de estar seguro de que las pasó moradas para descubrir dónde vivo, estas calles se transforman en plazoletas, avenidas, plazas, dejan de existir al construirse edificios, vuelven a existir con otro tamaño, otros árboles, tal como el tiempo qué lugar movedizo, la ciudad, siempre alterándose y creciendo, los rombos amarillos de la joyería en la cuneta con las joyas, la perfumería un día de estos una carnicería y todos nosotros en los ganchos, el entrecot, la rabadilla, hace un mes

(¿octubre, marzo, febrero?)

el empleado de mi padre tan viejo como él no

—Me pone nervioso, señora

ni

—Por lo menos nos hemos librado de esta

tal vez apreciase los patos de cristal y entendiese la gracia que podía encontrarse en aquello, el grande, los pequeños

(todos pequeños en el fondo)

contemplándolos conmigo mientras nadaban en la cómoda, hasta nombres les di que por vergüenza no confieso

(el gran Baltasar, listo, no me pregunten más)

el empleado

—Su padre

y esta vez sí, señor, realmente muerto

(el pasado movedizo por un instante fijo, el empleado fijo, yo fija, los patos fijos en la cómoda y por tanto fijos en el estanque sin ningún motor dentro, mi padre fijo corriendo, la risa de mi madre fija

—¿De qué se está riendo, madre?

cuál la edad de su risa)

el mentón de mi padre duro en el techo, nunca vi un mentón tan nítido, el día en que se marchó haciendo la maleta sobre la cama unas canicas de niño que sacó del cajón, azules, verdes, blancas, y el mentón disminuyó con làs canicas y se endureció otra vez, gastó más tiempo con ellas que doblando las camisas, el hueco de la mano diferente al cogerlas, una especie

(¿cómo expresarme?)

de ternura, por así decir, pasó las canicas de una palma a la otra evaluándolas

(no diría una caricia, evaluándolas)

abrió el saquito de tela, las contó dos veces y pareció alegrarse porque no faltaba ninguna, ajustó los cordones del saquito, tengo la certidumbre de oírlo en secreto, aliviado

—Gracias a Dios las tengo todas

y el mentón nítido de nuevo, si yo

—Padre

antes del mentón nítido apostaría que él no se marchaba, se quedaba, pero mi madre vengándose con un gesto de desdén

—Canicas

y él sordo ante nosotros

(no sordo, capaz de estrangularla, fingiéndose sordo ante nosotros a fin de no estrangularla y ahora demasiado tarde para que yo

331

—Padre)

canicas azules, verdes, blancas, una de ellas transparente con una espiral en el interior, mi padre conteniéndose todo el tiempo para no mostrarla anunciándonos

—Esta canica se llama Papa

no anunciarla, envanecerse de las volutas amarillas

—El que tenga el Papa es el primero en jugar

guardó el saquito en el bolsillo, desconfió del bolsillo y lo sepultó en la maleta bajo los suéteres y la brocha de afeitar, se sentía al Papa tintinear contra las compañeras o si no fui yo quien imaginó al Papa tintineando contra las compañeras o si no fue mi padre quien imaginó al Papa tintineando contra las compañeras, yo

—Padre

cuando ya no servía de nada que yo

—Padre

y él imaginando al Papa tintineando contra las compañeras azules, verdes, blancas, el Papa tantos colores además del amarillo, no una espiral, dos que se cruzaban, un Papa importantísimo, el rey de los Papas, padre, quién dice que por la noche, después de irnos a dormir, no las admiraría a escondidas, las amontonaría en el mantel, las haría rodar un ratito, el Papa

(es obvio)

más solemne, más lento, préstame su Papa, señor, con qué dinero la ha comprado, quién se la regaló, dígame, el empleado de mi padre no

—¿Es aquí donde vive usted?

no quería saber dónde vivía yo, quería solo encontrarme, el empleado tan viejo como él

—Su padre

y esta vez realmente muerto, el pasado movedizo siempre alterándose, creciendo

(qué día es hoy, ayúdenme)

por un instante fijo, el empleado fijo, yo fija, qué martes, qué viernes de qué mes, de qué año, mi padre muerto o se morirá un día

(¿se morirá un día?)

mi padre muerto, fijo corriendo, la risa de mi madre fija

(—¿De qué se está riendo, madre, de qué me estoy riendo?

y cuál la edad de su risa, cuál la edad de la mía)

no lo desdeñe

—Canicas

repare en el mentón, jamás he visto un mentón tan nítido, ningún párpado espiándome, ningún suspiro

—Por lo menos nos hemos librado de esta

le hice el nudo de la corbata y lo peiné con mi cepillo yo que nunca lo había tocado antes por no poder alcanzarlo en el parque, me acuerdo del olor de mi madre en él, no me acuerdo del mío, tome mi olor, disfrútelo, esto no en una casa, en el sitio donde había estado el periódico, una jarra de aluminio, la misma maleta y en la maleta las canicas azules, verdes, blancas, las espirales del Papa cuyo dueño es el primero que juega, usted empieza, señor, no tenga miedo que no voy a ganar, perderé, aunque ganase no ganaría, tranquilícese, perdería, guardé los patos en casa, cinco, mi marido

—¿Qué maldita gracia se puede encontrar en eso?

y entendí no solo que él no me gustaba sino que nunca me había gustado, cinco patos de cristal en la encimera de la cómoda y yo trotando por el parque entre arriates y cedros, el hombre que vendía libros en un quiosco se indignaba con las palomas cubriendo los libros con un plástico para evitar que los ensuciasen, usaba las gafas en la frente, nunca se las vi en la nariz, si se las pusiese en la nariz las pupilas inmensas y yo no una, dos, una en cada pupila, la medallita de un mártir en la solapa con una cinta roja, el empleado finalmente mirándome, mi padre daba órdenes por ser el dueño del Papa

—Las pasé moradas para descubrir dónde vives

habrá sabido del manzano, de mi hija, de mí, del que prometió visitarme y no me visita y los tipos de la policía esperándolo en vano, por qué motivo me buscó

—¿Es aquí donde vives?

si le mostrase los patos de cristal se burlaría de mí

—Qué tonta

se encogería desconfiado

—Me pones nervioso tú

la cartera vacía, el teléfono sin tono, el segundo piso a oscuras

—¿Se alumbraba con las canicas, señor?

las pasaba de una palma a la otra, las evaluaba, las palpaba, a las cuatro de la mañana yo escribo pero de cuándo, de dentro de una semana, de ayer, de qué estación, de qué año, cuatro de la mañana para mí, para usted, para mi padre, para quién, cuatro de la mañana, casi de día, a pesar de que me faltan dedos

(el anular, el meñique)

he de cortar la hierba de fuera, qué otra cosa puedo hacer además de cortar la hierba de fuera para que la muñeca no gire y yo girando con ella, doña Coralina

—Olvídate de la capital de Perú, puedes llorar tranquila

aunque yo sin lágrimas, seca, orgullosa como la que más, Marionela prestándome el columpio y detesto a Marionela emocionada, no me lo prestes, te prefiero egoísta, mala, ocupando todo el fondo del aula, si me encontrases en casa mientras los rombos de la joyería se mezclan en la cuneta junto con hojas

—No has cambiado nada desde el colegio, qué divertido

palabra de honor, lo agradecería, no he cambiado nada desde el colegio, solamente me faltan dedos, el meñique, el anular, supe ahora que el de en medio, la señora en la otra orilla del Tajo sin pájaros del agua ni bielas de traineras que molían la tarde

—Ana Emília

me alarmaba mi nombre en su voz haciéndome pensar por qué me llamo así y no Fernanda, Madalena, Idalina

(si yo Idalina mi vida mejor, mi padre vivo y no las cuatro de la mañana, las cinco de la tarde cuando los árboles de la China se aquietan y ningún hombre esperándome fuera que van a llegar, van a llegar)

la casa entre una sarta de casas iguales, dos pisos, patiecito, muros a la altura de las rodillas, tiestos de cemento con plantas que regaban mujeres de la edad de la señora con cafeteras y teteras, percheros atornillados a la pared

(uno de los tornillos aflojándose)

en los que no se colgaba nada debido a que se acabaron los abrigos, las gabardinas, las cazadoras, queda una bufandita, el marido difunto sin facciones ni voz

(mi marido difunto sin facciones ni voz arañando el cristal con las uñas mientras baja por el espejo, dejé de verlo, *gudbái*) y las cuatro de la mañana por fin, no dentro de una semana o de ayer, cuatro de la mañana de hoy y los primeros balcones, el empleado aceptó un licor preguntándose a sí mismo, no a mí

—¿Y ahora?

tenía todos los dedos pero de qué le servían los dedos

—¿Para qué quiere los dedos?

la copa se balanceaba en la mano sin llegar a la boca

(—¿Para qué quiere los dedos?)

y dentro de poco el empleado solo en el periódico, puede ser que haya un sentido en esto aunque no descubra ninguno y la copa empinando el licor, si cogerlo en brazos lo ayudase no me importaría cogerlo en brazos pero pienso en el empleado apartándome

—Me pone nervioso, señora

la misma prisa en verse libre de mí que mi padre, la cartera vacía, el teléfono cortado, me ahuyentaba con la manga con un cansancio vencido y apenas yo en las escaleras

—Por lo menos nos hemos librado de esta

apuesto que el empleado equivocándose de camino, no en la dirección del centro sino de herramientas de lo que sería una carretera abandonadas en el suelo, si encendiese la luz me encontraría con el que prometió visitarme y no me visita allí en el umbral, mi hija pasando junto a nosotros, yo

—¿No se saluda a las visitas?

y ella caminando más deprisa, callada, la puerta del patio que se abría y cerraba, nadie, solo una cesta, una chica con trenzas y no una chica con trenzas, una muñeca solamente, no me acuerdo de mi hija ni de sentir su falta

—Madre

de la misma forma que no sentía la falta de yo

—Madre

de yo

—Padre

sentía los árboles de la China, el manzano, las hierbas, pasos no del que prometió visitarme y no me visita, más lentos, me parecía que una palma se apoyaba en la cerradura e intentaban adivinar si algún ruido aquí dentro mientras subía una persiana

(¿abierta por quién?)

y la joyería más opaca en la oscuridad, el rectángulo con la temperatura desapareció y la ceniza acumulada durante siglos cayendo sobre nosotros, yo impasible, seca, orgullosa como la que más, el empleado de mi padre no sé dónde

—¿De qué se está riendo, madre, de qué me estoy riendo yo?

por tanto no impasible, riéndome, cinco minutos más y el primer autobús con un estruendo mayor que el de los autobuses siguientes, cuando el día comienza a habituarse a los sonidos y nos protege de ellos, el primer vecino o sea una niña luchando con los fantasmas del sueño que aún la perseguían, un brazo que se extendía de repente sujetándole el hombro

—No me rehúyas

si lograse levantarme, mirar los patos de la cómoda y mis piernas iguales a las suyas, cojas, reaprendiendo a andar porque esta noche he perdido el tranquillo, madre, y no sé cuántos pies tengo, tal vez muchos, unos doce, convertirme en un insecto de la tierra y desaparecer entre raíces o desplazarme antena a antena y pinza a pinza en una grieta de muro, ha de haber un lugar donde pueda depositar mis huevos o sea mis cestas de mimbre con sus lazos y sus adornos de encaje y ellos las pasarán moradas

(casi me dan pena)

para descubrir dónde vivo, el que prometió visitarme y no me visita rodeando la casa sin encontrarme aquí y regresando a Évora donde un clavo, una hoja de cuchillo, un tiro bajo los planetas extinguidos, deberían llover lágrimas cuando el corazón pesa mucho, el dibujo de mi nombre en la boca de la señora

—Ana Emília

a mi espera en el piso de arriba buscando el frasco de comprimidos que la ayudase a existir, cada escalón del periódico un timbre diferente y no escalones, personas que se quejaban, las del pasado creo yo

—Ana Emília

en la planta baja bombonas de gas, contenedores, la impresión de que mi padre en la ventana y su cara no

—Ponte a andar

preocupada, la misma del parque cuando me desollé la rodilla y sacó el pañuelo del bolsillo donde debía guardar las canicas para quitarme la tierra, la expresión parecida a la de la señora

—Tengo miedo

no con la voz, en la manera de aferrarme

—Quédate conmigo

como si quedarme con él lo salvase y no lo salva, que se notaba en la cara del empleado y en la copa de licor temblando, la marca de los años en su pescuezo, señor, el cuello demasiado ancho y tan ceñido antes, mi padre, qué extraño, mortal, cuando menos lo espere el mentón nítido, duro

—¿Es aquí donde vives?

el labio inferior que iba cayendo, cayendo, me pone nervioso usted, desaparezca de mi vista junto con los zapatos nuevos que lo obligaron a estrenar, los pantalones planchados, las flores

(no peonías en tiestos de cemento, las otras que me asquean)

y mi madre

—Vas a asustar a la cría

lo adiviné en mi habitación después de la cena por un cambio en la oscuridad, es decir, más oscuridad agregándose a la oscuridad y la oscuridad de más junto a la cama tocando la sábana, no a mí

(nunca me tocó a mí)

alisándola para que yo me sintiese más confortable, mejor, volviéndose la silueta de mi padre en el marco de la puerta, mi madre en la sala que se intuía por el eco

—¿No habrás caído en la estupidez de despertar a la cría?

y quién dice que no fuimos felices nosotros tres en esa época aun con Marionela negándome el columpio, oía las voces de ellos mezcladas con la música de la radio y mi madre no se lamentaba a pesar de la falta de dinero

(—¿Te ha dado el dinero al menos?)

y del frigorífico que no acabábamos de pagar, mi padre en medio de la noche empañando los cristales, escribiendo con el dedo

(todos los dedos, qué suerte)

y después de borrar lo que escribía los empañaba de nuevo, aunque empañándolos la grasa del dedo y un nombre de mujer del que yo descubría por la mañana

(cuatro de la mañana)

los vestigios de un acento agudo, de la mayúscula inicial y del trazo que lo subrayaba, los frotaba con la manga y nosotros feli-

ces de nuevo, la certidumbre de que mi padre me encontraría
frotándolos al principio alarmado y agradecido después, mi madre
a mí

—¿Te gusta ensuciar la ventana?

y mi padre sin defenderme, receloso, la expresión del parque
de cuando me desollé la rodilla, la arruga esa que no le conocía
temblando en la mejilla, no nítida, no dura, no

—¿Es aquí donde vives?

y no obstante no se le ocurre imaginar que no fuimos felices,
fuimos felices, ahorrando en esto y en lo otro, el frigorífico pagado, la máquina de coser eléctrica que trajimos de la tienda en
una caja triunfal y su diestro zumbido mejorando dobladillos,
dejamos la máquina antigua en la acera para que nos envidiasen
los vecinos

—Al final la consiguieron

y al día siguiente la camioneta del Ayuntamiento o un pobre

(no éramos pobres, acabaron enterándose de que no éramos
pobres, fuimos felices en esa época y no éramos pobres)

se la llevaron, mi madre inventaba adornos que se soltaban o
botones mal cosidos anunciando contenta

—Me matáis de trabajo

debo de tenerla por ahí

(cómo que debo de tenerla por ahí, está en la despensa entre
la tabla de planchar y la escoba)

oxidada, inútil

(tal vez éramos pobres)

con arabescos en el esmalte y los domingos el parque, el busto del filólogo y las gafas en la frente del vendedor de libros y su
furia contra las palomas, los domingos el estanque, patos azules,
verdes, blancos cuyas patas nacían al salir del agua, cinco patos de
cristal en la encimera de la cómoda nadando para acá y para allá
en mi habitación

(y mi padre

—¿Es aquí donde vives?)

rodeando el marco y el juego de cepillos.

4

No sé muy bien lo que veo, si una casa o la idea de una casa, alguien a mi espera o la idea de una persona a mi espera y qué persona y cuándo, fui criado por unos parientes y los parientes a mi espera después de tantos años con sus ojos antiguos, la prima de mi madre que se ocupaba de mí y me daba órdenes como si solo pudiese hablar lejos de los demás, era desde la sala contigua desde donde ordenaba

—Come la sopa

o

—Acuéstate

de modo que no la obedecía a ella, obedecía a una voz en la sala sin nadie excepto las paredes que el sol y las cortinas añadían a las paredes auténticas, señales de presencias me pregunto si de gente viva, ropa en un cesto

(una camisa mía entre camisas ajenas)

y el humito de la tetera, pasos que me encontraban y volvían atrás, la prima de mi madre siempre más distante, en la cocina, en el balcón

—¿Y?

o

(creía yo)

en el interior de los retratos, detrás de la especie de lluvia en que el pasado termina ya que después del tiempo la nada blanca de Dios, no fui criado por parientes, fui criado por ecos, manos venidas desde lo alto que me agarraban de súbito

—El huérfano

me alzaban hasta gafas oscuras y narices enormes

(yo interrogándolos callado

—¿Ustedes quiénes son?)

me soltaban donde ni narices ni gafas y se olvidaban de mí, las horas solo me llegaban, espaciadas, después de que ellos las gastaran en discusiones y toses y por culpa de eso tardé demasiado en crecer, las gafas oscuras y las narices, al principio numerosas y llenando la noche de grifos, fueron rareando a medida que subía de manera que encontré solamente una mujer vieja y una mujer menos vieja, la que mandaba que comiese la sopa y me acostase, sentadas una al lado de la otra en una de las paredes que el sol y las cortinas añadían a las paredes auténticas, fijándome mejor no una mujer vieja y una mujer menos vieja, dos mujeres viejas y ninguna me ordenaba

—Come

o

—Acuéstate

se apiadaban de mí

—El huérfano

mientras un reloj, finalmente, iba acelerando las horas y anunciaba no el tiempo que no era sino unas cuantas vueltas de manecilla y la casa cerrada, una vibración en la tarima que iba parando, parando y, terminada la vibración, yo a las mujeres sin entender su silencio

—¿Siguen vivas ustedes?

qué se habrá hecho de las discusiones, de las toses, botas para acá y para allá obligándome a esconderme bajo la mesa abrazado a mí mismo mientras el gallo que mataban se agitaba en el delantal, la prima de mi madre le rompía el pico con el cuchillo para que no se quejase al Señor, se divisaba el Tajo que los tejados contenían empujándolo hacia donde no ahogase a los patios, tortolitas casi de cerámica que pedían, explicaban, me angustiaba no entender su lenguaje de ceiba para poder responder, la prima de mi madre

—Ahora ya eres adulto

ya que los cuadros menos altos que yo, flores de sepultura en jarrones, objetos que faltaban

(no solamente gafas oscuras y narices)

porque rectángulos pálidos en las mesas, no sé muy bien en este momento lo que veo, si alguien a mi espera o la idea de una persona a mi espera y si la idea de una persona a mi espera qué persona y cuándo, alguien oculto en el pasado, un hombre

—Tu padrino, chaval

los sábados en la feria de Santa Clara conmigo, puestos de animales de barro y farolas que ni los difuntos que apenas consiguen ver usarían en sus túneles, las tortolitas casi de cerámica, llenas de afecto, engordando de amor por mí en las cornisas, cuántas tardes de julio, en la casa o en la idea de casa, escuchando sus palabras, creo que en la idea de casa porque no la veo bien, un piso encaramado sobre moreras y patios, mi padrino descansando en los rellanos

—Aguanta un minuto, chaval

trabajaba de barbero y la tijera se abría y se cerraba en el aire sin morder a nadie, por momentos apuntaba a las cabezas con una furia de golpe y los mechones caían en las baldosas así como caerían las tortolitas de un tiro, hechas de hilitos que se desvanecían en la luz, mi padrino recobrando fuerzas en la escalera

—Vámonos, chaval

y el apartamento sin nadie excepto los pabilos del oratorio despedazando gestos en el techo mientras las bendiciones de los santos continuaban intactas, no vivía con parientes, vivía con voces y reflejos de gafas que se marchitaban en la cocina para nacer en el tendedero, en un ángulo de espejo el que me pareció ser yo con la cara pintada y pendientes y observando mejor no yo, un pliegue del estaño y sigo pensando que el último día, cuando me golpearon el cuello, tampoco yo, un pliegue del estaño, puede ser que la casa o la idea de casa un error que tuve, en las pausas de la lluvia la madera que se desarticula, liberada, cuando me hice adulto

(—Ahora ya eres adulto)

ningún sonido de tejas y la madera callada, en febrero se veía el agua caer sin rumor, dejamos de sentirla antes de que tocase el suelo y la feria de Santa Clara vacía

(¿quién habrá encendido las farolas en los puestos?)

donde las copas de las casuarinas teñían la tarde con las corolas violetas, qué extraño ser adulto y los parientes a mi espera transcurridos tantos años con sus ojos de fotografías sin sangre oscureciendo el papel, después del golpe en el cuello y los pendientes de chica una mujer en una mecedora

—Ven acá

no de negro, una mujer vulgar, no imaginaba que la muerte
me acuerdo de las hierbas en el patio, de mi hija y del médico
de la policía

—Es mejor no insistir por hoy

y yo a pesar de finado viéndolo y escuchándolo, me llevaron
a Peniche y ahí estaban las olas en la muralla del fuerte, el director disgustado con mis compañeros

—¿Por qué?

o sea el que me sacudía los hombros

—Madre

y aquel que ayudó con un clavo, una hoja de cuchillo, un martillo, quise decir

—No

debo de haber dicho

—No

y me fui distanciando en un aliento que me impedía verme,
mi mujer y mis compañeros sin que lograse alcanzarlos, nada más
que vibraciones de la tarima que iban parando, parando, las manecillas quietas porque se acabó el tiempo que faltaba en el reloj,
mi padrino entre un escalón y el siguiente

—Aguanta un minuto, chaval

y cómo aguantar un minuto si mi tiempo se acabó, las flores
violetas de las casuarinas dispersaban la tarde, pasos que me exa-
minaban

—Es mejor no insistir por hoy

y volvían atrás, el director

—¿Por qué?

en una pausa de las olas, qué extraño ser adulto ahora

(—Ahora ya eres adulto)

y los parientes a mi espera transcurridos tantos años con sus
ojos de fantasmas sin sangre oscureciendo el papel, no mi padrino

(casuarinas tan lindas)

la prima de mi madre que se ocupaba de mí, desconocidos que
me aceptaban porque les pertenecía, la mujer de la mecedora

—Ven acá

una mujer vulgar, no imaginaba que la muerte una persona
real, sin misterio, con un chal en la espalda refugiándose del frío,

tal vez mi madre, tal vez la otra esposa de mi padre viudo, manos venidas desde lo alto que me agarraban de súbito, me alzaban hasta gafas oscuras y narices enormes

—El huérfano

y se olvidaban de mí, quiénes fueron mi madre, mi padre, la segunda esposa de mi padre, al intentar recordarlos lo que me queda es un vestido marrón que no sé quién usaba, no distingo facciones que se acercasen, solo el vestido marrón de cuál de ellas

(¿mi madrastra, mi madre?)

otra casa diferente de esta idea de casa con las hormigas en el alféizar de la ventana caminando hacia qué sitio y transportando qué, el reloj aceleraba las horas y el tiempo grueso de tantas noches se disolvió en una rama del manzano del patio golpeando, golpeando, mi mujer

(no lo llamo esposa, fíjense en que no lo llamo esposa)

cortaba la hierba junto al tronco al regresar del cementerio sin mirarnos, yo sin atreverme a preguntar

—¿Era mi hija aquella?

y mi mujer de rodillas

(nunca la llamaré esposa)

arrancando tallo a tallo en una especie de desilusión o frente a los patos de la cómoda uniéndose a mí, no la encontraba en las sábanas al tocarla, encontraba el mentón nítido, duro, un gesto que no se me antojaba de ella ahuyentándome

—Me pones nerviosa tú

y la impresión de que los patos se deslizaban en la encimera entre el marco y los cepillos, cinco patos en fila y un viejo preguntando desde muy lejos

—¿Es aquí donde vives?

sin reparar en nosotros, cosas que me obligo a suponer porque no sé muy bien lo que veo, si una casa o una idea de casa, árboles de la China, no casuarinas, alzándose detrás del manzano en dirección al muro, supongo que amanece para ustedes dado que un soplo de viento en el interior de la tierra agitando las piedras que soy, me trajeron de Peniche a Lisboa a través del mar y no me di cuenta de las olas, me di cuenta de los parientes a mi espera transcurridos tantos años con sus ojos de fantasmas sin sangre oscureciendo el papel, no mi padrino

—Aguanta un minuto, chaval

la prima de mi madre

—Acuéstate

y no la obedecía a ella, obedecía a una voz que nada me indicaba que le perteneciese, demasiado remota más allá del mar y de las olas y de los albatros callados, nada más que la mujer en la mecedora

—Ven acá

no de negro, una mujer vulgar, no imaginaba que la muerte una mujer real, sin misterio, con un chal en la espalda refugiándose del frío y que no me asustaba ni me llevaba consigo, se limitaba a estar allí familiar, tranquila, no necesitaba decirnos

—Soy yo

para que la aceptáramos, es decir, la aceptábamos preguntando

—¿Al final la muerte es solo esto?

y de hecho era esto, solo esto, el chal raído, la blusa pasada de moda

—Para Navidad le regalo un chal nuevo y una blusa en condiciones

y está claro que me olvidaba porque la muerte tan discreta, modesta, prometía

—Para Navidad le regalo una silla mejor

y la mujer, que tengo la seguridad de que me comprendía en silencio, no exigía, no incordiaba, tal vez

—No es culpa tuya, déjalo

la muerte tal vez la segunda esposa de mi padre o las manos venidas desde lo alto que me agarraban de súbito ayudándome a ir pero adónde y por qué, el vestido marrón engurruñado en el suelo y yo cogiendo el vestido mientras que el médico, refiriéndose a mí

—Es mejor no insistir por hoy

nadie que arrancase hierbas con pena de nosotros y la tijera de mi padrino dejando de picotearme, yo desaparecido en el espejo que rasgué con las uñas creyendo rasgar

—No

(no era mi intención lastimarlos)

mi mujer, mi compañero, el otro hombre con ellos, oía sus voces interrogándose unos a otros

—¿Está hablando con nosotros?

y de quién este aliento y esta manchita en el estaño, reconocemos a los vivos

(reflejos de gafas oscuras y narices, una cerámica que se rompe y no mencioné al principio, puede ser que una jarrita o un tiesto)

sin alcanzarlos con los dedos, son ellos quienes nos alcanzan al hablar de nosotros distribuyéndose entre sí lo que teníamos de modo que si volvemos lo que poseímos nosotros, ni una camisa en el cestito de la ropa y nuestro sitio en la mesa, la muñeca allá encerrando en sí misma el asombro que le dibujaron a pincel en las facciones

—No te veo

uno de los párpados más caído al que le faltaban pestañas

(yo uno de los párpados más caído al que le faltan pestañas)

la boca demasiado pequeña para soplar palabras y no obstante

—No te veo

y mirándome, no nos vemos mutuamente, tranquilízate

(¿cómo podía verte desde el suelo?)

así como mi mujer y mi compañero no nos ven, pasan por aquí ciegos y no existimos siquiera de forma que me pregunto si hemos existido algún día, esta casa una casa de hecho o una idea de casa, este final de noche a las cuatro de la mañana el final de la noche que esperaba en que las sombras se desmiembran y permanecen vivas, buscan refugio en la despensa donde algo de la oscuridad perdura a pesar de la lámpara

(¿o gracias a la lámpara?)

en los anaqueles, en los frascos, en la lámpara de cristalitos que perteneció a una tía

(no adivinamos cuál tía y si intentamos adivinar la mujer de la mecedora arrebujándose en el chal con una reprobación tímida)

este final de noche a las cuatro de la mañana en que el reloj cesa, se acabaron las horas, no nos falta ni un minuto, una vibración de la tarima que va parando, parando y terminada la vibración las tortolitas casi de cerámica que no piden, no llaman, puede ser que mi hija

(aunque no mi hija y sé que no mi hija mi hija)

—Padre

desde su habitación o desde la rama del manzano pero huraña, seria, nunca tuvimos tiempo para estar el uno con el otro en una época en que los enemigos de la Iglesia y del Estado junto con sus periódicos impresos al revés nos obligaban a ensordecer en Peniche, el médico tomando pulsos en los que trepidaban guijarros

–Es mejor no insistir por hoy

y cada piedra doliendo más que un martillo en la nuca, durante años y años yo en ese fuerte, hija, en los intervalos del cemento hierbas macilentas, orugas, manos venidas desde lo alto que me agarraban de súbito

–El huérfano

muros demasiado espesos que me impedían verte logrando una letra y me pregunto si habrás hecho lo mismo con el hilo del tendedero en el manzano al acabar el nudo y después los albatros lo borran todo y te pierdo, de madrugada, así como las vueltas del faro que descubren nidos en las cuevas, nosotros verdes o negros, cuando verdes una esperanza en los presos

–¿Se marcharon ellos?

y cuando negros la prima de mi madre que me da órdenes alejándose, solo lejos de los demás era capaz de hablar

–Acuéstate

de modo que no la obedecía a ella, obedecía a una voz que nada me indicaba que le perteneciese buscándome en Peniche o en la casa donde viví con tu madre en Lisboa

(¿una casa o una idea de casa?)

desierta excepto las paredes que el sol y las cortinas añadían a las paredes auténticas, los pasos de mi compañero llegando del patio

–No te queremos aquí

y tu madre con él, la mujer en la mecedora con el chal escurriéndosele del hombro

–Ven acá

y los albatros impidiéndome oír o no albatros, el silbido del agua en la cresta de una roca y el agua también

–Ven acá

la misma que en cuanto tú el nudo de la cuerda en la rama

–Ven acá

hacia atrás y hacia delante en la hierba, si al menos contases esto por mí, me ayudases, nosotros tan desamparados en este libro con la llegada de la mañana y tan necesitados de auxilio, ni siquiera mi padrino

—Aguanta un minuto, chaval

solo tú bajo la lluvia de mayo, si intentaba cogerte te irritabas conmigo

—No me agarre por el codo

y yo con miedo a soltarte, me acuerdo de las trenzas que te seguían a saltos, de olerme las palmas sin encontrarte en mi piel

(¿de quién heredaste la piel?)

encontraba un preso de esos que sorprendíamos rasgando papeles en una imprenta ablandándose en mis manos, mi compañero lo obligaba a vestirse de mujer sacudiéndolo

—No quiero que te lastimen la cara con la tapa del ataúd, despierta

no solo un vestido de mujer, pendientes de mujer y pintura echada al azar en las mejillas tal como no su voz de hoy día, la voz de antaño tropezando consigo misma

—Madre

convencido de que la madre lo escuchaba y no lo escuchaba, los parientes que me criaron

—Come la sopa

imaginando que yo un crío después de todos estos años, manos venidas desde lo alto me agarraban de súbito

—El huérfano

yo a la altura de los flecos del mantel

—¿Ustedes quiénes son?

si le preguntase a mi hija

—¿Tú quién eres?

se echaría la manta a la cabeza y se achicaría en la cama, los árboles de la China hablaban por ella pero quién entiende a los árboles, las casuarinas por ejemplo me daba la impresión de que

—Adiós

seguían allí, mi padrino en la feria de Santa Clara

—Chaval

sustituyéndolas, quién entiende a los árboles, las olas y los albatros del fuerte, sonidos toda la noche insistiendo insistiendo o si no mi mujer llegando del patio

—No te queremos aquí

los patos de cristal se escapaban de la cómoda cobrando piernas en la tarima, me acuerdo del pendiente hiriéndome la oreja,
de la angustia en mi oído

—Madre

no enfadado, ansioso, así como no aquí en Lisboa, en una
muralla en Évora donde los cuervos se alzaban de la tierra o si
no la mujer de la mecedora extendiéndome el chal y tapándome con él, no imaginaba que la muerte una señora vulgar mientras que el tiempo que faltaba se extinguía en el reloj, creo que
dije

—Hija

ya que las trenzas corrían bajo la lluvia de mayo y docenas de
ecos en el patio procurándome, el cuerpo enderezándose antes
de faltarme, este codo no es mío, este cuello que cede, mi hija
rechazándome

—Me pones nerviosa tú

arrastrando una escalera para alcanzar el manzano y la muñeca de bruces en la hierba y la escalera volcada, las sandalias sin un
movimiento, quietas, los patos engullidos por los cedros del parque ocultándose de mí

—Ahora ya eres adulto

y qué extraño ser adulto ahora, saquen mi camisa del cesto
de la ropa y oblíguenme a que me la ponga en lugar de esta falda,
la mujer de la mecedora preocupada por mí

—Tienes frío

y no tenía frío, señora, me sentía bien, tal vez uno de los párpados más caído al que la faltaban pestañas, mi boca

(o la boca de la muñeca)

demasiado pequeña para soplar palabras y no obstante

—No los veo

no nos veíamos mutuamente, veíamos el manzano, mi mujer
muy cerca primero, casi rozándome la mejilla

(¿me limpiaba el maquillaje?)

y muy lejos después, la mañana el naciente o sea grandes tiras
lilas alargando las tablas, la cama en que mi mujer

—No

de espaldas a mí o sea el omóplato que la luz suavizaba y la
curva de las caderas, a pesar de estar yo tumbado las uñas tarda-

ban en reunirse con el cuerpo, los tobillos en una especie de disparo antes de que el

—Es mejor no insistir por hoy

los paralizase de una vez y ni murallas ni cuervos, la mecedora danzando distraída, me acuerdo de un preso

—Señor

y de la carne goteando como cera de los huesos, de mujeres de luto en la playa recogiendo pescado entre pájaros menudos, del enemigo de la Iglesia y del Estado que la bajamar enganchó en los acantilados durante días y días perdiendo la fibra de los nervios y en esto la creciente vino a arrancarle los pantalones y la fibra que quedaba palideciendo, desapareciendo, lo arrojaron desde la escarpa

(¿lo arrojamos desde la escarpa?)

hacia la cual había lanzado una cuerda

(¿lo arrojé desde la escarpa?)

para que cayese

(lo arrojé desde la escarpa)

en dirección a los peñascos, loarrojédesdelaescarpahacialacualhabíalanzadounacuerdadetoallasymantasysábanasparaescurrirseendirecciónalospeñascos y los albatros a nuestro alrededor pidiéndome, no reconviniéndome, pidiéndome de modo que me limité a coincidir con él

—Empújeme, señor

empujándolo, o sea, corrigiendo lo que he dicho, los tipos con chaqueta y corbata, no yo que tardé demasiado tiempo en crecer, aún no he crecido, yo en la feria de Santa Clara con mi padrino, puestos de animales de cerámica y linternas que ni los difuntos que nada divisan usarían en sus túneles, lo arrojaron desde la escarpa hacia la cual había lanzado una cuerda de toallas y mantas y sábanas

(tortolitas casi de cerámica engordando de amor en las cornisas)

y desperdicios y trapos para escurrirse en dirección a los peñascos

(¿cuántas tardes de julio, en la casa o en la idea de casa, escuché sus conversaciones?)

una de las rodillas se fue quebrando en los ladrillos y después la otra y la pelvis y la nuca, al volver la cabeza no reparó en mí, no me vio, mi padrino descansando en los escalones

—Aguanta un minuto, chaval

y cómo podría verme si no yo, tal vez las copas de las casuarinas que dispersaban la tarde, las cuatro de la mañana creciendo allí fuera y el cerrojo de la verja chirriando en el encaje

(no sé muy bien lo que veo, si una casa o una idea de casa)

una rama del manzano con un frutito desprendiéndose del tallo, un dedo en una fotografía

—¿Lo conoce?

o ni un dedo en una fotografía, un clavo, una hoja de cuchilla, la mujer de la mecedora preocupada por nosotros

—¿Tienen frío?

interrumpiéndose un momento para ayudarnos con el chal, los patos de cristal sosegados en la cómoda y yo con ganas de pedirle

—¿No quiere ser mi madre?

el compañero aquí en casa con mi mujer o en el lugar donde vive frente a los planetas extinguidos, da igual, como da igual quién escribe esto ya que las cuatro de la mañana en todas las partes del mundo, las primeras ventanas y los primeros fogones, despertaba a esta hora para asombrarme con el día, una vuelta de manecillas, dos vueltas, tres vueltas, campanadas sin orden y vacilaciones de péndulo, mi hija un moisés que trajimos del hospital y mi mujer desdeñando el moisés que coloqué

—No me pertenece

en la silla de la habitación, mi mujer caminando por la cocina desorganizando las cacerolas

—¿De qué me sirve una hija?

a mí que me gustaría sacarla de paseo entre las casuarinas de Santa Clara los sábados de feria, entre negociantes y joyeros, y mostrarle cómo las olas de Peniche nos arrastran en dirección al horizonte, creo que ella me gustó porque me avergüenza decir que me gustó y me inquietaba por ella, tenía miedo de la mujer de la mecedora llamándola

—¿Tienes frío?

y extendiéndole el chal, miedo de que la nada blanca de Dios pudiera alcanzarla, me asustaba no oír su respiración por la noche, en la casa llena de tejas escarneciéndome y objetos que cambiaban de lugar anunciando disgustos, me levantaba para besarla y mi turbación por besarla, la luz del pasillo se detenía antes de la puerta

(—¿De qué me sirve una hija?)

y tu cabello oscuro, tus dedos cerrados

(¿sujetando qué?)

ningún viento en las plantas y yo sereno, contento, las horas demoradas, mucho tiempo al final, meses, años, puede ser que no fueses mi hija pero eras mi hija, palabra, si yo al menos fuese capaz de expresarme, convencerte, jurarte, me dijeron que mi padre en España antes de fallecer y yo en España contigo, ningunos peñascos abajo donde se despedazan los presos, me cuesta hablar de mí, hija, de lo que deseaba, de lo que me apetece y dentro de poco me cierran la boca y mañana, te quedas tú en el manzano y yo en el espejo vacío o sea queda de nosotros un polvillo de ausencia, mi mujer en la sala, mi compañero entre pitas y malvas, tortolitas casi de cerámica dilatadas de amor y la lluvia de mayo bajo la cual nadie corre, todo insignificante, pequeño, sin importancia ahora

(me pregunto si importante algún día)

tu madre cortando la hierba mirándome así como la muñeca nos miraba desde el suelo y la certidumbre

(no exactamente certidumbre pero ¿cómo explicarlo de otro modo?)

de que me descubrían por primera vez comprendiendo lo de dentro de mí e ignoro si yo muerto ya por aquel entonces, quién habrá limpiado mi aliento y borrado la manchita, quién se quedó con el anillo que perteneció a mi padre y el compañero a mi mujer al descubrir el anillo en la caja del dinero con calderilla, botones

—¿Era de él?

lo creía olvidado como creía olvidadas a las mujeres de luto en la playa hurgando en el pescado junto con los pájaros, no solo los pañuelos de luto, los ojos también, sorprendidos, vacíos, tripas de pargo en saquitos, aquellas bolsas de las huevas, los pasos de ellas en la arena pisando restos de náufrago

(¿el anillo de mi padre seguirá en la caja?)

y no obstante las mujeres de luto y el anillo tan presentes, la casa o una idea de casa temblando en el pasado más allá de kilómetros de lágrimas de forma que si volviese llamaría a la puerta en vano o no llamaría siquiera, no porque todo se abre antes de acercarme sino porque otros edificios en el lugar de estos edificios

(o una plazoleta o una plaza)

y yo husmeando ausencias en un barrio que perdí sin las viudas de antes acechando en las escaleras

—Chaval

y postigos con el cielo más distante que el cielo de aquí fuera, las viudas extrañadas

—¿Cómo te llamas, chaval?

desmemoriadas de mí, no existo, tu madre nunca mi nombre, tú nunca mi nombre, te acechaba de noche

(cuatro de la mañana)

y el desasosiego se atenuaba, tú viva mientras yo espero en el suelo que el anillo de mi padre que no sé dónde está se preocupe por mí

—Hijo

y no hijo

—Chaval

o

—El huérfano

o en la sala contigua como si solo de lejos consiguiesen hablarme

—Acuéstate

y estoy acostado, señora, fíjese, mire las manos en el chaleco y la pajarita derecha, el silencio de las olas semejante a las palabras de los sueños gritadas sin rumor, qué incomprensible ser adulto, estar muerto, convertirme en el enemigo de la Iglesia y del Estado que la bajamar enganchó en los acantilados, perder la sangre de los nervios durante días y días, lo arrojamos desde la escarpa

(lo arrojé desde la escarpa)

y no un preso al final, tu muñeca rompiéndose en las rocas ella que se quedó en la hierba sin enfadarse con nadie ni reprobar a nadie, tenía un mecanismo dentro que decía no una frase entera, una risa de hojalata que los albatros picoteaban, al volver de Peniche la muñeca en la cómoda

—¿Quién te dio la muñeca?

y los árboles de la China con la idea de ahorrarme responder por ti, mi compañero en el lugar que yo ocupaba en la sala y mi mujer cocinando para él

—¿Hoy cenas con nosotros?

tú con la lengua en la comisura de la boca consiguiendo una letra y los pies que se ovillaban, se cruzaban, aún no trenzas, las trenzas en la época en que tu blusita comenzó a crecer

(Dios mío, por qué no se callan los muertos y por qué razón el mar no enmudece de una vez, quién me obliga a continuar sin descanso, me entierra el dedo en el corazón, agita recuerdos y ahí vienen las casuarinas con sus secretos antiguos, un vestido amarillo que casi me roza, discursos que no entiendo, lamentaciones, palabrerío, la cama que desordenaron

de mi madrastra, de mi padre

guardada en la despensa, no me acerco a la cama para evitar sus ecos)

y tu silencio mayor, comías cuando no estábamos, te encerrabas en la habitación y yo en el corredor esperanzado de un arrastrar de silla, pasitos, una señal que me dieses y ninguna señal, tu madre

—No la molestes ahora

porque yo un enemigo de la Iglesia y del Estado que arrojarían desde la escarpa, no me acuerdo de haber protestado, me apoyaban en la pared limpiándome la boca a pesar del cartílago del brazo que a la altura de la muñeca iba rompiendo la piel, en una ocasión abriste la puerta de repente

—¿No se marcha usted?

hastiada de mí o adivinando mi muerte

(Dios mío, ¿por qué no me callo ahora, quién me entierra el dedo en el corazón y agita los recuerdos?)

y después del manzano

(¿los habrías impedido?)

mi compañero, el otro y tu madre al lado de ellos, no entre ellos y yo, el estuche del maquillaje y aquellos pendientes en el espejo

—Ponte esos pendientes tú

un golpe en el pecho que me rasgó el músculo y no dolió siquiera

(si cayese de la escarpa y me enganchase en los acantilados la sangre de los nervios no me dolería tampoco)

los patos de cristal se deslizaban entre el marco y los cepillos, una persona mirándome desde el umbral curiosa de mí y era usted, padre, creía que no lo encontraría nunca y al final estaba ahí, no heredé nada que tuviese, no me parezco a usted, usted pálido, descalzo

(¿usted preso, señor?)

con el anillo en el dedo

(¿habrá fallecido no en España, en Peniche?)

me dio la impresión de que resbalaba por la pared así como resbalo por el espejo y lo pierdo sin poderme valer, un padre más joven que yo limpiándose la boca, arrodillándose, cayendo, mi compañero señalándome a tu madre

—¿Qué dice él?

el corazón un sapo que croaba, croaba y pienso que no mío, mi padrino en un farfullar difícil

—Aguanta un minuto, chaval

no era yo quien croaba, era él, estaba muy bien hablando y se detenía bajo las casuarinas mirando hacia dentro y apoyando la palma en el pecho

—¿No oyes?

ya que en el interior de las costillas un rumiar barroso como después de la lluvia cuando los truenos cobran ojos de salamandra, mi padrino con el bastón impidiéndoles las quejas

—Vamos allá

(la idea de casa un error que tuve, ningún mirlo, nadie, los patos de súbito agitados que gritaban, gritaban)

y puestos de animales de barro y linternas que ni los difuntos que nada divisan usarían en sus túneles, tortolitas casi de cerámica engordando de amor por mí en las cornisas, un golpe en mi pecho o en el pecho de mi padre rasgándonos el músculo sin dolernos siquiera, un segundo golpe en el cuello, no sé qué en la espalda que nos rompió la cintura, una cuerda hecha de mantas y toallas y sábanas y desperdicios y trapos para escurrirse en dirección a los peñascos y entonces mi aliento en el espejo, la manchita

(¿de cuál de nosotros?)

no roja ni rosada, más suave, mi hija abriendo la puerta de repente

—¿No se marcha usted?

hastiada de mí o adivinando mi muerte, no solo las uñas rascando el espejo a medida que bajaban, el anillo de plata también y en consecuencia mi padre no en España, conmigo, esto en Lisboa, en Peniche, en la casa que no veo o en una idea de casa, parientes a mi espera después de tantos años y yo caminando hacia ellos, las cuatro de la mañana, el día, distingo cada relieve de los muebles, cada candelabro, cada objeto, el traje que habrán de ponerme extendido sobre la colcha, el frasco de perfume ya destapado, sin sello, que derramarán sobre mí para engañar a la muerte, nunca estuve en España, padre, me engañaron, ningún vestido marrón, ninguna madrastra, ninguna madre, la que decían prima de mi madre la mujer que me tuvo, me parecía que una sonrisa ella que no sonreía nunca y tal vez una sonrisa, no sé, sé que las cuatro de la mañana, sé que de día, su libro casi al final, amigo, tantos meses para llegar aquí y dudando si llegaría aquí de manera que alégrese, la prima de mi madre alejándose como si solo consiguiese hablar lejos de los demás, era desde la sala contigua desde donde ordenaba

—Come la sopa

desde donde ordenaba

—Acuéstate

de modo que no le obedecía a ella, obedecía a una voz, señales de presencias que me pregunto si de gente viva, el humito de la tetera

(me acuerdo de las flores pintadas y de la manzanilla de la tapa imitando a un pez con la boca abierta

¿la mía?)

pasos que se acercaban a mi mujer, a mi compañero

(no le deseo daño a nadie)

daban la impresión de examinarme

—¿Ha muerto?

y se alejaban hacia el patio o hacia la habitación, la prima de mi madre siempre más lejos

—¿Y?

irritándose conmigo porque me ocultaba debajo de la mesa escabulléndome, me gustaría que fueses tú quien me vistiese y me compusiese las facciones tal como te vestí y compuse tus facciones mientras tu madre, negándose a verte, iba arrancando las hierbas, ordené tu habitación, me incliné hacia ti deseando que me vieses y en lugar de verme abrías la puerta de repente

—¿No se marcha usted?

impaciente conmigo, su libro casi al final porque es de día, guarde los papeles, el bolígrafo y levante las cejas de la mesa donde dibuja las letras inclinado en la silla, las cuatro de la mañana, gracias a Dios, casi las cinco, se acabó, en la ventana frente a la suya una mujer en una mecedora que ha de cubrirlo con el chal, usted sin imaginar que la muerte una persona real, sin misterio defendiéndose del frío, su nombre

—António

al mismo tiempo que un ruidito en el vestíbulo, cuchicheos que lo buscan en la casa, acechan el corredor, no lo encuentran, los hombres con chaqueta y corbata junto a usted y un martillo, una pistola, una hoja de cuchillo

(las cuatro de la mañana, gracias a Dios, casi las cinco)

y no tiene importancia porque su libro al final, tantos meses para llegar aquí y dudando si llegaría de manera que alégrese, mire la ventana donde la mujer de la mecedora

—António

cubriéndolo con el chal, no consigue oír las olas ni los albatros de Peniche

(¿qué olas, qué albatros?)

no alcanza a oír a mi hija

—¿No se marcha usted?

no se alcanza a oír nada a no ser su nombre

—António

y las páginas del libro que van cayendo al suelo.

CINCO DE LA MAÑANA

1

No tengo mucho más que añadir a no ser que os odio a todos: deseo de todo corazón que vuestra alma se consuma en el Infierno por los siglos de los siglos hasta que el espíritu de Dios vuelva a moverse sobre las aguas y me dejéis en paz. Oigo el despertador en la habitación, convencido de que no me afecta su ruido horrible imitando el silencio yo que conozco los silencios al dedillo, crecí con ellos, aun de espaldas los distingo uno a uno, el mar por ejemplo se calla y yo enseguida

—Es el mar

mi hermana deja en suspenso, supongamos, la escoba y yo con el dedito en el aire

—Has sido tú

y en cuanto al silencio de mi madre me habitué a él, por así decir, desde la cuna, o sea una sombra de vez en cuando, un temblor de cortina, aviso a la sombra o a la cortina

—Usted

y el silencio se retrae, me abandona, quedan los perros por ahí incordiando, han de trotar por los campos sin que les acerque una escudilla, condenados a lagartijas y bazofias de ese tipo, eso en noches idénticas a las restantes dado que las noches son iguales y cada una asegura que será la última jurando con la mano en el pecho y no creo en ellas, me mintieron, prometieron esto y lo otro, un trabajo mejor pagado, una hija, un rostro en una cortina

(Mon Repos, Riviera, Amélie)

que se desvaneció para siempre y ahí me quedé yo, el cretino, abrazando la nada

(no abrazando la nada, qué estupidez abrazar la nada, pero se entiende lo que pretendo decir) ahí me quedé yo frente a la persiana cerrada, a veces una lucecita entre las tablillas o imaginaba que una lucecita entre las tablillas dándome la esperanza de que de nuevo el rostro por el cual ya no moriría de amor ni por asomo

(no aprende con el tiempo)

y que empiezo a odiar igualmente, en vez del rostro una farola de la plaza que cualquier rama descubrió y ocultó o los escalofríos de los edificios al girar sobre sí mismos para encontrar un sitio donde dormir, no tengo mucho más que añadir a no ser que mientras ardéis en el Infierno por los siglos de los siglos, hasta que el espíritu de Dios vuelva a moverse sobre las aguas preguntando por nosotros Sus criaturas y Sus hijos, tan fácil es descubrirme si Le viene en gana ya que no muevo un pie de esta casa que los planetas extinguidos no encontraban, tan oscura como la tierra y confundiéndose con ella entre ruinas y cenizas, en la víspera de morir mi padre miró a su alrededor, exigió, es decir, no exigió por no tener voz para exigir nada de nada, apenas lograba un sonido y los que lograba susurrados, confusos, en la víspera de morir mi padre miró a su alrededor o intentó mirar a su alrededor, lo que me parece más seguro, a través de las brumas que lo iban separando de nosotros

—Ponedme las gafas

yo que tengo dificultad para captar los susurros preguntándole a mi hermana

—¿Qué dice este hombre?

mi hermana acercó el oído a la boca de él

—Creo que quiere las gafas

susurrando también dado que las agonías, incluso las que nos alegran, asustan no por los demás, por nosotros, qué nos importan los demás, cualquier día nuestros labios transparentes y la dificultad para respirar y todo eso, por mi parte espero que nadie se regocije a mi lado anunciando

—Quiere las gafas

contento por haberme entendido y las gafas no en la mesilla de noche sino en la sala, la perversidad de los objetos que cambian de lugar por maldad y el incordio de encontrarlos, allá no estaban a la vista

(ahí está lo que afirmo)

bajo la servilleta en la mesa donde mi padre llevaba varias semanas sin sentarse, mi hermana

—¿Cómo han venido a parar aquí estas malditas gafas?

sujetándolas por la punta de la patilla como si fuesen a ata, como si fuesen a atacarla, y en mi opinión iban a hacerlo, me he topado con historias aún más imposibles, ángulos de silla crueles, escalones que se allanan obligándonos a tropezar y ellos mostrando una inocencia escarnecedora

—Aquí nunca hubo escalones, os habéis equivocado

cuando no nos equivocamos ni medio, sabíamos perfectamente que uno, un escalón allá, para abreviar razones mi hermana ya canosa en esa época, ya gruesa, con la grasa atormentándole el corazón

(solo faltaba la cuchara en la lata y unos pollos alrededor para ser la persona que es hoy)

trajo las gafas alejadas del cuerpo mirándolas con desconfianza

—Estaban debajo de la servilleta, fíjate

entra, si así me puedo expresar

(y me da la impresión de que puedo, realmente puedo, me expreso así)

entra, no pierdas tiempo, chaval, la recriminación y la sorpresa, me ha salido bien esta frase

—Parece que lo hicieron a propósito

y lo hicieron a propósito, hermana, qué duda cabe, acostúmbrate a las traiciones del Universo y ódialo como yo deseándole el Infierno por los siglos de los siglos, crepitaciones de dolor, quemadur, quemaduras, mi hermana le alargó las gafas a mi padre y alargó es una forma de decir, se las colocó sobre la nariz porque mi padre no retenía nada, las manos en la sábana quietecitas casi objetos también y por consiguiente terribles, mi padre con los ojos más vivos que el resto del cuerpo, mejor dicho con los ojos vivos en el cuerpo difunto capaces de prendernos con una mirada de soslayo y llevarnos consigo

—Ahora vienes conmigo

y por más salud que tengamos, qué remedio, los seguimos, esto una tarde de abril o mayo, me acuerdo de los olores de la tierra y por tanto abril o mayo, bocas de dragón, hortensias, no la humedad sucia del invierno, gruesas lágrimas parduscas y tanto viento, señores, mi padre fijó la vista en el mundo tal como se despiden los animales antes de que los enterremos bajo una copa que los proteja de la lluvia con esta nuestra manía de lisonjear a los cadáveres por temor a venganzas futuras, que no se sabe el día de mañana cuando estemos muertos y sujetos a recriminaciones, amenazas, no me hiciste esto, no me hiciste aquello

(¿hiciste o hicisteis?: ¿no nos hicisteis esto, no nos hicisteis aquello?)

me pusiste a pleno sol, mi padre dejó de fijar la vista en el mundo

–Podéis quitármelas

mi hermana se las quitó por la misma patilla, las dejó caer porque no servían para nada y pasado un momento el viejo se marchó permaneciendo allí, es decir, los ojos tan acabados como el resto del cuerpo sin fijar la vista en nada, olvidándose, la impresión de que no fue él quien dejó de existir, fuimos nosotros, y la impresión de que se llevan lo que nos pertenecía cargándolo hacia el sepulcro de la despensa incluido el jeep de madera que no recuerdo quién me regaló, lo rompí a los seis años y sin embargo en los momentos de desánimo en que os odio aún más viene él a consolarme, tenía ruedas, volante y un muñeco conduciendo, me pareció que las gafas de mi padre en el suelo seguían reflejándolo mientras me lo robaba, se me antojó que faltaba el volante y que el muñeco estaba torcido, pero tal vez fueron las gafas que lo estropearon a propósito de modo que adelanté el zapato y las pisé con un ruido de, con un ruido de cristales aplastados, cristales aplastados sirve, mi hermana recogió los restos ofendida conmigo, consiguió para mi padre un árbol de cementerio en condiciones que lo protegiese de la lluvia, le guardó lo que quedaba de las gafas en el bolsillo de la chaqueta para que se orientase en las cavernas en que pasean los finados y reencontrase a mi madre entre docenas de mujeres en la sombra, sentadas en banquitos lavando ropa, cosiendo, me pregunto si cuando yo me acerque a alguna de ellas

–Cómo has crecido, hijo

presentándome a sus amigas, supongo que intercambiaban fotos y se quejaban de nosotros, yo hallándolas más delgadas

–¿Qué comen ustedes?

y en medio de ellas el rostro de la persiana en cuya compañía durante años y años, por estupidez mía, me consideré feliz, bastaba pensar en la casa

(Mon Repos)

y una exaltación de Navidad como si el jeep de madera conmigo

(Riviera, Amélie, me resulta difícil distinguirlas ahora)

o como si mi hija

(no tengo hijos)

o un enemigo de la Iglesia y del Estado resbalando por la pared y las olas acompañándolo, el surtidor de gasolina

(no volveré a mencionarlo, no mencionaré nada de nada en definitiva)

con la farola encendida blanqueando las jaras, iba a referirme a los gitanos y me limito a contar que ningún cascabel en los campos, nada de accesorios inútiles, surtidores de gasolina, gitanos, solo yo y las pitas que, vale, amanecen, la hacienda de mi suegro y en el lado opuesto la muralla

(olvidemos los cuervos)

me corresponde a mí usar gafas que nadie ha de ponerme cuando llegue el momento de despedirme del mundo o sea este despacho, la perra a la que le abrirán el garaje y el animal confundiéndose con los neumáticos

—¿Van a pegarme ustedes?

igualita a mi mujer que tarda en acercarse cuando la llamo, no bajita, no fuerte, solo vieja la pobre

(¿fui yo quien la gastó?)

quedándose en la cama con el lomo que se alza

(fíjense en su cola)

convencida de que la acecharé desde el umbral, si le pidiera las gafas

(no le pido las gafas)

un atropello de cajones y un vaciar de armarios con su prontitud de esclava que me hace detestarla de forma que me despediré sin lentes y la niebla disminuirá el disgusto de la pérdida dado que no faltan siluetas y colores por ahí, no me hablen de las pitas que me impresionan muy poco, no me sugieran agapantos que nunca he visto en el jardín, lo que tuve a mi alcance era un pomar moribundo roído por los parásitos, gansos salvajes siempre demasiado alto

(los listos)

para retorcerles el pescuezo, la náusea de estos muebles cada vez más ruidosos debido a la carcoma, mandibulitas tenaces que mascaban la oscuridad, mi padre

—Pónganme las gafas

y la boca, más que la voz, siguiéndome, hacia doquiera que me volviese la dentadura atenta, mi hermana acomodando los trastos y almidonando la colcha para las visitas de pésames, le mostró la sala a mi padre

—Todo limpio, señor

y mi padre complacido o fingiéndose complacido, poco importa, así como yo complacido esta mañana que se decide a comenzar hacia los lados del muro, cuántas veces regresé del trabajo a esta hora con los ecos del fuerte en los oídos, no estoy pensando en las olas ni en los enemigos de la Iglesia y del Estado sino en indicios sutiles, la línea del horizonte que se acerca y se aleja encogiéndome y dilatándome la vida, alguien a mi espera en un pasillo, en una celda, la mujer que de tiempo en tiempo busco en Lisboa

(¿por la hija, por mí?)

y con la cual no hablo, con esa igualmente y antes del rostro en la persiana, pensé

(yo que os detesto)

que amor, ponedme las gafas, ayudadme y no obstante ninguna de ellas me levantaba del suelo, yo pesado, de tierra, mis venas tierra, mis músculos tierra, ninguna planta, ningún junco, tierra, arena y tierra, si alguno de mis compañeros señalase mi fotografía

—¿Este quién es?

les respondería que tierra sin una gota de agua, sin vida, me toco las mejillas y tierra, una lengua de tierra diciendo cosas de la tierra con la garganta de tierra, caeré en el suelo como un tiesto que se vuelca y tierra negra, seca, oiré sobre mí los pasos de mi hermana golpeando la lata con la cuchara, presentiré a las gallinas que me escarban, me picotean, puede ser que un carbón de raíz o una ceniza de árbol pero no creo que cenizas ni raíces, los planetas extinguidos combinando su polvo conmigo y los pasos de mi hermana que se alejan, la oigo conversar con el fogón y las estampas, no conmigo, es evidente, si le mostrasen mi fotografía

—¿Este quién es?

no me tomo a mal que

—No lo sé

y por tanto no la molesten en Estremoz donde ciertamente me olvidó, por qué demonios se acordaría de mí, no se acuerda de mí de niño sacudiendo un hombro, colgándome de un brinco y no permitiendo que una tapa bajase, bajase, mi madre al verme bajo

—No has crecido, hijo

(resta saber si hijo y no solo

—No has crecido tú)

desilusionada frente a las compañeras difuntas, qué les ha dicho de mí, señora, cómo les ha explicado quién era yo, disculpe esta petición

—Ponedme las gafas

y al ponerme las gafas una desbandada de cuervos

(no mencionaré a los cuervos)

abandonando la muralla para rodearme

—Cuacuá

cuántos espantajos en la huerta con la gorra de mi padre, si supiese lo que sé hoy hundiría a uno o dos presos entre las berzas

—Ahora te quedas aquí

antes de que resbalasen por las paredes camino del suelo, les dibujaría las facciones con el pintalabios de mi madre, les calaría un sombrero en la mollera y la camisa de ellos en una cruz de alambre agitándose, quitadme las gafas deprisa que no me apetece verlos, si me escondiese bajo el escritorio tal vez podría salvarme pero de qué si no hay nadie, creía que mis compañeros y en lugar de compañeros cazadores de perdices, vecinos, grillos rascándose la barriga con sus antenas metálicas, tuve una hija creo yo

(no tuve ninguna hija)

tuve una hija creo yo, Mon Repos, Riviera, Amélie, con qué ternura os observé entre un trabajo y el siguiente, los restos de arriate, las estatuillas de yeso, qué habría sido de mí

(pregunta sin respuesta)

si una infancia feliz y qué me hace pensar que mi infancia no lo fue yo que conocí pronto, a los diez u once años, los júbilos de la carne

(las cinco de la mañana y estoy vivo, mi mujer una frase en la habitación no comprendo cuál al cambiar de posición en su sueño, me habría interesado, si aún me interesase, por sugerir no sé qué que me estremece, yo que dejé de estremecerme hace lustros desde que mi hija, pero dejemos el asunto a los estudiosos del futuro que me habrán olvidado como me olvidé de vosotros, a mi hija incluso no la recuerdo y si la recuerdo la rehúyo, vete, no fastidies, en una ocasión mi padre dio cuerda al reloj y lo enterró después para que no existiesen horas aquí arriba, el tiempo destinado a los topos, a los gusanos y al fuego sepultado que no nos alcanzará nunca, ojalá pudiera yo, que os odio, enterraros a todos, íbamos en que mi mujer una frase y la perra una frase igualmente, se contradecían como si discutieran, ¿de cuál de ellas fiarme?)

dije que conocí pronto los júbilos de la carne con una vecina que me llamaba

—Muñequito

(¿seguirá funcionando el reloj enterrado?)

o sea diminutivos ansiosos y abrazos que me ahogaban, en la ventana un becerro que paraba de masticar mirándome, los júbilos de la carne un becerro en mitad de la digestión y los gansos salvajes remando hacia Argelia, tranquilos, en madrugadas como ésta creo oír el reloj con sus muelles retardados trotando, trotando, el becerro trotaba por su parte antes de mirarme de nuevo y más diminutivos, más abrazos, no pensaba en la vecina, pensaba en el reloj y en el tiempo invisible diferente del tiempo de aquí, cavé en el patio sin encontrar la esfera y las agujas, en Peniche, en las traseras del fuerte, unos rebaños por la tarde o sea vientres que se balanceaban entre cardos, jaras y el mar en octubre levantándose de los peñascos e intentando devorarlos, marchándose, acordándose como los perros que se detienen de súbito, cambian de dirección, regresan, uno de ellos olisqueándome las manos yo que no necesito de amigos y tal vez mis compañeros

(no confío en mis compañeros)

por ahí rodeándome pese a ser las cinco de la mañana

(en el reloj enterrado ¿qué hora, Dios mío?)

y un sollozo en las malvas, la farola del cobertizo inútil de tan pálida, debo de tener sueño, perdón, la farola del surtidor de gasolina inútil de tan pálida, mi hermana despertando en Estremoz con la prisa de las gallinas, no volveremos a vernos, hermana, me despido de ti, me gustaría que supieses, no, no me gustaría que supieses y por tanto un adiós y listo, disimulado, rápido, sin que me reconozcas siquiera, tú con la lata suspendida con los pollos saltando a tu alrededor intentando distinguirme sin lograr distinguirme dado que tus gafas debajo de la servilleta en la mesa y ya estoy confundiéndolo todo otra vez, las gafas debajo de la servilleta en la mesa de mi padre, las gafas de mi hermana hacia las que adelanté el zapato y las pisé, tampoco, eso fue con las gafas de mi padre, espera un poco, piensa, bien sé que es la última noche, estás vivo, probablemente seguirás vivo mientras el reloj vaya trotando en la tierra aunque sin manecillas ni esfera ni cristal, no es el reloj el que trota, es el tiempo que no precisa mecanismos para nada sin hacer caso a mañanas ni a noches ni a aquello que, ni a aquello que somos, oye solamente las olas, a los gansos salvajes, a tus cuervos

—Cuacuá

advirtiendo que estás vivo, tranquilízate que estás vivo y por consiguiente no te precipites, cálmate, mi hermana más bajita, más canosa, más fuerte alargando el cuello, más allá de mí, sobre el muro y sobre el muro la carretera de Lisboa, un poste de la luz, ruinas, cinco de la mañana y nada, si yo frente a los chalés la persiana bajada y nada, el rostro que yo habría amado nada

(¿el rostro que yo habría amado tierra?)

la cuchara volvió a golpear la lata despacio primero y con fuerza después, mi hermana rumbo al gallinero con las gallinas devorándole el delantal, los zapatos, me acuerdo de alas y patas, hermana, montones de alas y patas, no me acuerdo de ti, creo que yo, creo que nosotros, qué no daría yo por una tarde contigo junto al pozo mientras las nubes de mayo de derecha a izquierda donde quedaba España, donde creo que continúa, después de tantos años de miedo a que fuera España, trabajé en una ocasión o dos con la policía de ellos, nos entregaban el preso ya esposado y amansado, firmábamos los papelitos con el papel de calco en

medio y el duplicado siempre sucio y la rúbrica borrada, teníamos que escribir por encima después de ajustar los papeles golpeándolos en el techo del coche, con el enemigo de la Iglesia y
del Estado ahí dentro, los españoles se marchaban, *hasta pronto*,*
y nos quedábamos en medio del campo o en la linde de un pueblo con fotocopias, oficios y en el asiento de atrás con el sujeto
mirándonos de lado con el ojito bueno, sin cordones ni cinturón, respetuoso, quieto, hasta donde la vista alcanzaba

(hasta donde la vista alcanzaba me suena bien)

invernaderos de tomates, tractores, ningún ganso salvaje, ningunos cuervos, aquel viento de ellos inclinando las espigas, en la
primera ocasión

(dije que en una ocasión o dos, para ser más preciso dos ocasiones en total)

llevamos al enemigo de la Iglesia y del Estado a Lisboa, calladito escuchándonos, tenía teñido el pelo, imagínese la inteligen-
cia, le sangraba la lengua, vaya uno a saber por qué

(no me precipito, me calmo, casi siento el reloj sepultado girando, tal vez el mecanismo, enhorabuena, padre, funciona)

y ni un puente romano, casi entrando en Alentejo, pareció
interesarle, en la segunda ocasión un ingeniero o un médico, una
persona seria, de edad, sesenta años, sesenta y dos, mejor vestido
que nosotros

(me he calmado, palabra)

con ambos ojos intactos y la lengua perfecta, esa vez no tres o
cuatro papelitos, una sarta de ellos, términos de responsabilidad,
declaraciones, recibos, un Espada del Ejército de los grandes, de
lujo, un coronel y un mayor, los duplicados cotejados uno a uno
y nada de amiguismos, ceremonias de nuestra parte y desprecio
de la de ellos como si les repugnásemos, hay que ver, como si nosotros fuéramos unos canallas

(no volveremos a vernos, hermana, me despido de ti, me alegraría si oyeses el reloj también, no me precipito, me he calmado, te aseguro que me he calmado, no me tiembla ni un dedo)

no nos dieron la mano, ni hasta pronto, desaparecieron en el
coche y un remolino de polvo, no gansos salvajes, no cuervos,

* En castellano en el original. *(N. del T.)*

un remolino de polvo y yo con la palma en la boca, la persona de edad no esposas, tan desenvuelto como poco respetuoso, poco educado, desafiándonos

(nunca he visto un remolino de polvo como este que tarda decenios en asentarse)

—Sinvergüenzas

decenios y decenios en asentarse y una vez asentado invernaderos de tomates, tractores, un molino de marea en pedazos con la muela y el eje en la hierba y el agua a borbotones menos fuerte que el

(no volveremos a vernos)

—Sinvergüenzas

esto un ingeniero o un médico, hay que ver, una persona seria, de edad, mejor vestido que nosotros, limpiándose el polvo con la manita distinguida

—Sinvergüenzas

los pájaros del río a saltitos entre los guijarros, no matorrales, saltamontes azules y mi padre exigiendo

—Ponedme las gafas

no exigiendo por no tener voz para exigir nada de nada y las frases confusas, la cuchara golpeaba la lata cada vez más deprisa y me pregunto si una cuchara o una lata o los borbotones del agua ya que el agua más deprisa también, no me precipito, me he calmado, mi hermana y el reloj calmados, nosotros calmados en casa, a pesar de sacudirla mi madre calmada, cuento las cosas por orden, no me equivoco, estoy vivo, el ingeniero o médico

—Sinvergüenzas

en el desprecio del coronel también

—Sinvergüenzas

sacó un puro de la chaqueta y rompió el puro como si el puro nosotros, nos rompió, el crujido del puro

—Sinvergüenzas

y ningún polvo ahora, el horizonte limpio, un pueblo en una fosa y la iglesia de la que nos llegaba la campana, no se veía la iglesia pero la campana tan próxima, no necesito las gafas, quién necesita las gafas de mi padre rotas, polvo en las solapas y un gusto en la boca como de greda o yeso que no paraba de tragar, centenares de papelitos, señores, términos de responsabilidad, declaraciones, recibos, una garantía cualquiera del gobierno español acerca

(¿si me despidiese de ti soltarías la cuchara y la lata y me besarías?)

de buen trato, acogida

(¿alguna vez nos besamos?)

adecuada, deferencia, libertad, lo que les venga a la cabeza que a mí no me viene nada excepto mi hermana en Estremoz, la grasa del corazón y el reloj hundiéndose dentro del mundo sin molestarse con nosotros él que desde la muerte de mi padre mi reloj y mi reloj

—Cuacuá

no tictac

—Cuacuá

y yo con las mangas en las orejas apretando con fuerza, con alguna fuerza, no apretando con fuerza sino apretando realmente sin fuerza defendiéndome de las horas, el molino de marea en pedazos con la muela y el eje en la hierba, si le susurrásemos en su interior fragmentos de ecos gritando, aflojar las mangas, huir, una persona seria, de edad, mejor vestido que nosotros, ambos ojos intactos, la lengua perfecta y a pesar de eso desagradecido

—Sinvergüenzas

esto en la última ocasión en que trabajé en España y ni avenidas ni ciudades, polvo, mi cuello polvo, mi barriga polvo, escribí tierra y tierra no, polvo, después del Espada del Ejército nadie, se me ocurrió que los gitanos de vuelta y nadie, qué cascabeles, qué carros, un enjambre de tórtolas tambaleándose en el aire

(ni de volar bien son capaces)

entre este olivo y aquel y por qué este olivo y aquel si innúmeros olivos, explíquenme, cheposos, enfermos, mi hermana enferma y las gallinas obligándola a correr y a escaparse de ellas matándola

(perdóname que insista pero ¿alguna vez nos besamos?)

guardábamos la sosa cáustica en el maletero del coche y no nos servimos del envase dada la acogida adecuada, libertad, ropa mejor que la mía, las maneras de los ricos, el crujido del puro

—Sinvergüenzas

no el coronel a nosotros, el coronel también

(cuando yo tenía tres, cuatro años, ¿me cogiste en brazos, me besaste?)

—Sinvergüenzas

aunque callado, el mayor que le tiraba del brazo impidiéndole crecer hacia nosotros

(¿por qué diablos crecer hacia nosotros?)

ordenando, ordenando que nos fuéramos, somos policías, señor mayor, mi madre ha fallecido y bicicletas en el cementerio, una pariente nuestra llorando y yo pasmado debido a que no entiendo la utilidad de las lágrimas, apretaron los tornillos y mi hermana tapándome la boca antes de que yo

—Madre

(mi padre que fijaba la vista en el mundo o sea en las personas, los trastos, un muñeco que teníamos y era un bombero cromado

—Podéis quitarme las gafas

dejé de conmoverme hace lustros, no me enternezco, no sufro, quitadle las lentes, adiós)

tirándole de la blusa e hiriéndola con el pendiente, o sea un armazón de metal con un cristalito morado sujeto con tres ganchitos, mi madre no una persona como esa, rígida, de edad, veinticuatro años, señor mayor, soy sincero con usted, no le oculto nada, no sé qué en la sangre y la piel ya ajada, negra, no exagero, negra, cuacuá, el ingeniero o médico sacando el pañuelo para limpiarle algo en el mentón e iniciales en el pañuelo, iniciales en la camisa, zapatos extranjeros, ingleses, un perfume

(—Podéis quitarme las gafas, no quiero ver a mi hijo)

italiano de menta, las tórtolas de aquel olivo a este de nuevo, no

—Cuacuá

solo las alas, apostaría que los nidos en el molino de marea, en un hueco

(yo no pañuelos, no perfumes, no zapatos extranjeros)

trabajé en España en dos ocasiones al mismo tiempo, en la primera llevamos al tipo a Lisboa y ni el puente romano le interesó, lo aseguro, ocho arcos de piedra, algunos con andamios, tenía, tenía teñido el pelo y calladito escuchándonos, uno de los tractores se puso en marcha en mi cabeza y todo en mí oscilando, mi hermana

—No llores

371

como si yo fuese a llorar, llora una pariente por mí fingiendo
que caía en esas exageraciones de los pobres que adoran sufrir,
ser infelices, morir

—¿Por qué está llorando?

y si no me escapase la tonta me abrazaría, las cinco de la mañana, estoy vivo, no me precipito, pienso, si alguien piensa tanto
como yo le cedo mi lugar de buena gana, avance hasta el públi-
co, hable por mí, tómelo, la persona seria, de edad, guardó el pañuelo sin prisa, unas ranas, unas matas, saltamontes azules, no un
coche de lujo, un automóvil pequeño, mi compañero o yo

(mi compañero)

rasgando las declaraciones, los recibos, no mi compañero

(a pesar de no tener hijos no quiero ver a mi hijo)

yo pisándole las gafas una vez, otra vez y rasgando las declaraciones, los recibos

(el polvo se levantó unos centímetros, me evaluó, desistió,
entendí que ella

—Es mejor no

con miedo de mí)

la persona seria, de edad, no alarmada

—¿Qué es eso?

(cómo soplaban las ranas, qué sinfonía, en una isla de cañas,
quien no las estuviese observando pensaría que el viento, si presto atención me topo con esos animales aquí)

la persona seria, de edad, indignada con nosotros, mi hermana recuperándose del cansancio

(¿quién la llevará al médico, lo ayudará a tratarse?)

en una silla, en la cama

(me inclino más por la cama)

acordándose de mí, la cuchara en la lata cesó, el molino de
marea un sobresalto de piedra

(invernaderos de tomates brillantes al sol, un depósito zancu-
do donde las cigüeñas en mayo y cómo no cigüeñas en octubre
o febrero, habría apreciado sus vuelos infi, infinitos, algo de intemporal serenándome y el mundo lento, yo eterno)

y después del sobresalto del molino el sobresalto del enemigo
de la Iglesia y del Estado en medio de su desprecio por nosotros

—Sinvergüenzas

la boca dibujando las letras sin llegar a pronunciarlas porque una expresión, hasta que al fin una expresión, de malestar o de enfado acompañando el sobresalto, las rodillas retrocediendo, el pecho acercándose, sinceramente me da pena que las cigüeñas no con nosotros para que el mundo lento y yo eterno, sentado a la orilla del río tirando guijarros a los juncos y pensando en casa, o si no, si una navaja, imitando a mi padre al aguzar cañas en el pozo, no sonreía, no daba la impresión de feliz, aguzaba cañas en el pozo, les observaba el pico, seguía aguzando y las virutas se encaracolaban en el suelo así como la persona seria se encaracola en el suelo, véase lo que puede una pistola incluso pequeña, inocente, casi un juguete y no obstante lo que es la vida, amigos, vaya uno a fiarse, la pistola más fuerte que un ingeniero, un médico, un caballero importante cayendo

(recado para Estremoz: ¿te encuentras mejor ahora?)

sobre las nalgas, oh oh, sin malestar ni enfado, iba a escribir amistoso, me interrumpí en la palabra reflexionando y realmente amistoso

—Sinvergüenzas

entendiendo nuestra profesión, más que entenderla, aprobándonos, sacó el pañuelo de la chaqueta para llevárselo al pecho donde una florecita lila, una florecita en la garganta, una florecita en las cruces, las cinco de la mañana y ya de día, dentro de poco los obreros de la fábrica y los perros acompañándonos en una barahúnda de ladridos, la perra del garaje no me obedecía al llamarla, se encogía en el colchón

—Tengo sueño, disculpa

y mis caricias inútiles, su abuela creciéndonos en la habitación

—¿No ves la encina?

sin fijarse en mí, preocupada por los estados de alma de un tronco que no llegué a conocer y si lo conociese no lo oiría, puede ocurrir que las raíces discurran sobre la existencia de Dios, ahora que los troncos lo dudo, se van volviendo de granito

(las metamorfosis de la vejez)

y hendiéndose de arrugas, la persona seria, de edad, soltó el pañuelo y un leve movimiento en el polvo, uno de los zapatos extranjeros (no le quitaron el cinturón ni los cordones y el coronel y el mayor se despidieron de él con consideración, con estima, se marcharon a disgusto, la impresión de que el mayor

—Si dependiese de mí

no de esta manera, claro, con sus españoladas, galones de carnaval, medallas fingidas, anillos que me costarían meses de sueldo calculando por lo bajo)

el movimiento en el polvo por suerte para nosotros se atenuó, la cuchara en la lata un único golpe y silencio, las cinco de la mañana, qué alivio, no me precipito, pienso y mi mujer

—Disculpa

aún durmiendo, mi hermana en Estremoz limpiando el fogón con sus tobillos gruesos y los párpados hinchados, tenía que pedirle a una extraña que matase a los pollos por ella, los cogía por las patas y los animales se liberaban sacudiendo las plumas, ultrajados, solemnes, tan simple degollar un pollo, la cabeza sostenida por un tendón que cae, la lengua que se asemeja a un hueso casi blanca, de caliza, mi compañero me ayudó a empujar al ingeniero o médico hacia una cerca de retamas, se quedó el pañuelo solo, el reloj de mi padre a pesar de sepultado

—Cuacuá

no te precipites, piensa, no te inquietes, te has salvado, el reloj de mi padre desistiendo despacio, volantes que se arrastran y callan, la manecilla de los minutos, la única que le quedaba, en medio de dos trazos

(la pariente de mi madre fingiendo que caía en los teatros de los pobres que adoran sufrir, aclárenme por favor si adoraré sufrir)

aunque lo golpease contra un ángulo de la mesa no recomenzaba a trotar, mi compañero trajo

(no pares de aguzar una caña inclinado sobre el pozo)

la sosa cáustica del

(inclinado sobre el pozo)

maletero y yo

—No

mientras las tórtolas de vuelta siempre entre los mismos olivos y con la misma barahúnda difícil de describir, digamos que del género al borde de la caída y para qué la sosa cáustica, señores, que tarda horas en hervir en los cartílagos sin resultados visibles, la usamos una noche en Peniche y no sirvió de, y no sirvió de nada, la única diferencia fue

(no tengo mucho más que añadir a no ser que os odio a todos)

que tuvimos que librarnos del preso a pedazos y una espuma que no cesaba que escocía en los ojos

(deseo de todo corazón que vuestra alma se consuma en el Infierno por los siglos de los siglos amén)

de modo que dejamos a la persona seria, de edad, en la cerca de retamas porque la lluvia va lavando los sentimientos y las cosas borrándolas de la así designada faz

(¿te encuentras mejor, hermana, has tomado las gotas del médico?)

de la tierra a la que nunca le he visto faz alguna, edificios, basura, peñascos, el hambre y sed de justicia de los elegidos y la desgracia de hurgar en los cubos con la ayuda de una muleta o un palo de los demás, el enemigo de la Iglesia y del Estado se quedó a la espera en la cerca con el pañuelo en una rama haciendo señas a los ratones y a las hienas de Angola y en el camino de regreso la noche que me impedía el paso reduciéndola a los árboles que los faros retiraban de la oscuridad y volvían a clavar en la sombra otra vez, volvían a clavar en la sombra otra vez no se dice pero ayuda a entender la idea y subraya la imagen, déjela, no la tache, mi compañero y yo en el automóvil y de vez en cuando villorrios, tipos en bicicleta pedaleando por los arcenes, capillas, es evidente, estamos en un país cristiano, pasamos de largo por Évora donde aún no mi mujer, yo soltero, de largo por Estremoz donde ya mi hermana, de largo por Lisboa donde mi hija viva y así hasta Peniche donde las olas, donde las olas en las tinieblas, un guardia en el portón, un guardia en las almenas, las golondrinas del mar

(¿golondrinas del mar?)

que no se permiten descanso, el médico ciertamente con la linternita de las pupilas

—Es mejor no insistir por hoy

y las cinco de la mañana, el despertador convencido de que no oigo su ruido horrible que imita el silencio, yo que conozco los silencios al dedillo, crecí con ellos, aun de espaldas los distingo uno a uno, la creciente se calla y yo luego

—Es la creciente

mi hermana suspende, supongamos, la escoba y yo con el dedito en alto

—Has sido tú

en cuanto al silencio de mi madre me habitué a él desde la
infancia o sea un oscilar de cortina, le aviso a la cortina

—Usted

y el silencio recogiéndose no sé dónde, tal vez en el sitio en
que vive mi madre, no he tenido ocasión de visitarla, señora, un
día de estos le limpio la lápida y le cambio las flores, seré el hijo
que usted desearía si hubiese vivido lo suficiente para desearlo

(un problema en la sangre)

me viene a la mente su casa a veces pero no detrás de una
cortina

(Mon Repos, Riviera, Amélie)

yo que tanto querría que el rostro en la persiana su rostro, la
mano que libera la cinta su mano, usted que me imp, que me
impide sufrir no dejándome oír a los albatros y las olas, el sifón
de los peñascos en el cual mi dolor

—Cuacuá

silba, la persona seria, de edad, dibujó las letras con la boca

—Sinvergüenzas

(y el molino de la marea un sobresalto de piedra)

sin llegar a pronunciarlas por completo, las rodillas retrocediendo, el pecho avanzando y encaracolándose en el polvo así
como las virutas de la caña que mi padre aguzaba se encaracolaban en el suelo, el rostro en la persiana junto con las cigüeñas en
sus vuelos infinitos y en sus curvas largas, algo de intemporal que
me serena y alegra, el mundo lento, yo eterno, las cinco de la
mañana y yo eterno, nosotros eternos, hermana, te ayudo con
los pollos, golpeo la lata con la cuchara, cuido de ti y el silencio
al que me habitué abandonándome, queda una persiana bajada
sin rostro alguno que me observe

(el reloj bajo la tierra parado ¿y ahora?)

doña Laura en esta ciudad o en Leiria

(era de Leiria)

doña Laura

(Leiria o Caldas da Rainha o Alcobaça, allí me exalté de nuevo, hay momentos en que, en que no consigo, respiro despacio, no te agites, tranquilízate)

y nadie con nosotros salvo esto ahí fuera denominado día y que no conozco qué es, conozco un índice en un retrato golpeando, golpeando, y en el retrato una chica con trenzas, una mujer gesticulando ante la luz

(¿será el día esta luz?)

un parque donde unos patos de cristal nadan en una cómoda, no me exalto, me calmo, un parque donde unos patos de cristal nadan en un estanque y la mujer corriendo hacia los cedros

—No me atrapas

(o la chica con trenzas

—No me atrapas

qué más da, alguien corriendo hacia los cedros y los cedros

—No me atrapas

la mujer o la chica con trenzas o yo, poco importa)

y supongo que esto al fin es el día, no mucha cosa realmente, para qué quiere las gafas, padre, qué interés tiene el mundo, mi mujer que se alarga en la cama

(un brazo larguísimo)

se alza de la almohada y despierta dispersando voces sin voz que la asustaban, arrugas que había dejado de tener y se ahondan, la boca que no existía ensanchándose en un bostezo, disminuyendo de tamaño y transformándose en boca por fin, mi mujer apartándose el pelo, llamándome

—Cuacuá

caminando en el pasillo y fuese lo que fuese de vivo moviéndose en espiral en el desagüe, cuando yo vuelvo entre tú y la perra

(mírame de frente, explícame)

cuál de las dos eres tú, cómo os separo a una de la otra si los lomos idénticos al acercarse a mí, de quién es el lomo que se alza, cuál de ellas convencida de que la magullaré con las patas, cuál de vosotras mi nombre o un gruñido en lugar de mi nombre, doña Laura antaño una letra al azar

—¿No se aburre de mí?

en su agitación infeliz hecha de timidez, turbación

—¿Está realmente seguro de que no se aburre de mí?

un pobre cuerpo en ruinas que preferí imaginar que pertenecía al rostro en la persiana, quiero que sepa que no me burlé de usted, doña Laura, éramos parecidos los dos, hurgaríamos en los cubos, antes de las furgonetas del Ayuntamiento, con una muleta o un palo y ahora que me he serenado, me he calmado, no me precipito, tranquilícense, no me equivoco en lo que falta, escribo todo sin lapsus, por ejemplo que ningún hombre en el pomar avanzando hacia acá, creí que nosotros y me equivoqué, por ejemplo que los, que los gitanos de regreso del Polo, no propiamente los gitanos, un eje de carro estrellándose contra una piedra, por ejemplo que yo abandonando el despacho

(y el tobillo izquierdo desobedeciendo, arrastrándose)

caminando por el, caminando por el pasillo y acercándose a ti apenas sin notarse, lo juro, que me acercaba a ti, suponía que me alejaba, partía, iba a alcanzar la laguna y en vez de la laguna nuestra habitación qué extraño, las sábanas, la manta, yo de tierra, mis venas tierra, mis músculos tierra, mi memoria tierra, lodo y tierra y algunas piedras sin interés, ningunas plantas, ningunos tallos, tierra, si señalasen mi fotografía

—¿Este quién es?

respondería que tierra sin una gota de agua, sin vida, me toco las mejillas y tierra, una lengua de tierra no diciendo cosas de mi vida, diciendo cosas de la tierra, diciéndote

—Espera

diciéndote

—Soy yo, espera

diciéndote

—Solo un ratito más, espera

porque además del tobillo mi pie fallando, mi rodilla fallando, mi cabeza fallando, me acuerdo de ti

—¿Qué ha sido?

de intentar, de intentar un paso, dos pasos y de caer contra la cama, de una florecita lila en la camisa, en el cuello, en los riñones y de mi pañuelo colgado de una rama mientras un automóvil desaparecía de nosotros en dirección a Lisboa.

2

Y ahora, pregunto, qué será de mí cuando acabado este capítulo dejen para siempre de oírme, quién se acordará de lo que fui, se quedará un instante pensando y se preocupará por mí, nadie se acuerda, piensa, se preocupa, compran otros libros, me olvidan y yo sola en páginas sin lector alguno aún despertándome en Évora a las ocho de la mañana y creyendo que son las cinco al lado de mi marido que duerme, nunca tuvimos perros ni pitas ni malvas, vivimos en Lisboa en la casa que dejó mi madre, me lo he inventado todo, dije que vivimos en la casa que dejó mi madre y mi madre no dejó nada, se limitó a fallecer, por propia voluntad, egoísta como era, se llevaba la casa consigo y un lote de acciones que no valían un pimiento al que ella llamaba mi seguro de vida, las guardaba en un cofre que tardamos toda una tarde en abrir probando llaves, alambres, pies de cabra, el cofre se abollaba soltando barniz y resistía el obstinado hasta que en un cambio de humor, cuando ni siquiera lo estábamos tocando, el saltito de la tapa y papeles de la época de los reyes amarrados con un cordel, una tarjetita Obsequio de mi Padre y el retrato de mi abuelo con uniforme de sargento de la Marina, mi marido mostrándome aquella basura

—Te has vuelto rica, toma

mientras yo descubría en el sargento mis orejas, mis ojos, todo aquello que no me gusta en mi cara y pasó de él a mí, el sargento con pena

—Disculpa

debía de trabajar en una oficina, pobre, copiando minutas con los ojos que me pertenecen ahora, no llegué a convivir con él debido a un aneurisma y por tanto tan olvidado y solo como yo lo estaré una vez acabado este libro, pero conviví con mi abuela y ahí está ella cogiéndome de la muñeca, feliz

—¿No ves la encina?

señalando una de las tipas de la calle, mi madre

—Acabe con las manías del Alentejo, señora

mi abuela que, ella sí, vivió fuera de la muralla en Évora por donde pasaban los gitanos, me hablaba de carros y de gansos salvajes en un pantano

—Cuacuá

y quien sepa cómo son los gansos salvajes le agradezco que pida permiso

—¿Me permite, profesora?

y lo diga, le pregunté a mi madre y mi madre

—Se le han metido los gansos en la cabeza, chochea, no hagas caso

y en vez de chochear también mi madre ochenta y nueve años y robusta, el oído mejor que el mío, la cabeza perfecta, aún ni una gota y ella

—Está lloviendo

de forma que andando ligera se acercaba a la ventana a tiempo de la primera gota en el cristal, la primera gota aún en el cristal, la primera gota camino del cristal, mi marido

—Debe de ser bruja la vieja

con arrugas solo de un lado, en secreto, cualquier persona en el lugar de mi madre no se habría dado cuenta de nada y mi madre enseguida

—Usted siempre tan maleducado

desde la silla de mimbre Obsequio de mi Padre a quien le pertenecían todas las cosas del mundo, muebles, alacenas y el servicio de té, yo desde aquí escuchándolo

—Es todo mío, todo mío

por tanto describí la casa de Évora o lo que sigue en mí de las descripciones de la casa de Évora, el surtidor de gasolina, el cobertizo y los cuervos y probablemente no existen ni surtidor de gasolina ni cobertizo ni cuervos salvo en una cabeza chocha que no se calla y me trae una cuna y un pomar, mi madre

—Acaba con las manías del Alentejo que ya tuve bastante Alentejo con tu abuela le añadí el hospital

(ha de haber un hospital cerca, tenemos un hospital en el barrio y veo entrar a las visitas, galletitas, frutas escarchadas, flores que las enfermeras han de comer por la noche robándoselas a los enfermos, mis alumnos sin fiarse de mí

—¿Es verdad, profesora?

y claro que es verdad, beben la sangre de los internos también)

solo la parte de mi hijo es auténtica pero dejémosla de lado, me cuesta, interrumpí las clases tres días, adelgacé, perdí fuerzas y la partera mostrándome costras en una palangana, nada de los brazos o dedos que suponemos en un vivo

—No quería salir, señora

sin que yo advierta el motivo que me lleva a hablar de esto, un secreto que no le he contado ni a mi marido, lo que no explica nada porque no le cuento gran cosa, prefiero vivir lo que me ocurre conmigo, algunos episodios, dicho sea de paso, ni conmigo los vivo, los recibo como aparecen, los acepto aunque se me antojen extraños y ya que estamos en antojárseme extraños se me antoja extraña esta casa sin más personas que nosotros, demasiada penumbra, demasiados trastos, la habitación de mi madre y la habitación de mi abuela cerradas, ahí están sus camas, sus rosarios y un par de zapatos enormes

(no de mi madre ni de mi abuela, a quién le habrán pertenecido, la cantidad de misterios que me rodea, Dios mío)

me quedo observándolos durante horas y nadie los usa, qué persona convivirá con nosotros y me asusta, quién es el dueño del bastón en el vaso de los paragüeros, de dónde llega esta voz

—Profesora

venida desde las cortinas o desde atrás del sofá, yo a vueltas con las pruebas de los alumnos y una desconocida

(digo desconocida porque creo que es una mujer)

—Tú ahí

escapándose, no una risita ni una tonalidad amiga, seria, quién me asegura que no es la desconocida la que escribe esto por mí, conoce Évora, el pantano siente la fiebre de los perros bajo los planetas extinguidos, no consigue dormir

(las cinco de la mañana para ella sin entender que es de día y este libro está acabado)

espera una bicicleta en la vereda o a unos hombres con pajarita y chaqueta rodeando el muro hasta encontrar la verja y avanzando poco a poco

(la edad los retarda, pobres)

hacia la casa, enseño portugués y francés, mi marido abogado, pasamos las vacaciones en Peniche y de ahí el fuerte y las olas
y las personas que resbalan por la pared, en lo que respecta a las
olas y por lo menos en agosto apenas una se apaga se enciende
enseguida otra iluminando la oscuridad, con el sol no las veo, es
por la noche cuando las siento, un fuerte que hoy día ha envejecido, ha perdido piedras, ni una persona en las almenas, quedan
hierbas, hoyos, esta voz

—Profesora

insistiendo desde las cortinas o desde detrás del sofá, no estas
cortinas ni este sofá, trastos que no conozco, un gorgoteo en las
malvas que comienzan a dilatarse en el suelo, qué será de mí
cuando acabado este capítulo dejen de oírme, quién se acordará
de lo que fui, se quedará pensando un instante y se preocupará
por mí, no Elizabete, no Lurdes, seguiré sola, la mujer del sombrerito con la pluma rota se sentará al piano

—¿Le apetece un vals?

y un pabilo de sonidos nunca vertical, soplado desde aquí y desde allá temblando, entre ella y la hermana sabrá distinguir cuál de
las dos murió, se vestían de verde o azul, acompañaban a mi padre

—¿Tu hija?

o no

—¿Tu hija?

ceremoniosas, educadas

—¿Su hija, de verdad?

y yo descalza mirándolas, tal vez mi marido en el despacho
adivinando gitanos donde yo solamente silencio, agitaciones de
insectos o de animales enterrados luchando para regresar y la-
mernos las manos, intento reteneros conmigo sabiendo que os
pierdo a medida que las páginas avanzan, las cinco de la mañana,
no las ocho, y yo despierta calculo y este libro en el fin, qué más
conseguir que os impida alejaros, distraídos por una llamada o un
grito, la señora del sombrerito terminó el vals con un arpegio
que me dolió de añoranza no sé de qué ni de quién

—¿Le gustó?

y la voz de ella igual al piano inclinándose y temblando, si me parase a observar litografías ovales me enternecería y no tengo tiempo, no puedo, tanta cosa inútil que fue reuniendo con los años para componerse un pasado

(un álbum filatélico, un dios del Tíbet)

y el pasado le falló, queda un presente estrecho, la dentadura flamante sin parentesco con ella y el anillito antaño en el meñique deslizándose del cordial

—¿Le gustó?

al acabar este capítulo mi vientre cerrado y desisten de encerrarme en el garaje prohibiéndome a los perros, qué perros y qué marido me desearán ahora con cincuenta y seis años, mi abuela

—¿No ves la encina?

y la encina callada, era usted el árbol, quién se quedará en Évora cuando dejen de oírme más allá de los gitanos, de los cuervos y de esta cadencia de las horas que reconozco entre mil y me ayuda a pensar

—Estoy en casa

qué se hará de esta noche, cuéntenme, que persiste en el pomar y en los defectos del muro o tal vez no esta, otra noche más densa, aquella en que mi tío se despedía de la bicicleta antes de Luxemburgo y lo espié en el patio, dejó la maleta en el escalón despacito para que no nos diésemos cuenta, se acercó al estante donde solía dejarla y la palma en el manillar, en el sillín

(usted nunca me tocó)

ni una palabra a nosotros y explicaciones a la bicicleta comprobando sus pedales, levantando la rueda trasera para ver si giraba y aun en su ausencia y a pesar del óxido siguió girando, seguro que mi madre engrasándola a escondidas, con la palma en el manillar y en el sillín también, y al engrasarla mi tío casi subiendo la vereda con los compañeros de la fábrica, le daba al timbre y un toquecito agudo, no digan nada, no se muevan que me ha parecido una ola, podemos continuar, no lo era, una nota de piano o la expansión de la tierra aceptando la mañana, qué derecho tengo yo que nunca he salido de Évora a mencionar el mar, mi marido sí en el lugar donde trabajaba porque un albatros desviándole las ideas, se notaba que era un albatros por un

—Cuacuá

remoto y los ojos de él siguiéndolo casi

—Cuacuá

como el pájaro, los ojos

—Cuacuá

al entrar en la habitación y al sacudirme los hombros, al principio creí que

—Madre

y no

—Madre

los ojos

—Cuacuá

y una puerta no sé dónde golpeando, aún hoy me pregunto cuál puerta mientras que un preso apoyado en la pared va cayendo, cayendo, los gitanos habituados al Polo han de regresar con la primavera si es que existen estaciones

(por ahora el otoño, calculo, porque frutos y una tristeza en las campanas)

y dando por sentado que existen, no merece la pena que discutamos, lo admito, todos ellos, mi marido, los gitanos, mi padre, en el automóvil

—Aquella es mi hija

sin encontrarme aquí o encontrándome pero confundida con los objetos en la sala mientras los hombres

—No se apresure, señora, tiene tiempo

a punto de desistir, que se notaba en los gestos, cada gesto

—¿Por qué?

sentándose en mi cama más ajados que las chaquetas y las corbatas que traían, maletines, retratos, de vez en cuando un comprimido bajo la lengua o el vaporizador del asma

—Si supiese lo que cuesta

debido a los achaques del tiempo y a la nostalgia de la casa, cautelosos con el corazón, las rodillas

—Si pudiésemos doblarlas

me mostraban documentos con una pena sincera

—Tenemos que matarla, ¿entiende?

contrariados, nerviosos, la vergüenza de pedir

—Si tuviese una infusión

y yo tres tazas de manzanilla sin azúcar, flojitas, que bebían con el cuello estirado para que las gotas no cayesen en la camisa, en el mentón, se limpiaban con los

(no puedo llamar pañuelos a aquello)

se limpiaban con los pañuelos sacándolos del bolsillo junto con billetes de metro y una factura del gas, su turbación

—Antes no nos costaba, créame

un albatros realmente pequeño los transportaría por el pico con los cuellos demasiado anchos y los puños sin almidón que les cubrían las manos, no atinaban con la taza en el plato al acabar la manzanilla, uno de ellos una pastilla de edulcorante en una cajita de plástico que no lograba abrir, la abría yo por él y la admiración del hombre

—Ha sido capaz

la gratitud, el remordimiento

—No nos tome a mal, le pegamos un tiro, señora

aclarándome que la jubilación, las cuentas atrasadas, un tratamiento caro porque esta catarata, fíjese, no la veo, tal vez ni acierto y mire que tenía puntería, señora, veo una especie de silueta y puntitos, si tuviese la bondad de ayudarme con el seguro de la pistola, un ganchito casi al lado del cañón, se desplaza hacia arriba y ha de oír un chasquido, los compañeros abandonados en medio de las pitas, entre el desdén de los perros, preguntándose dónde estaban sin entender las respuestas

—Cómo ha cambiado este país

y si los llevasen de regreso a Peniche se perderían en los pasillos por la dificultad de las pupilas, ¿comprende?, persiguiendo despacito una mancha de luz que no lograban retener, se les escapaba

—¿En serio que esto es Peniche?

no ya una prisión, una penuria de grava y jaras, mujeres de luto en la playa, se interesaban por las mujeres

—Aún están allí, ¿serán ellas?

y por respuesta un silencio largo, gaviotas caminando pesadas de callos

(¿cómo será callos en francés?)

por la arena, fantasmas de casas, de personas y de sonidos arrastrando fantasmas de más casas, más personas, más sonidos, viajaban a Lisboa en el autobús de línea cabeceando contra el cristal esos sueños de los viejos donde hay adultos que caminan demasiado deprisa y ellos unos niños que no consiguen alcanzarlos, qué horror, bayas de eucalipto perfumando baúles y una mujer cantando, todo el resto confuso y la voz de ella tan clara, el gavilán disecado

(¿disecado o vivo?)

del pasamanero y sus lamentos de persona, un nuevo comprimido bajo la lengua y no un gavilán, un milano y nosotros con miedo al milano, los iris de cristal que en cuanto apagasen la luz nos picotearían

—No apaguen la luz

por la tarde

(si hubiese tarde esta tarde)

bajaré al sótano por los no sé cuántos tramos de escalera para emberrincharme en un rincón hasta que la noche de nuevo y el murmullo de los campos, pregunto si mi abuela desde donde esté lo verá a él como veía la encina, permitan que me interrumpa de nuevo pero las olas no desisten, mi marido con su trote de perro en el pasillo, en la habitación, lo oigo ladrar encima respirando contra la cama y yo con él aceptándolo, si los cuervos

—Señora

aceptaré a los cuervos, a mi padre

(mi Padre, Obsequio de mi Padre)

los domingos me ponían el vestido nuevo, zapatos, una gotita de perfume y yo caminando con pompa por los escalones, mi abuela admirada

—Tan alta

el automóvil de mi padre ya no junto a la puerta, hubo momentos en que medité si habría muerto o sea si habría seguido existiendo en otro sitio señalándome con el mentón a sus amigos

—Aquella es mi hija

mientras los abanicos de las señoras engordaban de asombro, curioso cómo ciertos episodios no nos abandonan, me acuerdo de las señoras y de un mirlo inclinando el pico y marchándose, la del sombrerito con la pluma rota estirando el cuello

—¿Mi abanico?

casi un mirlo, palabra, la cabecita brusca, convulsa, yo pensando

—Va a resultar que eres eterna

ambos sombreritos aquí, en el perchero, el Padre un sargento que trabajaba en una oficina copiando minutas, quién se acordará de lo que fui, disertará acerca de mí a los por ahora vivos, pensará en de qué me ocuparé cuando no me ocupe de nada, me convierta en un olor en una camisa en la canastilla de la costura aguardando una grapa, aún hoy mi tío conmigo, le pregunto

—¿Es usted?

y nadie escapándose entre la cocina y la despensa a la espera de que no lo vea yo que tanto quise verlo, el hombre al final mi amigo que me busca tanteando la cara

—No se desespere, señora

y no me desespero, gracias, pensé que eran las cinco de la mañana y me equivoqué, casi las ocho quién diría, ocho menos cuatro, ocho menos tres y todo igual, solo se alteran los números, háblenme despacio que no me he despertado del todo, no me fastidien ahora, ahuyenten a los perros que buscan una rendija en el garaje para llegar hasta mí, tal vez las mujeres comprendan y no obstante si yo le contase a Elizabete la indignación de ella

—¿Un perro?

(sospecho que otra ola pero cómo, antes un níspero que cae, una serpiente entre las hojas, sea lo que fuere alertándome)

ayudé al caballero con la pistola

—Creo que con este ganchito se destraba, yo apunto por usted

y no oí el tiro sino un segundo níspero en el suelo, Elizabete asustada

—¿Qué caballero, qué pistola?

y ningún caballero ni ninguna pistola, me equivoqué, tal vez mi marido que tropezó en el despacho o un tiesto volcado, yo dándome cuenta de la infinidad de ruidos que necesita el silencio, solo cuando no existen ruidos los gitanos regresan en atención a nosotros, es decir se oyen los carros, no los vemos nunca, mi marido sostiene que restos de una fogata y huesecitos de ganso

(les desplegaban redes en el pantano, se distinguían las alas, se oía el

—Cuacuá

al estrangularlos, no como súplica, como rabia, ya difuntos y

—Cuacuá

mi marido aseguraba que en cuanto lo veían a lo lejos los huesitos

—Cuacuá

alzándose hacia él y los restantes gansos camino de España calibrando el viento, Lurdes que me robó a mi hijo

—¿Te sientes débil al andar?)

y por tanto cuando no hay ruidos es que los gitanos de vuelta, no llegan del Polo, no creo que del Polo, de la frontera para salvar el silencio del mismo modo que no fogatas y entonces me pregunto

—¿Gitanos?

a lo sumo unos vagabundos en el cobertizo y qué será de mí acabado el capítulo, quién se preocupa, se acuerda, el hombre sin importarle la pistola

—Tiene razón, van a olvidarnos

mientras sus compañeros finalmente con nosotros, deben de haber salido de Lisboa hace una o dos semanas golpeando las puertas con sus retratos

—¿Lo conoce?

como si fuese posible reconocer a alguien entre manchas, la chica con trenzas, la mujer, el parque y todo para dentro de cinco o seis páginas escritas a duras penas, corregidas, tachadas, copiadas y corregidas de nuevo, pasadas a limpio y al leerlas

—No es así

y repetir lo escrito, todo para dentro de cinco o seis páginas si no se acuerdan de mí o me subestiman

—Una novela

y para qué una novela, qué tiene que ver con la vida cuando la vida precisamente indicaciones contradictorias y carreteras equivocadas, el hombre a los compañeros

—¿Insistes realmente en que Évora?

y un par de flechas señalando Évora en sentidos opuestos, otras ciudades donde se entra de noche y la picota, el templete, la impresión

(la certidumbre)

de que los espiaban, alguien del ministerio comunicándose con Lisboa, el jefe de brigada, el director

—Los idiotas

cuando ni jefe de brigada ni director, cuántos años hace que la policía acabó, se telefonea y no atienden, se pasa por la delegación y cerrada, ninguna novela, la verdad, olas en serio en Peniche, los gitanos no importaban porque eran un subterfugio del silencio, en el caso de toparse con ellos a su vuelta no hagan caso, cinco o seis familias con su ganado delgadísimo y lo que hurtaron en las haciendas oculto bajo las mantas, qué subterfugio del silencio, señores, qué novela, solo tres infelices a quienes persiguen los albatros, los presos recriminan y yo mismo si me pongo a pensar detesto

(me tratan bien

—No se apresure, señora

les cuesta vivir, se detienen en los obstáculos intentando reconocerlos, no los detesto)

tres payasos que alguien esperará en Peniche

—¿Qué hacen aquí?

mostrándoles las paredes desconchadas y la mala índole de las hierbas, las cinco de la mañana y los engranajes del día, un motor que comienza, ahí está él, toc toc, tu abuela creyendo que la encina

—¿No ves la encina?

y Luxemburgo que tal como los gitanos tampoco existe, quién me demuestra que mi tío no en Elvas por ejemplo, quién me asegura que no es él entre las pitas

(y no era difícil dar conmigo en una tierra pequeña, le bastaba con entrar en la farmacia o en la carnicería y luego se casó, vive en la casa así así, trabaja en el hospital, la nieta de la que hablaba con las encinas y falleció hace milenios, conversó con las copas y ahora conversa con las raíces si es que sigue teniendo boca y debe de seguir teniendo boca, que los difuntos aquí no se callan, acérquese al cementerio y ahí están ellos más que los gansos

—Cuacuá

royéndonos, se me quedaron con esto, se me quedaron con aquello, ni un brasero tengo, doña Liberdade, ha visto, y mi dinero y mi oro cuando ni oro ni dinero, somos parecidos a los terneros, hasta cardos comemos, quién nos demuestra que no es el tío en el jardín o sea un matorral de basura y un montón de narcisos, qué descaro llamarlo jardín, la hija a quien el labrador no ayudó)

mi tío espiando la casa e informando a los vecinos

—Una sobrina que tengo

o si no un cuarto policía llegado después de los otros y en el que antes no había reparado, no viejo, no ajado, más o menos de mi edad y por consiguiente solo casi viejo, sin fotografías, sin cartera, el único que no había hablado conmigo y con quien no hablé y aun desconociéndolo lo conocía y él me conocía a mí

(esto no es un libro, Dios mío, créanme que no es un libro, soy yo)

no venido de Peniche, venido de Elvas o Beja y que no se equivocó de camino, no le preguntó a nadie y mi marido en el despacho viéndolo, alarmándose, atravesando el pasillo y entrando en mi habitación puede ser que por mí o con cualquier otra idea, quién se atreve a adivinar lo que pretenden los perros, las cinco de la mañana o las ocho, es indiferente, cuál es el peso de las horas y mi marido conmigo, fíjense en el modo de trotar como cuando los amenazamos cogiendo tierra del suelo y ellos con miedo a la tierra, nunca preví que los gansos salvajes gritasen tanto en las redes, montones de uñas luchando en cuanto los gitanos el pescuezo, un ala, los planetas extinguidos esa ceniza sin viento

(¿los gansos muertos vuelan?)

los gitanos acampados en un claro del heno, lo que queda de las ovejas al azar por el pasto, quiero decir entre los cardos

(ahí está, hasta cardos comemos)

piedras y cardos o ni cardos, ciscos, todos los restos del mundo, la señora del sombrerito con la pluma rota

—¿Su hija?

y no me acuerdo de la cara, me acuerdo del abanico, de la mano

(¿nos habríamos entendido, quién me responde a esto?)

de la silla en el balcón donde un tipo reviraba los ojos mirándome, si yo tuviese tiempo libre lo ayudaría pero el hospital, la distancia, la idea de que mi madre si lo supiera

—Déjalo en paz, no se lo merece

y el administrador apoyado en la segadora que se vengaba de
él alterando los sembradíos y cambiando sus órdenes, los campe-
sinos ya no

—Patrón

sino usted, mi padre una tarde al administrador clavándole el
tenedor en el ombligo

—Has de traerme a tu hija

daba la comida a los gatos echados sobre el mantel, que los
parta un rayo a los gatos

(gatos en el fuerte y musgo)

voy a liquidarlos con el sacho, mi padre no una broma de
hombres, en serio

—Has de traerme a tu hija

y sujetarle las patas durante el herrado como a los potros, la
cocinera burlándose, yo al sombrerito con la plu

(¿la cocinera también mi madre?)

ma rota

—¿El administrador le sujetó las patas a usted?

le sujetó las patas a su hermana, le sujetó las patas a usted, en
la épocas de mi abuelo mi padre una sombrita menuda, desaparecía en la despensa para comer a escondidas, le pedía a la costurera que le enseñase a coser y no obstante en cuanto el padre enfermó, sin esperar su agonía cobró autoridad y ocupó su lugar

—Cállese

despidió a una criada con él desde los seis años

—Ya no me haces falta

y no la vio en el autobús de Borba, se quedó refunfuñando
ante nadie

—No estaba haciendo nada la imbécil

bajaba las escaleras con el látigo sin parar de darse en la pierna, yo al sombrerito con la pluma rota

—¿También le dio con el látigo?

dónde habría escondido, en qué cajón, en qué caja, la congoja
y el miedo, después del almuerzo colocaba el libro de las cuentas
sobre el plato y cotejaba las sumas anunciándole al administrador

—Engañaste al tonto de mi padre, pero a mí no me engañas

el tonto de su padre frente a él, vencido, con la botella de oxígeno y una bolsita a sus pies, transformó la capilla en almacén

rompiendo sus adornos de yeso, mandó quemar los santos, se
quedó viéndolos arder

—Resuciten

la hija del administrador

(repito que esto no es un libro, así ocurrió)

quince años a lo sumo, tal vez catorce, trece, un fetiche con
mazorcas en el brazo y el pecho ni siquiera formado, las botas de
su hermano, la derecha sin cordones y la izquierda unas cuerdas
y como demasiado grandes chancleteando con estruendo sin
que ella se diese cuenta, pobre, mi padre a la cocinera

(la cocinera mi madre, sí)

—Prepárale la cama de los huéspedes en el desván

un rincón lleno de colillas de puritos y de los caramelos pec-
torales del padrino que llegaba de Alcácer en la época de las liebres y dormía con chaleco sollozando disgustos antiguos mace-
rados en amarguras

—Mundo, no vales nada

(páginas escritas a duras penas, corregidas, tachadas y corregidas de nuevo, pasadas a limpio y al leerlas

—No es así

y seguir escribiendo)

la cama del padrino con la mitad de un Cristo

(una sola pierna, la cabeza deshecha)

velándola, el administrador hacía girar la gorra oyendo las
botas en los escalones y dejando de oírlas, al caer cada bota, Dios
mío, un ruido tan fuerte, era en él donde caían aplastándolo, se
protegió con el brazo impidiendo que le quebrasen la columna,
pesadísimas, de hierro, dándose cuenta de un llanto y después no
llanto, el padrino de mi padre o la mitad del Cristo con gotas de
sangre pintadas en las mejillas, en el pecho, y el guardés

—¿Sangre de quién, señores?

entendiendo y negándose a entender, no ofendido, humilde

—¿Sangre de quién?

y puede ser que no del Cristo, del padrino de mi padre solo
con mano cer

(¿sangre de mi hija?)

solo con mano certera para las liebres

—Mundo, no vales nada

los cuervos de la muralla

(no las ocho de la mañana, las cinco)

volando por todas partes en busca de semillas, en busca del administrador y por tanto cerrar los ojos deprisa e impedir que me los devoren, ni del ruido de la loza en la despensa se enteraba, el mulo se inquietaba en el portón amarrado a una verja, a veces en enero, al volver a casa, encontraba los zuecos a calentar en la chimenea soltando humo y qué importaban la helada y la lluvia y las grandes sombras de los campos, cuando mi padre bajó, el mulo en el portón sereno, ningún arado labrando entre los tallos del maíz y ningún mecánico encaramado en el tractor balanceándose a trompicones, por un momento le vino a la mente la hoz o una azada en busca de un pescuezo y mientras las criadas lo miraban con un pescuezo

(¿de quién?)

asimismo en la mente, mi madre por ejemplo cortando, cortando, el administrador olvidó la hoz y el sacho mientras que las botas de vuelta, ora ésta ora aquélla y ninguna alteración en la hija salvo una hombrera descosida y las comisuras de la boca diferentes pero sin un vestigio de sangre pintado en las mejillas, en el pecho, el sacho o la hoz regresaron un instante y sí sangre en el cuello de mi padre y el cuerpo pieza a pieza en la tarima, el administrador desprendió la hoja y mi padre

—Puedes llevártela ahora

los cuervos en la muralla otra vez, escondidos en la hiedra, y la impresión de que los carros de los gitanos iban componiendo el silencio, juntó los objetos por orden acomodando la hoz y la azada en sus lugares del granero donde más hoces, más azadas, sacos de cebollinos, rastrillos, las cinco de la mañana digo yo, créanme, y la sangre pintada únicamente ahí encima en lo que quedaba del Cristo, no en la sábana, en la almohada, el fetiche con mazorcas continuaba en el brazo y la prueba de que no ocurrió nada estaba en que mi padre

—Puedes llevártela ahora

el agua chillaba en los zuecos al transformarse en burbujas y los carros de los gitanos no aquí donde no nos hacen falta, rumbo al Polo, mi padre abriendo el libro de las cuentas en el mantel de pronto indefenso, más bajo que el administrador, más estrecho, casi sin energía y para qué una hoz si una de las manos era suficiente, la hija sin pedir que la protegiese

(nunca le pedía nada, jugaba sola, de tiempo en tiempo una mirada mayor que ella siguiéndolo)

pero uno de los codos rojo, marcas de dedos en la nuca y ahí venían la hoz y el sacho, no hoy, la semana que viene, dentro de un mes, en el momento de venir conmigo sin testigos a calcular las cosechas, los ollares del mulo retrocedieron babeando, un estremecimiento en la piel o sea un brillo rápido que se desplazaba entre los ijares, los gansos salvajes salidos de la laguna con una rana en el pico

—Cuacuá

incordiándonos, la señora de azul al administrador

—¿Su hija?

el pañuelito haciendo señas desde el automóvil, adiós, hasta que los olivos lo guardaron y listo, la tierra guarda todo y de ahí que nosotros pobres, puede ser que en el fondo de un hoyo se vea la encina, cuando el administrador salió mi padre escribiendo en el libro

—Un minuto

esto en el comedor con sus tiestos, cuadros de animales, perdices

(cómo corrían las perdices en octubre con un trotecito de personas antes de volar tan mal)

una niña de mármol abrazada a un cisne, el administrador a la espera con las mazorcas al lado o sea dos fetiches inexpresivos, calmados, el codo de uno de ellos rojo y marcas de dedos en la nuca pero en cuál mi padre sacando monedas del bolsillo, arrojándolas a la tarima y los gansos de la hacienda a la laguna

—Cuacuá

no atrapados en la red de los gitanos, gansos salvajes, libres, remando despacio muy por encima de los árboles, una de las monedas debajo de la alacena, mi padre aún escribiendo

—Cómprale algo a tu hija, toma

y el administrador agachándose y apretándola en su mano, las botas recomenzaron a caminar con sus estruendos pausados, el pañuelo de las señoras no paraba de hacer señas, mi madre me empujó lejos del dinero

—Tú no toques eso

y pasado un día o dos un mendigo, no sé quién

(¿el administrador?)

se lo llevó, me pareció que una en las margaritas y al final era un guijarro

(no un guijarro, una tapita)

qué será de mí cuando acabado este capítulo dejen de oírme para siempre, quién se acordará de lo que fui, se quedará un instante pensando y se preocupará por mí, nadie se acuerda, piensa, se preocupa y yo sola despertando en Évora a las ocho o a las cinco de la mañana

(a las cinco de la mañana)

al lado de mi marido que duerme, vivimos en Lisboa en la casa que dejó mi madre, lo he inventado todo, dije que vivía en la casa que dejó mi madre y mi madre no dejó nada, se limitó a fallecer, si hubiese podido, egoísta como era, se habría llevado la casa consigo, ochenta y nueve años y robusta, el oído mejor que el mío, la cabecita perfecta, por ejemplo ni siquiera una gota aún y ella

—Está lloviendo

y andando ligera se acercaba a la ventana a tiempo de la primera gota en el cristal, no la primera gota ya en el cristal, la primera gota en el aire acercándose al cristal, mi marido

—Debe de ser bruja la vieja

con arrugas solo de un lado, en secreto, cualquier persona en su lugar no se daría cuenta de nada y mi madre enseguida

—Usted siempre tan maleducado

me pregunto si lo he inventado todo o estarán inventándome escribiendo a duras penas, corrigiendo, tachando, escribiendo de nuevo, pasando a limpio y al leer

—No es así

de forma que volviendo a escribir, escribo que en la habitación un policía

(tal vez no un policía)

en el que aún no había reparado, no viejo, no ajado, más o menos de mi edad, cincuenta y cinco, cincuenta y seis años y por consiguiente solo casi viejo, sin fotografías, sin cartera

(esto no es un libro, Dios mío, créanme que no es un libro)

no golpeó las puertas, no le preguntó a nadie y mi marido en el despacho viéndolo, apartando la silla, acercándose al pasillo, a la habitación, las cinco de la mañana o las ocho, qué más da, cuál es el peso de las horas si mi marido conmigo, fíjense en su lomo, en aquellos pliegues de insomnio

(mi padre al administrador

—¿Por qué aún estás ahí?)

en el modo de trotar como cuando los amenazamos cogiendo tierra del suelo y ellos con miedo a la tierra, mi padre al administrador

—¿Por qué aún estás ahí?

un par de mazorcas, una de ellas pequeña, la segunda aún más pequeña y ambas con bocas dibujadas, torcidas, los ojos botones de chaqueta que se desprendían del hilo y por consiguiente cuatro botones de chaqueta que se desprendían del hilo

(¿mis ojos se desprenden como aquellos?)

mi padre demorándose en la prueba del nueve mientras los labios repetían los números, tuve miedo a que la hoz o el sacho y ni hoz ni sacho, las herramientas en el granero tranquilas, el mulo amarrado al portón una especie de carcajada que sacudió la cuerda del bocado como si un conejo o un zorro agitasen el heno, cómprale algo a tu hija, puedes llevártela ahora, el comedor con sus tiestos, cuadros de animales, perdices, las sombras que las nubes vienen trayendo consigo dejándolas en los muebles, las cinco o las ocho de la mañana y uno de los perros, el amarillo, empezó a ladrar con sonidos agudos, largos, desde una hacienda vecina a la derecha o a la izquierda más sonidos agudos, largos, la impresión de que un gallo y no un gallo, la sirena de la fábrica creo yo o tal vez una mujer, me gustaría proponer a la consideración de los accionistas la hipótesis de las olas y por razones de sensatez no la planteo ya, la reservo para más tarde en caso de trabas en la negociación, toda la creciente acallándoos, en la eventualidad de una situación extrema hago resbalar a un enemigo

(iba a escribirlo con *h*, henemigo, las pequeñas traiciones del cerebro, me sonreí a mí misma, corregí, continúo)

hago resbalar por la pared a un enemigo de la Iglesia y del Estado

(la palabra Estado casi me sale también con una falta)
mientras el administrador y la hija
(solo se distinguían las botas)
en las escaleras del patio, volvimos a oírlas en la era y las perdimos de golpe, mi padre cerró el libro de las cuentas y pasados muchos años es de ese modo como lo veo, frente a mí mientras me estiro en la cama porque el cuarto policía, el que no había hablado conmigo y con quien no hablé pronunciaba mi nombre

(propongo en este momento a la consideración de los accionistas la hipótesis de las olas)
y al pronunciar mi nombre
(manda la sensatez que no plantee las olas por ahora, que las conserve)
la certidumbre o mejor
(no mejor, más prudente)
la esperanza de que acabado este capítulo no dejarán para siempre de oírme, pensarán un instante, se acordarán de mí, fui enfermera en el hospital de Évora y aquí donde estoy, en este hoyo de la tierra debajo de ustedes, debajo o encima de ustedes, al lado de ustedes, en este hoyo de la tierra al lado de ustedes voy sintiendo la encina.

3

Y listo, me alegra haber acabado: en última instancia he de encontrar un parque donde correr tras un adulto que huye de mí
bajo copas y palomas de la misma manera que si sigo aquí no fal-
tarán los árboles de la China trayendo la noche consigo, encajan-
do el silencio de los muebles en el silencio de la hierba, ahí está,
y sustituyendo los sonidos del día por otros más profundos cuyo
sentido desconozco y en cuyos pliegues se esconden los escarabajos que porfían en las farolas y el miedo a la muerte, la muñeca de mi hija recriminándome si me duermo

—Me deja sola, ¿es eso?

yo que si me sobrase tiempo la encerraría en la maleta que mi
marido sacaba de debajo de la cama antes de los trabajos prolon-
gados y que nunca toqué, la muñeca viendo la maleta

—Santo nombre de Cristo

y el manzano una frase a la que no presto atención dado que
poco a poco me separo de las cosas, hace ya semanas que en el
caso de que la señora

—Ana Emília

yo quieta, si los medicamentos cayesen de la mesilla ni un
gesto por ellos, si mi padre en el felpudo no le respondo aunque
insistiese con el bastón

—Las pasé moradas para descubrir dónde vives

he de encontrar un parque donde correr bajo copas y palomas y al acabarse el parque travesías, callejones, plazas, otras personas conmigo corriendo también cada cual por su cuenta y no
obstante juntos, nos separaremos cerca del río para intentar escapar y tal vez alguno de nosotros lo consiga, eviten llamarme

—Ana Emília

que no pienso en ustedes, si el que prometió visitarme y no me visita me molesta en los escalones yo con las luces apagadas

—Vete

atravesé esta noche sola y ahora que los árboles de la China empiezan a alejarse me alegra que haya acabado, puedo recomenzar desde el principio, me encuentro bien, treinta de diciembre, miércoles

(a propósito de miércoles, ¿en qué día de la semana nací?)

y me encuentro bien, si subo las persianas la perfumería, la farmacia, ni siquiera yo en el espejo y mucho menos mi marido y sus compañeros, los patos no en la cómoda, en la especie de casita en el extremo de la rampa en que el estanque acababa y por consiguiente he guardado pocas cosas, recuerdos no, que los fui soltando en la madrugada y ni Marionela quedó para negarme el columpio que sigue bailando en la rama sin servirle a nadie, el colegio tal vez no siga pero puede ser que el columpio oscile en el sitio en que un taller o un solar hoy día y ahí estoy yo con sensiblerías, una semana de éstas soy capaz de emocionarme con las viejas de los gatos llamándolos hacia sobras en un periódico, lo que yo he sufrido en el de mi padre que aplastaba los bolsillos con las palmas

—¿Tú crees que soy rico, niña?

y ciertamente no era rico, se notaba por el cuello y por el estado de su piel, si hubiese reparado mejor habría visto la tartera del almuerzo en un banco, viviría dónde, con quién

(no se oía a la enfermera del ambulatorio sellando recetas)

me pregunto si sentiría la falta de nosotros ya que

—Me pones nervioso tú

en cuanto me sentía en la entrada, si fuese ahora yo

—Padre

y él dos repiques de reloj en el interior de las costillas que por lo menos en mi caso es lo que precede a los besos y dejándome iba a escribir desnuda, dejándome escribo desnuda, pregunte lo que se le ocurra, doña Coralina, antes de que me derrame en gotitas que laten, la capital de Perú, mire, aunque parezca que no

(yo que me asemejo a mi padre pienso siempre que no)

en este momento sería oportuno, de Tanzania, de Nepal, de Noruega y ayúdeme a dormir, me acuerdo de que me desperta-

ba a las once, a las once y media, con la mano de mi padre no en
mí, en la almohada, de modo que yo no yo, yo la almohada bajo
la mano, durante noches y noches puse la cabeza en el lugar de la
mano y no sentí ningún dedo, las miraba a la mesa pasando delante de mí para coger la sal y me sorprendía porque la mano de
la almohada era mayor, con un defecto en el meñique que no se
estiraba del todo

(cómo me gustó el meñique, creo que lo sabía de memoria)

inclinaba la cabeza a su encuentro, a ciegas

(como los perritos recién nacidos)

y mi madre

—¿Tienes algo en el cuello tú?

era la mano de la almohada que los ahogaba en un barreño,
enderecé la cabeza volcando la sal

—No me ahogue

mis padres mirándose, haciendo señales, mirándome

—¿Qué es eso?

sin reparar en las burbujitas cada vez más raras que subían a la
superficie, yo parecida a las burbujitas desesperándome por la resistencia de las sábanas, cuando casi desde fuera mi padre

—¿Qué es eso?

y el saco en el que tenían que sumergirme de nuevo, distinguí
paredes no rectas, curvas, una voz de hombre o de mujer, creo
que al mismo tiempo de hombre y de mujer así atenuada, pálida

—Ya murió hace tiempo, suéltala

y de hecho al soltarme yo una cosita imprecisa, las paredes
rectas, mis padres sin cara, correr en el parque desviándome de
ellos y mi madre

—Quién te ha dado permiso para salir de la mesa, ven acá

debido a que yo no junto al estanque entre los cedros, en la
despensa, en la habitación

—No me hagan daño

abrazada a mí misma goteando horquillas, con las orejas sor-
das y los ojos flotando, una de mis piernas flotaba sola, la lámpara del techo tres arabescos de latón, cada bombilla en el vértice de
un arabesco una pantallita de tela, dos de ellas quemadas, cerraban el saco sobre mí y yo al sereno en la acera hasta que los basu-
reros o mendigos hurgaban con un palo y al encontrarse con un

animal muerto lo despreciaban, me mantenía en la cama con los ojos abiertos temiendo que mi padre volviese a visitarme y la mano en mi cuello

—No paráis de nacer

la perra y mi madre detrás de él gruñendo, interpóngase, señora, impídale coger el barreño, no deje que me atrape, mi madre sin entender

—¿Qué le has hecho a la niña que siempre huye de ti?

y la mano suspendida sobre el mantel, culpable, advertí a los patos del estanque de que no se acercasen a nosotros

—Si no quieren acabar en el barreño no se acerquen a nosotros

escamas de sol entre hojas y el peso de una nube inventando octubres, cuando un compañero de mi marido nos sacó la foto yo gesticulando ante la luz sin imaginar que en breve

(siete u ocho meses creo yo)

un índice en la fotografía interrogando

—¿Lo conoce?

hacia arriba y hacia abajo sin soltar la película, lo primero que observé en mi marido fueron las manos y con cautela, a distancia

—¿Va a ahogarme este?

investigando si un defecto en el meñique que no estiraba del todo, la mano cogió la mía y cuando la aparté del regazo mi marido humilde

—Soy torpe, perdóneme

y una sonrisa parecida a la de los muertos cuya congoja no entiendo, nunca he comprendido lo que les apetece, lo que piensan, los juzgamos sin misterio y llenos, vaya uno a saber, de existencias ocultas

(no quería ser perro, ¿seré un perro yo?)

cartas de no sé quién para no sé quién

(¿se escribirían a sí mismos)

números de teléfono de la modista, de la carnicería, en el caso de mi madre probé con la modista donde ella

Doña Zélia (modista)

con la modista entre paréntesis y del otro lado de la línea un viejo tosiendo, pienso que sordo porque gritaba

—¿Irene?

con una desconfianza exasperada, mi madre no Irene, Beatriz, yo escuchando el

—¿Irene?

y mi madre toda compuesta esposada con el rosario sonriendo, insistí después del entierro y el viejo a quien deberían haber regulado por medio de un botón en el ombligo alternando el

—¿Irene?

con los sofocos de la tos en una sala con las ventanas abiertas porque a los ecos de la sordera se unían automóviles, música de tiendas y ambulancias que aumentaban deprisa y disminuían despacio como las desgracias en general, los frenesís del mundo y ninguna ola sin embargo, ningún albatros afortunadamente, se acabaron los fuertes, nadie alcanzándome el pescuezo o la piel de la nuca por donde se levanta a las crías

—No paráis de nacer

qué harían los muertos antes de sonreírnos en la época en que se agitaban aquí arriba, la última vez que llamé a la modista

Doña Zélia (modista)

el timbre desesperándose en el silencio arañándolo en vano y yo en busca de un parque donde correr, bajo copas y palomas, entre personas que corrían también cada cual por su cuenta y no obstante juntos, nos separaremos cerca del río para intentar escapar y tal vez alguno de nosotros lo consiga, si mi hija y no menciones a tu hija, trata del tema sin resucitarla que falleció hace años, si por casualidad mi hija en el moisés y yo negándome a cogerla, tu hija no, otra forma de redactar esto, otro ejemplo, si la mujer de la casita del Pragal o de la Cova da Piedade o de Almada o de cualquiera de esas tierras que siguen al Tajo, comenzaste por meterla en Almada, la mudaste al Pragal y qué más da ya que todo es idéntico en esos lugares de empleados de tienda, si la señora de la casita del Pragal, dejemos Pragal, llamándome

—Ana Emília

y yo subiendo las escaleras a quién encontraré así como quién me encontrará a mí y en qué punto de la casa, tal vez cerca del manzano midiendo en palmos de ausencia, no de añoranza, que no la tengo de nadie, el crecimiento de las hierbas, el vientecito que nace de las plantas y solo a ellas pertenece, insectos, barro muerto, recuerdos para siempre conmigo, mi padre con la mano de la almohada al escritorio, desinteresado en ahogarme y tan lejos de observarme durmiendo, al apagar la luz mi padre negro en el umbral, el índice no en una fotografía

—¿Lo conoce?

demorándose en el interruptor como si el dedo, qué ilusión, hiciera las veces de un beso

—No tengo nada para ti, vete

y las burbujitas con que me ahogaban subiendo en el barreño, paredes curvas y miembros que desisten, mi padre no

—No paráis de nacer

mirándome desde allá, desde el sofá

—Las pasé moradas para descubrir dónde vives

usted tan viejo, padre, mientras mi madre tanteándome los bolsillos

—¿Te ha dado el dinero al menos?

(juraría que los padres de ella ricos, bandejas de alpaca, criadas)

capaz a pesar de todo de husmearme en los sacos de la noche gruñendo de nervios, si estuviese con ella no temería a los compañeros de mi marido ni caería en el espejo, pondría la lengua en la comisura de la boca imitando a mi hija y escribiría, escribiría

—Escribe tu despedida, Ana Emília

háblanos de la mañana, del moisés, del que debía visitarte y se olvidó o si no de los compañeros en Évora con él y pitas y malvas, de los cuervos o gansos

—Cuacuá

impidiéndole gritar, háblanos del viejo al teléfono

—¿Irene?

en las pausas de la desesperación de la tos y tú observando el aparato con la certidumbre de no haberlo visto nunca antes como si el aparato tu madre

—Usted tuvo un hombre

y yo casi con pena de mi padre, qué sentimiento idiota, a partir de una noche cualquiera la mano ausente de la almohada que intenté sustituir por la mía pero me faltaba el meñique doblado y las ganas de matar

—¿Quería matarme, padre?

colocaba la mejilla en el lugar de los dedos y las paredes perfectas, ni una burbuja subiendo, ninguna chaqueta suya en la percha, olores que antes no había percibido y de los que me daba cuenta ahora debido a que me faltaban, los cajones del lazo izquierdo de la cómoda y de la mesilla de noche

(—Escribe)

vacíos, quedó una colilla de cigarrillo que mi madre no limpiaba, la limpié yo por ella y mi madre furiosa

—¿Qué has hecho con el cigarrillo de tu padre, infeliz?

no ya un cigarrillo, una cosa aplastada que intenté fumar para hacerlo regresar y la mano no volvió, mi madre fue ocupando los cajones con inutilidades al azar, un tubo de cola exprimido, ropa que ya no servía, de tiempo en tiempo quedaba en suspenso a la escucha

—No digas nada

y me quedaba en suspenso a la escucha sin decir nada, nosotras casi abrazadas la una a la otra, he dicho casi, no he dicho abrazadas, pasos en la calle diferentes de mi padre que se alejaban de nosotras, tal vez el viejo sordo

—¿Irene?

acechábamos desde la cortina y nadie, mi hija igualmente solo pasos, quemé el moisés en el patio a fin de evitarme melancolías

(no quiero sentimientos conmigo)

y el mimbre y el colchón tardaron en arder así como mi hija y mi marido tardaron en desaparecer y así como Peniche lo perseguía que bien percibía las olas aunque intentase escondérmelas empujándolas hacia el patio

—No he notado ninguna ola

el mar entre los árboles de la China, en la hierba, hoy que es mañana precisamente el reflujo, si mi marido estuviese aquí se serenaba, dejan de señalarme la foto con el índice

—¿Lo conoce?

pues todo eso ocurrió hace mucho tiempo y mi memoria lo borró, quedó la casita del Pragal y la mujer entre frascos que caen repitiendo mi nombre, mi madre borrada, mi padre borrado, el que prometió visitarme y no me visita de bruces en el despacho en Évora bajo los planetas extinguidos, distingo a una mujer junto a una cuna, perros que se despiertan y eso es todo o sea puede ser que carros rodeando no sé dónde una especie de pantano pero eso desenfocado y sin realidad alguna tal como el hombrecito cerca de mí

—Las pasé moradas para descubrir dónde vives

mientras que el rectángulo de la farmacias entre la joyería y los perfumes va anunciando las horas, las cinco y treinta y uno, las cinco treinta y un minutos diez segundos, veinte, treinta, cinco treinta y un minutos y cuarenta segundos y ni sombra de policías, los habré imaginado, adivinado, supuesto, me faltan tres mensualidades del frigorífico, más o menos seis meses para los muebles de la sala, cuatro años y pico de la casa y la cabeza a la deriva, sola, la mano que debía apoyarse en la almohada no de mi padre, no mía, otra mano cualquiera, poco importa cuál, haciendo mi trabajo de escribir, el mar se alejó de los árboles de la China hasta el barrio a la derecha donde no me molesta escucharlo, la impresión de un tren que sustituye a los carros traqueteando entre edificios, una nube color rosa con bordecitos azules inaugurando el día, dentro de poco el manzano como la tarde en que mi hija trajo la cuerda del tendedero y yo viéndola, declaré que no supe y no obstante viéndola, mi hija no a escondidas

(y esta es la verdad, ya me da igual)

deseando que yo la viese, más allá del hilo

(la llamé cuerda ahora lo llamo hilo)

lo que designé como banco y no un banco, una escalera con tres escalones, señores, la muñeca balanceándose por el tobillo y mi hija que me miraba creyendo que le impedía atar el hilo en la rama y yo sin ganas de moverme recordando el moisés que mi marido llevó a la habitación y en el cual unos sonajeros, unos tintineos, mi hija no se me acercaba, respondía desde el pasillo si es que respondía o mejor dicho no respondía nunca, la sentía en la habitación detestándome muda, apoyé mi mano en su almohada y no atendió a la mano, llegaba del Pragal y las luces apagadas como si la muerte a mi espera y ella en el tendedero apoyada en los cristales, la tarde del hilo en el manzano una sonrisa creo yo, tacha y pon que no una sonrisa, algo en los labios, una frase sin palabras así como los viejos a veces o el esfuerzo de cuando se hace un nudo y nos aseguramos tirando de él de que no se va a romper, gracias a Dios que por mi parte he de encontrar un parque donde correr en medio de las personas que corren bajo copas y palomas cada cual por su cuenta y no obstante juntos, somos tantos

(el que prometió visitarme y no me visita con nosotros)

nos separaremos cerca del río para intentar escapar y tal vez

(lo deseo sinceramente)

uno de nosotros lo consiga, ha de haber callejones que me escondan y personas compasivas con los animales condoliéndose de mí, mi hija subió los escalones de la escalera retirándose las trenzas de los hombros y cómo podría habérselo impedido si yo lejos corriendo, las cinco de la mañana en la farmacia, ninguna burbuja cuando cayó la escalera, ningún frenesí en el barreño y en consecuencia ella viva, se casó, trabaja en una empresa alemana, quedó en visitarme el domingo, le presto una tijera y ambas cortamos la hierba, en uno o dos fines de semana

(no hace falta más)

este patio decente, mi madre al enfermar una vibración de terror en su voz

—He adelgazado, ¿has visto?

compró una báscula donde no se pesaba por miedo, se ajustaba los vestidos y rellenaba las hombreras a escondidas de mí

(¿habré adelgazado yo?)

iba al médico sin contarme nada, yo dieciocho o diecinueve años y ella

—Mañana me entierran

incapaz de oler la acera recorriéndome el cuerpo con el hocico preocupado, indagando, no le preguntaba a mi padre

—¿Qué le has hecho a la niña?

y tal vez mi madre hoy día una de esas perras de abril

(más mayo que abril)

que si nos acercamos se aburren de nosotros, clavan las uñas en una baldosa y se van, le pedí

—Quédese tranquila, señora

y mi madre la mirada con que la fiebre nos distancia de las cosas, si yo poso la mano en la almohada puede ser que la cabeza, mi hija un columpio, un pequeño giro y paró mientras que el eco de los cuervos

—Cuacuá

y yo aún corriendo, me acuerdo de una iglesia que cerraban y donde temblaban unos apóstoles de una bondad terrible, mi marido inclinado ante el moisés revolviendo no sé qué

(¿a mi hija?)

mi hija o una campanilla, mi madre no me tocó la cabeza por no darse cuenta de la mano en la almohada

—¿De dónde ha sacado esa nariz tan larga usted?

o tal vez eran las mejillas que disminuían y la nariz igual, no nariz, huesos que se alargaban, le quitaron la alianza y mi madre soltera

(—No conozco fotos suyas de esa época, madre)

con sus hermanos y sus padres en una tierra del norte, si hablaba de la aldea se conmovía

—La helada

pidiendo amparo con los ojos que se colgaban en mí

—La helada

el hermano mayor en Venezuela, el segundo en Suiza, saludos en Navidad y después ningún saludo, el invierno se los comió, debe de haber helado mucho ese año y la lluvia a nuestro alrededor cayendo mientras mi madre se soltaba

—Tengo que irme, pequeña

un olmo se sacudió y todo blanco en el suelo de forma que no me importó que se fuera, si al menos la helada me conmoviese y no me conmueve, disculpen, me conmueve la última burbuja en un barreño tranquilo, el agua quieta y en esto una burbujita minúscula, atenuemos y ahí está, una burbuja, al desprender a mi hija del manzano le dije a mi marido que la llevase al moisés para entretenerse con el sonajero y las cintas, que le pusiese una almohada en la que yo apoyase la palma anunciando

—Voy a ahogarte, ¿comprendes?

no hija de mi marido ni del que prometió visitarme y no me visita, del otro del que no cuento nada, me callo, casi nunca estuvo conmigo, él igualmente del norte

(¿Macedo de Cavaleiros, Vila Real?)

le pregunté

—¿La helada?

y no me respondió nunca

(no cuento nada, me callo)

ni daba la sensación de oírme, entraba por el patio y se iba a hurtadillas, los árboles de la China

(tanta palabrería, tantos discursos siempre, para conseguir alguna paz tenía que esconderme de ellos)

callados, hay momentos en que me interrogo si no, hay momentos en que me interrogo y basta, supe que el otro en Peniche tampoco aunque haya sabido que mi marido con el otro en Peniche, las cinco de la mañana y más nubes, no olas todavía, ese vaivén indeciso, a punto de desistir, de la oscuridad, fragmentos de reflejos que iban palideciendo, atenuándose, mis patos de cristal, el viento en las cortinas

(sigue escribiendo)

y la chaqueta de mi padre abriéndose con el viento, el pelo que se desordena y él resistiendo en el sofá, pedirle desde la cama como ahora, hace tantos años y ahora, yo pequeña y ahora, corriendo y ahora, yo ahora, no se puede creer que ahora y ahora, mi voz de ahora, mi cuerpo de ahora

(−¿Sabe al menos quién soy?)

−Deme su mano, señor

y en el momento en que los dedos alcanzaban la almohada, en el momento en que mi madre

−¿Qué le has hecho a la niña que siempre huye de ti?

los compañeros de mi marido en la sala y por tanto corriendo de nuevo bajo las copas y las palomas, mi madre acordándose del norte

−La helada

(hubo un marzo en que se podía caminar en el riachuelo, un diciembre en que la superficie del agua se quebró y un cabrito hundiéndose, las patas traseras, la barriga, los cuernecitos por fin, después de hundirse giró sobre sí mismo y las patas estiradas, antaño blancas, ahora negras, hinchadas, mi madre corriendo

−Corra conmigo, madre

hacia casa, las piernas de ella igualmente estiradas, negras, escribe que negras letra a letra, tan difíciles las letras)

no se habituaba a Lisboa, le faltaban higueras de Indias, grava, silencio, si había por casualidad una pausa se extrañaba

−No entiendo los silencios aquí

los compañeros de mi marido vacilando en la sala del otro lado del silencio donde el silencio iba balando, mi

(¿cinco de la mañana entonces?)

mi madre se acordaba de eucaliptos, pinos, alguien, no el cabrito, balando

(las cinco de la mañana y se acabó, lo único que me dicen es que las cinco de la mañana y se acabó sin que yo comprenda qué se acabó, cuéntenme, las cinco de la mañana y entonces, si no me necesitan puedo dormir, ¿no?)

alguien, no el cabrito, balando, creyó que era grava y se equivocaba, era ella quien balaba, soy yo, fíjense en mi garganta, soy yo, observen a mi hija interrumpiendo el nudo y mirándome, no gustando de mí, nunca le gusté

(¿me habrá gustado ella?)

me pregunto si me habrá gustado ella y no lo sé, tal vez en el portón del colegio cuando la sujetaba por los brazos y una vez, dos, la boca en mi barriga, la felicidad, el miedo, la madrina de la alumna ciega reprobándome callada y yo a mi hija, dentro de mí

—¿Tú quién eres?

desconociendo quién eras o por qué motivo me senté junto al manzano tirando de la hierba, tirando de ti

(cómo tiré de ti, Dios mío)

y de tanto haber tirado estoy cansada, Cristo Jesús, me faltan esperanza y músculos, unas ganas de llegar que me corrijan el desánimo, no afirmo que no me apetece acostarme, me apetece así como me apetece que por una vez no insistan, permitan que me tranquilice, me dejen en este rincón donde no molesto a nadie como el insecto de la carcoma no molesta a la casa, se limita a cavar su agujero, pobre, qué quieren ustedes, usted, mi marido, el otro

(y ahí vuelve la helada, apenas se toca la memoria, aunque levemente, grava, pinos, mi madre llorando por amor al cabrito)

mi padre

—Las pasé moradas para descubrir dónde vives

y cuántos años hace de eso, no me lo oculten, cuántos años hace de mi hija, cuántos años de Peniche, tanto espacio para el mar que ocupan los peñascos, tanta golondrina dispersa

(céntimos de albatros, calderilla de gorriones)

tanta piedra acostada, la mudez de los pasillos oliendo a belladona de los campos, la única planta que a veces se ilumina con
lamparillas azules con el cesar de la lluvia, los mastines que el
hambre ahuyenta contra el agua y a propósito de agua no me
ahoguen, acepten que las paredes rectas, renuncié a correr bajo
las copas y las palomas, me estiro en esta silla y me quedo aquí
sentada en mí misma mientras que el patio se amplía a pesar de
ser noche aún, yo palpando el cuerpo que me falta sin un indicio
guiándome salvo la señora del Pragal

—Ana Emília

sujeta a la vida por un reflejo de zarcillo, concentrada en durar, yo que empiezo a entenderla durando igualmente, se le pregunta

—¿Su familia?

y enseguida una arruga que es señal de búsqueda, tal vez un
pariente pero quién fue, quién musita

—Enhorabuena

la arruga alisándose

—Ana Emília

mi nombre la pala que llevaba consigo los terrones del pasado
y más allá de las chimeneas los pitidos del río, semillitas que el aire
sustenta y transporta entregándolas de gracia a las ventanas, la señora sobresaltándose con el Tajo

—¿Qué ha sido?

adivinando limos, motores de fragata, cuerdas

(comenzar a correr)

hilos digo bien, hilos, cuerdas de tendedero, repito hilos, la
alfombra que el tiempo despojó de dibujos y mi nombre mar-
chitándose entre nudos sin servirle de nada, al alzarse del moisés
mi marido entendió

—Tú

y no obstante en un frenesí de sonajeros en los que se entrechocaban carozos, la agitación aumentaba allá dentro, me gustaría quedarme contigo pero no puede ser, perdona y ahora perdona ya que no haya sido de otra manera, nosotros tres en la sala
los domingos por la tarde y si el mar de Peniche se embraveciera
no nos importaría, nadie habría de caer en el espejo y mucho
menos

(comenzar a correr bajo copas y palomas)

mucho menos puertas y cerrojos que no cesan, mujeres de luto en la playa y animalejos grises en el lado opuesto a las olas

(no sé si liebres o tejones, comadrejas)

mío es el parque con el busto del filólogo y el estanque de los patos, una vieja atolondrada juntando basura con la felicidad intacta en las encías, su pasito apoyándose en los troncos y los patos en fila y no en mi cómoda, rodeando no los cepillos, la fuente del centro, bancos en los que se instalaba mi madre con la helada en la cabeza, la vieja con una margarita coqueta en la solapa conversando con las hojas, no

—Ana Emília

secretos que las encías iban contando y habrían de ser míos, ya son míos dado que como ella me apoyo en el paraguas para levantarme hasta que los mil huesos coincidan y una parte mía avance cargando otras partes, se llama a esto caminar pero corre que otros han de correr a tu lado

(somos tantos)

nos separaremos cerca del río y tal vez alguno de nosotros consiga alcanzar este día, la farmacia asegura que son las cinco y cuarenta y nueve de la mañana

(¿confío en ella?)

el que me ordena que escriba se ha marchado y la mano de mi hija o la mía vocales complicadas, la de mi padre en la almohada a mi espera con los dedos separados, quietos

(discúlpeme por haber pensado que era rico, señor)

y yo dos repiques de reloj en el interior de las costillas que por lo menos en mi caso preceden a los besos, la mano de mi padre no en mí, en la almohada, de modo que yo no era yo, yo la almohada bajo la mano y durante noches y más noches

(las cinco de la mañana)

apoyé la cabeza en el lugar de la mano a la espera de que un defecto en el meñique que no se estira del todo

(cómo me gustó el meñique, creo que lo sabía de memoria)

yo un perrito recién nacido que se ahoga en el barreño y burbujas cada vez más escasas subiendo a la superficie, intentaba subir a la superficie desesperándome con la resistencia de las sábanas

(para seguir corriendo)

cuando casi desde fuera mi padre agarrándome

—¿Qué es esto?

y el saco en el que me tenían hundiéndose de nuevo, distinguí paredes no rectas, curvas, las caras de mis padres confusas

(el moisés confuso, mi hija no lo sé)

la lámpara del techo ondulando lejísimos y voces de hombre o de mujer impidiéndome huir

—Ya murió hace mucho tiempo, suéltala

o sea los compañeros de mi marido y el que prometió visitarme y no me visita, mi hija comprobando su nudo

(la hora en la farmacia se apagó)

—Ya murió hace mucho tiempo, suéltala

y a partir de este punto

(tal vez una persona más inteligente, más capaz, debería terminar este relato por mí)

me acuerdo de mi habitación, me acuerdo de correr, de los que corrían a mi lado sin preocuparse por mí mirando hacia atrás para ver quién nos seguía y dónde, si del lado de las dársenas o del interior de la ciudad, me acuerdo de pasos no sé en qué travesía paralelos a los míos, de los árboles de la China, de mi cabeza en la almohada sin la mano de mi padre y de la impresión de que uno de los pendientes me desgarraba la oreja, de la certidumbre de que me pintaban la cara con rayas al azar, me sacudían el hombro y me llamaban

—Madre

y no era mi hija quien me llamaba

—Madre

mi hija callada, que yo sepa mi hija nunca

—Madre

mi hija en el extremo de la escalera

(no bajó de la escalera)

me acuerdo de mi hija y de la hierba creciendo a su alrededor, a mi alrededor, de modo que cuando mi madre

—¿Qué le has hecho a la niña?

incluso aunque cualquiera de nosotros lo desease, incluso de puntillas para superar la hierba, no sería capaz de responder.

Escribo el final de este libro en nombre de mi hija que no puede escribir, a veces la creo aún en la habitación a la espera de que uno de nosotros entrase para fingir que no nos veía y negarse a hablarnos o pasar delante de nosotros en dirección al patio, bajando los escalones a la pata coja con el deseo de que le preguntásemos

—¿Has perdido una de las piernas tú?

y ella mostrando enseguida las dos piernas y caminando como las personas

—No

la pierna derecha y la pierna izquierda pausadas, completas, tanteaba la oreja con la mano y la oreja entera, se alegraba

—Estoy viva

y bailaba con una especie de saltito para comprobar que estaba viva, los músculos, los huesos y las ideas, todo bien, ordenado, se inquietaba de repente

—¿Estarán vivos los árboles de la China, vivo el manzano?

pidiendo que una rama le mostrase que sí, la casa viva porque el grifo de la cocina abierto resucitando los platos en el fregadero, la cacerola, los vasos, todo agitándose bajo el agua, respirando, existiendo, el barrio vivo, la sirena de los bomberos explicándonos

—Mediodía

y el susto de los pájaros, ignorantes de la hora, para quienes siempre las nueve o las diez, prolongando la sirena que impedía el silencio, ahora los árboles de la China y el manzano no lo sé, salten a la pata coja como yo, muéstrenme las dos piernas, bailen, el hombre siguió mirándome, me daba cuenta de que mi madre amontonaba los platos y la cacerola en la encimera olvidada de

mí y por tanto me desordenaba las trenzas con un movimiento
de cabeza

—No se olvide de mí

y el mundo para aquí y para allá siguiendo las trenzas antes de
detenerse otra vez, el hombre que no era mi padre ni el compañero de mi padre, un tercero que era raro que llegase, daba la
impresión de una sonrisa en su cara seria y en la sonrisa una cara
seria diferente de la primera apretando la boca con fuerza dispuesto a llamarme y mudo, mi madre una frase cualquiera y los
platos y la cacerola la engullían, la cara por momentos

(me parecían momentos)

muerta dado que el grifo callado o mejor dicho no muerta,
una vibración en los patos de la cómoda y un zumbar de cedros,
un parque sin que yo entendiese cómo una vez que ni parque ni
cedros o espacio para ellos en estos edificios, las calles y las plazoletas atascándolo todo, los trenes los desordenaban cada diez
minutos y volvían vacilantes a sus lugares

—¿Era aquí donde estábamos?

con miedo a que otras plazoletas y otras calles se indignasen
con ellos

—Este sitio nos pertenece

y dónde nos quedamos, Dios mío, los patos de cristal se sose-
gaban y la sonrisa del hombre en la cara seria de nuevo, la cara
diferente en la sonrisa una especie de adiós, se iba por el patio,
no por la puerta delantera, a hurtadillas, a partir de cierto momento dejó de aparecer y no sé el motivo, sé que olas en una pared alta, grandes rocas oscuras, mujeres de luto mirándome con
pena en la playa mientras el hombre se deslizaba hacia el suelo a
lo largo de un espejo, al contárselo a mi madre la plancha se estremeció en un cuello y en vez de palabras siguió planchando, el
cuello de ella de pronto tan frágil

(no distinguí su cara)

algo que hablaba y no era una voz

—Ah, ¿sí?

eran más olas en la pared alta, más mujeres de luto desplazán-
dose en el interior de los chales

(fíjense en cómo en octubre los edificios se protegen de la luz
con la palma sobre los ojos)

y los chales parados, mi madre puso la plancha en vertical en el apoyo de la tabla

(agujeros y manchas de quemaduras en el forro de la tela)

cerró la puerta de la habitación y no vi los patos, mientras cenábamos el tintineo de uno de ellos aunque podían ser las hierbas o la cómoda que afirmaba, no fuésemos a decidir no contar más con ella

—Aquí estoy yo

acomodándose en las taraceas convencida de ser útil, yo a mi madre

—¿Vio el pato, señora?

y mi madre con los codos enormes corriendo más deprisa, aumentaban al acordarse de su padre, no aumentaban cuando mi padre falleció, aumentaban si se despertaba por la noche y a ellos en la sala se les dilataban las rodillas porque el mentón en la palma pesadísimo, no me cabe duda, y las facciones con arrugas blandas entre el mentón y la nariz, la cómoda muda y cautelosa, sin proponer

—Ábranme un cajón al menos

todos los cajones bien encajados, además, en parejas, el último solo, mayor, que resistía combado con las sábanas y las toallas, haciendo mucha fuerza asomaba cuatro o cinco centímetros pero torcido, chirriando, cabía mi brazo, el de mi madre no cabía, había que cerrarlo con el zapato, marcas de suela en el barniz de la madera

—¿De dónde sacó este trasto, madre?

y la cómoda ofendida, alineábamos de otra forma los patos de los que intentaba librarse y nunca quedaban iguales, adelantar un pico o una cola, acercarlos al borde, alejarlos del borde, comparábamos una forma con otra y no era así, claro que no, cuál es la manera de los patos y la distancia entre ellos, qué les falta, qué agobio, intenté darles nombres y los nombres que les daba sonaban falsos, cómo se llamarían realmente, mi nombre falso también, no lo entendía cuando me lo decían porque no era conmigo con quien hablaban, el nombre de una extraña, de una persona anciana, de la secretaria del notario con un defecto en el habla, con una lengua demasiado gorda que salía con las palabras acompañándolas hasta fuera como se hace con las visitas, se notaba que las palabras

—No se moleste, no se moleste

mandándola hacia dentro entre ceremonias, cumplidos

—Mire que se constipa

y la lengua desamparada presenciándoles la salida, esto la boca solamente porque las cejas y las mejillas hostiles, un mostrador viejo, sellos viejos dejando impresas viejas marcas lilas, papeles viejos, avisos viejos en una vitrina vieja, el cielo viejísimo en las ventanas con dificultades para ser día apoyándose siempre en los tejados, respirando nubes que se atropellaban hacia un crepúsculo antiguo, restos de pera

(cáscaras y tal)

en un pañuelo de la nariz, el teléfono un temblor que desistía antes de llegarnos a los oídos y la certidumbre de una persona en el auricular que como yo no se lamentaba, iba aceptando desgracias, una jaula sin canario, vacía

(¿en nuestra casa una jaula igual?)

en nuestra casa no una jaula igual, un arlequín de tela con círculos rojos en las mejillas, si fuese capaz de interesarme aprovecharía la tabla de planchar y preguntaría

—¿Tiene fiebre, madre?

ya que círculos rojos en sus mejillas también

(—¿Usted es un muñeco, madre?)

un cesto de ropa, una bandeja, los árboles de la China a punto de golpearnos, no reparé en el manzano, no lo permita, señora, si yo voy a la pata coja hasta el patio y ordeno

—No nos persigan

nos salvamos, si voy a la pata coja hasta mi madre y no voy a la pata coja hasta mi madre, a partir de cierto momento

(¿qué momento?)

a partir de la muerte de mi padre comencé a alejarme, si voy a la pata coja hasta mi madre nosotras amigas y no me hacen falta amigos, la ciega me palpaba en el colegio

—¿Eres rubia tú?

en una ocasión le quité las gafas oscuras y me asustaron sus párpados y sus charquitos blancos en el fondo, la ciega palpándose

—¿Soy rubia yo?

ni siquiera dedos, insectos que buscaban una hendidura donde esconderse, al colocarle las gafas sus dedos del tamaño de los míos, curiosos, redondos

—¿Soy rubia?

gafas no gafas, cristales opacos y ella entera detrás de ellos, lo que quedaba de las gafas sandalias midiendo la tarima por si había pozos, escalones, las traiciones del universo, la agitación de la madrina

—¿No te han hecho daño?

y una sonrisa vacía, o sea una especie de armario sin perchas, desierto, los dedos no descansaban en el pelo

—¿Soy rubia?

el nerviosismo de la madrina

—Díganle que es rubia, miéntanle

y gracias a Dios que mi madre me sujetaba los hombros remolineando conmigo en el portón, mi cabeza en su barriga y por tanto yo alejada del colegio y los pozos y escalones dejaban de existir, todo sólido abajo, podía caminar eternidades con los ojos cerrados sin tropezar nunca, mi madre tirándome de la chaqueta

—¿Estás viendo si te caes?

y los pozos y escalones de vuelta, pensaba que excepto en el caso de los ciegos aparecían solo para engullirnos por la noche y al final allí, la ciega y yo en un túnel de minero y mi madre encima donde no podía guiarme y había casas, personas

—Te avisé, niña

no una sonrisa en la cara seria del hombre, solo caras serias unas sobre las otras, la palma en el cuello de mi madre

—No vale la pena, la perdemos

y de inmediato olas en una pared alta y codos inmensos dilatándose sobre las rodillas porque el mentón en la palma pesadísimo creo yo, usted tantas veces de esa forma, señora, la cómoda podía proponer

—Ábranme un cajón al menos

que no le haría caso, en su mayor parte papeles de envolver, facturas, basura que me parecía muy antigua e iba creciendo sola, no le agregábamos nada y no obstante más papeles, más facturas, interrogaba la cómoda

—¿Quién metió esto aquí?

alguien debía de habitar la casa sin que nos diésemos cuenta, de tiempo en tiempo una bronquitis en el pasillo y la desconfianza de que unos intrusos

(¿la ciega?)

acechaban mi sueño, cuando llovía zapatos pequeñitos trotando en el patio, vi a mi padre fallecer porque cayó en un espejo y las uñas seguían vivas después de él abriéndose en corola en la alfombra, no conversé con mi padre, me quedé en la entrada pensando

—¿En qué estoy pensando?

y tal vez por no saber en qué estaba pensando se lo llevaron, mi madre en la sala con los codos creciendo, tuve un hermano que inventé y dormía conmigo, lo guardaba en secreto entre los libros de estudio, mi madre

—¿Para quién es esa silla en la mesa?

sin notar a mi hermano a mi lado, no en la silla de mi padre, en la otra con menos arrugas porque no la usábamos y mi hermano imperceptible, yo a mi madre

—¿No lo ve?

mi hermano que en el notario cambiaba el lugar de los sellos, la secretaria con un defecto en el habla tomándome por él

—¿No eres capaz de estarte quieta, niña?

mezclando la lengua con las palabras y yo pasmada con la lengua, intenté hacer lo mismo y la secretaria se puso furiosa, el cielo viejísimo ajeno a mí casi sin existir, mi madre me golpeó la mano disculpándose ante la secretaria, distribuyó los sellos como si alinease los patos en la cómoda

—Los niños, doña Fátima

la tinta de los sellos llenaba el mostrador de manchas púrpuras, azules

(me llamo António Lobo Antunes, nací en São Sebastião da Pedreira y estoy escribiendo un libro)

dos calendarios, el primero en diciembre y el segundo en marzo, debatiendo uno con otro, había cuatro cuadraditos para los domingos en números rojos y cuando los domingos eran cinco los dos últimos, más pequeños, dividían el cuadradito por encima y por debajo con un trazo en diagonal, el notario tosía detrás de una cortina desmoronándose en piedras que se detenían, giraban, los segundos se inmovilizaban durante la tos y corrían después para atinar con el tiempo, un ojo de doña Fátima se deslizó hacia mí y me estranguló, el que quedaba, benigno, recibió los perdones, el compañero de mi padre a mi madre

—No le ha ocurrido nada a tu marido, quédate tranquila

una blusa o un vestido de mujer, pendientes y retoques de pintura volviendo la barba más nítida, los codos de ella sin aumentar, muy finos, tan desamparada que poco faltó para que le prestase a mi hermano que cambiaba los sellos y los mayores imaginando que había sido yo, mentira

—Tome

el manzano avanzaba y retrocedía

(no era yo llorando)

y no era yo, qué disparate, llorando aunque la cadencia de mis costillas igual, yo en el espejo, no mi padre, me equivoqué, mi madre en la habitación y tal vez sea mejor prestarme a mi hermano a mí misma, le ordené que viniese y aunque obediente él sin venir y en consecuencia inventar otro hermano o en lugar de otro hermano el hombre que era raro que llegase dispuesto a llamarme y callado junto a la verja del muro, un tipo con pijama en un balcón tan antiguo como el cielo

(¿respiraría nubes?)

y el hombre y yo como un par de domingos en el mismo cuadradito separados por la raya en diagonal del alambre de la ropa, el hombre y yo números rojos más difíciles de leer que los otros, si al menos pudiese encender y apagar la luz del pasillo desorientando a las sombras, a la tercera vez la mancha de humedad en la pared se hastiaba de ir y venir y la escayola sin moho, por lo menos allá no necesita de pintura y en lugar de agradecer mi madre desde la habitación

—No te quedarás tranquila hasta que no estropees el interruptor

de manera que las sombras en calma, aliviadas

—Al fin tenemos paz

y la mancha de humedad que aumentaba arrojando una prolongación en el sentido de la lámpara que daba la impresión de encogerse de susto, mi padre no regresó las semanas siguientes y nos olvidamos de él, de su tono de voz, de las orejas

—¿Cómo eran sus orejas, señor?

una más despegada, pienso yo pero no lo aseguro, la que rasgó el pendiente, olvidé su peinado

(¿echado para atrás, una raya?)

y el bigote, quedó un soplo en mi nuca mintiendo

—Dibujas las letras mejor que yo, pequeña

claro que mentira y además de mentir estremeciéndome de cosquillas, me frotaba la nuca con la manga

—Déjeme usted en paz

y en la nuca una mancha de humedad peor que el pasillo, mi madre tendría que pintarme con la pintura de la lata y habrían de caer gotas blancas en la hoja de revista que desplegaba en el suelo, cada gota un tornillo, ploc, clavando la revista en la tarima, mi padre sin entender la manga

—¿Qué ocurre con la pequeña, señores?

no nos responde, se esconde, sus letras torcidísimas, la ciega no dibujaba letras, se quedaba con la cabeza de lado atrincherada en las gafas palpándose en silencio

—¿Soy rubia?

algo difícil de localizar, en la barriga, en la cara, se animaba por un segundo escapando a la tiranía de las lentes pero las gafas lo descubrían, la ocupaban por entero y ella inmóvil otra vez, cuando acabé de olvidar a mi padre

una o dos olas contra una pared alta y listo, olvidé a mi madre con él y los árboles de la China, quedó el manzano creciendo sin crecer

(yo me entiendo)

y el hombre en la verja que ya no entraba, tal vez lo inventé así como inventé a mi hermano, ningún hombre, personas que volvían de la estación de trenes, los frutos del manzano no crecían nunca, tobillos de raíces

(no de mi padre)

tobillos de raíces no de mi padre, de las mujeres de luto en la playa sin hurgar entre los desperdicios, sentadas aguardando a nadie, la ciega

—¿Eres rubia tú?

o la secretaria del notario para quien las palabras eran un tumulto de dientes y de mi madre no sé nada, no la oigo, oigo la cómoda ofreciéndome cajones sin que yo la atienda

—Sírvete

y una tubería que cobra vida bajo las baldosas de la cocina, el cielo ni siquiera viejo, ausente y en esto un albatros volando, todo círculos y preguntas, hacia el interior de la tierra, los patos de cristal incapaces de acompañarlo resignándose a la cómoda, ahí están ellos en fila sin alimentarse de nada, hubo una época en que conversé con los patos y no tenemos ni esto que decir hoy día, ni esto que decir a quien sea excepto al manzano que si no oyó no es culpa mía, cuántas veces expliqué armada de paciencia lo que me ocurre, los árboles de la China lavándose las manos

—No tiene nada que ver con nosotros

demasiado grandes y altos para llegar a mí

(si el albatros se encontrase con un sumidero o con un charco ¿pensaría que es el mar?)

la madrina de la ciega sacudiéndome el pelo

—No es rubia, es morena

y yo sorprendida de que una lágrima enseguida aplastada con el puño diese tanto volumen a sus ojos, para mi madre elogios, cumplidos, para mí los celos porque yo viese, si preguntase

—¿Tu padre se cayó en el espejo también?

las gafas oscuras engrosarían perplejas y la impresión de que el hombre me acechaba desde la verja, la sonrisa en la cara seria y en la sonrisa una cara seria diferente de la primera, dispuesta a llamarme

(¿cómo sería la voz?)

un parque sin que yo entendiese cómo, cedros y la cara diferente un principio de adiós, si interrogase a mi madre el grifo con más energía en los platos, las calles y la plazoleta obstruyéndolo todo y los trenes ahuyentándolos al azar, al perder el albatros qué me queda, amigos, el viento únicamente en el manzano eligiendo una rama para mí

—Toma

y el patio tranquilo, la belladona, las hormigas, me acuerdo de que antes desagües friendo la oscuridad y ahora la rama que propone el manzano, el compañero de mi padre me regaló una muñeca más rubia que yo y la acepté por pena no de ella, de mí, encerrada en la habitación deseando la noche con la idea de que me impidiese pensar y al pensar mi padre encorvado, después a gatas, después espaldas sin cara en la alfombra, un pie que deshizo los flecos y se detuvo torcido, en una ocasión

—Voy a mostrarte Peniche

y no bajamares ni barcos, murallas, puertas que chirriaban sobre lo que suponía gente o sea personas entrevistas en un ángulo de cal incapaces de una letra, tullidas

(ellas incapaces de una letra y yo sin tiempo de escribir, son más de las cinco de la mañana, el final del libro y eso es todo)

si me ordenan

—Cállate

sigo no por mi voluntad sino por no ser capaz de parar así como de niña veía el muro acercarse a la bicicleta, quería mover el manillar y no se movía, pedaleaba más deprisa, no me desvío del manzano que se acerca a mí, desprendí la cuerda del tendedero, traigo la escalera, los árboles de la China preocupándose

—Espera

como si tuviese tiempo de esperar y no tengo, tengo que conseguir palabras que no superen las líneas, quién va a leer esto, señores, quién va a saber, mi madre despidiéndose del moisés

—Quédate tú con ella

un sonajero en la manta y un dedo agitándolo, mi padre

—Aquello es Peniche

o sea una extensión de cardos, borbotones en los guijarros y sin embargo agua no

(era su dedo el que agitaba el sonajero, padre, ¿me vigilaba los pasos?)

ni una mancha de sangre en la alfombra tan limpia como he de dejar las hierbas, queda menos de los muertos que un depósito de azúcar y un poso en las tazas, algo indeciso en el fondo del recuerdo que aun sin fregar se pasa, mi nombre en una boca que cesa de tener nombre y no obstante persiste, no me queda tiempo para extenderme diciendo que se hizo de tarde tan temprano y nubes en la estación de trenes trayendo la última página consigo, la despedida, adiós, tal vez dentro de mucho tiempo quizá nos veamos, un mendigo atrapó al albatros en una cerca, le arrancó la garra y engordó con él, quedan plumas, cartílagos, unos palitos consumidos, aunque me apeteciese callar no domino la garganta

(el sonajero sigue en el moisés entrechocando piedrecitas)

y heme aquí saliendo de la habitación con la muñeca colgada de la mano por compañía, mi madre con las facciones entre el mentón y la nariz y unos señores sacando fotos de una cartera

—¿Lo conoce?

donde ella gesticulaba en un dominó de luces sujetándome el hombro, la belladona en medio de las hierbas ora encendida ora apagada y cuando encendida en enero iba brillando bajo la lluvia, me acuerdo de la viuda que se tumbó en la vía del tren porque sí y quedaron en las traviesas dos elásticos del pelo y un zapato aplastado, cocinaba tartas para fuera y las entregaba en mantelitos de papel con encaje, escondía el dinero en la manga musitando vergüenzas, casi pidiendo disculpas, guardaba los billetes en una caja de puros y un hijo militar venía a discutir con ella y se los llevaba pero no quiso los elásticos del pelo ni el zapato al inclinarse sobre la vía con la gente

(el maquinista se quitó la gorra, se la metió en el bolsillo y un mechón de la coronilla surgió en el aire)

o sea lo recogió

(se rompió el tacón)

y lo dejó caer, en contrapartida se llevó la caja de puros con la etiqueta dorada en español

(era una caja valiosa)

mientras las últimas tartas se volvían carbón en el horno y un gato se ovillaba en las sillas escapándose de nosotros, pasada una semana desapareció en el barrio antes de que el hijo militar viniese por los trastos con un amigo y dejasen la puerta abierta que hizo inflar las cortinas, me acuerdo de la comida del gato intacta en la escudilla, del paquete de harina rasgado con un cuchillo por si hubiese anillos y no eran solo los codos de mi madre, eran los míos que aumentaban, mi padre molesto

—Voy a mostrarte el mar

como si me provocasen curiosidad los cardos y una ola sin origen que trepaba por la pared, personas entrevistas en un ángulo de cal acuclilladas sollozando, el maquinista se puso la gorra y el tren partió, me pregunto qué quedará del zapato hoy día

(no soy capaz de parar)

aún hay ropa de mi padre en el armario, un abrigo, unos pantalones que no huelen a él, huelen a bicho disecado y debe de ser esto la muerte, telas viejas, mohosas, deberíamos juntarlas en un hato y quemarlas en el patio

—Que le vaya bien

junto a la verja con la mesa de la cocina anterior a esta, cardos también pero sin rastro de olas, cuántos inviernos pasé con la muñeca en brazos viendo llover en ruinas, acabaron apagando el fogón de la viuda y los carbones de las tartas, pegados al estante metálico, no salían ni con el cuchillo

(gire conmigo, madre, como a la salida del colegio)

tizones inamovibles, negros, convertidos en parte del hierro, no se limitaron a apagar el fogón, trancaron la casa y acechando por los cristales un bolso de mujer en el picaporte de la puerta, el primero por así decir musgo que habita la ausencia de las personas, supongo que dentro de unas pocas semanas dejan de pensar en nosotros, quieren marcharse, olvidar y el musgo en mi habitación también, mi cama musgo, mi silla musgo

(se pasa el índice y se siente)

este cuaderno, debido al musgo, imposible de leer, los codos de mi madre inmensos en las rodillas dobladas sin el compañero de mi padre ni el hombre con ella, los árboles de la China casi pegados a la fachada

(árboles de la China o saúcos, nunca se me había ocurrido pero tal vez saúcos si observamos el tronco y el dibujo de las copas)

y la hierba en las vincapervincas, en el patio, aunque fuese capaz de parar no pararía en este momento, estamos tan cerca ya, unas palabras, ni siquiera muchas, y listo, oigo el manzano, ahí lo tenemos, antes de alcanzar los escalones

(no lo oigo por ahora, oigo la leve comezón del viento)

la cómoda no

—Ábranme un cajón al menos

con su nerviosismo, aguantándose en silencio, el grifo en silencio, los platos y la cacerola ni mu, mi madre me da la impresión de que dando vueltas en la despensa, no bajo los escalones a la pata coja, no me hace falta, he crecido de la misma forma que no las cinco de la mañana, las tres de la tarde, y aunque no las tres de la tarde no me preocupa la hora, aseguré que no pararía y basta, la ciega alegrándose

—¿Hay muchas nubes hoy?

satisfecha con lo que me fastidia y a propósito de nubes no las hay, dos a lo sumo pero lejanas, al norte, es posible que no las tres de la tarde, más temprano, el rectángulo de la farmacia estropeado, a menudo la indicación de los segundos y no segundos completos, astillas de números que no consigo descifrar, se me antoja que cuarenta, veintiuno, treinta y cinco y tal vez grados, no interesa, desisto, las cinco de la mañana, las tres de la tarde, lo que les apetezca siempre que haya luz en el patio, tuvimos una farola en el porche con la pintura verde y la cadena con una argollita en la punta que se cuelga en el techo pero no es a ese tipo de luz al que me refiero, melancólica, sucia, un óvalo de diez palmos y más allá del óvalo el negror absoluto, finados descontentos moviéndose en las tinieblas

(¿la viuda de la vía del tren en busca del zapato?)

me refiero a un cielo inútil amparado en los tejados que vira hacia un crepúsculo antiguo con dificultades para ser día, a la sonrisa del hombre en la cara seria y en la sonrisa la cara diferente no en un principio de adiós, llegando

(juré que no pararía y no paro, un paso más, dos pasos y el manzano allá)

no en un principio de adiós, llegando

(voy a llegar)

y con él yo, incluso muy mayor, a la pata coja con la esperanza de que me preguntase

—¿Has perdido una de las piernas tú?

yo pasando por tonta y sabiendo que tonta

(no tonta, esa especie de juego, tengo quince años y por tanto una especie de juego)

mostrando las dos piernas, caminando como las personas, mejor que las personas

(no se me pasa por la cabeza parar)

la pierna derecha, la pierna izquierda, músculos, huesos, ideas, todo bien, ordenado, yo mujer desde hace dos años

(dos años y un mes)

la cara diferente en la sonrisa una sonrisa también o sea la cara seria primero y dos sonrisas después, el hombre no abandonándome, quedándose y olas en una pared alta, grandes rocas oscuras, mujeres de luto en la playa observándome inmóviles o moviéndose en el interior de los chales y los chales quietos, el hombre que no cae en el suelo a lo largo del espejo, que me ayuda enseñándome que para un nudo de hilo en una rama se coge de este extremo y de este y se hace así y asado, encontrar la escalera en la cocina y si pesa demasiado él me ayuda, dice

—Espera

y lo consigue, no exactamente una escalera, tres peldaños hechos por mi padre con cajas de cerveza, lo vistieron de mujer, lo pintaron por escarnio y lo arañaron con el pendiente, agíteme el sonajero en el moisés y haga que me duerma deprisa entre los tules y cintitas con que nos reciben al nacer antes de cansarse de nosotros, la mujer de la vivienda del Pragal

—Ana Emília

y lamentos, jarabes, de modo que no nos ven, estamos más allá de los patos de la cómoda recogidos, tranquilos, unos surquitos de lado fingiendo alas, los picos apuntados a la pared ajenos a nosotros, el mar son arbustitos torcidos en un lugar lejos de aquí, personas en un ángulo de cal antes de que se cierre la puerta, no me muestren el mar, el tren de la viuda camino del centro y el hombre a mí

—No te molestes, escribo yo

acabando este libro que no es un libro, es la vida, un dedo índice en una fotografía

—¿Lo conoce?

y en la imagen yo, mis trenzas y el vestido floreado hecho a partir de un vestido de mi madre demasiado holgado para mí y que nunca me gustó, si paso por el colegio no colegio, el Correo, la madrina de la ciega en el portón con sus saludos humildes y la ahijada vacilando en las escaleras por miedo a caerse

(¿cuántas escaleras serán, ninguna escalera, un barranco?)

no te molestes escribo yo y no escribía, me miraba con la sonrisa en la cara seria disminuyendo, cerrándose, la otra sonrisa en la sonrisa casi mi nombre y silencio, me acuerdo del silencio, la gaviota silencio, el gallinero con escalofríos de fiebre, gárgaras, roces, silencio, pensé que la cómoda

—Ábranme un cajón al menos

o advirtiendo

—Su hija

y gracias a Dios se contuvo por amor a mí, no lo sé, quién comprende los objetos, mohínos, tiránicos, si estuviese en sus manos, encontrándome con ellos como los encuentro y habiendo visto tantas cosas, acabarían con nosotros

(escribe lo que sea pero no pares)

de aquí al manzano veinte pasos a lo sumo, los frutitos que no cuajan, se van arrugando, caen, mi padre intrigado examinando las ramas

—¿Qué ocurre con el árbol?

(ignoro si con usted)

y yo espiándolo desde el muro pensando

—Mi padre

extrañada

—¿Mi padre?

recordando lo que de repente me di cuenta de que eran domingos remotos dado que poco nítidos, vagos y en esto

(cómo es la memoria, Dios santo, zonas hasta entonces ocultas a la vista con qué intención, qué motivo, una niña llorando, un señor que nos convoca

—Ven acá

y la certidumbre de conocerlo, afirmamos

—Lo conozco

dudamos

—¿Lo conozco?

y no obstante qué señor y dónde, cuál es la razón de

—Ven acá

mi madre sujetándome la mano, la secretaria del notario y no puede ser, es la cabeza que vacila, me ofrece una persona

¿qué persona?

asomando en una esquina

—¿Te ha dado el dinero al menos?

y digo persona como podría decir Peniche que no tengo idea de dónde queda, las almenas, un fuerte, las mujeres aquellas con chal removiendo con un palito desechos, pescado, barcos que un tractor va arrastrando en dirección a la playa, me da la impresión de que un faro dentro de mí exhibiéndose y escondiéndose, no consigo parar, por dónde iba, dame tu mano, acompáñame, no me sueltes ahora, un señor que me convoca

—Ven acá

la certidumbre de conocerlo, afirmo

—Lo conozco

dudo

—¿Lo conozco?

y no obstante qué señor y dónde, cuál es la razón de

—Ven acá)

lo que de repente me di cuenta de que eran domingos antiguos puesto que poco nítidos, vagos y en esto

(cómo es la memoria, Dios santo)

un parque desierto más pequeño que aquel que recordaba, el que recordaba infinito, el fantasma de un templete, edificios alrededor, un busto, una persona con la bufanda cubierta de migas

(¿sería octubre, septiembre?)

compartiendo un pastel con las palomas

(me inclino hacia octubre porque la bufanda una estola de conejo oscurecida por el uso y botones que faltaban, un parque, he dicho un parque, no te alejes del parque)

y en el parque cedros laureles chopos hayas, diría yo aunque no asegure que hayas, no se me da bien la botánica, mi madre gesticulando ante la luz y luego un dedo

—¿Lo conoce?

mi padre y el compañero de mi padre con una cámara de sacar fotos

—No te muevas, chiquilla

dado que yo a la pata coja por haber perdido una pierna

—¿Has perdido una de las piernas tú?

mientras yo bailaba en una especie de salto asegurándome de que los músculos, los huesos, las ideas, todo bien, ordenado

—Estoy viva

y valdrá la pena

(es una cuestión que les planteo)

mencionar el estanque

(ahí están las cosas enganchándose, ya era hora)

lleno de limos

(tal vez llamo limos simplemente a la suciedad)

lleno de limos, que quede limos, cómo me cuesta esto, de ramitas, de hojas, iba a añadir patos y no patos, agua sin reflejos, inmóvil

(¿llamaré agua a aquello?)

limos, ramitas, hojas, plumas también

(no de pato)

me pone nerviosa lo que escribo, el manzano a dos pasos, un paso, el hombre de la cara seria en una sonrisa y en la cara seria

(cómo se altera la gente)

una especie de grito, sujete el grito por favor con la mano que se negó a entregarme, no quiero a mi madre con nosotros regañándonos, la quiero en el Pragal con la señora

—Ana Emília

o en la habitación con el compañero de mi padre y yo en la sala

—No os soporto

(las palabras se han puesto a andar, aprovecha)

cómo es la memoria, Dios santo, comienzo a perder el parque, aún distingo a la persona que se levantó del banco caminando hacia casa y deteniéndose aquí y allá apoyada en un tronco así como me apoyo en el manzano, con la muñeca en el suelo, con la cuerda que desprendí del tendedero, una de las puntas en una esquina de la casa y la otra en la barra de hierro de lo que había sido la pérgola cuando en esta parte de la ciudad había huertezuelas en lugar de placitas que obstruían todo y los trenes desordenaban ahuyentándolas al azar, volvían a sus lugares vacilantes

—¿Era aquí donde estábamos?

con miedo a que otras placitas y otras calles se indignasen con ellas

—Este sitio nos pertenece

(si al menos patos en el estanque, me caían bien los patos y no patos, solo agua)

cómo es la memoria, Dios santo, yo en brazos de mi madre mientras la belladona iba brillando en el muro, esto en la época, dónde va esto, en que aceptaba que me tocasen, aunque quien me tocase fuese el hombre ahora acercándose a mí al borde de su grito juro que lo rechazaría, se marcharía por la verja justo después de llegar y yo corriendo tras él

—Un momento

es decir mi madre en la habitación

—Un momento

es decir yo otra frase que no voy a repetir, si tuviese más tiempo podría llegar a anotarla y afortunadamente no tengo, tengo este nudo en el manzano, la escalera, el segundo nudo más complicado que probé

que lo intenté dos veces porque la cuerda se escapaba y creo que lo he conseguido, no estoy segura, ya se verá después, la paciencia de unos segundos más en el rectángulo de la farmacia, números que se superponen y se apagan con la temperatura asomando y desvaneciéndose también y os daré la respuesta, ojalá los árboles de la China no interfieran, la belladona se calle, era la secretaria del notario la que debería cerrar este libro con la lengua demasiado gorda saliendo con las palabras

(estas palabras)

—No se moleste, no se moleste

y la lengua desamparado por allí presenciando la salida, el cielo viejísimo con dificultades para ser día que se ampara en los tejados respirando nubes y virando hacia un crepúsculo antiguo, lo que me apetece

(no es cuestión de que me apetezca o no me apetezca, ¿cómo contarlo de otro modo?)

lo que me gustaría, lo que querría, lo que habría deseado si fuese capaz de desear y no lo soy

(el primer peldaño de la escalera, el segundo peldaño, el tercero)

sería que

(me incliné hacia atrás y hacia delante y se mantiene, no necesito apuntalarlo con una piedra y tal)

sería que mi madre en la despensa o en la habitación, creo que en la despensa, y fuese en la despensa o en la habitación sin verme desde la casa, si me pillaba en la calle la viuda de la estación de trenes me saludaba siempre, con el zapato aún no aplastado en la vía

—Hijita

y yo enfadada con ella esquivando su beso, con qué derecho

—Hijita

guárdese para usted esas memeces, déjeme, además del zapato dos elásticos del pelo, mi madre acerca de quien no sé qué pensar me ocultó el cuerpo

—No mires

colocándome la palma en la cara durante tanto tiempo y yo tan ciega que acabé por decir, que algo en mí acabó por decir, que en la oscuridad de mis dedos mi voz

—¿Seré rubia?

y por un instante

(tuve suerte, un instante de nada)

ganas de que me agarrase por los brazos y girásemos ambas durante horas sin fin en el patio de recreo del colegio, yo con miedo y contenta, insegura y feliz

—Continúe

de que girásemos así como giro sola, lo que me apetece

(no es cuestión de que me apetezca o no me apetezca, ¿cómo contarlo de otro modo?)

lo que me gustaría, lo que yo querría, lo que habría deseado si fuese capaz de desear y no lo soy, sería que la palma continuase en mi cara durante tanto tiempo que yo ciega, sería que mi palma continuase en la cara de ustedes durante tanto tiempo que ciegos

—¿Seremos rubios nosotros?

y no pasaría nada, no tiene importancia, no se preocupen por el libro

(no estoy girando sola, es con mi madre con la que estoy girando)

porque lo que escribo puede leerse en la oscuridad.

ÍNDICE

Impreso en Talleres Gráficos
LIBERDÚPLEX, S.L.U.
Pol. Ind. Torrentfondo
Ctra. Gelida BV-2249 Km. 7,4
08791 Sant Llorenç d'Hortons (Barcelona)